CECELIA AHERN

Das Jahr, in dem ich dich traf

ROMAN

Aus dem Englischen von
Christine Strüh

✠ | KRÜGER

MIX
Papier aus verantwor-
tungsvollen Quellen
FSC   FSC® C083411
www.fsc.org

Erschienen bei FISCHER Krüger

Die Originalausgabe erschien 2014
unter dem Titel ›The Year I met You‹
im Verlag HarperCollins, London
© Cecelia Ahern 2014
Für die deutschsprachige Ausgabe:
© S. Fischer Verlag GmbH, Frankfurt am Main 2015

Satz: Pinkuin Satz und Datentechnik, Berlin
Druck und Bindung: CPI books GmbH, Leck
Printed in Germany
ISBN 978-3-8105-0153-0

⁂ | KRÜGER

Für meine Freundin Lucy Stack
Gerade als die Raupe dachte, alles sei vorbei, verwandelte
sie sich in einen Schmetterling …

Der größte Ruhm liegt nicht darin, niemals zu fallen,
sondern jedes Mal wieder aufzustehen.
Konfuzius

Winter

Die Zeit zwischen Herbst und Frühling, die auf der nördlichen
Halbkugel die kältesten Monate des Jahres umfasst:
Dezember, Januar und Februar.

Eine Zeit der Untätigkeit oder des Zerfalls.

1

Ich war fünf Jahre alt, als ich erfuhr, dass ich irgendwann einmal sterben würde.

Dass ich nicht ewig leben würde, war mir bis dahin nie in den Sinn gekommen, warum auch? Niemand hatte je ein Wort darüber verloren, nicht einmal flüchtig. Dabei wusste ich schon einiges über den Tod. Goldfische starben, das hatte ich hautnah miterlebt. Sie starben, wenn man sie nicht fütterte, aber manchmal auch, wenn man sie zu viel fütterte. Hunde starben, wenn sie vor fahrende Autos liefen, Mäuse starben, wenn wir sie mit Schokokeksen in die Mausefalle lockten, die wir in der kleinen Toilette aufgestellt hatten. Kaninchen starben, wenn sie aus dem Stall ausrissen und von den bösen Füchsen erwischt wurden. Doch die Erkenntnis, dass all diese Wesen unter bestimmten Bedingungen sterben konnten, versetzte mich keineswegs in Panik, denn selbst mit meinen fünf Jahren wusste ich, dass pelzige Tiere dumme Dinge taten – Dinge, die mir niemals einfallen würden.

So war es ein ziemlicher Schock für mich, als ich erfuhr, dass der Tod auch mich irgendwann einmal erwischen würde.

Meiner Quelle zufolge würde ich, wenn ich Glück hatte, auf die gleiche Weise sterben wie mein Großvater. Nämlich alt. Nach Pfeifenrauch und Fürzen riechend, mit Taschentuchklümpchen vom Naseputzen auf der Oberlippe. Mit Dreck unter den Fingernägeln von der Gartenarbeit. Mit Augen, die sich in den Winkeln gelblich verfärbten und mich an die Murmeln aus der Sammlung meines Onkels erinnerten, auf denen meine Schwester so gern herumlutschte, bis sie mal eine verschluckte, so dass mein Vater herbeistürzte und ihr so lange auf den Bauch drückte, bis das Ding wieder herausgehopst kam. Alt. Mit bis an seine wabblige Titten-Brust hochgezogenen braunen Hosen, die sich über dem weichen Wanst spannten, so dass darunter seine von der Hosennaht zur Seite gedrückten Eier zu sehen waren. Alt. Nein, ich wollte absolut nicht so sterben wie mein Großvater, aber meiner Quelle zufolge war es das Beste, worauf ich hoffen konnte.

Es war am Tag der Beerdigung meines Großvaters, als ich von meinem Cousin Kevin über meinen bevorstehenden Tod aufgeklärt wurde. An diesem heißesten Tag des Jahres saßen wir im Gras ganz hinten im langgezogenen Garten meines Großvaters – so weit wie möglich von unseren trauernden Eltern entfernt, die in ihren schwarzen Klamotten aussahen wie Mistkäfer – und tranken rote Limonade aus Plastikbechern. Die Wiese war übersät mit Löwenzahn und Gänseblümchen und viel höher als sonst, denn aufgrund seiner Krankheit hatte Großvater es in seinen letzten Wochen nicht mehr geschafft, den Garten richtig zu pflegen. Ich erinnere mich, dass ich traurig war und Großvater gern davor bewahrt hätte, dass sein wunderschöner Garten ausgerechnet an diesem Tag, an dem er sich nicht in dem von ihm stets angestrebten perfekten Zustand befand, so vielen Nachbarn und Freunden präsentiert wurde. Dass er heute nicht dabei sein konnte, hätte ihn sicher nicht gestört – Reden war nicht seine Lieblingsbeschäftigung –, aber er hätte sich garantiert bemüht, den Garten für die Gäste angemessen zurechtzumachen. Dann wäre er verschwunden und hätte sich von weitem die lobenden Bemerkungen angehört, vielleicht am offenen Fenster oben im Haus. Er hätte so getan, als wäre ihm die allgemeine Bewunderung egal, aber das wäre sie ihm keineswegs gewesen, und er hätte mit seinen grasfleckigen Knien und seinen schwarzgeränderten Fingernägeln dort gestanden, ein zufriedenes Lächeln im Gesicht. Eine ältere Dame, die sich ihren Rosenkranz ganz fest um die Fingerknöchel geschnürt hatte, behauptete, sie fühle seine Präsenz im Garten, aber ich merkte nichts davon. Ich war ganz sicher, dass mein Großvater nicht anwesend war. Der Zustand des Gartens hätte ihn geärgert, er wäre ihm unerträglich gewesen.

Immer wieder füllte Großmutter eine Gesprächpause mit Bemerkungen wie: »Aber seine Sonnenblumen gedeihen ganz prächtig, Gott hab ihn selig«, oder: »Jetzt hat er die Petunien gar nicht mehr blühen sehen«, worauf der Klugschwätzer Kevin murmelte: »Ja, jetzt ist er selber der Dünger.«

Alle lachten leise. Über Kevins Kommentare wurde immer gelacht, denn Kevin war cool. Er war der Älteste, fünf Jahre älter als ich, und als reifer Zehnjähriger sagte er gemeine und grausame Dinge, die sich kein anderer von uns Kindern getraut hätte. Selbst wenn wir etwas gar nicht lustig fanden, lachten wir, denn wir wussten, dass wir sonst umgehend zur Zielscheibe seiner Gemeinheiten wurden. An jenem Tag traf es mich. Ich fand es einfach nicht witzig, dass mein toter Großvater unter der Erde lag und den Petunien beim Wachsen half. Ich fand es auch nicht schrecklich. Nein, für mich war es eher eine schöne, irgendwie bereichernde Vorstellung – und vor allem schien es mir richtig. Genau das hätte mein Großvater gewollt, jetzt, wo er nicht mehr mit seinen dicken Wurstfingern zum Blühen und Gedeihen seines wundervollen Gartens beitragen konnte, der das Zentrum seines Universums gewesen war.

Dass ich den Namen Jasmine bekam, ist ebenfalls der Liebe meines Großvaters zum Gärtnern zu verdanken. Als er meine Mutter nach meiner Geburt im Krankenhaus besuchte, brachte er ihr einen großen Strauß von dem Jasmin mit, der an dem selbstgezimmerten, rotgestrichenen Holzspalier an der schattigen hinteren Hauswand emporkletterte. Er hatte ihn in Zeitungspapier eingepackt, braune Schnur darum, und die Tinte des halbfertigen Kreuzworträtsels in der *Irish Times* war zerlaufen, weil die

Stiele vom Regen noch ganz nass gewesen waren. Es war kein Sommerjasmin, wie man ihn von teuren Duftkerzen und schicken Raumsprays kennt. Ich war ein Winterkind, und in Großvaters Garten gab es eine Menge Winterjasmin, der die graue Jahreszeit mit seinen kleinen gelben Sternenblüten ein bisschen aufhellte. Ich glaube nicht, dass mein Großvater über die Bedeutung seines Geschenks nachgedacht hatte, und ich weiß auch nicht, ob er sich sonderlich geehrt fühlte, als meine Mutter mich nach den Blumen nannte, die er ihr mitgebracht hatte. Eigentlich denke ich eher, dass er den Namen seltsam fand – er war doch für die Pflanzen in seinem Garten gedacht und nicht für ein Kind. Namen, die nicht aus der Bibel stammten, waren ungewohnt für ihn – er selbst hieß Adalbert, nach dem Heiligen, der in Irland missioniert hatte, und mit Zweitnamen Mary.

Im Winter davor hatte er meiner Mutter violettes Heidekraut – *heather* – in die Klinik gebracht, und prompt hatte sie meiner Schwester den Namen Heather gegeben. Ein schlichtes Geschenk zur Geburt meiner Schwester, aber manchmal frage ich mich, ob er mit dem Jasminstrauß nicht doch irgendwelche Absichten verfolgte. Als ich nämlich nachforschte, entdeckte ich, dass der Winterjasmin ein naher Verwandter des Heidekrauts ist und ebenfalls ein Farbtupfer im winterlichen Garten. Ich weiß nicht, ob es vielleicht an meinem Großvater und an seiner Persönlichkeit lag, aber ich habe schon immer gehofft, dass stille Menschen einen Zauber besitzen, der weniger zurückhaltenden Menschen fehlt, dass sie mehr wissen als andere und nur deshalb so schweigsam sind, weil in ihrem Kopf wichtigere Dinge vor sich gehen. Vielleicht täuscht das, was nach außen wie Schlichtheit wirkt, über ein gut verstecktes Mosaik phantasievoller Gedanken hinweg – wie zum Beispiel, dass Großvater Adalbert sich für mich den Namen Jasmine gewünscht hat.

Damals im Garten interpretierte Kevin die Tatsache, dass ich über seinen Todeswitz nicht lachte, fälschlicherweise als Missbilligung, und es gab nichts, was er mehr hasste und fürchtete. Des-

14

halb richtete er seinen wilden Blick auf mich und verkündete: »Du wirst auch mal sterben, Jasmine.«

So saß ich als Jüngste im Kreis von sechs weiteren Kindern und versuchte, die Tatsache meines zukünftigen Todes zu verdauen, während meine Schwester sich neben uns damit vergnügte, sich so lange im Kreis zu drehen, bis ihr schwindlig wurde und sie ins Gras plumpste. Ich hatte eine Gänseblümchenkette um den Knöchel und einen Kloß im Hals, der sich so groß anfühlte, als hätte ich eine der riesigen, um das blumengeschmückte Büfett herumsummenden Hummeln verschluckt. Sicher, auch die anderen Kinder waren über Kevins Bemerkung schockiert, aber statt mich zu unterstützen und diese ominöse Mitteilung zu bestreiten, fixierten sie mich mit ernsten Blicken und nickten traurig. *Ja, das stimmt*, sagten diese Blicke, *Ja, auch du wirst sterben, Jasmine.*

Da ich lange schwieg, ging Kevin gnadenlos weiter in die Einzelheiten: Nicht nur würde ich sterben, davor würde ich auch noch von etwas heimgesucht werden, das sich Periode nannte und mir für den Rest meines Lebens jeden Monat unerträgliche Qualen bereiten würde. Dann erfuhr ich in allen Einzelheiten, wie Babys gemacht wurden, und die Beschreibung war so abstoßend, dass ich meinen Eltern eine Woche lang kaum in die Augen sehen konnte. Wie um noch weiter Salz in meine Wunden zu streuen, gipfelte das Ganze in der Information, dass es keinen Weihnachtsmann gab.

Man versucht ja, solche Dinge zu vergessen, aber so etwas konnte ich nicht vergessen.

Warum ich diese Episode aus meinem Leben erwähne? Nun, weil *ich* damals entstanden bin – ich, wie ich mich heute kenne und wie alle anderen mich kennen. Mein Leben hat begonnen, als ich fünf Jahre alt war. Die Erkenntnis, dass ich sterben würde, hat etwas in mir verändert, was mich bis zum heutigen Tag prägt: Mir ist klargeworden, dass die Zeit an sich zwar unendlich, *meine* Zeit jedoch begrenzt ist und irgendwann zu Ende gehen wird. Ich habe begriffen, dass das, was ich eine Stunde nenne, nie das Gleiche ist wie für einen anderen Menschen. Wir können sie nicht auf die gleiche Weise verbringen, wir können sie nicht auf die gleiche Weise betrachten. Natürlich kann jeder mit seiner Zeit machen, was er für richtig hält, aber ich lasse mich da nicht mit hineinziehen; ich will meine Zeit nicht verschwenden. Wenn du etwas tun willst, musst du es jetzt tun. Wenn du etwas sagen willst, musst du es jetzt sagen. Und noch wichtiger: Du musst es selbst tun. Es ist *dein* Leben, du bist derjenige, der stirbt, du bist derjenige, der dieses Leben irgendwann verliert. So gewöhnte ich mir an, immer in Bewegung zu bleiben, Dinge ins Rollen zu bringen. Ich arbeitete in einem Rhythmus, der mich selbst oft so atemlos machte, dass ich kaum einen Augenblick fand, mich zu besinnen, zu mir zurückzufinden. Ich jagte mich, ich hetzte mich und schaffte es nur selten, mich einzuholen. Denn ich war schnell.

Als wir den sonnenverbrannten Trauergästen an jenem Abend zurück nach Hause folgten, nahm ich von unserem Treffen im Gras viel mehr mit als nur die Gänseblümchen, die von meinen Hand- und Fußgelenken baumelten und in meine Haare geflochten waren. Mein Herz war voller Angst, aber es dauerte nicht lange, bis ich sie auf die einzige für eine Fünfjährige mögliche Art verarbeitet hatte. Wenn ich an den Tod dachte, dachte ich immer an meinen Großvater Adalbert Mary, der unter der Erde lag und selbst dort noch seinen Garten zum Wachsen brachte, obwohl er nicht mehr da war, und das gab mir Hoffnung.

Man erntet das, was man gesät hat. Und ich machte mich fleißig ans Säen.

2

Ich bin gekündigt worden, *gefeuert* – und das genau sechs Wochen vor Weihnachten, meiner Meinung nach ein extrem unwürdiger Zeitpunkt für einen Rausschmiss. Um die Peinlichkeit zu vermeiden, mich persönlich feuern zu müssen, und außerdem einer Szene oder womöglich sogar einem Rechtsstreit aus dem Weg zu gehen, hatte man eigens eine Frau von einer dieser auf saubere Entlassungen spezialisierten Agenturen angeheuert. Sie lud mich zum Lunch in ein ruhiges Lokal ein, ließ mich einen Caesar Salad bestellen, nahm selbst aber nur schwarzen Kaffee und beobachtete dann, während sie mich über meine neue Arbeitssituation informierte, in aller Ruhe, wie mir die Croutons im Hals stecken blieben. Vermutlich wusste Larry ganz genau, dass ich die Kündigung weder von ihm noch von sonst jemandem aus der Firma widerspruchslos hingenommen hätte – dass ich alle Register gezogen hätte, um es ihm auszureden, ihm mit einem Prozess gedroht oder ihn geohrfeigt. Also hatte er wohl versucht, mich eines ehrenvollen Todes sterben zu lassen – nur dass ich mich alles andere als geehrt fühlte. Eine Entlassung ist eine öffentliche Angelegenheit, ich würde den Leuten *mitteilen* müssen, dass ich rausgeschmissen worden war – abgesehen natürlich von denen, die es bereits wussten. Ich schämte mich. Ich schäme mich noch immer.

Ich habe meine berufliche Laufbahn als Buchhalterin begonnen. Ab dem reifen jugendlichen Alter von vierundzwanzig hatte ich eine Stelle bei *Trent & Bogle*, einer großen Firma, in der ich es ein Jahr aushielt, dann aber von heute auf morgen zu *Start It Up* wechselte, wo ich Leute, die vorhatten, ein eigenes Unternehmen zu gründen, finanziell beriet und anleitete. Meiner Erfahrung nach legen sich die meisten Menschen zu einem Ereignis zwei Geschichten zurecht: die öffentliche und die wahre. Ich beispielsweise erzähle, dass ich nach achtzehn Monaten kündigte, um mich selbständig zu machen, weil die Menschen, die in mein Büro kamen, mich so inspiriert hatten, dass mich der Wunsch überwältigte, meine eigenen Ideen zu verwirklichen. In Wirklichkeit aber irritierte es mich, dass manche meiner Kunden ihr Projekt einfach nicht richtig umsetzten. Also gründete ich, hochmotiviert und leistungsorientiert, wie ich nun mal bin, lieber selbst eine Firma, und das so erfolgreich, dass sie mir schon nach kurzer Zeit jemand abkaufen wollte. So verkaufte ich sie. Dann baute ich eine neue Firma auf, verkaufte auch diese, und gleich kam mir die nächste Idee. Aber das dritte Mal hatte ich nicht einmal Zeit, meine Idee ordentlich zu entwickeln, weil ein anderes Unternehmen sie entweder so toll fand oder aus Konkurrenzgründen so hasste, dass sie sie vom Fleck weg kaufen wollte. Das wiederum führte zu meiner Arbeitsbeziehung mit Larry, dem jüngsten Start-up-Unternehmen und dem einzigen Job, aus dem ich je gefeuert worden bin.

Das Geschäftskonzept dieses Start-ups war ursprünglich Larrys Idee, und wir entwickelten sie gemeinsam weiter. Ich war Mitgründerin der Firma und hegte und pflegte dieses Baby, als hätte ich es selbst zur Welt gebracht. Ich half ihm, sich zu entwickeln. Ich sah zu, wie es gedieh, wie es unsere kühnsten Träume übertraf, und bereitete mich schließlich auf den Moment vor, in dem wir es verkaufen würden. Aber es kam ganz anders. Ich wurde gefeuert.

Unsere Firma trug den Namen *Idea Factory*; wir halfen Unternehmen mit ihren eigenen ambitionierten Ideen. Dabei nahmen wir ihre Ideen als Grundlage und verbesserten sie, oder wir entwickelten unsere eigenen Konzepte und brachten sie entsprechend zur Anwendung. So kreierten wir zum Beispiel für einen Coffee-Shop die *Daily Fix*, eine Zeitung mit lokalen Berichten, eine Publikation, die ansässige Unternehmen, Schriftsteller und Maler unterstützte, oder arbeiteten mit einem Sexshop an dem Projekt, im Laden Eis zu verkaufen – übrigens meine Idee und ein Riesenerfolg. Nicht einmal die Wirtschaftskrise machte uns zu schaffen, im Gegenteil – wir blühten auf, denn Phantasie war genau das, was ein Unternehmen brauchte, um in diesem Klima nicht unterzugehen. Und das war es, was wir verkauften – unsere Phantasie. Ich liebte meine Arbeit.

Wenn ich es jetzt in meiner ja reichlich vorhandenen Freizeit analysiere, dann sehe ich, dass meine Beziehung zu Larry schon seit einiger Zeit nicht mehr richtig funktionierte. Ich steuerte, vielleicht etwas betriebsblind, auf das Ziel »Firma verkaufen« zu, wie ich es schon dreimal durchexerziert hatte – während Larry sie selbst weiterführen wollte. Rückblickend sehe ich, dass das ein großes Problem war. Ich glaube, ich habe meinen Plan zu stark forciert, indem ich ständig Ausschau nach potentiellen Käufern hielt, obwohl ich tief in meinem Innern wusste, dass Larry daran überhaupt nicht interessiert war – und das setzte ihn unter Druck. Für ihn bedeutete »weitermachen«, die Firma zu entwickeln, für mich, sie abzustoßen und etwas Neues anzufangen. Ich traf Entscheidungen mit dem Ziel, mich von dem Projekt zu verabschieden, er dagegen hatte nichts anderes im Sinn, als es festzuhalten. Wenn man sich anschaut, wie Larry mit seiner halbwüchsigen Tochter und seiner Frau umgeht, dann weiß man, dass er diese Philosophie so ziemlich auf jeden Aspekt seines Lebens anwendet. Festhalten um jeden Preis! Das gehört *mir*! Bloß nicht die Kontrolle abgeben. Aber sei's drum.

Ich bin dreiunddreißig und habe vier Jahre in unserer Ideenfabrik gearbeitet. Ich war nie krank, es gab nie Klagen, keine Vorwürfe, keine Abmahnung, ich hatte keine unpassende Liaison – jedenfalls keine, die negative Auswirkungen auf die Firma gehabt hätte. Ich habe in meinem Job alles gegeben, mir selbst zuliebe, weil ich es so wollte, aber ich habe schon damit gerechnet, dass die Maschinerie, für die ich arbeitete, mir etwas zurückgibt und das, was ich für sie getan habe, honoriert. Meine frühere Überzeugung, dass Gefeuertwerden nichts Persönliches ist, beruhte darauf, dass ich selbst noch nie gefeuert worden war, sondern andere Leute hatte feuern müssen. Inzwischen weiß ich, dass es etwas sehr Persönliches ist, denn mein Job war mein Leben.

Meine Freunde und Kollegen waren allesamt sehr hilfsbereit, aber auf eine Art und Weise, dass ich, sollte ich je Krebs kriegen, die Information lieber strikt für mich behalten werde. Alle vermitteln mir das Gefühl, dass ich ein hilfloses Opfer bin. Sie sehen mich an, als würde ich vermutlich demnächst in ein Flugzeug nach Australien steigen und mich zu all den überqualifizierten Leuten gesellen, die dort auf Wassermelonenfarmen arbeiten.

Kaum zwei Monate sind vergangen, und schon melden sich bei mir Zweifel, ob ich überhaupt noch ein vollwertiger Mensch bin. Ich habe keine Aufgabe, ich habe der Welt nichts zu bieten. Ich fühle mich nutzlos. Sicher, ich weiß, es ist nur ein vorübergehender Zustand und ich werde meine Rolle irgendwann wieder erfüllen können, aber im Moment fühle ich mich einfach so. Fast zwei Monate geht das nun schon so, und mir ist langweilig. Ich bin eine Macherin, und ich mache so gut wie gar nichts.

Schon im Lauf des ersten Monats war fast alles erledigt, was ich mir an stressigen Tagen erträumt habe. Kurz vor Weihnachten habe ich einen Strandurlaub gemacht, und jetzt bin ich braungebrannt und friere. Ich habe mich mit meinen Freundinnen getroffen – fast durch die Bank junge Mütter, entweder neuerdings in Elternzeit oder bereits in der Verlängerung oder in der Phase, in der sie vielleicht nie wieder ins Berufsleben zurückkehren wollen, und wir haben zusammen Kaffee getrunken zu einer Tageszeit, zu der ich in der Öffentlichkeit früher nie Kaffee getrunken habe. Es fühlte sich an wie Schulschwänzen, und die ersten paar Male war es wundervoll, aber dann wurde es weniger wundervoll, denn ich fing an, mich auf die Leute zu konzentrieren, die den Kaffee servierten oder die Tische abwischten oder die Paninis stapelten, und alle hatten sie etwas zu tun, alle haben gearbeitet. Ich habe mich mit sämtlichen süßen Babys meiner Freundinnen angefreundet, obwohl sie meistens nur auf ihren Matten herumliegen, die quietschen und rascheln, wenn man aus Versehen darauftritt, und nichts tun, außer vielleicht mal ihre fetten Beinchen in die Höhe zu strecken, nach ihren Zehen zu grapschen, zur Seite zu rollen und sich dann abzurackern, um wieder in die Ausgangslage zurückzukommen. Das ist sehr lustig anzusehen – die ersten zehn Mal.

Innerhalb von sieben Wochen hat man mich zweimal gefragt, ob ich Patin werden möchte, fast so, als wollten sie dem Gehirn der Freundin, die sonst nichts zu tun hat, ein bisschen was zu tun geben. Beide Anfragen waren nett gemeint, ich war gerührt, aber wenn ich gearbeitet hätte, wäre niemand auf die Idee gekommen, mich zu fragen, denn ich hätte meine Freundinnen ja auch nicht so oft besucht und ihre Babys nicht so gut kennengelernt, und so hat letztlich wieder einmal alles damit zu tun, dass ich keine Arbeit habe.

Jetzt bin ich die Frau, die von ihren Freundinnen angerufen wird, wenn sie mal dringend unter die Dusche müssen, weil sie verschwitzt sind und mit dem Latein am Ende, weil ihre Haare wie ein Ölfilm am Kopf kleben und sie nach Schweiß und Babykotze stinken. Dann hauchen sie mit einer Stimme, die mir eine dicke Gänsehaut verursacht, ins Telefon, dass sie nicht mehr weiterwissen und Angst davor haben, was sie anrichten könnten, wenn nicht bald Hilfe herbeieilt, so dass ich sofort losrenne und das Baby im Arm halte, während sie sich wohlige zehn Minuten unter die Dusche stellen. Inzwischen weiß ich, dass eine zehnminütige Dusche für junge Eltern ein ebenso hochwillkommenes Geschenk ist wie die Möglichkeit, in aller Ruhe zur Toilette zu gehen, und dass beides wesentlich mehr wieder ins Lot bringt als nur die Körperhygiene.

Jetzt kann ich ganz spontan meiner Schwester einen Besuch abstatten, was bisher nie möglich war. Aber sie gerät jedes Mal völlig aus der Fassung, und wenn ich bei ihr bin, fragt sie mich ständig, wie spät es ist – als hätte ich ihre innere Uhr durcheinandergebracht. Ich habe Weihnachtsgeschenke gekauft und hatte noch reichlich Zeit übrig. Ich habe echte Weihnachtskarten aus Papier gekauft und rechtzeitig abgeschickt, zweihundert Stück. Ich gehe sogar für meinen Vater einkaufen. Ich bin ultraeffizient, so war ich schon immer.

Natürlich bin ich gern auch mal faul – ich liebe einen zweiwöchigen Urlaub, ich liebe es, am Strand zu liegen und nichts zu tun –, aber nur, wenn ich es selbst bestimme, nur unter meinen eigenen Bedingungen und wenn ich weiß, dass danach etwas auf mich wartet. Wenn der Urlaub vorbei ist, möchte ich ein Ziel vor Augen haben. Etwas Sinnvolles. Ich brauche eine Herausforderung. Eine Aufgabe. Ich möchte meinen Beitrag leisten. Ich muss etwas tun.

Ich habe meinen Job geliebt, aber weil ich nicht arbeiten kann, versuche ich mich auf das zu konzentrieren, was ich nicht vermisse – um mich ein bisschen besser zu fühlen.

Ich habe hauptsächlich mit Männern zusammengearbeitet. Die meisten waren Dödel, einige waren amüsant, ein paar sogar richtig sympathisch. Ich habe nie Zeit mit ihnen außerhalb der Arbeit verbracht, was bedeuten könnte, dass mein nächster Satz keinen Sinn ergibt, aber das stimmt nicht. In meinem Team haben zehn Männer gearbeitet, und mit dreien von ihnen war ich im Bett. Bei zweien von ihnen habe ich es bereut, und der eine, bei dem ich es nicht bereue, bereut seinerseits, dass er mit mir geschlafen hat. Das ist schade.

Ich werde die Leute nicht vermissen, mit denen ich zusammengearbeitet habe. Menschen sind sowieso der größte Störfaktor in meinem Leben. Es beunruhigt mich, dass so viele kein bisschen Menschenverstand haben, dass ihre Meinungen so voreingenommen und so wenig durchdacht sind, so zutiefst frustrierend, irregeleitet, fehlinformiert und gefährlich, dass ich es kaum aushalte, ihnen zuzuhören. Ich bin nicht übermäßig empfindlich. Ich mag politisch unkorrekte Witze unter kontrollierten Bedingungen, in einer Umgebung, wo sie angemessen sind und jeder weiß, dass sie auf Kosten der Ignoranten gehen, die es mit der Korrektheit übertreiben. Wenn jemand einen politisch unkorrekten Scherz macht, weil er ernsthaft an dessen Inhalt glaubt, ist das nicht witzig, sondern widerlich. Ich mag keine Debatten darüber, was angeblich richtig oder falsch ist, mir ist es lieber, wenn Menschen das einfach wissen. Und zwar von Geburt an. Ein Prick-Allergietest und eine Grips-Injektion.

Die Arbeitslosigkeit hat mich dazu gebracht, mich dem zu stellen, was ich an der Welt und an mir selbst am wenigsten mag. In meinem Job konnte ich mich verstecken und ablenken. Ohne Job muss ich den Dingen ins Gesicht schauen, über sie nachdenken, sie in Frage stellen und eine Möglichkeit finden, auch mit dem zurechtzukommen, was ich seit langem vermeide. Das schließt auch das Viertel mit ein, in das ich vor vier Jahren gezogen bin und mit dessen Bewohnern ich nie etwas zu tun hatte – bis jetzt.

Es ist Silvester. Zum ersten Mal in meinem Leben bin ich allein. Dafür gibt es mehrere Gründe. Erstens ist das Wetter so scheußlich, dass ich mich nicht dazu aufraffen konnte, nach draußen zu gehen, vor allem, nachdem ich fast von der Tür enthauptet worden wäre, als ich dem tapferen Mann, der den Kampf mit den Elementen aufgenommen hatte, um mir mein Essen zu bringen, mein Thai-Takeaway abnehmen wollte. Die Krabbenchips hatten sich praktisch aufgelöst, er hatte die Sauce für die gefüllten Teigtaschen verschüttet, so dass unten in der Tüte alles schwamm, aber ich brachte es nicht übers Herz, mich zu beschweren. Sein sehnsüchtiger Blick in die Geborgenheit meines gemütlich warmen Hauses machte es mir unmöglich, auch nur ein Wort über den Zustand seiner Lieferung zu verlieren. Draußen heult der Wind mit solcher Kraft, dass ich mich frage, ob er vorhat, mein Dach abzudecken. Das Gartentor meines Nachbarn klappert unablässig, und ich frage mich, ob ich hingehen und es richtig schließen sollte, aber das würde bedeuten, dass ich vom Wind genauso durch die Gegend geschubst würde wie die Mülltonnen, die neben dem Haus gegeneinander rumsen. Heute ist der stürmischste Tag, den Irland seit Menschengedenken erlebt hat. Ganz Großbritannien ist betroffen, und auch die USA bleiben nicht verschont. In Kansas herrschen minus vierzig Grad, die Niagara-Fälle sind gefroren, New York wird von eisiger Luft, einem sogenannten Polarwirbel, attackiert, in Kerry landen Wohnmobile auf den Klippen, zuvor absolut trittsichere Schafe verlieren das Gleichgewicht und landen neben angespülten Robben am Strand.

Es gibt Flutwarnungen, völlig durchnässte Live-Reporter stehen bibbernd und mit blaugefrorenen Lippen an der Küste und beschwören die Anwohner, zu Hause zu bleiben. Seit zwei Tagen steht die Straße, die ich am häufigsten benutze, wenn ich irgendwohin fahre, komplett unter Wasser. Ausgerechnet in einer Zeit, in der ich mich unbedingt beschäftigen wollte, geradezu beschäftigen *müsste*, bringt Mutter Natur mich gnadenlos zum Stillstand. Ich weiß, was sie vorhat: Sie will mich zum Nachdenken zwingen, und sie schafft es tatsächlich! Deshalb beginnen jetzt alle Gedanken, die ich mir über mich selbst mache, mit *Vielleicht ...* – weil ich auf eine Art über mich nachdenken muss, wie ich noch nie über mich nachgedacht habe, und ich bin mir nicht sicher, ob ich das überhaupt kann.

Im Heulen des Sturms ist das Bellen des Hundes gegenüber kaum zu hören. Ich glaube, Dr. Jameson hat mal wieder vergessen, ihn ins Haus zu lassen. Er wird langsam ein bisschen schusslig – oder er hat sich mit dem Hund gestritten. Den Namen des Hundes kenne ich nicht, aber es ist ein Jack Russell Terrier. Gelegentlich erwische ich ihn in meinem Garten, gelegentlich hinterlässt er dort einen Haufen, und ein paarmal ist er auch schon in mein Haus gerannt, so dass ich ihn einfangen und dem ehrenwerten Gentleman von gegenüber zurückbringen musste. Ich nenne Dr. Jameson den ehrenwerten Gentleman, weil er ein ziemlich nobler Siebzigjähriger ist, pensionierter Arzt, der früher nebenbei auch noch Vorsitzender von ungefähr jedem Club war, Schach, Bridge, Golf, Cricket. Jetzt ist er Vorsitzender unseres Eigentümervereins, der sich um Laubsaugen, den Austausch von kaputten Birnen in Straßenlaternen, die Nachbarschaftswache und so weiter kümmert. Dr. Jameson ist stets gutgekleidet, mit perfekt gebügelten Hosen und Hemden, dünnen V-Ausschnitt-Pullis, blitzblanken Schuhen und gutfrisierten Haaren. Er redet mit mir, als richte er seine Sätze immer knapp über meinen Kopf hinweg – Kinn vorgereckt, Nase in der Luft, wie ein Laienschauspieler. Aber er ist nie direkt unhöflich, so dass ich auch keinen Grund dafür habe, meinerseits unhöflich zu sein, ich halte mich einfach nur auf Distanz. Das mache ich immer, wenn ich Menschen nicht richtig einschätzen kann. Bis vor einem Monat wusste ich nicht einmal, dass Dr. Jameson überhaupt einen Hund besitzt, aber inzwischen weiß ich für meinen Geschmack ja schon viel zu viel über meine Nachbarn. Je mehr der Hund gegen den Wind anbellt, desto nervöser werde ich. Womöglich ist Dr. Jameson in seiner Wohnung zusammengebrochen, womöglich hat der Wind ihn in einen Nachbargarten geweht wie die Trampoline, die plötzlich in fremden Gärten aufgetaucht sind. Angeblich hat ein kleines Mädchen morgens beim Aufwachen auf der Wiese hinter dem Haus eine Schaukel und eine Rutsche vorgefunden und gedacht, der Weihnachtsmann hätte ihr noch einen verspäteten Besuch abgestattet, aber wie sich herausstellte, stammten die Geräte aus einem Garten fünf Häuser weiter.

Ich kann die Party, die Mr und Mrs Murphy im Haus neben mir veranstalten, zwar sehen, aber nicht hören – es ist ihre übliche ausgelassene Silvesterfeier. Sie beginnt und endet jedes Jahr mit traditionellen irischen Liedern, Mr Murphy spielt die Bodhran, und Mrs Murphy singt mit einer solch traurigen Innigkeit, als säße sie mitten auf einem Acker mit verrotteten Kartoffeln. Wenn dann auch noch der Rest der Gäste mit einstimmt, hat man das Gefühl, sie sitzen in einem Hungerschiff nach Amerika und werden von der stürmischen See gebeutelt. Ich bin nicht traurig, dass der Wind die Töne in eine andere Richtung trägt, aber ich kann auch eine Party hören, die ich nicht sehe. Wahrscheinlich findet sie ein paar Straßen weiter statt; Gesprächsfetzen von Leuten, die verrückt genug sind, draußen zu rauchen, werden zusammen mit dem fernen Rhythmus irgendeiner Partymusik durch meinen Schornstein hereingeweht, aber gleich wieder weggerissen; Geräusche und Blätter wirbeln fieberhaft auf meiner Türschwelle herum.

Ich war zu drei Partys eingeladen, aber ich konnte mir wirklich nichts Schlimmeres als Party-Hopping vorstellen, obendrein hätte ich mir am Silvesterabend bei diesem Wetter und in meiner momentanen Stimmung ein Taxi besorgen müssen. Außerdem sollen die Fernsehprogramme an Silvester echt großartig sein, und ich will mir davon heute endlich mal selbst ein Bild machen. Also wickle ich mich fester in meine Kaschmirdecke, trinke einen Schluck Rotwein und bin zufrieden mit meiner Entscheidung, allein zu bleiben. Jeder, der sich bei diesem Wetter draußen herumtreibt, muss doch verrückt sein. Wieder heult der Wind mit aller Kraft, und ich greife nach der Fernbedienung, um die Lautstärke hochzudrehen, aber im selben Moment erlischt im ganzen Haus das Licht, und der Fernseher geht aus. Ich sitze im Dunkeln, der Hausalarm piept.

Ein kurzer Blick aus dem Fenster zeigt mir, dass die ganze Straße keinen Strom hat. Im Gegensatz zu den anderen mühe ich mich erst gar nicht mit Kerzen ab, sondern nehme die Dunkelheit als zusätzlichen Grund, mich die Treppe hinaufzutasten und ins Bett zu klettern, obwohl es gerade mal zehn Uhr ist. Die Ironie, dass ich sozusagen im doppelten Wortsinn keine Power habe, entgeht mir nicht. Zuerst schaue ich mir die Silvester-Show auf meinem iPad an, und als der Akku leer ist, höre ich ein bisschen Musik auf meinem iPod, der allerdings auch schon einen bedrohlich niedrigen Akkustand anzeigt. Er geht so rasant zur Neige, dass ich die verbleibenden Songs kaum genießen kann. Zum Schluss stelle ich meinen Laptop an, und als auch er den Geist aufgibt, möchte ich am liebsten losheulen. Dann höre ich ein Auto auf der Straße und weiß, jetzt gibt es Action.

Ich klettere aus dem Bett und ziehe die Vorhänge zurück. Die ganze Straße ist vom Stromausfall betroffen. In ein paar Häusern sehe ich flackernden Kerzenschein, aber sonst ist es stockdunkel, denn die meisten meiner Nachbarn sind über siebzig und vermutlich schon im Bett. Ich vertraue darauf, dass mich keiner sehen kann, denn auch mein Haus ist dunkel, ich kann mit offenen Vorhängen am Fenster stehen und ungehindert das Spektakel beobachten, das sich jetzt vor mir entfalten wird.

Ich schaue hinaus. Und da sehe ich Sie.

3

Ich bin keine Stalkerin, aber Sie machen es mir echt schwer, Sie nicht zu beobachten. Sie sind eine Art Ein-Mann-Zirkus, und ich bin das Publikum – ich kann einfach nicht anders. Wir wohnen direkt gegenüber voneinander in unserer Sackgasse in Sutton, North Dublin, einer in den Siebzigern nach dem Vorbild amerikanischer Suburbs gebauten Vorstadt. Die Häuser hier haben alle einen großen, nicht vom Gehweg abgetrennten Vorgarten. Keine Hecke, keine Sträucher, kein Zaun, kein Tor, nichts, was einen Menschen daran hindert, direkt zum Vorderfenster des Hauses zu marschieren. Unsere Vorgärten sind größer als die Gärten hinter dem Haus, deshalb legt die ganze Straße besonderen Wert auf die Pflege der Vorderfront, und jeder Quadratzentimeter Natur wird voller Stolz gepflegt, gestutzt, gedüngt und gegossen. Abgesehen von meinem und Ihrem Haus wohnen in unserer Straße ausschließlich Rentner, die endlose Stunden in ihren Gärten verbringen, und weil sie so oft draußen vor dem Haus sind, ist jeder jederzeit über das Kommen und Gehen der anderen informiert. Nur ich nicht. Und Sie auch nicht. Wir sind keine Gartenliebhaber und nicht pensioniert. Sie sind ungefähr zehn Jahre älter als ich, aber gemeinsam haben wir das Durchschnittsalter in der Straße sicher um dreißig Jahre gedrückt. Sie haben drei Kinder – ich bin nicht sicher, wie alt sie sind, aber ich schätze, der Älteste ist im Teenageralter und die beiden anderen sind noch unter zehn.

Sie sind kein guter Vater. Ich sehe Sie nie mit Ihren Kindern.

Seit ich hier eingezogen bin, wohnen Sie mir gegenüber, und Sie haben mich immer schon unglaublich genervt, aber weil ich jeden Tag bei der Arbeit war, hatte ich auch andere Dinge im Kopf und es gab für mich eindeutig Wichtigeres auf der Welt, als mich über Sie aufzuregen. Deshalb habe ich mich nicht weiter darum gekümmert, hab mich nicht beschwert und bin auch nicht zu Ihnen rübermarschiert, um Sie zu verprügeln.

Aber jetzt komme ich mir vor, als lebte ich in einem Goldfischglas, und alles, was ich aus den Fenstern meines Hauses sehe und höre, sind Sie. Immer nur Sie, Sie, Sie. Um halb drei Uhr früh – was für Sie eine recht seriöse Zeit ist, heimzukommen – erwische ich mich dabei, wie ich, die Ellbogen auf dem Fensterbrett, das Kinn in die Hand gestützt, begierig darauf warte, dass Sie wieder mal irgendwelchen Mist bauen. Ich weiß, dass es sich heute besonders lohnen wird, denn es ist Silvester, und Sie sind Matt Marshall, DJ bei Irlands größtem Radiosender, und obwohl ich es nicht wollte, habe ich heute Nacht Ihre Sendung auf meinem Handy verfolgt, bis auch da der Akku leer war. Sie war genauso aufdringlich, ekelhaft, abstoßend, widerwärtig, abscheulich und zum Kotzen wie alle Ihre sonstigen. Ihre Talkshow *Matt Marshalls Sprachrohr*, die zwischen elf Uhr abends und ein Uhr früh ausgestrahlt wird, hat die höchste Einschaltquote aller irischen Radiosendungen. Seit zehn Jahren sind Sie sozusagen der König der Late-Night-Talkshows. Als ich eingezogen bin, hatte ich keine Ahnung, dass Sie in dieser Straße wohnen, aber als Ihre Stimme dann kurz darauf über die Straße hinweg an mein Ohr drang, wusste ich sofort, dass Sie es waren. Das geht ja jedem so, und meistens werden die Leute dann ganz aufgeregt, aber ich war nur angewidert.

Sie verkörpern alles, was ich an den Menschen nicht mag. Ihre Weltsicht, Ihre Meinungen, Ihre Diskussionen helfen nicht im Geringsten bei der Lösung der Probleme, um die es Ihnen angeblich geht, Sie schüren lediglich Aggressionen, Intoleranz und Mob-Verhalten. Mit Ihrer Sendung schaffen Sie eine Plattform, auf der Hass, Rassismus und billigste Engstirnigkeit zum Ausdruck gebracht werden können, alles unter dem Deckmäntelchen der Redefreiheit. Aus all diesen Gründen sind Sie mir zutiefst unsympathisch, aber mein Hass auf Sie hat persönliche Gründe. Darauf werde ich später noch genauer eingehen.

Wie üblich brettern Sie mit sechzig Stundenkilometern unsere stille Rentnerstraße entlang. Ihr Haus haben Sie von einem älteren Ehepaar gekauft, das sich verkleinern wollte. Ich habe meines übrigens von einer Witwe, die gestorben ist – oder genauer von ihren Kindern. Der Preis war extrem günstig, denn es war die Zeit, als der Immobilienmarkt am Boden lag und die Leute nehmen mussten, was sie kriegen konnten, und ich will meinen Hauskredit möglichst rasch abbezahlen. Seit ich fünf bin, habe ich den Ehrgeiz, dass mein Besitz auch wirklich mir gehört, ich will nämlich weder von der Gnade noch von den Fehlern anderer Menschen abhängig sein. Unsere beiden Häuser sahen damals aus wie Kulissen für die Siebzigerjahre-Serie *The Good Life*; wir wollten beide eine Menge verändern und mussten uns mit dem Eigentümerverein herumschlagen, der uns vorwarf, wir würden den Stil der Siedlung ruinieren. Aber wir schafften es, einen Kompromiss zu finden. Von außen ähneln unsere Häuser immer noch *The Good Life*, aber innen sind sie komplett renoviert. Mit meinem Vorgarten habe ich allerdings eine Regel übertreten, und dafür bezahle ich immer noch. Mehr dazu später.

Wie üblich fahren Sie gefährlich dicht an Ihr Garagentor und steigen aus, während der Schlüssel noch im Zündschloss steckt, das Radio plärrt und der Motor läuft. Ich bin nicht sicher, ob Sie es vergessen haben oder ob Sie vielleicht planen, gleich wieder wegzufahren. Die Scheinwerfer strahlen hell, und da sie das einzige Licht auf der ganzen Straße sind, wirkt es noch dramatischer, ein bisschen so, als stünden Sie im Rampenlicht. Trotz des Winds, der inzwischen ein klein wenig abgeflaut ist, ist jedes Wort von Guns N' Roses deutlich aus dem Auto zu hören. Es ist

»Paradise City«; 1988 muss wohl ein gutes Jahr für Sie gewesen sein. Ich war damals acht, Sie schätzungsweise achtzehn – ich wette, Sie haben Band-T-Shirts getragen und hatten einen Guns-N'-Roses-Aufkleber auf Ihrer Schultasche. Ich wette, Sie haben die Namen der Bandmitglieder in Ihre Schulhefte gemalt, sind ins *Grove* gegangen und haben geraucht und die ganze Nacht getanzt und jedes Wort von Guns N' Roses in den Nachthimmel emporgeschrien. Damals haben Sie sich bestimmt frei und glücklich gefühlt, denn Sie hören die Musik ganz schön oft, und offensichtlich immer auf dem Heimweg.

In Dr. Jamesons Schlafzimmer geht das Licht an, vermutlich eine Taschenlampe, denn es bewegt sich, aber ziemlich planlos, als sei die Person, die die Lampe hält, ein bisschen desorientiert. Inzwischen bellt der Hund wie ein Wahnsinniger, und ich frage mich, ob Dr. Jameson ihn wohl reinlassen wird, ehe der Wind das arme Tier packt und irgendein kleines Mädchen morgen früh im Garten als verspätetes Weihnachtsgeschenk einen verwirrten Jack Russell vorfindet. Ich beobachte, wie das Taschenlampenlicht in den oberen Zimmern herumgeistert. Dr. Jameson hat die Dinge angeblich gern unter Kontrolle. Das habe ich von meinem Nachbarn Mr Malone erfahren, der eines Tages bei mir geklingelt hat, weil das Müllauto unterwegs war und ich vergessen hatte, meine Tonnen rauszustellen. Ich glaube, dass Mr Malone und Dr. Jameson sich in den Haaren haben, weil beide den Eigentümerverein in der Hand haben wollen. Die Mülltonnen hatte ich rauszustellen vergessen, weil ich, seit ich nicht mehr arbeite, oft die Wochentage durcheinanderbringe, aber es ärgerte mich, dass Mr Malone eigens an meine Haustür kam, um es mir mitzuteilen. Seither sind sieben Wochen vergangen, und inzwischen würde es mich nicht mehr stören. Jetzt empfinde ich so etwas eher als hilfreich, aber damals ging mir alles Nachbarschaftliche und die damit verbundene Hilfsbereitschaft auf die Nerven. Ich hatte keinen Gemeinschaftssinn. Nicht weil es mich grundsätzlich nicht interessierte, ich war einfach viel zu beschäftigt. Ich wusste nicht, dass er in dieser Form existierte, ich hatte nie davon Gebrauch gemacht.

Sie rütteln an der Haustürklinke und sind anscheinend zutiefst schockiert, sie verschlossen vorzufinden, so dass weder Sie noch potentielle Einbrecher einfach ins Haus marschieren können. Sie betätigen die Klingel. Aber natürlich nicht höflich und rücksichtsvoll, sondern immer gleich grob und aggressiv, oft und lange, oft und stakkato, die reinste Maschinengewehrsalve. Ihre Frau reagiert nie sofort. Die Kinder auch nicht; ich frage mich, ob sie inzwischen womöglich so daran gewöhnt sind, dass sie einfach weiterschlafen. Oder ob Ihre Frau sich mit ihnen irgendwo im Haus verkrochen hat. Vielleicht kauern sie jetzt alle zusammen in einem Zimmer, die Kinder schluchzen, und ihre Mutter sagt ihnen, sie sollen die unheimlichen Geräusche an der Tür ignorieren. Wie auch immer, jedenfalls kommt keiner. Schließlich fangen Sie an, an die Tür zu hämmern. Das gefällt Ihnen, Sie machen es immer gern, denn so können sie Ihre Anspannung und Ihren Ärger rauslassen, und auf diese Art arbeiten Sie sich ums ganze Haus, klopfen und schlagen an jedes erreichbare Fenster. Mit Singsang-Stimme versuchen Sie Ihre Frau herauszulocken: »Ich weiß, dass du da drin bist« – als würde sie so tun, als wäre sie nicht da. Das glaube ich nicht, ich glaube eher, dass ihr Verhalten eine ziemlich klare Botschaft enthält. Ich frage mich nur, ob sie wirklich schläft oder ob sie hellwach ist und hofft, dass Sie wieder gehen. Vermutlich Letzteres.

Dann fangen Sie an rumzubrüllen. Ich bin sicher, dass Ihre Frau das Brüllen besonders hasst, denn es ist besonders beschämend, da ja jeder Ihre Stimme kennt (auch wenn sich ohnehin niemand anders in unserer Straße jemals so aufführen würde). Ich weiß nicht, warum Sie das inzwischen nicht begriffen haben und nicht gleich von Anfang an rumbrüllen. Heute bin ich zum ersten Mal Zeuge, wie Ihre Frau nicht nachgibt. Da müssen Sie sich wohl oder übel etwas Neues einfallen lassen. Sie gehen zu Ihrem Auto zurück und fangen an zu hupen.

Ich sehe, wie Dr. Jamesons Taschenlampenlicht sich vom oberen Stockwerk nach unten bewegt, und hoffe, dass er nicht nach draußen kommt und versucht, Sie zur Ruhe zu ermahnen. Denn darauf würden Sie zweifellos drastisch reagieren. Dr. Jamesons Haustür geht auf, und ich schlage die Hände vors Gesicht. Soll ich rauslaufen und ihn aufhalten? Aber ich möchte da nicht mit reingezogen werden. Ich werde die Situation beobachten und nur eingreifen, wenn Handgreiflichkeiten drohen. Obwohl ich keinen blassen Schimmer habe, was ich dann tun würde. Dr. Jameson kommt aber nicht zum Vorschein. Stattdessen rast der Hund mit einem Affenzahn um die Hausecke, ganz wild darauf, endlich ins Haus zu kommen, wobei er auf dem patschnassen Rasen mehrmals ins Schleudern gerät. Der Hund verschwindet, die Haustür wird zugeschlagen. Ich staune und muss lachen.

Bestimmt hören Sie die Tür und denken, es sei Ihre Frau, denn Sie hören abrupt auf zu hupen, und bis auf Guns N' Roses ist wieder alles still. Dafür bin ich erst mal dankbar, denn das Hupen war Ihre bisher nervigste Idee. Dann öffnet sich Ihre Haustür, und Ihre Frau erscheint, als hätte sie darauf gewartet, dass Sie sich wieder beruhigen, ehe sie bereit ist, Sie reinzulassen. Sie trägt einen Morgenmantel und ist außer sich. Hinter ihr sehe ich einen dunklen Schatten. Zuerst denke ich, sie hat womöglich einen anderen Mann kennengelernt, und mache mir ernsthaft Sorgen, was jetzt passiert, aber dann erkenne ich Ihren Teenager-Sohn. Er wirkt älter, als wolle er seine Mutter beschützen, ganz der Mann im Haus. Ihre Frau sagt ihm, er solle drinbleiben, und er tut es. Ich bin froh. Es muss ja nicht noch schlimmer werden. Als Sie Ihre Frau entdecken, springen Sie aus dem Auto und fangen an, sie anzubrüllen, weil sie Sie ausgesperrt hat. Das werfen Sie ihr jedes Mal an den Kopf. Ihre Frau versucht Sie zu beschwichtigen, geht zur noch immer offenstehenden Tür Ihres Jeeps und zieht den Schlüssel aus dem Zündschloss. Augenblicklich verstummt die Musik, der Motor und die Scheinwerfer gehen aus. Ihre Frau hält Ihnen Ihren Schlüsselbund vor die Nase und erklärt Ihnen, dass der Hausschlüssel dranhängt. Das hat Sie Ihnen gesagt. Sie wussten es.

Aber ich weiß genauso gut wie Ihre Frau, dass praktisches Denken und Erinnerungsvermögen nur in nüchternem Zustand funktionieren und nicht bei einem Menschen in Ihrem Zustand. Sie denken jedes Mal, dass man Sie ausgesperrt hat, *absichtlich*. Dass die ganze Welt gegen Sie ist oder in diesem Fall das Haus, und dass Sie alle Mittel einsetzen müssen, um zu Ihrem Recht zu kommen.

Einen Moment sind Sie ganz still und greifen nach dem Schlüssel, der vor Ihrer Nase baumelt. Dann stolpern Sie auf Ihre Frau zu, schließen sie in die Arme und überhäufen sie mit Küssen. Ich kann Ihr Gesicht nicht sehen, aber das Ihrer Frau schon. Es ist ein Inbild stummer innerer Qual. Sie aber lachen und wuscheln Ihrem Sohn im Vorbeigehen die Haare, als wäre das alles bloß ein Witz gewesen, und ich verabscheue Sie noch mehr, weil Sie sich nicht mal entschuldigen können. Das machen Sie nie, jedenfalls habe ich es noch nie erlebt. Gerade als Sie ins Haus treten, kommt der Strom zurück, und Sie drehen sich um und sehen mich am Fenster stehen. Das helle Licht in meinem Schlafzimmer stellt mich bloß – in all meiner Schnüfflerpracht.

Sie werfen mir einen wütenden Blick zu, dann knallen Sie Ihre Haustür ins Schloss, und trotz allem, was Sie heute Nacht angerichtet haben, komme ich mir vor, als wäre *ich* die Verrückte.

4

Eins mochte ich an den Weihnachtsferien, die gerade vorbei sind, und zwar, dass niemand gearbeitet hat – dadurch waren alle auf dem gleichen Niveau, alle im Ferienmodus, ich musste mich mit niemandem vergleichen und von niemandem abgrenzen. Aber jetzt sind alle wieder bei der Arbeit, und ich fühle mich wieder wie vor der Weihnachtszeit.

Nach der Entlassung stand ich erst mal hauptsächlich unter Schock, dann hat der Trauerprozess eingesetzt, und ich habe meinem verlorenen Leben nachgeweint. Und ich war wütend – natürlich war ich wütend. Schließlich habe ich gedacht, Larry – mein Kollege, der Mann, der mich gefeuert hat – wäre mein Freund. An Neujahr waren wir sonst immer zusammen Skifahren, jeden Juni habe ich mit ihm und seiner Familie eine Woche in seinem Ferienhaus in Marbella Urlaub gemacht. Ich gehörte zu den wenigen Auserwählten, die zu der ziemlich überzogenen Party anlässlich des Debütantinnenballs seiner Tochter eingeladen waren. Ich gehörte zum inneren Kreis, und trotz unserer gelegentlich hitzigen Auseinandersetzungen wäre ich nie auf die Idee gekommen, dass unsere Beziehung so enden könnte. Dass er schlicht gesagt den Mumm aufbringen würde, *mir das anzutun.*

Als die Wut einigermaßen überwunden war, kam die Phase des Leugnens: Ich wollte der Tatsache einfach nicht ins Gesicht sehen, dass etwas Schlimmes passiert war. Ich wollte nicht jemand sein, der seinen Job verloren hatte, ich wollte mich nicht durch so etwas definieren lassen. Ich brauchte meinen Job nicht, mein Job brauchte mich – sein Pech, dass er mich verloren hatte! Und dann kam Weihnachten, und dank all der Essenseinladungen, Partys und Festivitäten mit reichlich Alkohol fühlte ich mich warm, benommen und sorglos. Jetzt ist Januar, und mein Inneres sieht ungefähr so trostlos aus wie der Tag draußen, denn ein ganz neues Gefühl hat mich im Griff.

Ich fühle mich wertlos, ich habe einen entscheidenden Teil meiner Selbstachtung verloren. Man hat mir meine Alltagsroutine genommen, meinen Terminplan, der früher jede Stunde meines Lebens bestimmt hat, Tag und Nacht. Es ist schwierig für mich, einen geregelten Tagesablauf zu finden, ganz gleich, welcher Art, denn für mich scheint es keine Regeln zu geben, während alle anderen zum Takt ihrer eigenen wichtigen Trommel marschieren. Ich habe ständig Hunger, im übertragenen und im buchstäblichen Wortsinn. Ich bin hungrig darauf, etwas zu tun, irgendwo hinzugehen, aber ich habe auch Hunger auf alles in meiner Küche, weil die Sachen einfach da sind, in Reichweite, den ganzen Tag, und ich habe nichts Besseres zu tun, als sie aufzuessen. Mir ist langweilig. Und so ungern ich es zugebe: Ich bin einsam. Manchmal vergeht ein ganzer Tag, ohne dass ich einen einzigen sozialen Kontakt habe, ohne dass ich mich mit einem einzigen anderen Menschen unterhalte. Gelegentlich frage ich mich schon, ob ich unsichtbar bin. Ich fühle mich wie die alten Männer und Frauen, die mich immer genervt haben, weil sie die Kassiererinnen im Supermarkt in vollkommen unnötige Gespräche verwickelten, wenn ich hinter ihnen in der Schlange stand und es furchtbar eilig hatte, woanders hinzukommen. Wenn man nirgendwo anders hinmuss, verlangsamt die Zeit sich enorm. Auf einmal nehme ich andere Menschen viel deutlicher zur Kenntnis, ich suche Blickkontakt. Ich bin bereit, mich mit irgendwem über irgendetwas zu unterhalten, ich würde mich freuen, wenn jemand meinen Blick erwidert, wenn es jemanden gäbe, mit dem ich reden kann. Aber alle sind viel zu beschäftigt, und deshalb komme ich mir unsichtbar vor. Aber im Gegensatz zu dem, was ich gedacht hätte, macht Unsichtbarkeit keineswegs leicht und frei. Ich fühle mich schwer. Und so schleppe ich mich durch die Gegend, versuche mir einzureden, dass ich mich eigentlich nicht schwer, unsichtbar, gelangweilt und wertlos fühle, sondern frei bin. Aber meistens glaube ich es mir nicht.

Ein weiterer schlechter Nebeneffekt dessen, dass ich gefeuert worden bin, ist die Tatsache, dass mein Vater ungebeten bei mir auftaucht.

So auch heute: Als ich heimkomme, entdecke ich ihn mit meiner Stiefschwester Zara im Vorgarten. Zara ist drei, mein Vater dreiundsechzig. Vor drei Jahren hat er sich aus seiner Druckerei zurückgezogen und sie zu einem sehr guten Preis verkauft, der ihm jetzt ein angenehmes Leben ermöglicht. Gleich nach Zaras Geburt wurde er hauptberuflich Ehemann und Vater, während Leilah, seine Frau, in ihrem eigenen Studio als Yogalehrerin arbeitet. Ich finde es wunderbar, dass Dad eine zweite Chance in der Liebe bekommen hat und dass er zum ersten Mal in seinem Leben die Vaterschaft voll und ganz wahrnehmen kann, inklusive Windelnwechseln, nächtlichem Füttern, Abstillen und auch sonst allem, was die Erziehung eines Kindes so mit sich bringt. Ständig strahlt er vor Stolz auf Zara, dieses bemerkenswerte kleine Mädchen, das ganz allein unglaubliche Dinge hinbekommt. Wachsen, Laufen, Sprechen. Er bewundert ihre Begabung, erzählt lange Geschichten über das, was sie am Tag schon alles getan, was für lustige Dinge sie gesagt und was für tolle Bilder sie gemalt hat. Dabei ist sie doch noch so klein! Wie gesagt, das ist wunderbar. Wirklich. Aber er freut sich darüber, als erlebte er das alles zum ersten Mal, als Anfänger, als hätte er es noch nie gesehen.

Weil ich in den letzten Wochen bekanntlich so viel Zeit zum Nachdenken hatte, frage ich mich, wo dieses ehrfürchtige Staunen war, als Heather und ich klein waren? Wenn es diese erschütterte Bewunderung gegeben hat, dann war sie jedenfalls gut versteckt hinter einer Maske von Genervtheit und totaler Verwirrung. Wenn mein Vater wieder einmal auf etwas besonders Wunderbarem herumreitet, das Zara gemacht hat, möchte ich ihn bisweilen anschreien, dass andere Kinder das Gleiche tun, Kinder wie Heather und ich, und wie unglaublich wir gewesen sein müssen, dass wir all das als Erste geschafft haben, vor über dreißig Jahren. Aber ich tue es nicht. Es würde mich nur bitter und hart erscheinen lassen, und das bin ich nicht, und es würde den Fokus auf etwas richten, was im Grunde gar nicht da ist. Ich sage mir, dass es die Untätigkeit ist, die solche frustrierenden Gedanken hervorruft.

Ich überlege mir oft, wie Mum sich fühlen würde, wenn sie noch am Leben wäre und Dad als den Mann sehen würde, der er jetzt ist – loyal, im Ruhestand, ein hingebungsvoller Vater und Ehemann. In meiner Vorstellung reagiert sie manchmal ganz gelassen und verständnisvoll, so, wie es an toleranten, vernünftigen Tagen sicher der Fall gewesen wäre, aber ein andermal höre ich die Stimme der erschöpften alleinerziehenden Mutter, mit der ich aufgewachsen bin, wie sie mit Gift und Galle über meinen Dad und seine Gefühllosigkeit herzieht. Welche Stimme ich höre, hängt bestimmt auch von meiner eigenen Stimmung ab.

Mum ist mit vierundvierzig Jahren an Brustkrebs gestorben. Viel zu jung zum Sterben. Ich war neunzehn, viel zu jung, um meine Mutter zu verlieren. Natürlich war es für sie am schwierigsten, denn sie musste die Welt verlassen, ob sie wollte oder nicht. Dabei gab es noch so vieles, was sie sehen, so vieles, was sie tun wollte. Dinge, die sie aufgeschoben hatte, bis ich mit der Schule fertig und erwachsen war, so dass sie ihr eigenes Leben weiterleben konnte. Sie war noch längst nicht fertig damit, in vielerlei Hinsicht hatte sie noch gar nicht richtig angefangen. Mit vierundzwanzig hatte sie meine Schwester bekommen, mit fünfundzwanzig dann – völlig ungeplant – mich, sie hatte uns großgezogen und alles für uns getan. Jetzt hätte sie endlich Zeit für sich selbst haben sollen.

Nach ihrem Tod wohnte ich im Studentenwohnheim auf dem Campus, und Heather blieb in dem Heim, in das sie gezogen war, als Mum krank geworden war. Manchmal frage ich mich, warum ich so egoistisch war und mich nicht selbst um Heather gekümmert habe. Ich glaube, ich habe es nicht mal angeboten. Sicher, es war wichtig für mich, mein eigenes Leben zu beginnen, aber ich habe nicht mal daran gedacht. Ich finde es nicht egoistisch, wenn man nicht für einen anderen Menschen sorgen möchte, aber es war egoistisch, nicht einmal auf die Idee zu kommen. Rückblickend denke ich auch, dass ich meine Mutter damals hätte besser unterstützen sollen, dass sie viel zu viel allein durchmachen musste. Ich hätte mehr bei ihr sein, sie mehr begleiten sollen, statt sie nur im Nachhinein zu fragen, wie es gewesen war. Aber ich war ein Teenager, meine Welt drehte sich um mich, und ich war froh, dass meine Tante für meine Mutter da war.

Heather ist nur knapp ein Jahr älter als ich, wir sind das, was man irische Zwillinge nennt. Aber sie behandelt mich, als wäre ich viel, viel jünger als sie. Dafür liebe ich sie. Ich weiß, dass ich ein Unfall war, denn meine Mutter hatte ganz sicher nicht geplant, so früh nach Heathers Geburt schon wieder ein Baby zu bekommen. Meine Mutter war fassungslos, aber mein Dad war schlicht entsetzt: Er kam nur mühsam damit zurecht, ein Kind zu haben, von einem Baby mit Down-Syndrom ganz zu schweigen. Heather machte ihm Angst, er hatte keine Ahnung, wie er mit ihr umgehen sollte. Als ich dann auch noch dazukam, zog er sich zunehmend von seiner Familie zurück, suchte sich andere Frauen, die mehr Zeit hatten, um ihn anzuhimmeln und mit ihm einverstanden zu sein.

Unterdessen meisterte meine Mum die Realität mit großer Kraft und Sicherheit, obwohl sie später zugab, dass sie dabei oft »Bambi-Beine« gehabt habe, wie sie sich ausdrückte. Ich bekam das nicht mit, ich sah sie nie zögern oder einen falschen Schritt machen, sie erweckte immer den Eindruck, dass sie die Dinge unter Kontrolle hatte. Im Spaß sagte sie oft, dass ich mich praktisch selbst großgezogen hätte, und entschuldigte sich sogar dafür. Aber für mich war immer klar, dass Heather wichtiger war und mehr Zuwendung brauchte als ich, und ich fühlte mich nie ungeliebt – es war einfach so. Auch ich liebte Heather, und ich weiß, dass es Mum, als sie von der Welt Abschied nehmen musste, vor allem schwerfiel, Heather zurückzulassen. Heather brauchte Mum, Mum hatte Pläne für Heather, und es brach ihr das Herz, dass sie sich nicht mehr um Heather kümmern konnte. Damit kann ich leben, das verstehe ich. Mir brach der Tod meiner Mutter das Herz nicht nur, weil ich selbst um sie trauerte, sondern auch, weil ich wusste, was er für sie und meine Schwester bedeutete.

Heather ist keineswegs so unbekümmert, wie es dem Klischee von Menschen mit Down-Syndrom entspricht. Wie wir alle hat sie gute und schlechte Tage, aber grundsätzlich ist sie eine optimistische Persönlichkeit – was nichts mit dem Down-Syndrom zu tun hat. Ihr Leben folgt einer festen Routine, was sie sehr zu schätzen weiß, denn so hat sie alles unter Kontrolle. Deshalb reagiert sie auch verwirrt und teilweise richtig beunruhigt, wenn ich zu ungewohnten Zeiten bei ihr zu Hause oder an ihrem Arbeitsplatz auftauche. Heather braucht ihren geregelten Alltag – noch ein Beweis dafür, wie ähnlich wir uns sind.

Weil sie nicht auf die Ritzen treten will, hüpft Zara von einem Pflasterstein zum nächsten und besteht darauf, dass Dad es genauso macht. Er tut es. Inzwischen bin ich auf so etwas ja gefasst, aber zu beobachten, wie er mit seinem über der Hose hängenden Weihnachtsbauch herumhopst, wirft in mir trotzdem die Frage auf, wer dieser Mann eigentlich ist. Als ich vor meinem Haus halte, blickt er auf.

»Ich wusste gar nicht, dass ihr kommt«, sage ich ganz locker. Übersetzung: Sag mir gefälligst vorher Bescheid, wenn du vorbeikommen willst. Und zwar ausnahmslos.

»Wir haben einen kleinen Ausflug an die Küste gemacht und

den Wellen zugeschaut, stimmt's, Zara?«, fragt er und hebt seine Tochter hoch. »Erzähl Jasmine doch mal von den Wellen.«

Er bringt Zara ständig dazu, solche Dinge zu erzählen. Bestimmt tun das alle Eltern, aber es macht mich rasend. Ich möchte mit Zara lieber ein Gespräch führen, das nicht von Dad vorgekaut worden ist. Wenn sie mir in Dads Anwesenheit etwas erzählt, höre ich es immer zweimal.

»Die waren riesig, die Wellen, stimmt's? Zeig Jasmine doch mal, wie riesig die waren.«

Zara nickt und macht große Augen. Dann streckt sie die Arme aus, um eine Größe anzudeuten, die für eine Welle enttäuschend wäre, für die sie sich aber mächtig strecken muss.

»Und die Wellen sind an die Felsen gekracht, stimmt's? Erzähl es Jasmine.«

Zara nickt wieder. »Die Wellen sind an die Felsen gekracht.«

»Und in Malahide haben die Wellen die Küstenstraße nassgespritzt«, fährt Dad unbeirrt fort, wieder mit seinem kindischen Ton, und ich wünschte, er würde mir die Geschichte einfach direkt erzählen.

»Wow«, sage ich, lächle Zara zu und breite die Arme aus. Sofort kommt sie angesaust, schlingt ihre langen dünnen Beinchen um mich und drückt mich ganz fest. Ich habe nichts gegen Zara. Zara ist echt süß. Nein. Zara ist wunderschön. Sie ist in jeder Hinsicht perfekt, und ich vergöttere sie. Es ist nicht Zaras Schuld. Niemand ist schuld, denn nichts ist passiert, es ist nur mein Ärger darüber, dass mein Vater es sich angewöhnt hat, unangekündigt vorbeizukommen, seit ich arbeitslos bin, und allmählich erzeugt dieser Ärger etwas, was in Wirklichkeit nicht da ist. Ich weiß das. Ich erkläre es dem vernünftigen Teil in mir.

»Wie geht's dir, mein Spaghetti-Beinchen?«, frage ich Zara, während ich die Tür aufschließe. »Ich hab dich ja ein ganzes Jahr nicht gesehen!« Beim Reden werfe ich einen schnellen Blick zu Ihrem Haus hinüber. Das mache ich oft in letzter Zeit, ich kann anscheinend nicht anders. Inzwischen ist es mir zur Gewohnheit geworden, ein alberner Zwang. Ich kann nicht mehr in mein Auto steigen, meine Haustür nicht mehr zumachen, ohne rüberzuschauen, und wenn ich an Ihren Fenstern vorbeikomme, bleibe ich stehen und glotze rein. Das muss aufhören, ich weiß. Tagsüber passiert sowieso nie etwas, Sie lassen sich kaum sehen, nur Ihre Frau kommt und geht mit den Kindern. Gelegentlich sehe ich Sie den Vorhang an irgendeinem Fenster wegziehen, oder Sie schlendern zu Ihrem Auto, mehr nicht. Ich weiß selbst nicht, was ich erwarte.

»Hast du deinem Dad erzählt, dass wir letzte Woche Cupcakes gebacken haben?«, frage ich Zara.

Zara nickt wieder, und auf einmal wird mir klar, dass ich genau das Gleiche mache wie mein Dad. Das muss doch frustrierend sein für sie, aber anscheinend kann ich es auch nicht abstellen.

Dad und ich unterhalten uns durch Zara. Wir sagen Dinge zu ihr, die wir einander eigentlich direkt sagen sollten. Ich erzähle Zara, dass wir an Silvester einen Stromausfall hatten, dass ich im Supermarkt Billy Gallagher getroffen habe, dass er seit neuestem in Rente ist und noch etliche andere Dinge, die sie überhaupt nicht wissen muss. Eine Weile hört sie aufmerksam zu, aber dann wird es ihr zu viel, und sie läuft weg.

»Dein Freund ist mal wieder in Schwierigkeiten«, sagt Dad, als wir mit einer Tasse Tee und Keksen, die von meinem riesigen Vorrat an Weihnachtssüßigkeiten noch übrig sind, am Tisch sitzen und zuschauen, wie Zara die Kiste mit den Spielsachen, die ich für sie bereithalte, auskippt. Mit lautem Geklapper purzeln die Legosteine heraus, so dass Dads nächster Satz in dem Lärm fast untergeht.

»Welcher Freund?«, frage ich beunruhigt.

Dad nickt zu Ihrem Haus hinüber. »Dieser Mann da, wie heißt er gleich?«

»Matt Marshall? Der ist nicht mein Freund«, erwidere ich empört. Warum führt eigentlich jedes Gespräch irgendwann zu Ihnen?

»Na, dann eben dein Nachbar«, sagt Dad, und dann beobachten wir wieder beide Zara.

Nur weil das Schweigen zu lange dauert und mir nichts Besseres einfällt, frage ich schließlich: »Warum – was hat er denn gemacht?«

»Wer?«, fragt Dad und taucht mit einem Ruck aus seiner Zara-Trance auf.

»Matt Marshall«, stoße ich mit zusammengebissenen Zähnen hervor, denn ich hasse es, wenn ich nach Ihnen fragen muss – von zweimal ganz zu schweigen.

»Ach, der«, brummt Dad, als wäre es mindestens eine Stunde her, dass er das Thema angesprochen hat. »Es hat Beschwerden gegeben wegen seiner Silvestersendung.«

»Er kriegt doch ständig Beschwerden.«

»Vermutlich waren es mehr als sonst. Es steht jedenfalls in allen Zeitungen.«

Wir schweigen wieder, und ich denke an Ihre Sendung. Ich hasse Ihre Sendung, ich höre sie nie, das heißt, ich habe sie nie gehört, erst in letzter Zeit schalte ich sie manchmal ein, weil ich wissen will, ob das aktuelle Thema irgendwie in Zusammenhang steht mit dem Zustand, in dem Sie heimkommen, denn Sie sind ja nicht jede Nacht betrunken. Nur drei- bis viermal die Woche. Aber bisher konnte ich keine direkte Korrelation feststellen.

»Na ja, er hat das Neue Jahr damit eingeläutet, dass er eine Frau zum …«

»Ich weiß, ich weiß«, unterbreche ich ihn, weil ich nicht hören will, wie mein Vater das Wort *Orgasmus* ausspricht.

»Ich dachte, du hörst seine Sendung nicht«, sagt er zu seiner Verteidigung.

»Aber ich hab was *über* sie gehört«, murmle ich und gehe auf alle viere, um Zara mit dem Lego zu helfen. Ich tue so, als wäre unser Turm ein Dinosaurier, der Zaras Finger und Zehen frisst, und lasse ihn dann mit großem Gebrüll in unseren zweiten Turm krachen. Das gefällt Zara, und sie spielt wieder eine Weile für sich allein.

Ich rekapituliere Ihre Silvestersendung – Sie und Ihr Team fanden es zum Schieflachen, das neue Jahr damit zu beginnen, dass man eine Frau beim Orgasmus hört. Eine wirklich bezaubernde Idee, ein Dankeschön an Ihre Zuschauer für die treue Unterstützung. Dann gab es ein Quiz, in dem ein vorgetäuschter Orgasmus von einem echten Orgasmus unterschieden werden sollte, und dann eine ausführliche Diskussion über Männer, die beim Sex einen Orgasmus vortäuschen. Es war nicht anstößig, jedenfalls nicht für mich und auch nicht im Vergleich mit dem Dreck, über den Sie in anderen Sendungen schon manchmal gesprochen haben, und da mir nicht bewusst war, dass auch Männer gelegentlich einen Orgasmus vortäuschen, sogar ansatzweise informativ, wenn nicht sogar erschütternd und persönlich erhellend – nämlich *möglicherweise* in Bezug auf den Mann aus der Firma, den ich nicht bereue, der aber mich bereut hat –, obwohl die Idioten, die Sie in der Sendung zu Wort kommen ließen, nichts sonderlich Aufschlussreiches zum Thema beizutragen hatten.

Das klingt jetzt vielleicht, als wollte ich Sie verteidigen, aber so ist es nicht. Es war nur einfach nicht Ihre schlechteste Sendung. Ausnahmsweise geht es mir nicht so sehr um Sie und Ihren mangelnden Charme, sondern um das Recht, eine Frau beim Orgasmus zu hören, ohne dass es als anstößig gilt.

»Was für Schwierigkeiten hat er denn?«, frage ich.

»Wer denn?«, fragt Dad, und ich zähle im Kopf bis drei.

»Matt Marshall.«

»Oh. Die haben ihn gefeuert. Oder zumindest beurlaubt. Ich weiß nicht, was. Ich würde sagen, er ist draußen. War ja auch lange genug dabei. Jetzt kann er ruhig mal Platz machen für einen Jüngeren.«

»Er ist doch erst zweiundvierzig«, sage ich. Es klingt schon wieder, als wollte ich Sie verteidigen, aber ich meine es nicht persönlich. Ich bin dreiunddreißig, und ich muss einen neuen Job finden, ich denke viel über das Alter nach, vor allem darüber, welche Einstellung man in der Arbeitswelt dem Alter gegenüber hat. Wenn ich mir vorstelle, dass Sie gefeuert worden sind, dann freue ich mich. Ich konnte Sie noch nie leiden, ich hab mir immer gewünscht, dass Ihre Sendung aus dem Programm verschwindet, aber jetzt fühle ich mich plötzlich schlecht und weiß nicht, warum. Vielleicht weil ich seit neuestem jeden Morgen Ihren Kindern und Ihrer netten Frau zuwinke.

»Wie sich herausstellt, war tatsächlich eine Frau im Studio«, erzählt Dad und macht dabei ein ziemlich unbehagliches Gesicht.

»Na ja, es klang auch nicht wie ein Mann.«

»Nein, sie hat sich wirklich, na, du weißt schon.« Er sieht mich an. »Sie hat sich wirklich selbst befriedigt. Live im Studio«, sagt Dad.

Mir dreht es fast den Magen um, einerseits, weil ich mich mit meinem Dad über so was unterhalte, andererseits, weil ich vor meinem inneren Auge sehe, wie Ihre Leute das im Studio inszenieren, den Countdown bis Mitternacht, und wie Ihr Team sich schieflacht über diese Frau.

Und da hasse ich Sie wieder.

Ich hebe Zara in ihren Autositz und drücke einen Kuss auf ihre kleine Knopfnase.

»Ich könnte mit Ted sprechen, wenn du möchtest«, sagt Dad plötzlich, als führe er ein Gespräch fort, an das ich mich nicht erinnere.

»Wer ist Ted?«, erkundige ich mich stirnrunzelnd.

»Ted Clifford«, antwortet er und zuckt die Achseln, als wäre das keine große Sache.

Die Wut kocht so schnell in mir hoch, dass ich mich ernsthaft zusammenreißen muss, um nicht hier und jetzt die Beherrschung zu verlieren. Und es fällt mir ziemlich schwer. Ted Clifford ist der Mann, an den Dad sein Geschäft verkauft hat. In guten Zeiten hätte er es für dreimal so viel verkaufen können, das erzählt er jedem, aber jetzt sind eben keine guten Zeiten, deshalb hat er sich mit der einigermaßen vernünftigen Summe zufriedengegeben, die ihm im Sommer einen Monat Urlaub mit Leilah und Zara ermöglicht und außerdem viermal pro Woche Essengehen. Ich weiß nicht, ob er seine Hypothek abbezahlt hat, und das stört mich. Ich hätte das als Erstes getan. Ich bin nicht sicher, wie ich und Heather bei diesem Arrangement weg-kommen, aber um mich geht es mir nicht, auch wenn es jetzt vielleicht so klingt. Finanziell sieht es bei mir momentan ganz gut aus, ich mache mir hauptsächlich Sorgen um Heather. Sie braucht Sicherheit. Sobald ich im Job genug verdiente, habe ich die Wohnung gekauft, die sie gemietet hatte. Vor fünf Jahren ist sie aus dem Heim ausgezogen, was für sie und für uns alle eine große Sache war. Jetzt wohnt sie unter dem fürsorglichen Blick ihrer Betreuerin mit einer Freundin zusammen, und sie kommen hervorragend miteinander aus und zurecht, was mich allerdings nicht daran hindert, mir jede Sekunde Gedanken um Heather zu machen. Ich habe ihre Wohnung für einen guten Preis bekom-men, denn viele Leute versuchten damals, Anlagen loszuwer-den – die ganzen Zweitimmobilien, deren Finanzierung plötzlich schwierig geworden war. Eigentlich hatte ich erwartet, Dad wür-de Heather die Wohnung kaufen, aber er hat stattdessen in eine Ferienwohnung in Spanien investiert. Er fand, Heather sei im Heim gut aufgehoben, aber ich wusste, dass sie schon lange da-von träumte, in ihren eigenen vier Wänden zu wohnen, deshalb bin ich aktiv geworden. Auch darüber bin ich nicht wütend, es ist nur so, dass mir solche Dinge jetzt einfallen, und ich denke über sie nach, ob ich will oder nicht … Ich brauche Ablenkung.

»Nein«, sage ich abrupt. »Danke.« Ende.

Dad sieht mich an, als wolle er mehr dazu sagen. Um ihn auf-zuhalten, fahre ich hastig fort: »Du brauchst mir keinen Job zu besorgen.«

48

Mein Stolz. Der so leicht zu verletzen ist. Ich will keine Hilfe, ich hasse das. Ich muss alles allein erledigen, immer. Dads Angebot gibt mir das Gefühl, schwach zu sein – ich denke, dass er denkt, ich sei schwach. Das hat keinen guten Beigeschmack. »Ich sag ja nur. Da wäre es ganz einfach, den Fuß in die Tür zu kriegen. Ted ist jederzeit bereit, dir zu helfen.«
»Ich brauche aber keine Hilfe.«
»Aber du brauchst einen Job.« Er lacht leise und sieht mich an, als wäre er amüsiert, aber ich weiß, das ist bei ihm nur ein Vorbote der Wut. Dieses Lachen erscheint, wenn er genervt ist; ich weiß nicht, ob es dazu dient, die Person, die ihn nervt, auf die Palme zu bringen – was bei mir unausweichlich passiert, auch jetzt –, oder ob es seine Art ist, seinen Ärger zu verstecken. Egal, ich weiß die Anzeichen zu deuten.

»Okay, Jasmine, mach, was du willst, das machst du doch sowieso.« Er hebt dramatisch die Hände in die Luft, als wollte er sich verteidigen, und sein Schlüsselbund klimpert an seinem Finger. Dann steigt er ins Auto und fährt davon.

Er sagt das, als wäre es etwas Schlechtes. *Mach, was du willst.* Aber es ist doch gut, wenn die Leute das tun, was sie wollen, was sie richtig finden – oder etwa nicht? Warum sollte ich etwas auf seine Art tun wollen, wann hab ich das jemals gewollt? Wenn ich Hilfe brauche, wäre er der Letzte, an den ich mich wenden würde. Und dann fällt mir wieder ein, dass es anscheinend ein Problem gibt, wo vorher nie ein Problem war, und ich erschrecke ein bisschen. Ich merke, dass ich in der Kälte stehe und dem Auto meines Vaters nachstarre, das längst verschwunden ist. Hastig schaue ich über die Straße zu Ihrem Haus, und ich glaube, im Obergeschoss bewegt sich ein Vorhang. Aber wahrscheinlich hab ich mir das nur eingebildet.

Als ich später im Bett liege, kann ich nicht einschlafen. Mein Kopf ist völlig überhitzt vom vielen Denken, wie mein Laptop, wenn ich ihn zu lange am Stück in Benutzung habe. Ich bin wütend. Ich führe halbfertige Gespräche mit meinem Dad, mit meinem Job, mit dem Mann, der mir heute Morgen auf dem Parkplatz die letzte Lücke weggeschnappt hat, mit der Wassermelone, die mir auf dem Weg vom Auto ins Haus aus der Hand gerutscht und aufgeplatzt ist und die ganze Gegend inklusive meiner Wildlederstiefel vollgespritzt hat. Ich schimpfe, ich fühle mich im Recht, ich verfluche alle, ich konfrontiere sie mit ihren Fehlern. Aber es hilft nichts, ich fühle mich nur noch schlechter. Frustriert und durstig setze ich mich auf.

Rita, die Reiki-Frau, bei der ich heute war, hat mir gesagt, dass so etwas passieren würde. Nach unserer seltsamen Sitzung habe ich mich kein bisschen anders gefühlt als vorher, aber sie hat mir geraten, ich solle viel Wasser trinken – und stattdessen habe ich mir vor dem Schlafengehen eine Flasche Wein genehmigt. Ich war noch nie bei einer Reiki-Behandlung, und ich werde vermutlich auch nie wieder zu einer gehen, aber meine Tante hatte mir einen Gutschein zu Weihnachten geschenkt. Sie steht total auf alle möglichen alternativen Therapieformen, und als meine Mum krank geworden ist, haben die beiden alles Mögliche ausprobiert. Vielleicht glaube ich deshalb jetzt nicht daran, denn es hat ja nicht funktioniert, Mum ist trotzdem gestorben. Andererseits hat die Schulmedizin auch nicht gewirkt, und die akzeptiere ich trotzdem. Vielleicht gehe ich doch noch mal zu Reiki-Rita. Ich habe den jetzigen Termin vereinbart, als alle anderen wieder zur Arbeit mussten – so hatte ich etwas zu tun, etwas, was mich beschäftigte und was ich in meinen neuen gelben Smythson-Terminkalender eintragen konnte, auf dem in der rechten unteren Ecke meine Initialen stehen und der normalerweise bereits mit Terminen aller Art gefüllt wäre, nun aber ein trauriges Abbild meiner gegenwärtigen Lebenssituation ist: Taufen, Verabredungen zum Kaffee, Geburtstagseinladungen.

Die Reiki-Sitzung fand in einem kleinen, weißgestrichenen, mit Räucherstäbchenduft erfüllten Raum statt, und ich wurde sofort so müde, dass ich mich fragte, ob ich vielleicht unbemerkt unter Drogen gesetzt wurde. Rita ist eine kleine zierliche, irgendwie vogelartige Frau, um die sechzig, aber enorm beweglich – wie sie auf dem Sessel ihre Beine ineinander verflocht, war beeindruckend. Ihr Gesicht ist sehr weich, fast ein bisschen verschwommen. Vielleicht lag es aber auch an den Räucherstäbchen, dass ich ihre Ecken und Kanten nicht richtig sehen konnte. Ihre Augen jedenfalls waren wach und scharf, wenn sie mich musterte, und sie hörte mir so aufmerksam zu, dass ich plötzlich meinen eigenen Ton wahrnahm und hörte, wie abgehackt und zugeknöpft ich klang.

Jedenfalls fühlte mich danach kein bisschen anders, abgesehen davon, dass ich ein nettes Gespräch mit einer sehr unterstützenden Frau geführt und in einem angenehm duftenden Raum ein zwanzigminütiges entspannendes Nickerchen gemacht hatte. Für meinen hektischen Kopf gab Rita mir einen Rat, den ich allerdings, als ich wieder draußen war, sofort vergaß. Aber da ich gerade zu konfus bin, um auch nur einen einzigen Gedanken festzuhalten und zu verarbeiten, fällt mir der Vorschlag wieder ein. Ich ziehe meine Socken aus, tapse eine Weile barfuß auf dem Teppich herum und hoffe darauf, dass ich anfange, mich »verwurzelt« zu fühlen, damit mein Kopf nicht schon wieder in zorniges Zeter-Territorium abdriftet. Leider trete ich dabei auf etwas Spitzes, Scharfes – den Haken eines Kleiderbügels. Leise fluchend halte ich mir den Fuß und inspiziere ihn. Keine Ahnung, wie es sich anfühlen soll, wenn man verwurzelt ist, aber so bestimmt nicht.

Rita hat vorgeschlagen, ich solle barfuß laufen, am besten im Gras, und falls das nicht ginge, so oft wie möglich in meiner Wohnung. Die physikalische Erklärung für den gesundheitlichen Nutzen des Barfußlaufens lautet, dass die Erde negativ geladen ist, man den Körper also, wenn man sich erdet, mit einem negativ geladenen Energiefeld verbindet und – da die Erde eine größere negative Ladung besitzt als der Körper – Elektronen von ihr absorbiert, was wiederum einen entzündungshemmenden Effekt auf den Körper hat. Ich weiß nicht, ob das alles stimmt, aber ich brauche einen klaren Kopf, und da ich meinen Konsum von Kopfschmerztabletten einschränken möchte, kann ich es ja mal mit Barfußlaufen probieren.

Ich schaue nach draußen. In meinem Garten gibt es kein Gras. Das war nämlich das unaussprechlich Schreckliche, was ich vor vier Jahren, als ich hier eingezogen bin, getan habe: Ich war kein Garten-Fan, ich war neunundzwanzig, ich hatte viel zu tun, war kaum mal zu Hause und wenn, dann nie lange genug, um meinen Garten überhaupt zur Kenntnis zu nehmen. Um mir die Mühe zu sparen, habe ich den recht netten Garten der Vorbesitzer mit pflegeleichtem Steinpflaster ersetzen lassen. Es sah beeindruckend aus, kostete ein Vermögen, und die Nachbarn waren entsetzt. Ich stellte hübsche schwarze Töpfe mit immergrünen, modern zurechtgestutzten Pflanzen vor meine Haustür. Ein kleines bisschen kümmerte es mich schon, wie das alles bei meinen Nachbarn ankam, aber ich war ja nie zu Hause, um mit ihnen in Ruhe darüber zu sprechen, und ich begründete meine Entscheidung vor mir selbst damit, dass ich mit dieser Lösung wenigstens keinen Gärtner bezahlen musste, denn selbst hätte ich einen Garten niemals pflegen wollen. Ich hätte gar nicht gewusst, wie. Auf dem Weg neben meinem Haus ist immer noch Gras, aber darum kümmert sich mein Nachbar, Mr Malone, ohne mich zu fragen. Ich glaube, er sieht dieses Gras als sein Eigentum an, denn er war vor mir da, und was verstehe ich schon von Gras? Ich bin ja eine Gras-Abtrünnige.

Ich hatte immer gedacht, sich mit neunundzwanzig ein Haus zu kaufen, ein solides Vier-Zimmer-Familienheim, wäre sehr erwachsen und würde mich immens erden. Wie hätte ich wissen sollen, dass ich, als ich den Garten umgraben ließ, genau das verlieren würde, was mich hätte erden können?

Ich schaue hinüber zu Ihrem Haus. Ihr Jeep ist nicht da, nirgends brennt Licht. Um die anderen Häuser mache ich mir keine Sorgen. Die kümmern mich nicht. Ich ziehe einen Trainingsanzug an und gehe barfuß nach unten. Auf Zehenspitzen renne ich über die kalten Pflastersteine meiner Einfahrt und direkt zu dem Gras, das den Weg säumt. Erst mal untersuche ich das Gras auf Hundekacke. Und auf Schnecken, mit oder ohne Haus. Dann kremple ich die Jogginghose hoch und erlaube meinen Füßen, das nasse Gras zu betreten. Es ist kalt, aber weich. Ich kichere leise in mich hinein, wandere gemächlich hin und her und behalte dabei die mitternächtliche Straße im Blick.

Zum ersten Mal, seit ich hier wohne, habe ich ein schlechtes Gewissen, das ich meinen Garten zugepflastert habe. Ich schaue mir die Häuser ringsum an und sehe, wie dunkel und grau meines im Vergleich zu ihrer Buntheit wirkt. Nicht dass es im Januar sonderlich viel Farbe gibt, aber wenigstens durchbrechen die Büsche, die Bäume und das Gras das triste Grau der Betonwege, das Braun und Grau meiner Pflastersteine.

Ich weiß nicht recht, ob das Barfußgehen auf dem Gras irgendetwas anderes begünstigt als eine Lungenentzündung, aber wenigstens hat die kühle Luft meinen heißen, überdrehten Kopf etwas beruhigt und ein bisschen Platz darin geschaffen. Was ungewöhnlich ist für mich. Nicht das mitternächtliche Spazierengehen auf dem Gras, sondern die mangelnde Kontrolle. Natürlich hatte ich stressige Tage bei der Arbeit, an denen ich mich immer wieder neu sammeln musste, aber das jetzt ist anders. Ich fühle mich anders. Ich denke zu viel und konzentriere mich auf Bereiche, die bisher kein Nachdenken erfordert haben.

Wenn ich etwas suche, finde ich es am ehesten, wenn ich es laut ausspreche, denn ich kann das Gesuchte nur sehen, wenn ich es mir genau vergegenwärtige. Zum Beispiel sage ich entweder in Gedanken oder auch laut: »Schlüssel, Schlüssel, Schlüssel«, wenn ich in meiner überdimensionalen Handtasche nach meinem Schlüsselbund suche. Das Gleiche im Haus: Ich wandere von einem Zimmer ins andere und murmle: »Roter Lippenstift, Kuli, Telefonrechnung« – oder wonach ich sonst eben suche. Mit dieser Methode finde ich das Gesuchte wirklich schneller.

Ich kenne den Grund dafür nicht, aber ich weiß, dass es stimmt und dass Deepak Chopra es sicher viel eleganter, sachkundiger und philosophischer erklären könnte. Ich habe einfach das Gefühl, dass ich erst, wenn ich mir sage, wonach ich suche, wirklich weiß, was ich finden muss. Sobald der Befehl erteilt wird, reagieren Körper und Geist pflichtbewusst.

Manchmal springt mir das, was ich suche, auch ins Auge, aber ich sehe es trotzdem nicht. Das passiert mir leider oft. Gerade heute Morgen, als ich in der Garderobe nach meinem Mantel gesucht habe. Er hing direkt vor meiner Nase, aber weil ich nicht gesagt habe: »Schwarzer Mantel mit den Lederärmeln«, ist er mir nicht erschienen. Ohne Sinn und Verstand hab ich vor mich hin gesucht, die Augen über alle möglichen Kleidungsstücke schweifen lassen und nichts gefunden.

Wenn ich es recht bedenke, wende ich diese Art zu denken auch in größerem Rahmen an, nämlich auf mein Leben. Ich sage mir deutlich, was ich will, wonach ich suche, ich stelle es mir bildlich vor, damit es leichter zu finden ist, und dann finde ich es auch. Das funktioniert bei mir nun schon mein Leben lang.

Und jetzt befinde ich mich an einem Ort, an dem mir alles, was ich mir vorgestellt und wofür ich hart gearbeitet habe, weggenommen worden ist und nicht mehr mir gehört. Als Erstes versuche ich, es mir zurückzuholen, es mir wieder anzueignen, sofort, auf der Stelle, und wenn das nicht möglich ist – was häufig, wenn nicht sogar meistens der Fall ist, da ich Realistin bin und kein Voodoo praktiziere –, muss ich etwas anderes finden, mir etwas anderes vornehmen. Offensichtlich rede ich hier von meinem Job. Ich weiß, dass ich irgendwann wieder arbeiten werde, aber ich hänge in einer Warteschleife, ich stecke fest, und ich kann nichts dagegen machen.

Ich bin freigestellt, befinde mich in einem sogenannten »*Gardening Leave*«. Das hat zum Glück nichts mit Gärtnern zu tun, sonst hätte ich ein echt langes Jahr vor mir, um mich damit zu beschäftigen, die Ritzen zwischen den Pflastersteinen meines Gartens abzuspritzen und vom Unkraut zu befreien. Beim *Gardening Leave* muss ein Angestellter, der gekündigt hat oder gekündigt wurde, während der Kündigungsfrist der Arbeit fernbleiben, steht aber weiterhin auf der Gehaltsliste. Die Methode wird häufig eingesetzt, um zu verhindern, dass ein Arbeitnehmer aktuelle oder womöglich sensible Informationen nutzt, wenn er die Firma verlässt – vor allem dann, wenn er vorhat, zu einem Konkurrenzunternehmen zu wechseln. Ich habe bereits erwähnt, dass ich so etwas nicht beabsichtigte, aber Larry war überzeugt, dass ich zu einer Konkurrenzfirma gehen würde, die ich zu überreden versucht hatte, uns aufzukaufen. Er hatte recht. Ich hätte tatsächlich mit diesen Leuten zusammengearbeitet. Am Tag nachdem ich gefeuert worden war, haben sie mir eine Stelle angeboten. Doch als ich von der Freistellung erzählte, meinten sie, so lange könnten sie nicht warten – zwölf Monate *Gardening Leave!* –, und suchten sich jemand anderes. Die Länge meiner Freistellung hat nicht nur andere Arbeitgeber abgeschreckt, ich habe absolut nichts zu tun, während ich warte. Es fühlt sich an wie eine Gefängnisstrafe. Zwölf Monate freigestellt. Das *ist* eine Gefängnisstrafe! Ich fühle mich, als würde ich auf einem Regal liegen und Staub ansammeln, während sich die Welt ohne mich weiterdreht, und ich kann nichts tun, um sie aufzuhalten oder mich wieder einzubringen. Aber ich möchte nicht im Kopf Moos ansetzen, ich werde meine Gedanken regelmäßig hochdruckreinigen müssen, um sie frisch zu halten.

Nasse Grashalme kleben an meinen Füßen und arbeiten sich hoch bis zu den Knöcheln, während ich auf dem kleinen Wiesenstück entlangtrotte. Was passiert, wenn ich ein ganzes Jahr in der Warteschleife hänge und nichts dagegen unternehmen kann? Was soll ich tun?

Ich tapse durchs Gras, auf und ab, meine Füße werden allmählich kalt, aber in meinem Kopf summt und brummt eine neue Idee. Ein neues Projekt. Ein Ziel. Eine Aufgabe. Etwas zu tun. Ich werde den Boden unter meinen Füßen aufreißen, ich werde das Unterste zuoberst kehren, und das wird nicht schwer sein, denn mein Leben steht ja schon komplett kopf.

Ich werde der Nachbarschaft ein Geschenk machen. Ich werde den Garten zurückholen.

5

»Er ist so schön«, flüstere ich und betrachte das winzige Baby, das meine Freundin Bianca in den Armen hält.

»Ich weiß«, lächelt sie und sieht liebevoll auf ihren Sohn herunter.

»Ist es wirklich so wunderbar?«, frage ich.

»Ja, es ist … wunderbar.« Sie schaut weg, ihr Lächeln ist ein bisschen verwackelt, die Augen eingesunken von zwei schlaflosen Nächten. »Hey, hast du eigentlich schon einen neuen Job?«

»Nein, du weißt doch, das Ding mit der Freistellung.«

»Ach ja«, sagt sie, dann zuckt sie zusammen und schweigt einen Moment. Ich wage es nicht, sie aus ihren Gedanken zu reißen. »Du wirst schon was finden«, sagt sie schließlich und lächelt mich mitfühlend an.

Inzwischen hasse ich dieses Lächeln an anderen Menschen. Ich bin im Rotunda Hospital und besuche mal wieder jemanden, der nebenbei noch etwas anderes zu tun hat. In letzter Zeit ist mir aufgefallen, dass die meisten meiner Besuche so waren. Ich besuche eine Freundin bei der Arbeit, ich treffe meine Schwester bei einem ihrer Kurse, ich schaue bei meinem Dad vorbei, während er mit Zara beschäftigt ist, ich plaudere mit Freunden, während sie ihren Kindern beim Schwimmen oder Tanzen oder auf dem Spielplatz zusehen. Wenn ich mich in letzter Zeit mit Leuten treffe, platze ich in ihr Leben hinein, denn sie sind immer mit irgendetwas beschäftigt – mit einem Auge bei mir, mit dem anderen bei ihrer jeweiligen Tätigkeit –, während ich untätig ihnen gegenüber oder neben ihnen sitze und geduldig darauf warte, dass sie mit dem, was sie tun, fertig sind und mir endlich antworten können. Immer bin ich die Untätige, und ich habe angefangen, mich aus weiter Ferne zu betrachten, so, als stünde ich neben mir und beobachtete, wie ich stumm und reglos verharre, während die anderen geschäftig umherwuseln, ihre Arbeit erledigen, sich um ihre Kinder kümmern.

Seit ich das gemerkt habe, versuche ich, mich nicht tagsüber mit Leuten zu treffen, die mitten in irgendwelchen Beschäftigungen stecken. Ich habe versucht, mich abends zum Ausgehen zu verabreden, im Restaurant, in der Kneipe, sozusagen auf Augenhöhe, von Angesicht zu Angesicht, eins zu eins. Aber das ist schwierig, denn alle haben sie ja viel zu tun, es ist kein Babysitter aufzutreiben, wir finden keinen Termin, der allen passt, und wir haben Mühe, uns überhaupt zu verabreden. Es hat mehrere Wochen gedauert, um eine Dinnerparty am Wochenende bei mir zu Hause zu organisieren. Dann werde ich endlich mal geschäftig herumwuseln, und die anderen können untätig sein. Mittlerweile sitze ich hier im Krankenhaus, am Bett einer meiner besten Freundinnen, die gerade ihr erstes Baby bekommen hat, und obwohl ich mich natürlich für sie freue und insgeheim auch überglücklich bin über ihre neunmonatige Elternzeit, durch die ich womöglich für den Rest des Jahres nette Gesellschaft habe, weiß ich doch, dass ich meine Freundin in Wirklichkeit kaum sehen werde, weil sie viel zu tun haben wird und ich nicht, weil ich ihr gegenüber oder neben ihr sitzen und darauf warten werde, bis sie mit irgendetwas fertig ist, während sie mir die Hälfte ihrer Aufmerksamkeit zubilligt.

»Tristan und ich, wir haben gedacht …«, unterbricht Bianca meine Gedanken.

Ich erstarre, denn ich ahne, was jetzt kommt.

»Er ist nicht da, aber ich bin sicher, es stört ihn nicht, wenn ich dich frage …«

Mir graut vor dem, was jetzt kommt, aber ich setze ein Gesicht auf, in dem sich hoffentlich einwandfreies Interesse spiegelt.

»Wärst du bereit, Patentante zu werden?«

Ta-da! Das dritte Mal in zwei Monaten, das muss ein Weltrekord sein. »Oh, Bianca. Das wäre wunderbar.« Ich lächle. »Danke, es ist mir eine Ehre …«

Sie erwidert mein Lächeln, überglücklich, dass sie mich gefragt hat, einer der ganz besonderen Momente ihres Lebens, während ich mich in meinem Innern wie ein Almosenempfänger fühle. Es ist, als hätten sich alle heimlich verschworen, mich Patentante werden zu lassen, damit ich endlich etwas zu tun habe. Und was mache ich? Ich gehe in die Kirche und stehe neben ihnen, während sie das Baby halten, während der Priester das Taufwasser verspritzt, während alle etwas zu tun haben und ich untätig zuschaue.

»Hast du schon gehört, was der Sohn deines Freunds gemacht hat?«

»Welcher Freund?«

»Matt Marshall«, sagt Bianca.

»Der ist nicht mein Freund«, entgegne ich ärgerlich, beschließe dann aber, mich nicht mit einer Frau zu streiten, die gerade ein Kind zur Welt gebracht hat. »Was hat sein Sohn denn gemacht?«

»Er hat auf YouTube ein Video veröffentlicht, in dem er der Welt mitteilt, wie sehr er seinen Vater hasst. Grässlich, oder? So über jemanden aus der eigenen Familie zu reden.«

Das Baby in ihrem Arm stößt einen Schrei aus.

»Dieser kleine Mistkerl beißt mich ständig in die Brustwarze«, zischt Bianca, und ich verstumme sofort, als ihre Stimmung rapide umschlägt und sich Dunkelheit im Krankenhauszimmer ausbreitet.

Sie bettet ihren drei Tage alten Sohn um, wobei sie ihn hält wie einen Rugbyball. Ihre Brüste sind größer als sein Kopf und sehen aus, als könnten sie ihn erschlagen. Aber jetzt trinkt das Baby wieder und ist friedlich.

Der Augenblick hat fast etwas Schönes, abgesehen von der Tatsache, dass dicke Tränen über Biancas Gesicht laufen, als ich sie anschaue.

In diesem Augenblick geht die Tür auf, und Biancas Ehemann Tristan streckt seinen blassen Kopf herein. Als er seinen Sohn sieht, wird sein Gesicht ganz weich, dann sieht er seine Frau, und es wird wieder angespannt. Er schluckt.

»Hi, Jasmine«, begrüßt er mich und kommt herein.

»Herzlichen Glückwunsch, neuer Daddy«, sage ich freundlich. »Dein Sohn ist wunderschön.«

»Er hat ein Raubtiermaul«, wirft Bianca ein und zuckt erneut zusammen.

Das Baby brüllt, als sie es von ihrer rissig-roten Brustwarze wegzieht.

»Ehrlich, Tristan, das ist …« Ihr Gesicht fällt in sich zusammen.

Ich lasse die kleine Familie allein.

Als ich im Auto sitze, sage ich mir, dass ich kein Interesse daran habe, mir Ihren Sohn auf YouTube anzusehen. Ich sage mir, dass ich mich nicht auf Ihr Niveau begeben werde, dass ich wesentlich wichtigere Dinge zu tun habe, als über Sie nachzudenken und mich in Ihre Welt zu vertiefen, aber alles, was ich tatsächlich zu tun habe, ist Einkaufen fürs Abendessen. Für mich allein einzukaufen finde ich zum Glück nicht so deprimierend wie manche andere meiner alleinstehenden Freunde. Ich bin gern allein, und essen muss jeder, aber früher war Essen immer etwas, was ich irgendwie in meinen geschäftigen Tag hineingequetscht habe, weil ich es musste, um zu überleben, und jetzt dehne ich das Essen aus, ich beschäftige mich den ganzen Nachmittag damit. So weit ist es gekommen. Die letzten Tage habe ich hochkomplizierte Gerichte für mich gekocht. Gestern habe ich fünfundfünfzig Minuten bei Eason's verbracht und die Regale nach Kochbüchern durchforstet, dann war ich glatte sechzig Minuten damit beschäftigt, die Zutaten zu kaufen, und habe zweieinhalb Stunden gebraucht, um sie zuzubereiten. Dann habe ich das Ganze in zwanzig Minuten aufgegessen. Das war mein Tag gestern. Es war nett, aber bei vielen Dingen, auf die ich mich gefreut habe und die ich in meiner »freien Zeit« unbedingt machen wollte, hat der Neuigkeitseffekt einfach nachgelassen.

Zum ersten Mal seit Wochen ist es erstaunlich hell und sonnig, wenn auch immer noch ziemlich kalt, und als ich auf den Parkplatz des Supermarkts fahre, hole ich mein Handy aus der Tasche und gehe direkt zu YouTube. Ich gebe *Matt Marshall* ein, und sofort wird mir *Matt Marshalls Sohn* angeboten. Ich wähle diese Option. Das Video ist gestern Abend gepostet und bereits dreißigtausendmal angeschaut worden. Beeindruckend.

Obwohl ich Ihren Sohn noch nie von Nahem gesehen habe, ist mir sein Anblick sofort vertraut. Schließlich sehe ich ihn fast jeden Tag, wenn er zur Schule geht, Kopf unter der Kapuze, Kopfhörer auf, hervorlugende rote Haare – so geht er zur Bushaltestelle. Seit vier Jahren bin ich seine Nachbarin, und jetzt erst fällt mir auf, dass ich noch nicht mal seinen Namen kenne. Aber aus den Kommentaren unter dem Video kann ich entnehmen, dass er Fionn heißt.

Super gemacht, Fionn!

Mein Dad ist auch n Loser, weiß wie du dich fühlst!

Man sollte deinen Dad einsperren für den Scheiß, den er verbreitet.

Ich bin niedergelassener Psychologe und sehr besorgt über deinen Ausbruch, bitte nimm Kontakt mit mir auf. Ich kann dir helfen.

Ich bin ein großer Fan von deinem Vater, er hat meinem Sohn geholfen, als er in der Schule gemobbt wurde. Seinetwegen hat man endlich die Mobbing-Gesetze in Irland unter die Lupe genommen.

Mögen die Engel dich von deiner inneren Wut heilen.

Dein Dad ist ein Loser, und du bist ne Schwuchtel.
Das war ein kleiner Ausschnitt von hilfreichen Kommentaren derjenigen, die sich das Video angeschaut haben.

Fionn ist fünfzehn, und an der Schuluniform, die er jeden Morgen anhat, kann ich erkennen, dass er auf die Belvedere geht, eine teure Privatschule in Dublin. Obwohl ich das Video noch nicht angeschaut habe, weiß ich, dass es der Schule nicht gefallen wird. Auf dem Bildschirm sehe ich, dass Fionn braune Augen und Sommersprossen auf Nase und Wangen hat. Er schaut nach unten in die Kamera, seinen Laptop hat er so arrangiert, dass man möglichst viel von ihm sieht, vom Deckenlicht grell ausgeleuchtet. Er bläht die Nasenflügel, er sieht wütend aus. Im Hintergrund hört man Musik, vermutlich ist er bei einer Party und hat was getrunken. Seine Pupillen sind geweitet, aber vielleicht kommt das auch von der Wut. Was folgt, ist eine vierminütige Tirade darüber, dass er sich offiziell von seinem Dad, dem Loser – also von Ihnen –, distanziert und dass er findet, Sie seien kein richtiger Vater. Er sagt, er schäme sich für Sie, weil Sie ein wertloser Versager sind, und seine Mum halte alles ganz allein am Laufen, Sie hätten keinerlei Fähigkeiten. Und weiter geht's. Fionn ist ein redegewandter Junge, aber er versucht krampfhaft, härter zu wirken, als er ist, und er reitet eine schlecht durchdachte Attacke gegen Sie, in der er erläutert, warum er glaubt, dass Sie gefeuert werden und nie mehr einen Job kriegen sollten. Das Geschwätz ist insgesamt ziemlich peinlich, ich winde mich innerlich, muss mir die Hände vors Gesicht halten und schiele nur durch meine Finger. Dann wird die Musik im Hintergrund lauter, die männlichen Stimmen ebenfalls, Fionn schaut sich hastig um, und dann ist das Video vorbei.

Trotz all der Abneigung, die ich gegen Sie hege, erfüllt mich dieser Auftritt weder mit einem Glücksgefühl noch fühle ich mich gut unterhalten. Ich schäme mich, dass ich mir so etwas anschaue, und Sie tun mir leid. Sie und Ihre ganze Familie.

Ich gehe schnell einkaufen und eile bedrückt durch die Regalreihen. Hin und wieder vergesse ich, woher meine Stimmung kommt, ich habe einfach das Gefühl, dass mir etwas Schlechtes passiert ist und mein Leben beeinträchtigt. Dann erinnere ich mich plötzlich wieder daran, was es war, und versuche es abzuschütteln, weil es doch gar nichts mit mir zu tun hat. Das Problem ist nur, dass ich mich mit dem, was passiert ist, verbunden fühle, ob ich will oder nicht. Und obwohl ich weiß, dass es albern ist.

Ich mache mir etwas recht Simples zum Abendessen, Auberginen mit Parmesan, dazu trinke ich das letzte Glas Rotwein vom Vorabend. Dann setze ich mich hin, um über Ihr Problem nachzudenken, als wäre es meines. Was sollen wir mit Fionn machen, Matt? Ihr Haus ist still und leer. Das Auto Ihrer Frau ist weg, alle sind ausgeflogen. Nichts rührt sich.

Dr. Jamesons Schlafzimmerlicht geht aus. Ich weiß auch keine Lösung, Matt.

Zum ersten Mal in meinem Leben schlafe ich auf der Couch ein, und als ich irgendwann völlig verwirrt aufwache und nicht weiß, wo ich bin, ist das Flackern des stummen Fernsehers das einzige Licht im Zimmer. Ich springe auf, stoße gegen meinen Teller, der geht scheppernd zu Boden, das Weinglas zerschellt neben ihm. Jetzt bin ich hellwach, mein Herz klopft, und ich merke, was mich geweckt hat, nämlich das vertraute Geräusch Ihres Jeeps, der die Straße heruntergerast kommt. Ich gehe vorsichtig um die Glasscherben herum zum Fenster und sehe, wie Sie unkontrolliert auf Ihre Einfahrt zuschlingern und gefährlich nah an Ihre Garage heranfahren. Nur dass Sie diesmal nicht bremsen, sondern direkt in die weiße Tür krachen. Das Garagentor zittert und vibriert, ein ziemlicher Lärm, der durch die ganze schlafende Nachbarschaft hallt. Ich kann mir vorstellen, wie Dr. Jameson erschrocken hochfährt und verschlafen nach seiner Augenmaske tastet. Prompt geht sein Schlafzimmerlicht an.

Das Garagentor hält stand, das Haus bricht nicht über Ihrem

Auto zusammen. Schade eigentlich. Eine Weile passiert nichts. »Paradise City« dröhnt aus Ihrem Auto. Ich kann Sie sehen, Sie lümmeln reglos auf dem Fahrersitz, und ich frage mich, ob mit Ihnen alles in Ordnung ist, oder ob der Airbag aufgegangen ist und Sie womöglich bewusstlos geschlagen hat. Ich überlege, ob ich einen Krankenwagen rufen soll, aber ich weiß nicht, ob es nötig ist oder ob ich damit nur die Zeit des Notfalldienstes verplempern würde. Obwohl ich die Geborgenheit meines Heims ganz und gar nicht verlassen möchte, weiß ich, dass ich Sie nicht einfach so da unten sitzen lassen kann.

Letzte Nacht haben Sie im Auto geschlafen und nicht mal gegen Türen und Fenster gehämmert wie sonst, aber irgendwie haben Sie es in der Zeit, in der ich geschlafen habe, geschafft, ins Haus zu kommen – vielleicht hat Ihr Sohn Sie reingelassen. Vielleicht ist es ihm zu viel geworden und er hat den Befehl seiner Mum, Sie zu ignorieren, missachtet, ist stattdessen an die Tür gegangen und hat Ihnen die Stirn geboten. Angestachelt von seinem Video hat er Ihnen ordentlich die Meinung gesagt. Das hätte mir gefallen. Ich weiß, das ist seltsam.

Aber heute sind Sie in noch schlimmerem Zustand als sonst. Ich hatte gleich den Verdacht, dass es so kommen würde, denn ich bin sicher, dass Sie von dem Video auf YouTube wissen. Ich habe Radio gehört, um zu sehen, ob es stimmt, dass Sie beurlaubt sind, und da hat ein anderer DJ Sie und Ihr Team vertreten. Wegen Ihres unanständigen Silvesterscherzes sind Sie mit Ihrem ganzen Team suspendiert worden, und wie ich sehe, haben Sie Ihre Zeit nicht dafür genutzt, mal unter der Woche einen Abend mit Ihrer Familie zu verbringen oder über Ihr Verhalten nachzudenken, Sie haben sich lieber sinnlos betrunken. Es war seltsam, Ihre Stimme nicht im Radio zu hören, für die meisten Leute sind Sie zu einem Synonym dieser Spätabendzeit geworden – zu Hause, im Auto, am Arbeitsplatz, unterwegs in Liefer- und Lastwagen. Ihre Suspendierung hat mich überraschenderweise längst nicht so froh gemacht, wie ich es mir vorgestellt habe, aber dann komme ich zu dem Schluss, dass es womöglich gut für Sie ist. Vielleicht bringt es Sie dazu, über all die gemeinen Dinge nachzudenken, die Sie gesagt und in Ihrer Sendung diskutiert haben, darüber, wie es die Menschen beeinflusst hat und wie Sie ein besserer Mensch werden und mit Ihrem Einfluss auch das Leben von so vielen anderen bessermachen können. Ich muss an den Grund denken, aus dem ich Sie hasse, an die eigentliche Ursache der Wut, die ich gegen Sie empfinde.

Vor sechzehn Jahren haben Sie auf einem anderen Sender und zu einer anderen Zeit eine Diskussion über das Down-Syndrom moderiert. Es ging um viele verschiedene Aspekte des Syndroms, und dank einer standfesten Frau von der Organisation *Down Syndrome Ireland*, die anrief, um die Zuhörer über die tatsächlichen Gegebenheiten aufzuklären, war manches sogar recht informativ. Leider war man wohl der Meinung, sie wäre für diese Sendung zu ruhig und geduldig, und brach das Gespräch mit ihr allzu rasch ab. Die anderen Anrufer waren ungebildete, unausstehliche Ignoranten, denen man viel zu viel Sendezeit einräumte. In einem großen Teil der Diskussion ging es um Chorionzottenbiopsie und Amniozentese – medizinische Tests, die in der vorgeburtlichen Diagnostik chromosomaler Abweichungen und fötaler Infektionen zur Anwendung kommen. Diese Untersuchungen werden hauptsächlich dann durchgeführt, wenn festgestellt werden soll, ob bei einem ungeborenen Baby bestimmte Erbkrankheiten oder chromosomale Anomalien – wie beispielsweise das Down-Syndrom – vorliegen. Meist sind es Frauen mit einem erhöhten Risiko für genetische und chromosomale Probleme, die diese Untersuchung vornehmen lassen, denn sie ist nicht nur invasiv, sondern kann in seltenen Fällen auch eine Fehlgeburt provozieren. Ich verstehe, warum Sie diese Diskussion führen wollten, es ist ein wichtiges Thema, es lohnt sich unbedingt, darüber zu sprechen und den betroffenen Frauen auf diese Weise zu helfen, ihre Entscheidung zu treffen – vorausgesetzt, das Gespräch wird ehrlich und erwachsen geführt.

Aber in Ihrer Sendung werden solche Themen keineswegs erwachsen und ehrlich diskutiert, nein, es geht vielmehr um Kontroverse und Dramatik. Sie ließen hirnverbrannte Fanatiker ihre kruden Meinungen äußern und das Down-Syndrom von seiner schlimmsten Seite darstellen. Zum Beispiel erkundigte sich ein anonymer Idiot, der gerade erfahren hatte, dass seine Freundin ein Baby mit Down-Syndrom bekommen würde, danach, welche Rechte er hatte, die Geburt dieses Kindes zu verhindern.

Ich war damals siebzehn und war zusammen mit einem Typen, auf den ich schon seit einer Ewigkeit ein Auge geworfen hatte, auf einer Party. Eine Freundin hatte sturmfreie Bude, da ihre Eltern verreist waren, und wir waren allesamt betrunken. Statt einfach Musik aufzulegen, war es damals angesagt, Matt Marshalls neue Sendung zu hören. Ich hatte nichts gegen Sie, ich fand Sie sogar cool – es war cool, Diskussionen über Themen zu hören, wo wir unsere eigene Stimme noch nicht gefunden hatten. Aber das Gespräch, das an diesem Abend aus den Lautsprechern in den Partyraum hallte, machte mich krank, und ich musste mir obendrein anhören, wie meine Freunde, die es wirklich hätten besser wissen müssen, und auch der Typ, auf den ich scharf war, ihre Meinung kundtaten. Niemand von ihnen wollte ein Kind mit Down-Syndrom. Einer meinte, da hätte er noch lieber ein Baby mit AIDS. Es drehte mir fast den Magen um. Bei mir zu Hause schlief meine Schwester, dieser wunderbare Mensch, und meine krebskranke Mutter verzweifelte fast vor Angst, sie zurücklassen zu müssen. Ich ertrug das Geschwätz einfach nicht.

Schließlich stand ich auf und verließ die Party. Die Polizei griff mich später auf der Küstenstraße auf. Ich torkelte halb bewusstlos herum, war aber ziemlich aufgewühlt, was der Alkohol, den ich intus hatte, natürlich verstärkte. Deshalb nahmen die Polizisten mich zu meiner eigenen Sicherheit und auch als Warnung mit auf die Wache.

Mum war krank, sie brauchte ihre Ruhe, und ich wollte auch auf gar keinen Fall mehr zu meiner Tante nach dem, was in den letzten Wochen zwischen mir und ihrem Sohn Kevin gelaufen war. Also riefen die Polizisten schließlich Dad an. Er war auf einem Date mit seiner neuen Freundin, aber die beiden holten mich im Taxi auf der Wache ab – er im Smoking, sie im Abendkleid – und brachten mich in Dads Wohnung. Auf der Fahrt warfen sie sich ständig verliebte Blicke zu und kicherten, als wäre die ganze Situation nur ein großer Spaß, und sobald sie mich in der Wohnung abgesetzt hatten, zogen sie wieder los. Zum Glück.

So stehe ich jetzt am Fenster und beobachte Ihren reglosen Körper in Ihrem Jeep, und es ist mir egal, ob Sie mitbekommen, dass ich Sie anstarre, denn ich mache mir Sorgen. Aber gerade als ich rausgehen will, um Ihnen zu helfen, öffnet sich die Tür des Jeeps, und Sie fallen kopfüber heraus, als hätten Sie sich dagegengelehnt. Langsam gleiten Sie zu Boden, Ihr Kopf schlägt auf, ihr Fuß hat sich im Sicherheitsgurt am Ledersitz verfangen. Sie rühren sich nicht. Ich sehe mich nach meinem Mantel um, aber dann höre ich Sie plötzlich lachen. Sie bemühen sich, ihren Fuß aus dem Sicherheitsgurt herauszubekommen, dann erstirbt das Lachen, denn Sie sind irritiert, weil Sie sich auf Ihren Fuß konzentrieren müssen, während Ihnen das Blut in den Kopf schießt.

Endlich schaffen Sie es, sich zu befreien und mit der Rufen/Klingeln/Hämmern-Routine zu beginnen, aber aus dem Haus kommt keine Reaktion. Sie drücken ein paarmal auf die Hupe. Eigentlich bin ich überrascht, dass keiner der Nachbarn ruft, Sie sollten endlich ruhig sein, vielleicht schlafen alle so fest, dass sie nichts hören. Vielleicht haben sie auch Angst, vielleicht beobachten sie Sie, genau wie ich – aber das glaube ich eigentlich nicht. Die Murphys gehen früh ins Bett, die Malones scheinen sich sowieso nie von Ihnen stören zu lassen, und die Lennons neben mir sind so schüchtern, dass sie wahrscheinlich Angst davor hätten, Ihnen Ihre Grenzen aufzuzeigen. Offenbar stören Sie nur mich und Dr. James.

Ihr Haus bleibt vollkommen still, und ich merke erst jetzt, dass das Auto Ihrer Frau nicht wie gewöhnlich an der Straße steht. An keinem einzigen Fenster sind die Vorhänge zugezogen. Das Haus scheint leer zu sein.

Sie verschwinden hinter dem Haus, und ich höre Sie, bevor ich Sie sehe. Als Sie wieder auftauchen, zerren Sie einen großen Holztisch für sechs Personen hinter sich her übers Gras. Die Tischbeine reißen den Rasen auf und hinterlassen tiefe Furchen, als wollten Sie ihn umpflügen. Sie wuchten den Tisch vom Gras auf den Betonboden. Auf der Einfahrt, am Auto vorbei, schleift das Holz mit einem scheußlichen Kreischton, der fast eine Minute andauert, über den Beton. Sechzig Sekunden Kreischen, und jetzt geht bei den Murphys das Licht an. Als Sie den Tisch erfolgreich auf den Rasen im Vorgarten gezerrt haben, verschwinden Sie wieder hinter dem Haus und holen in drei Portionen die sechs passenden Stühle. Bei der letzten Fuhre bringen Sie noch den Sonnenschirm mit, aber es gelingt Ihnen nicht, ihn in das Mittelloch des Tischs zu manövrieren. Frustriert schleudern Sie ihn durch den Garten, und als er durch die Luft segelt, öffnet er sich wie ein Fallschirm, hebt ab und landet, immer noch weit offen, in einem Baum.

Sie holen eilig eine Plastiktüte aus dem Jeep, und ich erkenne sofort, dass sie aus dem örtlichen Spirituosengeschäft stammt. Sie leeren die Tüte, reihen die Dosen auf dem Tisch auf und setzen sich auf einen Stuhl, legen die Füße in den Stiefeln auf den Tisch, fühlen sich anscheinend wie zu Hause und so, als könnten Sie sich nichts Gemütlicheres und Heimeligeres vorstellen, als hier zu sitzen. Mit Ihrer Stimme dringen Sie in meinen Kopf ein, und jetzt sind Sie ein Schandfleck direkt vor meinem Haus.

Eine Weile sehe ich Ihnen zu, aber Sie tun nichts anderes als zu trinken und Rauchringe in den stillen Nachthimmel hinaufzublasen.

Ich beobachte, wie Sie zu den Sternen sehen, die heute so klar sind, dass man den Jupiter neben dem Mond erkennen kann, und ich frage mich, woran Sie jetzt wohl denken. Daran, was Sie wegen Fionn machen könnten? Und wegen Ihres Jobs? Sind wir vielleicht doch nicht so verschieden?

6

Es ist halb neun Uhr morgens, und ich stehe im Garten neben dem Bauarbeiter, der Johnny heißt – ein großer, rotwangiger Mann, der so tut, als würde er mich verabscheuen. Niemand sagt etwas; er und sein Kollege Eddie mit dem Presslufthammer schauen mich einfach nur an. Johnny blickt zu Ihrem Vorgarten hinüber, wo Sie friedlich auf Ihrem Gartenstuhl liegen und schlafen, die Stiefel auf dem Tisch. Dann schaut Johnny wieder zu mir.

»Was wollen Sie denn jetzt? Sollen wir warten, bis er aufwacht?«

»Nein!«

»Na, das haben Sie aber eben gesagt.«

Er hat recht, genau das habe ich gesagt.

»Das habe ich überhaupt nicht gesagt«, entgegne ich mit fester Stimme. »Ist halb neun nicht zu früh, um so viel Lärm zu machen? Ich dachte, neun ist offiziell der Zeitpunkt, an dem man mit geräuschintensiven Baumaßnahmen beginnen kann.«

Johnny schaut sich um. »Die meisten Leute sind um diese Zeit bei der Arbeit.«

»Nicht in dieser Straße«, sage ich. »In dieser Straße arbeitet niemand.« Jedenfalls nicht *mehr*.

Ungewöhnlich, aber absolut wahr. Johnny sieht mich verwirrt an, dann wirft er seinem Kollegen mit dem Presslufthammer einen Blick zu, als wollte er ihm zu verstehen geben, dass ich nicht ganz dicht bin.

»Schauen Sie, junge Frau, Sie haben gesagt, das muss umgehend erledigt werden. Ich habe zwei Tage Zeit, dann muss ich zu einem anderen Job, also fange ich jetzt entweder an oder ...«

»Schon gut, schon gut. Legen Sie einfach los.«

»Ich komme um sechs wieder und sehe es mir an.«

»Wo gehen Sie denn jetzt hin?«

»Ich hab noch eine andere Baustelle. Eddie schafft das schon.«

Wortlos setzt Eddie, der aussieht wie ungefähr siebzehn, seine Ohrschützer auf. Ich gehe schnell ins Haus, stelle mich im Fernsehzimmer, von dem aus man den Garten überblicken kann, ans Fenster und beobachte Sie, wie Sie am Tisch sitzen, den Kopf in den Nacken gelegt, und in aller Ruhe Ihren Rausch ausschlafen. Sie sitzen unter einer Decke, und ich frage mich, ob Ihre Frau sie Ihnen gebracht hat oder ob Sie die in der Nacht selbst aus dem Auto geholt haben, weil Ihnen kalt war. Der gesunde Menschenverstand hätte Ihnen gesagt, Sie sollten im Auto bleiben und die Heizung anstellen, aber auf solche vernünftigen Ratschläge hören Sie ja nicht gern.

Irgendetwas kommt mir heute Morgen seltsam vor. Es ist schon ungewöhnlich genug, dass Sie mitten in Ihrem halb zerstörten Garten vor aller Augen auf einem schiefen Gartenstuhl sitzen und schlafen, aber um diese Zeit müsste in Ihrem Haus längst geschäftiges Treiben herrschen. Die Ferien sind vorbei, Ihre Frau muss die Kinder zur Schule fahren und Dinge erledigen – aber heute passiert nichts, gar nichts. Kein Lebenszeichen kommt aus dem Haus, die Vorhänge sind noch genauso unbewegt wie gestern früh. Das Auto Ihrer Frau ist immer noch weg. Der Schirm hängt immer noch im Baum. Keine Spur von Ihrer Familie.

Plötzlich legt der Presslufthammer los, und selbst im Haus ist der Lärm so heftig, dass ich die Vibrationen in meinem Brustkorb spüre. Zum ersten Mal kommt mir der Gedanke, ich hätte meine Nachbarn vielleicht informieren sollen, dass es in den nächsten Tagen eine gewisse Lärmbelästigung geben wird, weil ich mein absolut intaktes Pflaster aufreißen lasse, um Platz für ein bisschen Rasen zu machen. Vermutlich hätten alle anderen das so gehandhabt.

Wie von der Tarantel gestochen, springen Sie aus Ihrem Stuhl, wedeln mit Armen und Beinen und schauen sich um, als würden Sie angegriffen. Es dauert einen Augenblick, bis Sie begreifen, wo Sie sind, was los ist, wie Sie hierherkommen, und dann entdecken Sie den Presslufthammermann in meinem Garten. Sofort rennen Sie zu meinem Haus herüber. Mein Herz klopft, und ich weiß selbst nicht recht, warum. Wir haben uns noch nie unterhalten, nicht mal hallo gesagt oder auch nur im Vorbeigehen zugewinkt. An Silvester haben Sie mich beim Glotzen erwischt, aber sonst haben Sie meine Existenz nie zur Kenntnis genommen und ich Ihre genauso wenig, denn ich verabscheue Sie, und ich verabscheue all das, was Sie verkörpern, weil Sie sich überhaupt nicht vorstellen konnten, dass eine Mutter – eine sterbende Mutter! – traurig ist, ihr Down-Syndrom-Kind in dieser Welt alleinlassen zu müssen. Die ganzen Kommentare, die ich von Ihnen und Ihren Anrufern in jener Nacht, als ich Sie zu hassen begann, gehört habe, gehen mir noch einmal durch den Kopf, und als Sie meinen Vorgarten erreichen, bin ich bereit, den Kampf mit Ihnen aufzunehmen.

Ich sehe, wie Sie Eddie anschreien. Eddie kann Sie in dem ganzen Krach und mit Ohrschützern natürlich nicht hören, aber er sieht den Mann, der vor ihm steht, den Mund wütend auf- und zumacht und ganz offensichtlich seine Aufmerksamkeit verlangt, die eine Hand in die Hüfte gestemmt, die andere zum Haus hin ausgestreckt. Aber Eddie ignoriert Sie und reißt unbeirrt weiter mein teures Pflaster auf. Ich gehe in die Diele, wandere vor der Tür hin und her und warte, dass Sie auftauchen. Als es klingelt, fahre ich zusammen. Es klingelt nur einmal. Daran ist nichts Unhöfliches. Ein einmaliges Drücken, ein helles Rrrring, nicht zu vergleichen mit der Prozedur, der Sie Ihre Frau jede Nacht aussetzen.

Ich öffne die Tür und stehe Ihnen zum ersten Mal Aug in Auge gegenüber. Für meine Schwester, für dich, Heather, für meine Mutter, für die Ungerechtigkeit, dass sie die Tochter alleinlassen musste, die sie niemals alleinlassen wollte. Das sage ich mir immer wieder, während ich kampfbereit die Fäuste balle und wieder entspanne.

»Ja?«, sage ich streitlustig.

Mein Ton scheint Sie zu überraschen.

»Guten Morgen«, antworten Sie gönnerhaft, als wollten Sie mir eine Lehre erteilen: So beginnt man ein Gespräch! Als hätten Sie die leiseste Ahnung von höflicher Konversation. Sie strecken mir die Hand hin. »Ich bin Matt, ich wohne gegenüber.«

Jetzt wird es schwierig für mich. Ich bin an sich kein unhöflicher Mensch, ich schaue auf Ihre ausgestreckte Hand und dann wieder in Ihr unrasiertes Gesicht, zu Ihren blutunterlaufenen Augen, ich rieche den Alkoholdunst, der aus jeder Ihrer Poren quillt, ich sehe Ihren Mund, den ich genauso wenig leiden kann wie die Worte, die aus ihm herauskommen, und stecke die Hände in die Gesäßtaschen meiner Jeans. Mein Herz klopft wie verrückt. Für dich, Heather, für dich, Mum.

Sie starren mich an, ziehen langsam Ihre Hand zurück und stecken sie wieder in die Manteltasche.

»Hab ich was verpasst? Es ist grade mal halb neun, und Sie lassen Ihren Garten aufreißen! Gibt es irgendwas, was wir anderen vielleicht auch wissen sollten? Sind Sie auf Öl gestoßen, können wir uns am Profit beteiligen?«

Sie sind immer noch betrunken, das erkenne ich sofort. Obwohl Sie Ihre Füße fest auf den Boden pflanzen, macht Ihr Körper kreisende Fallbewegungen wie Michael Jackson bei seiner Lean-Pose.

»Wenn es Sie so stört, können Sie sich ja überlegen, ob Sie die nächsten Tage nicht lieber im hinteren Garten campieren möchten.«

Sie schauen mich an, als sei ich die gemeinste und verrückteste Zicke, die Ihnen je begegnet ist, dann drehen Sie sich um und gehen wortlos davon.

Natürlich hätte ich auch etwas ganz anderes sagen können.

Ich hätte viele, viele Möglichkeiten gehabt, meine Enttäuschung über Ihre damalige Sendung zum Ausdruck zu bringen. In einem Brief vielleicht. Oder bei einer Einladung zum Kaffee. In einem vernünftigen Gespräch unter Erwachsenen. Aber ich habe mich für diese Version entschieden, und es tut mir sofort leid. Nicht weil ich Sie womöglich verletzt habe, sondern weil ich denke, ich habe womöglich die Gelegenheit verpasst, etwas ganz Wichtiges loszuwerden, und zwar auf die richtige Art. Und dann fällt mir zum ersten Mal ein, dass Sie sich möglicherweise nicht mal mehr an die Sendung von damals erinnern. Sie haben so viele Diskussionen moderiert, wahrscheinlich bedeuten sie Ihnen nichts. Ich bin bloß eine unausstehliche Nachbarin, die Ihnen nicht wegen ihrer Bauarbeiten Bescheid gesagt hat.

Ich sehe Ihnen nach, wie Sie die Straße zu Ihrem Haus überqueren. Eddie ignoriert die ganze Welt und gräbt weiter das Pflaster auf, und der Lärm dröhnt in meinem Kopf. Sie wandern an Ihrem Haus entlang und spähen in alle erreichbaren Fenster. Offensichtlich versuchen Sie herauszufinden, wie Sie reinkommen könnten. Dabei torkeln Sie ein bisschen, immer noch der Alkohol.

Schließlich gehen Sie zu Ihrem Tisch, und ich denke schon, Sie wollten sich wieder hinsetzen, aber stattdessen nehmen Sie einen Gartenstuhl und tragen ihn zur Haustür. Dort heben Sie ihn hoch und schlagen ihn mit aller Kraft ein-, zwei-, dreimal gegen das Fenster neben der Tür, bis die Scheibe zerspringt. Wegen Eddies Pressluftbohrer ist natürlich nichts davon zu hören. Dann drehen Sie sich seitwärts, und ihr stämmiger Körperbau macht Ihnen anfangs ein bisschen Schwierigkeiten, aber schließlich schaffen Sie es, sich durch das schmale Fenster zu zwängen und ins Haus zu gelangen.

Obwohl ich mitkriege, was Sie da tun, komme ich mir schon wieder vor, als wäre ich die Verrückte.

7

Eddie arbeitet unermüdlich zwei Stunden, dann verschwindet er für drei. Während der Zeit steht sein Presslufthammer in meinem Vorgarten, der aussieht, als hätte es ein Erdbeben gegeben. Das totale Chaos, und ich will gar nicht hinsehen, aber ich kann nicht anders, weil ich am Fenster stehe, aber diesmal halte ich nicht nach Ihnen Ausschau, sondern nach Eddie, der mit dem Schutzhelm auf dem Kopf die Straße runtergewandert und nicht zurückgekommen ist. Ich rufe Johnny an, aber er geht nicht ans Handy, und ich kann ihm auch keine Nachricht hinterlassen. Kein gutes Zeichen. Der Gärtner, den ich für die Gestaltung angeheuert habe, hat ihn mir empfohlen. Auch kein gutes Zeichen.

Mein Handy klingelt, aber es ist eine unbekannte Nummer, deshalb gehe ich nicht dran. An Weihnachten hat meine Tante Jennifer mir in ziemlich angetrunkenem Zustand mitgeteilt, dass mein Cousin Kevin nach Neujahr zu Besuch kommen und mit mir Kontakt aufnehmen will. Jetzt ist Neujahr vorbei, und ich überwache meine Anrufe, als wäre ich die CIA. Kevin hat Irland verlassen, als er zweiundzwanzig war, ist zuerst um die Welt gereist und hat sich schließlich in Australien niedergelassen – obwohl ich mir nicht vorstellen kann, dass Kevin sich wirklich irgendwo niedergelassen hat. Nach der Familiendrama-Aufregung ist er losgezogen mit dem Ziel, sich selbst zu finden, und nicht wieder zurückgekommen, nicht mal zu Weihnachten, nicht zu Geburtstagen und auch nicht zur Beerdigung meiner Mutter. Übrigens ist es derselbe Kevin, der mir, als ich fünf war, gesagt hat, dass ich sterben werde – und der mir seine Liebe gestanden hat, als ich siebzehn war.

Meine Tante war damals übers Wochenende mit meiner Mutter zu einem Heilungs-Retreat gefahren, und ich übernachtete – wie immer in solchen Fällen – bei ihr zu Hause. Mein Onkel Billy saß vor dem Fernseher, Kevin und ich hatten es uns im Garten auf der Hollywoodschaukel bequem gemacht und schütteten einander das Herz aus. Ich erzählte ihm von der Krankheit meiner Mum, und er hörte mir zu. Das konnte er richtig gut. Und dann erzählte er mir sein Geheimnis: Er hatte gerade erfahren, dass er adoptiert war. Jetzt fühlte er sich hintergangen, aber plötzlich ergab für ihn alles einen Sinn, auch die ganzen Gefühle, die er gehabt hatte. Nämlich mir gegenüber. Er sei in mich verliebt. Völlig unvermittelt stürzte er sich auf mich, betatschte mich, wo es nur ging, sein heißer Atem schlug mir ins Gesicht, und schon hatte ich seine glitschige Zunge im Mund. Jedes Mal, wenn ich später an ihn dachte, wusch ich mir gründlich den Mund aus. Vielleicht war er rein biologisch gesehen nicht mit mir verwandt, aber er war trotzdem mein Cousin. Wir hatten in den Bäumen hinten im Garten *Herr der Fliegen* gespielt, seinen Bruder Michael gefesselt und am Spieß gebraten, wir hatten uns verkleidet und auf Fensterbänken Theaterstücke vorgeführt. Wir hatten lauter *Familiensachen* zusammen gemacht. In allen meinen Erinnerungen war er mein Cousin. Was er jetzt tat, war einfach widerlich.

Danach sprachen wir nicht mehr miteinander, ich erzählte meiner Tante auch nichts von dem Vorfall, aber ich wusste, dass sie es wusste. Vermutlich hatte meine Mum ihr davon erzählt, aber wir redeten nie darüber. Anfangs war meine Tante mir gegenüber seltsam nervös, fast so, als müsste sie sich rechtfertigen für das, was passiert war, aber dann irritierte ich sie nur noch. Ich glaube, sie dachte, wenn ich bereit wäre, Kevin zu verzeihen, würde er zu ihr zurückkommen. Zu diesem Zeitpunkt hatte er Irland noch nicht verlassen, aber er hatte ohnehin nie den Wunsch gehabt, zu irgendetwas oder irgendjemandem zu gehören, auch nicht zu seiner Familie. Er war schon immer problematisch gewesen, seiner selbst ebenso unsicher wie seinen Mitmenschen gegenüber. Für mich gab es damals genug, mit dem ich klarkommen musste, seine Themen waren zu viel für mich. Vielleicht ist das gemein, aber mit meinen siebzehn Jahren hatte ich kein Verständnis für seine Schwierigkeiten, er war einfach nur mein widerlicher, problembeladener Adoptiv-Cousin, der mich geküsst hatte, und ich wollte ihn so schnell wie möglich loswerden. Aber jetzt ist er wieder da, und irgendwann muss ich mich ihm stellen. Ich habe keine Probleme mehr mit ihm, ich habe nicht mehr das Bedürfnis, mir den Mund auszuwaschen, wenn ich an ihn denke. Aber obwohl ich nichts Wichtiges zu erledigen habe, kann ich mir trotzdem angenehmere Beschäftigungen vorstellen als ein peinliches Gespräch mit einem Cousin, der mich vor siebzehn Jahren auf einer Hollywoodschaukel zu küssen versucht hat.

Während ich am Fenster stehe und nach Eddie Ausschau halte, klingelt das Telefon im Haus. Außer Dad und Heather hat niemand die Nummer, und normalerweise ruft immer nur Heather an, also nehme ich ab.

»Kann ich bitte Jasmine Butler sprechen?«

Ich antworte nicht gleich und versuche die Stimme zuzuordnen. Ich glaube nicht, dass es Kevin ist, er hat bestimmt inzwischen einen australischen Akzent, aber vielleicht stimmt das auch gar nicht. Egal, ich glaube nicht, dass er es ist. Es wäre unglaublich fies von Tante Jennifer, ihm diese Nummer zu geben. Hinter dem Dubliner Akzent des Anrufers versteckt sich irgendetwas anderes, etwas außerhalb von Dublin, aber innerhalb von Irland. Ein sanfter, ländlich singender Tonfall.

»Mit wem spreche ich bitte?«

»Sind Sie Jasmine Butler?«, fragt der Mann.

Ich lächle, lasse mir meine Belustigung aber nicht anhören.

»Mit wem spreche ich denn? Ich bin Ms Butlers Haushälterin.«

»Oh, tut mir leid«, kommt sofort die Antwort, fröhlich und charmant. »Und wie ist Ihr Name?«

Wer ist das bloß? Er hat mich angerufen, und jetzt versucht er, die Regie zu übernehmen, aber nicht auf ungehobelte Art, sondern höflich und in einem ausgesprochen angenehmen Ton. Aber ich kann den Akzent einfach nicht erkennen. Nicht Dublin. Nicht aus dem Norden, aber auch nicht aus dem Süden. Midlands? Nein. Aber echt charmant. Wahrscheinlich irgendein Verkäufer. Und jetzt muss ich mir schnell einen Namen einfallen lassen und ihn abwimmeln. Ich sehe einen Stift neben der Aufladestation des Telefons auf dem Flurtisch liegen.

»Pen«, sage ich und verkneife mir das Lachen. Stift. »Penny. Eigentlich Penelope, aber die meisten Leute nennen mich Penny.«

»Und manchmal auch Pen?«, fragt er.

»Ja.« Ich lächle wieder.

»Und Ihr Nachname?«

»Machen Sie eine Umfrage oder so was?«

»O nein, nur falls ich Sie noch mal anrufe und Ms Butler nicht da ist. In dem unwahrscheinlichen Fall, dass so etwas passiert.«

Ich lache über seine Ironie. »Ah.« Ich schaue wieder zum Tisch und sehe den Notizblock neben dem Stift. *Pad.* Ich rolle die Augen. »Pad.« Ich huste, damit er nicht hört, dass ich lache. »Paddington.«

»Okay, Penelope Paddington«, wiederholt er, und ich bin sicher, er weiß Bescheid. Wenn er einen Funken Verstand hat, durchschaut er mein Theater. »Wissen Sie, wann Ms Butler wieder da ist?«

»Das kann ich Ihnen leider nicht sagen«, antworte ich und setze mich auf die Armlehne der Couch, von wo ich weiter aus dem Fenster schauen kann und Dr. Jameson vor Ihrer Haustür stehen sehe. »Sie kommt und geht. Wie es ihre Arbeit erlaubt.« Dr. Jameson späht durch das kaputte Fenster. »Worum geht es denn?«

»Das ist eine Privatangelegenheit«, erwidert er höflich und sehr nett. »Die möchte ich lieber mit Ms Butler persönlich besprechen.«

»Kennt Ms Butler Sie?«, frage ich.

»Noch nicht«, sagt er. »Aber vielleicht könnten Sie ihr sagen, dass ich angerufen habe.«

»Selbstverständlich.« Ich nehme mir den Stift und den Notizblock, um seinen Namen und seine Nummer aufzuschreiben. »Ich versuche es einfach auf ihrem Handy.«

»Haben Sie die Nummer?«

»Ja, und auch ihre Nummer im Büro. Aber als ich sie dort angerufen habe, hat man mir gesagt, dass sie leider nicht zu sprechen ist.«

Ich stutze. Jemand, der mich so gut kennt, dass er alle drei Nummern von mir hat, aber nichts davon weiß, dass ich entlassen worden bin? Ich stehe vor einem Rätsel.

»Danke, Penelope, Sie waren eine große Hilfe. Schönen Tag noch.« Er legt auf, und ich stehe da und lausche verwirrt dem Freizeichen.

»Jasmine!«, rufe ich mir selbst in singendem Tonfall zu. »Da hat gerade ein totaler Spinner angerufen und wollte dich sprechen.«

Jetzt kommt Dr. Jameson über die Straße auf mein Haus zu. Ich öffne die Tür. »Hallo, Dr. Jameson«, begrüße ich ihn. In seiner Hand sehe ich einen weißen Umschlag und frage mich, was in aller Welt die Straße jetzt wieder plant und wie viel ich beisteuern muss.

»Hallo, Jasmine.«

Wie üblich ist Dr. Jameson makellos gekleidet: Hemd, V-Ausschnitt-Pullover, Bügelfaltenhose und blankpolierte Schuhe. Er ist kleiner als ich, und mit meinen eins siebzig fühle ich mich neben ihm wie ein exotisches, unnatürliches Wesen. Meine Haare sind leuchtend rot, Feuerwehrrot oder auch *Booster Scarlet Power*, wie L'Oréal es nennt. Von Natur aus habe ich braune

Haare, aber seit ich fünfzehn bin, hat niemand mehr etwas davon gesehen, auch ich selbst nicht. Die letzten Spuren sind meine Augenbrauen, denn aus meiner Kopfhaut sprießen inzwischen mehr graue als braune Haare. Das Rot, sagt man allgemein, macht meine Augenfarbe noch auffallender – ein Türkiston, auf den ich sehr oft angesprochen werde. Außerdem verlasse ich das Haus niemals ohne meinen ultraschwarzen Lidstrich, ganz gleich, ob ich zur Arbeit oder auf eine Party gehe. Augen und Haare sind meine Hingucker. Und meine Brüste. Auch die sind ziemlich groß, aber ich betone sie nicht zusätzlich, sie drängen sich ganz von selbst in den Vordergrund, schlau wie sie sind.

»Tut mir leid wegen des Lärms heute früh«, sage ich und meine das absolut ehrlich. »Ich hätte Sie vorwarnen sollen.«

»Kein Problem.« Er wedelt abwehrend mit der Hand, anscheinend will er dringend etwas anderes sagen. »Ich war gerade gegenüber und habe unseren Freund gesucht, aber anscheinend ist er anderweitig beschäftigt«, sagt er, als wäre *unser Freund* – also Sie – draußen im Garten dabei, Tierballons für eine Kindergruppe zu basteln und würde nicht womöglich auf dem Badezimmerfußboden in einer Pfütze seines Erbrochenen liegen. Natürlich weiß ich nicht, ob das stimmt, es ist bloß geraten.

»Amy hat mir das hier für Mr Marshall gegeben – wir können ihn doch Matt nennen, oder nicht?« Dabei schaut er mich verschwörerisch an, und ich denke plötzlich, er weiß, dass ich Sie beobachte. Aber er kann das nicht wissen, es sei denn, er beobachtet mich, und ich weiß, dass er das nicht tut, weil ich nämlich *ihn* beobachte.

»Wer ist Amy?«

»Matts Frau.«

»Ah. Klar, natürlich.« Als hätte ich es mal gewusst, aber vergessen. Dabei hatte ich keine Ahnung.

»Ich glaube, es ist ziemlich dringend, dass er das hier bekommt« – Dr. Jameson wedelt mit dem weißen Umschlag –, »aber er geht nicht an die Tür. Ich würde den Umschlag ja durch das … äh … durch das offene Fenster werfen, aber ich möchte sichergehen, dass er ihn kriegt. Außerdem hab ich hier noch einen Schlüssel, den ich Ihnen geben möchte.«

»Was für einen Schlüssel?«

»Matts Hausschlüssel. Amy hat zwei Ersatzschlüssel für die Nachbarn machen lassen, sie dachte, das wäre praktisch«, sagt er und klingt überrascht, aber wir wissen ja beide, dass es das Offensichtlichste und Vernünftigste der Welt ist.»Ich glaube, sie ist nicht hier und wird auch wohl eine Weile nicht hier sein«, fährt er fort und sieht mich durchdringend an.

Ah. Ich verstehe. Und ziehe eilig die Hände vor Schlüssel und Umschlag zurück.

»Ich denke, es ist am besten, wenn Sie das behalten, Dr. Jameson. Ich bin für so was nicht die Richtige.«

»Warum nicht?«

»Sie kennen doch mein Leben, ich bin dauernd unterwegs. Viel zu tun. Arbeit und alles Mögliche andere, Sie wissen ja. Ich finde es besser, wenn jemand, der öfter hier ist, solche Aufgaben übernimmt.«

»Ah. Ich hatte den Eindruck, dass Sie, na ja, dass Sie in letzter Zeit ziemlich oft zu Hause sind.«

Touché.»Ja, das stimmt schon, aber ich denke, es ist trotzdem besser, wenn Sie die Sachen behalten.« Ich lasse mich nicht überreden.

»Ich hab ja auch einen Schlüssel, aber ich bin die nächsten zwei Wochen weg. Mein Neffe hat mich eingeladen, mit ihm und seiner Familie in den Urlaub zu fahren, zum ersten Mal«, erzählt er und strahlt übers ganze Gesicht.»Nett von ihm, was? Obwohl Stella ihn bestimmt hat überreden müssen. Wundervolle Frau. Und ich bin wirklich dankbar. Spanien«, sagt er, und seine Augen funkeln.»Aber wie dem auch sei«, fährt er fort, und sein Gesicht verdüstert sich wieder, »ich muss eine Heimat für den Schlüssel finden.« Er sieht sehr beunruhigt aus.

Natürlich habe ich jetzt ein schrecklich schlechtes Gewissen, aber ich kann das nicht tun. Ich kann nicht auf den Schlüssel eines anderen Menschen aufpassen. Den Schlüssel eines Wildfremden, das ist mir unangenehm. Ich möchte mich nicht engagieren, ich möchte für mich bleiben. Klar, ich beobachte Sie, aber ... ich kann das nicht. Ich lasse mich nicht überreden, auch wenn Dr. Jameson noch so besorgt und verwirrt dreinschaut. Wenn ich einen Job hätte, würde ich jetzt nicht in diesem Vorstadtschlamassel sitzen und müsste mich nicht um anderer Leute Angelegenheiten kümmern – die sie lieber für sich behalten sollten.

»Vielleicht könnten Mr und Mrs Malone das übernehmen.« Ich weiß nicht, wie die beiden mit Vornamen heißen. Seit vier Jahren wohne ich direkt neben ihnen, und ich kenne ihre Vornamen nicht, obwohl sie mir jedes Jahr eine Weihnachtskarte schicken und beide unterschreiben.

»Hm, das wäre eine Idee«, sagt Dr. Jameson unsicher, und ich weiß auch, warum er unsicher ist. Er möchte nicht, dass die Malones Schwierigkeiten bekommen. Wenn Sie in Ihrem üblichen wütenden, betrunkenen Zustand ausgesperrt sind, sollten wirklich nicht ausgerechnet Mr und Mrs Malone mit Ihren Problemen belastet werden, sie sind über siebzig. Das Gleiche gilt für die Murphys und die Lennons. Dr. Jameson hat recht, ich weiß das, aber ich kann ihm nicht helfen. »Sind Sie ganz sicher, dass Sie den Schlüssel nicht nehmen können?«, fragt er mich noch einmal.

»Hundertprozentig«, sage ich mit fester Stimme und schüttle den Kopf. Ich lasse mich da nicht hineinziehen.

»Ich verstehe es ja.« Er nickt, kneift die Lippen zusammen und nimmt den Umschlag in beide Hände. Dann fixiert er mich mit einem Blick, der mir sagt, dass er Nacht für Nacht dieselbe Szene beobachtet wie ich. »Wirklich.«

Er verabschiedet sich, aber im nächsten Moment kommt ein Krankenwagen in einem Höllentempo die Straße heruntergebraust, und ich kann Dr. Jameson gerade noch festhalten, ehe er die Straße betritt. Ganz automatisch schauen wir beide zu Ihrem Haus hinüber und denken wahrscheinlich das Gleiche, nämlich dass mit Ihnen irgendetwas passiert ist. Aber der Krankenwagen hält vor dem Haus der Malones, die Sanitäter springen heraus und rennen zur Tür.

»Ach du liebe Zeit«, sagt Dr. Jameson. Ich habe noch nie jemanden so oft »meine Güte«, »o jemine«, »du liebe Zeit«, »alter Schwede« und »alles klar« sagen hören wie Dr. Jameson.

Neben ihm sehe ich zu, wie Mrs Malone mit einer Sauerstoffmaske über dem Gesicht auf einer Trage herausgetragen und in den Krankenwagen geschoben wird. Mit aschfahlem Gesicht folgt Mr Malone den Sanitätern. Er sieht völlig verstört aus, es bricht mir das Herz. Hoffentlich bin ich nicht schuld. Hoffentlich hat seine Frau die Herzattacke nicht wegen des Presslufthammers in meinem Garten bekommen, wie Ihnen das fast passiert wäre.

»Vincent«, sagt er leise, als er Dr. Jameson entdeckt. »Marjorie.« Vermutlich meint er damit seine Frau, und ich fühle mich grässlich, weil ich mir ihren Namen nie gemerkt habe. Arme Marjorie. Ich hoffe, es geht ihr bald wieder besser.

»Ich kümmere mich um sie, Jimmy«, sagt Dr. Jameson. »Zweimal am Tag? Das Futter ist im Schrank?«

»Ja«, antwortet Mr Malone atemlos, während die Sanitäter ihm in den Krankenwagen helfen.

Aha, er meint also nicht seine Frau.

Die Türen schließen sich, der Krankenwagen braust los, und dann ist die Straße wieder so leer wie vorhin, als wäre nichts passiert. Die Sirene wird immer leiser, bis sie schließlich ganz verklingt.

»Oje, oje«, sagt Dr. Jameson, und auch er macht einen erschütterten Eindruck. »Ach du liebe Zeit.«

»Alles klar mit Ihnen, Dr. Jameson?«

»Sagen Sie doch bitte Vincent zu mir, ich praktiziere seit zehn Jahren nicht mehr«, sagt er. »Dann geh ich am besten gleich mal die Katze füttern. Aber wer kümmert sich um sie, wenn ich weg bin? Vielleicht sollte ich lieber nicht fahren. Zuerst dies hier« – er schaut auf den Schlüssel und den Umschlag in seiner Hand – »und jetzt die Malones. Ja. Vielleicht werde ich hier gebraucht.« Mich plagt mein Gewissen, ich fürchte mich, bin aber auch ein bisschen wütend, weil das Universum sich so gegen mich verschworen hat. Es wäre wirklich sehr unhöflich von mir, an diesem Punkt noch einen anderen Nachbarn vorzuschlagen, der einspringen könnte – obwohl ich zugeben muss, dass ich den dringenden Wunsch dazu verspüre. Aber zweimal am selben Tag die nachbarliche Pflicht abzulehnen würde wirklich nicht gut aussehen.

»Ich kann die Katze füttern, solange Sie weg sind«, sage ich. »Wenn Sie mir zeigen, wo alles ist.«

»Aber gerne«, nickt er, immer noch bestürzt.

»Wie kommen wir denn rein?« Ich betrachte das leere Haus, makellos gestaltet bis hin zu den Gartenzwergen, den kleinen Schildern mit *Achtung, Leprachauns kreuzen!*, den Feentürchen für die Enkelkinder an einem Baum und den strategisch ausgelegten Steinplatten, damit die Kleinen den ganzen Garten erforschen können, auch hinter Bäumen und unter den Trauerweiden. Die Jalousien stammen aus den achtziger Jahren, beige, lachsfarben und rosa, alle oben an den Fenstern bauschig zusammengezurrt, kitschiges Porzellan auf den Fensterbänken und ein Tisch voller Fotos direkt davor. Es ist wie ein Puppenhaus in einer Zeitschleife, liebevoll dekoriert und gepflegt.

»Ich habe einen Schlüssel«, sagt Dr. Jameson.

Natürlich hat er den Schlüssel. Wie es aussieht, hat in dieser Straße jeder die Schlüssel aller anderen – außer mir. Dr. Jameson schaut auf den Umschlag und Ihren Schlüssel in seinen Händen, als sähe er die Sachen zum ersten Mal. Auf einmal fällt mir auf, dass seine Hände zittern.

»Geben Sie mir das ruhig, Vincent«, sage ich leise und lege die Hand auf seine, während ich ihm beides abnehme.

86

Und so habe ich am Ende den Brief, den Ihre Frau an Sie geschrieben hat, und einen Schlüssel für Ihr Haus.

Nur damit Sie es wissen – ich wollte beides nicht, von Anfang an.

8

Eddie kommt tatsächlich zurück und arbeitet noch mal zwei
Stunden. Ich weiß das, weil ich gerade Katzenfutter in Marjo-
ries Napf schaufle, als der Pressluftbohrer loslegt und die Katze
vor Schreck fast aus der Haut fährt. Sie rennt hektisch davon,
und ich überlege, ob ich sie suchen soll, aber ich will nicht in
diesem Haus herumwandern, da komme ich mir vor wie ein Eindringling, und schließlich ist Marjorie eine Katze, also wird sie
es schon überleben.

Als Johnny auftaucht, um das Ergebnis des heutigen Arbeits-
tages zu begutachten, ist Eddie schwer am Schuften und sieht
aus, als wäre er nie weg gewesen. Ohne mit der Wimper zu zucken und ohne jeden Kommentar hört Johnny sich meine Be-
schwerde über das zwischenzeitliche Verschwinden seines Kollegen an, inspiziert die Arbeit und erklärt, dass sie sich genau im
Zeitplan befindet. Dann verabschieden sich die beiden Männer
eine halbe Stunde zu früh und machen sich in dem verbeulten
roten Firmenlieferwagen auf den Weg zum nächsten Job. Anscheinend ist der direkt gegenüber, denn der Van parkt rück-
wärts in Ihre Auffahrt ein, und Johnny und Eddie springen
wieder aus dem Wagen. Mir ist klar, dass ich mich immer mehr
in eine Voyeurin verwandle, aber ich kann nicht anders, ich bin
neugierig. Johnny misst die kaputte Fensterscheibe neben der
Tür aus, dann wird ein Holzbrett hinten aus dem Van geholt,
und ich kann zwar nicht sehen, aber hören, dass hinter den offenstehenden Vantüren gesägt wird. Es ist gerade mal halb sechs,

aber schon stockdunkel draußen. Die beiden Männer werkeln im schwachen Schein der Verandalampe, ansonsten ist nur ganz hinten im Haus, in der Küche, ein bisschen Licht zu sehen. Inzwischen müssten Sie eigentlich wach sein.

Fünfzehn Minuten dauert es, bis Johnny und Eddie das Brett vor Ihrem Fenster befestigt haben, mit Werkzeugen, die Geräusche hervorbringen wie Fingernägel, die über die Tafel kratzen, dann springen die beiden wieder in den roten Lieferwagen und fahren endgültig weg. Mein Garten sieht nicht mal ansatzweise fertig aus.

Ich habe Ihren Brief in der Hand. Dr. Jameson hat mir das Versprechen abgenommen, dass ich ihn Ihnen persönlich überreiche. Wir müssen sichergehen, dass Sie ihn bekommen, damit Dr. Jameson Amy Bescheid geben kann. Ich habe Ihren Hausschlüssel auf meine Küchentheke gelegt, er sieht fremd aus. Aber ich weiß auch nicht, wo er bei mir weniger fremd aussehen würde. Er ist eben ein Fremdkörper, er scheint zu pulsieren, und wo immer ich sitze oder stehe, zieht er meinen Blick magnetisch auf sich. Etwas von Ihnen in meiner Wohnung zu haben, fühlt sich irgendwie falsch an. Ich sehe den Brief an, drehe und wende ihn in den Händen. Vermutlich hat Ihre Frau – Amy – Sie jetzt endlich verlassen und die Nachbarn damit betraut, Ihnen den Brief – in dem sie ihre Beweggründe und Argumente sicher sehr sorgfältig und ausführlich formuliert hat – zukommen zu lassen. Deshalb finde ich auch, dass ich es ihr schuldig bin, dafür zu sorgen, dass er in Ihre Hände gelangt. Ich müsste es sogar genießen, aber das tue ich nicht, und im Grunde bin ich froh darüber. Das zeigt doch, dass ich nicht so abgestumpft bin wie Sie, wenn es um menschliche Gefühle geht.

Schließlich ziehe ich meinen Mantel an und nehme den Umschlag in die Hand. Mein Handy klingelt, eine Nummer, die ich nicht kenne. Bestimmt wieder der merkwürdige Verkäufer, denke ich, und gehe dran.

»Hi, Jasmine, hier ist Kevin.«

Schweren Herzens sehe ich, wie Sie Ihr Haus verlassen, ins Auto steigen und wegfahren, während der Cousin, der mich zu küssen versucht hat, mir erzählt, dass er wieder zu Hause ist.

Ich kann nicht schlafen. Nicht nur, weil ich mich in ein paar Tagen mit meinem Cousin Kevin treffe – draußen irgendwo, nicht bei mir zu Hause, damit ich gehen kann, wenn ich möchte –, sondern weil ich versuche, im Kopf alles Mögliche durchzugehen, was passieren kann, wenn Sie zurückkommen. Wie ich Ihnen Ihren Schlüssel gebe, Ihren Brief, wie ich Ihre Tür aufschließe, wie Sie mich im Vollrausch attackieren, einen Stuhl nach mir werfen, mich anschreien, wer weiß. Ich wollte ja mit der ganzen Geschichte nichts zu tun haben, aber mein nachbarschaftliches Pflichtgefühl war stärker.

Als Sie tatsächlich heimkommen, bin ich immer noch hellwach. Wieder einmal dröhnt »Paradise City« durch die Gegend. Sie bremsen, bevor Sie gegen die Garagentür krachen, Sie ziehen den Schlüssel aus der Zündung, Sie torkeln zur Tür, stolpern dabei ein paarmal, ganz auf die Schlüssel konzentriert, die an Ihrer Hand klimpern. Es dauert zwar eine Weile, aber schließlich schaffen Sie es, die Tür aufzuschließen. Sie taumeln rein und schließen die Tür hinter sich. Das Licht in der Diele geht an. Das Licht auf dem Treppenabsatz geht an. Das Licht in der Diele geht aus. Ihr Schlafzimmerlicht geht an. Fünf Minuten später geht es aus.

Plötzlich ist es gespenstisch still in meinem Schlafzimmer, und ich merke, dass ich die Luft angehalten habe. Verwirrt lege ich mich wieder hin.

Ich bin enttäuscht.

Am Wochenende findet meine Dinnerparty statt. Wir sind zu acht, alles gute Freunde. Bianca ist nicht dabei, sie ist zu Hause bei ihrem neugeborenen Sohn geblieben, aber Tristan ist gekommen. Noch ehe wir uns zur Vorspeise hinsetzen, schläft er im Sessel am Feuer ein. Wir lassen ihn schlafen und fangen ohne ihn an.

Der größte Teil des Gesprächs dreht sich um die neuen Babys, was mir gut gefällt – es ist eine gute Ablenkung. Ich erfahre eine Menge über Koliken und setze ein besorgtes Gesicht auf, als über Schlafmangel diskutiert wird, dann geht es weiter zum Abstillen und welche Gemüse- und Obstsorten sich dafür am besten eignen. Ein Papa muss googeln, ob Kiwi überhaupt in Frage kommt. Dann informiert mich Caroline dreißig Minuten lang ausführlich darüber, wie sich ihr Sexleben verändert hat, seit sie ihren Drecksack von Ehemann verlassen hat und mit ihrem neuen Freund zusammen ist. Das gefällt mir auch, denn es ist ebenfalls eine gute Ablenkung. Das reale Leben, über solche Dinge erfahre ich gern etwas. Dann wendet sich die allgemeine Aufmerksamkeit mir und meinem Job zu, und obwohl es meine Freunde sind und ich sie alle sehr gern habe und sie alle nette Menschen sind, bringe ich es nicht über mich, ehrlich zu sein. Ich erzähle ihnen, dass ich meine Auszeit genieße und wie toll es ist, dafür bezahlt zu werden, dass ich zu Hause herumhänge. Alle lachen, und ich versuche sie mit übertriebenen Geschichten neidisch zu machen – vom Ausschlafen, von den ganzen Büchern, die ich lese, und von dem puren Luxus, meine Zeit nach Lust und Laune einzuteilen. Aber es fühlt sich unehrlich an, und ich komme mir vor, als würde ich eine Rolle spielen, denn ich glaube ja selbst kein Wort von dem, was ich da von mir gebe. Als ich Ihren Jeep nahen höre, bin ich unendlich dankbar. Ich hoffe, dass Sie heute noch betrunkener sind als gewöhnlich.

Ich habe meinen Freunden nie etwas von Ihren jüngsten Eskapaden erzählt. Keine Ahnung, warum nicht. Eigentlich ist es ein perfektes Gesprächsthema, sie würden die Geschichte lieben, und der Umstand, dass Sie berühmt sind, macht die Sache umso pikanter. Aber ich bringe es einfach nicht fertig. Es ist, als wäre es mein Geheimnis, ich habe beschlossen, Sie zu schützen, obwohl ich nicht weiß, warum. Vielleicht nehme ich Ihr Verhalten und Ihre Situation zu ernst, um eine Partyanekdote daraus zu machen. Sie haben Kinder, Ihre Frau hat Sie gerade verlassen, ich hasse Sie, das weiß jeder, der mich kennt, und nichts an Ihnen weckt in mir den Wunsch, über Sie zu lachen. Ich ziehe die Vorhänge zu, damit ich Sie nicht sehen muss.

Ich höre Sie poltern, aber alle reden einfach weiter, diesmal über das Thema, wer sich mal besser sterilisieren lassen sollte, und niemand scheint den Krawall zu bemerken. Als ich sage, ich würde eine Vasektomie wollen, denken alle, ich mache einen Witz, aber ich habe einfach nicht richtig aufgepasst. Plötzlich ist draußen alles still. Ich kann mich nicht konzentrieren und werde unruhig, nervös, dass meine Freunde Sie hören könnten, dass die Jungs dann rausgehen und Sie sehen wollen, dass sie Sie verspotten oder Ihnen helfen und so mein privates Ding mit Ihnen kaputtmachen. Ich weiß, das ist sonderbar. Aber es ist alles, was ich habe, und nur ich verstehe wirklich, was nachts bei Ihnen abgeht, ich möchte es nicht erklären müssen.

Ich räume die Dessertteller ab; meine Freunde reden und lachen, die Stimmung ist großartig, Tristan schläft immer noch im Sessel und brutzelt am offenen Feuer.

Caroline hilft mir beim Abräumen, und in der Küche geht sie noch etwas genauer ins Detail, was sie und ihr neuer Freund so alles ausprobieren. Eigentlich müsste ich schockiert sein, und Caroline möchte das ja auch, aber ich kann mich nicht konzentrieren, weil ich dauernd an Sie denke, was Sie wohl da draußen anstellen. Der Schlüssel liegt immer noch neben mir auf der Theke und pulsiert. Als Caroline kurz rausgeht, weil sie zur Toilette muss, packe ich schnell den Brief und Ihren Schlüssel, schlüpfe in meinen Mantel und schleiche aus dem Haus, ohne dass jemand etwas davon bemerkt.

Ich überquere die Straße und sehe Sie an Ihrem Tisch sitzen. Es ist elf Uhr abends. So früh sind Sie sonst nie zu Hause. Sie essen etwas aus einer McDonald's-Tüte. Sie beobachten mich, wie ich über die Straße auf Sie zukomme, und ich werde unsicher.

Ich schlinge die Arme um mich und tue, als würde ich frieren, was nur ansatzweise der Wahrheit entspricht, denn der Alkohol hält mich warm. Vor Ihrem Gartentisch bleibe ich stehen.

»Hi«, sage ich.

Sie schauen mich mit trüben Augen an. Von Nahem habe ich Sie noch nie nüchtern gesehen. Genaugenommen auch noch nie volltrunken, denn als wir uns neulich morgens begegnet sind, waren Sie irgendwo dazwischen, deshalb kann ich nicht beurteilen, in welchem Zustand Sie jetzt sind, aber Sie sitzen um elf Uhr nachts bei Temperaturen knapp über dem Gefrierpunkt im Freien und essen Junkfood, in der Luft hängt schwer der Alkoholdunst, also können Sie nicht wirklich zurechnungsfähig sein.

»Hi«, sagen Sie.

Ein konstruktiver Einstieg.

»Dr. Jameson hat mich gebeten, Ihnen das hier zu geben.« Ich strecke Ihnen den Umschlag hin.

Sie nehmen ihn, schauen ihn kurz an und legen ihn auf den Tisch.

»Dr. J. ist weg?«

»Sein Neffe hat ihn nach Spanien eingeladen.«

»Ach ja?« Ihr Gesicht beginnt zu strahlen. »War ja auch mal Zeit.«

Das überrascht mich. Ich wusste nicht, dass Sie und Dr. Jameson sich nahestehen. Nicht dass Ihre Bemerkung unbedingt auf eine Freundschaft hindeutet, aber schon auf irgendeine Art von Beziehung.

»Wissen Sie, Dr. J.s Frau ist vor fünfzehn Jahren gestorben, sie haben keine Kinder, sein Bruder und dessen Frau sind auch schon tot, also hat er als Familie nur diesen Neffen, und der besucht ihn nie und lädt ihn auch nie zu sich ein«, erklären Sie deutlich entrüstet. Dann rülpsen Sie laut. »Verzeihung.«

»Oh.« Mehr fällt mir dazu nicht ein.

Sie schauen mich an.

»Sie wohnen gegenüber?«

Ich bin verwirrt, denn ich bin nicht sicher, ob Sie nur so tun, als wären wir uns nie begegnet, oder ob Sie sich tatsächlich nicht mehr daran erinnern. Es ist nicht leicht, aus Ihnen schlau zu werden.

»Ach ja, richtig. Nummer drei, stimmt's?«

»Ja«, sage ich schließlich.

»Ich bin Matt.« Sie strecken mir die Hand hin.

Ich weiß nicht, ob das ein Neuanfang sein soll. Es könnte auch inszeniert sein, und dann würden Sie mir die Zunge rausstrecken und Ihre Hand schnell wegziehen, sobald ich Ihnen meine hinhalte. Was auch immer Ihre Beweggründe sein mögen – wenn Sie vergessen haben, wie unhöflich ich neulich zu Ihnen war, ist das eine Chance für mich, das zu tun, was ich damals hätte tun sollen.

»Ich bin Jasmine«, stelle ich mich vor und schüttle Ihnen die Hand.

Ich hatte gedacht, es würde sich anfühlen, als schüttle ich dem Teufel persönlich die Hand, aber so ist es nicht. Ihre Hand ist kalt, Ihre Haut rau von der Winterkälte.

»Dr. Jameson hat mir auch einen Schlüssel zu Ihrem Haus gegeben. Ihre Frau hat für ihn und mich einen Nachschlüssel machen lassen.« Ich halte Ihnen den Schlüssel hin.

Sie betrachten ihn misstrauisch.

»Ich muss ihn nicht behalten, wenn Sie es nicht wollen.«

»Warum sollte ich das nicht wollen?«

»Keine Ahnung. Sie kennen mich nicht. Hier ist er jedenfalls. Sie können aufschließen und den Schlüssel behalten, wenn Sie möchten.«

Sie betrachten den Schlüssel nachdenklich. »Wahrscheinlich ist es besser, wenn Sie ihn behalten.«

Sie schauen mich unverwandt an, und allmählich wird mir das unangenehm. Ich weiß nicht recht, was ich tun soll, aber anscheinend haben Sie nicht die Absicht aufzustehen, also gehe ich zu Ihrer Haustür und schließe auf.

»Haben Sie eine Party?«, fragen Sie plötzlich und sehen zu den geparkten Autos.

»Bloß ein Essen für ein paar Freunde.«

Auf einmal fühle ich mich mies. Sie essen aus einer Tüte von McDonald's. Soll ich Sie einladen? Nein, wir sind Fremde, und Sie sind mein Feind, seit ich Teenager bin. Ich kann Sie nicht einladen, unmöglich.

»Was haben Sie denn mit Ihrem Garten vor?«

»Ich will einen Rasen anlegen.«

»Warum?«

Ich lache leise. »Gute Frage.«

Sie nehmen den Umschlag in die Hand.

»Lesen Sie mir den Brief vor?«

»Nein.«

»Warum nicht?«

»Warum lesen Sie ihn denn nicht selbst?«

»Ich kann kaum geradeaus sehen.«

Sie machen gar nicht den Eindruck, als wären Sie so betrunken, und wenn Sie sprechen, merkt man Ihnen auch nichts an.

»Und ich hab meine Brille drinnen gelassen«, fügen Sie hinzu.

»Nein«, wiederhole ich, verschränke die Arme und ziehe mich ein Stück zurück. »Der Brief ist persönlich.«

»Woher wollen Sie das denn wissen?«

»Er ist für Sie.«

»Aber es könnte irgendein Nachbarschaftsding sein. Dr. J. organisiert doch dauernd irgendwas. Ein Grillabend zum Beispiel.«

»Im Januar?«

»Dann vielleicht ein Umtrunk zum Thema Recycling.« Das gefällt Ihnen, und Sie lachen ein bisschen. Ich kann die Zigaretten in Ihrer Brust hören, ein keuchendes, dreckiges Lachen.

»Dr. Jameson hat gesagt, der Brief ist von Ihrer Frau.«

Schweigen.

Aus einer bestimmten Perspektive sehen Sie ziemlich gut aus, wie Sie den Kopf beim Nachdenken ein bisschen schräg halten, vielleicht ist es auch das Mondlicht, das Ihnen schmeichelt, aber was auch immer, es gibt Momente, in denen Sie sich verwandeln. Blaue Augen, rotblonde Haare, Stupsnase. Vielleicht sehen Sie auch immer so aus, und nur meine Abneigung macht Sie hässlich.

Sie legen den Umschlag wieder auf den Tisch und schieben ihn mit einem Finger zu mir herüber. »Lesen Sie ihn.«

Ich nehme den Brief und schaue ihn an. Drehe ihn ein paarmal um.

»Ich kann nicht. Tut mir leid.« Ich lege ihn wieder auf den Tisch. Sie starren ihn an und schweigen.

»Gute Nacht.«

Ich gehe zurück in mein Haus, mitten ins ausgelassene Gelächter meiner Freunde. Ich ziehe den Mantel aus. Tristan schläft immer noch im Kaminsessel. Anscheinend hat niemand bemerkt, dass ich weg war. Mit einer frischen Flasche Wein setze ich mich wieder zu meinen Gästen an den Tisch. Dann stehe ich wieder auf und ziehe die Vorhänge ein Stückchen zurück. Sie sitzen immer noch an Ihrem Gartentisch, und als Sie hochschauen und mich entdecken, stehen Sie auf, gehen ins Haus und machen die Tür hinter sich zu. Auf dem Tisch liegt immer noch der Umschlag und leuchtet weiß im Mondschein.

Es fängt an zu nieseln.

Ich lasse den Umschlag nicht aus den Augen. Der Regen wird stärker. Ich kann mich nicht konzentrieren. Jetzt erzählt Rachel etwas, alle lauschen ihr gespannt, sie hat Tränen in den Augen, und ich weiß, es ist wichtig, es geht um ihren Dad, der krank ist, sie haben gerade erfahren, dass er Krebs hat. Aber nicht einmal das kann meine Aufmerksamkeit fesseln. Rachels Mann greift nach ihrer Hand und unterstützt sie beim Weitersprechen. Ich murmle etwas davon, dass ich ihr ein Taschentuch holen will, aber stattdessen laufe ich ohne Mantel nach draußen, renne über die Straße und rette den Umschlag.

Ich kenne Sie nicht, und ich bin Ihnen zu nichts verpflichtet, aber ich weiß, dass wir alle einen Knopf haben, mit dem wir einen Selbstzerstörungsmechanismus auslösen können, und ich werde nicht zulassen, dass Sie das tun. Nicht solange *ich* hier was zu sagen habe!

9

Eine ganze Woche später als versprochen sind Johnny und Eddie mit dem Ausgraben meines Pflasters fertig, und sie bringen so viele Ausreden und technische Gründe vor, dass ich gar nicht weiß, wo ich mit meinen Argumenten ansetzen soll. Aber wenigstens sind jetzt hundert Quadratmeter bereit für den Fertigrasen, und der Rest meines Gartens besteht immer noch aus meinen hübschen Pflastersteinen. Mein Dad rät mir, die ausgegrabenen kaputten Steine aufzuheben, weil sie angeblich wertvoll sind, also packe ich sie in einen kleinen Container auf meiner Einfahrt. Seine Einschätzung scheint gerechtfertigt, denn auf einmal ist Johnny ganz scharf darauf, mir dabei zu helfen, die Steine »loszuwerden«. Ich versuche, mir etwas einfallen zu lassen, wofür ich sie verwenden könnte, habe aber keinerlei Ideen und vermute, dass ich sie wahrscheinlich irgendwann doch entsorgen werde.

Für Donnerstag laden Dad und Leilah mich und Heather zum Lunch ein. Montags arbeitet Heather in einem Restaurant, wo sie Tische ab- und die Spülmaschine einräumt, mittwochs arbeitet sie im Kino, führt die Leute zu ihren Sitzen und fegt nach der Vorstellung das Popcorn und sonstigen Müll auf, freitags erledigt sie in einer Anwaltskanzlei die Post, schreddert Papiere und macht Fotokopien. Sie liebt ihre Jobs. Samstagvormittag hat sie einen Schauspiel- und Musik-Kurs, und dienstags trifft sie sich in einer Tagesstätte mit Freunden. Für uns bleiben also nur Donnerstage und Sonntage, und solange ich gearbeitet habe, bedeutete das, dass der Sonntag unser gemeinsamer Tag war. So lief es die letzten zehn Jahre. Ich würde Himmel und Hölle in Bewegung setzen, um den Tag mit Heather nicht zu verpassen. Was wir zusammen machen, ist sehr unterschiedlich; manchmal hat sie etwas ganz Bestimmtes im Sinn, ein andermal überlässt sie die Entscheidung komplett mir. Wir gehen oft ins Kino: Heather liebt animierte Filme und kennt jedes Wort von *Arielle, die Meerjungfrau* auswendig. Manchmal möchte sie nur vor dem Fernseher auf dem Boden sitzen und den Film anschauen, immer wieder von vorn. Als Weihnachtsgeschenk habe ich sie zu Disney on Ice eingeladen. Dort war der ganze erste Akt der kleinen Meerjungfrau gewidmet, und ich habe Heather noch nie so still, so vollkommen hingerissen und konzentriert erlebt. Mit ihr zusammen zu sein, ist immer wunderschön, und so war es auch dieses Mal. Als die Meerhexe Ursula auf die Bühne kam und – begleitet von böser Hexenmusik und ohrenbetäubendem, gemeinem Kichern – in Gestalt eines riesigen aufblasbaren Kraken über das Eis schlitterte, begannen viele Kinder zu weinen. Ich machte mir schon Sorgen, Heather könnte Angst bekommen, aber sie nahm meine Hand, drückte sie fest und flüsterte: »Alles wird gut, Jasmine«, um mir zu zeigen, dass sie auf mich aufpasste und *ich* keine Angst zu haben brauchte. Schließlich ist sie meine große Schwester und beschützt mich, selbst wenn ich meine, es wäre umgekehrt. Als nach der Show das Licht wieder anging, als das verschüttete Popcorn und die achtlos weggeworfenen Eispapiere sichtbar wurden und der Zauber verschwand, sah sie mich an, drückte die Hand aufs Herz und sagte – die Augen hinter ihren dicken Brillengläsern riesig und voller Tränen: »Ich bin gerührt, Jasmine, ich bin ehrlich gerührt.«

Ich liebe Heather, ich liebe alles an ihr. Das Einzige, was ich gern ändern möchte, sind die Beschwerden, die sie aufgrund der Schilddrüsenunterfunktion oft hat und die sich in Müdigkeit, Trägheit und Reizbarkeit äußern. Ich möchte sie ständig mit Adleraugen beobachten, aber das lässt sie nicht zu. Nachdem ich viele Jahre lang versucht habe, ihr auf eine ihr angemessene Art Dinge beizubringen, habe ich inzwischen endlich begriffen, dass es in Wahrheit umgekehrt ist: Meine Schwester war schon immer meine Lehrerin und wird das auch immer bleiben – ich bin diejenige, die von ihr lernt.

Heather spricht oft etwas undeutlich, aber ich kann sie fast immer verstehen. Auch mit der Motorik und dem Hören hat sie Schwierigkeiten, aber sie kennt nicht nur jede einzelne Disneyfigur in jedem einzelnen Disneyfilm, sondern vor allem auch die Komponisten und Sänger jedes einzelnen Disneysongs. Sie liebt Musik über alles. Obwohl ich ihr den Umgang mit iPod und iPad beigebracht habe, besitzt sie eine beeindruckende LP-Sammlung – im Herzen ist sie einfach Old School und bevorzugt ihre Vinylplatten. Sie kennt alle Musiker an allen Instrumenten, sie weiß, wer die Songs produziert und arrangiert hat. Auf jedem Album liest sie das Kleingedruckte und kann die entsprechenden Informationen aus dem Stand wiedergeben. Als ich bemerkt habe, dass sie dieses Faible hat, bin ich sofort darauf eingegangen, habe ihr Musik gekauft und sie zu Konzerte mitgenommen. Im Teenageralter hatte Heather einen Spielkameraden namens Eddie, einen kleinen Jungen, ebenfalls mit Down-Syndrom. Auch er mochte Musik, vor allem »Blue Suede Shoes« von Elvis Presley. Seine Schwester erzählte mir einmal, dass er den Song den ganzen Tag auf Endlosschleife höre, was alle anderen Familienmitglieder nerve. Ich war stinksauer. Warum erkannten diese Leute nicht, wie sehr dieser Junge die Musik liebte – und nicht nur diesen einen Song? Warum förderten sie ihn nicht entsprechend?

Wenn Heather ihr Wissen zum Besten gibt, sind die Leute überrascht und beeindruckt. Und was passiert, wenn jemand von ihr beeindruckt ist? Wie jeder andere Mensch blüht sie auf und freut sich über die Anerkennung.

Doch das Bewundernswerteste und fast Magische an Heather ist meiner Meinung nach ihr Einfühlungsvermögen oder genauer ihre Gabe, zu spüren, ob sich ein anderer Mensch in *sie* einfühlen kann, und das spiegelt sich sofort in ihrem Verhalten. Niemand durchschaut fremde Menschen so untrüglich wie Heather. Wenn sie mit jemandem spricht, der Mitleid mit ihr hat oder im Grunde nichts mit ihr zu tun haben will, dann ist es, als schrumpfe sie zusammen, und sie verschwindet beinahe. Sie wird sozusagen eine Person mit Down-Syndrom, weil sie weiß, dass ihr Gegenüber nur das in ihr sieht. Wenn sie dagegen auf jemanden trifft, der sich herzlich wenig um das Down-Syndrom schert, zum Beispiel ein Kind, das noch nicht gelernt hat, andere zu verspotten, oder auf jemanden, der Erfahrung mit ihrer Krankheit hat, dann strahlt sie, dann blüht sie auf und verwandelt sich in die wahre Heather, in Heather, das Individuum. Oft erkennt sie solche Dinge schon lange vor mir, und durch Heather habe auch ich gelernt, unbekannte Menschen korrekter einzuschätzen – zumindest, was ihre Meinung über meine Schwester angeht. Als Kinder besitzen viele von uns diese Fähigkeit, aber allem Anschein nach verlieren wir sie, wenn wir älter werden. Heather jedoch hat diese Form der Menschenkenntnis im Lauf der Zeit noch verfeinert, und das hat ihr Gefühl für Richtig und Falsch extrem geschärft.

Ich fahre mit Heather zu dem weitläufigen Vier-Zimmer-Apartment in Sutton Castle, in dem Dad, Leilah und Zara wohnen. Sutton Castle, das 1880 von der Familie Jameson erbaut wurde – soweit ich weiß, waren es keine Verwandten von Dr. Jameson –, ist eine elegante Wohnanlage auf viereinhalb Hektar Landschaftsgarten mit Blick über die Dublin Bay. Früher wurde das weitläufige Gebäude als Hotel genutzt, in dem wir als Familie sonntags oft zu Mittag gegessen haben. In der Zeit der Baubooms wurde es generalüberholt und das Haupthaus in sieben Wohneinheiten unterteilt. Die kleine Familie bewohnt eindrucksvolle Räumlichkeiten, die Leilah in ihrem persönlichen Bohème-Stil sehr ansprechend gestaltet hat.

Leilah ist fünfunddreißig und damit ungefähr im gleichen

Alter wie Heather und ich, aber wir stehen uns nicht sehr nahe. Wahrscheinlich werde ich nie verstehen, warum sie meinen so viel älteren Dad geheiratet hat, und mich immer fragen, was mit ihr nicht stimmt. Nicht dass ich ein konkretes Problem mit Leilah hätte, aber mir ist es angenehmer, eine gewisse Distanz zu ihr zu halten. Heather dagegen hat Leilah auf Anhieb ins Herz geschlossen und wollte gleich bei der ersten Begegnung ihre Hand halten. Leilah wurde knallrot, und weder sie noch Dad begriffen, dass es das größtmögliche Kompliment war, das Heather je jemandem gemacht hatte. Heather hat meine Gefühle Leilah gegenüber sofort richtig eingeschätzt, und obwohl wir nie darüber gesprochen haben, versucht sie bei unseren Treffen jetzt immer, Gemeinsamkeiten zwischen Leilah und mir zu finden – wie eine Mutter, die bei einer Party zwei kleinen Mädchen helfen möchte, Freundinnen zu werden. Das ist liebenswert und schön, und ich schätze diesen Zug an meiner Schwester. Selbst wenn Leilah und ich ausschließlich Heather zuliebe mitspielen, macht es unseren Umgang doch wesentlich leichter.

Zara öffnet uns die Tür in Piratenkleidung. Mit dem Plastikhaken an ihrer Hand wedelt sie uns vor der Nase herum und ruft: »Arrrrrgh, Matrosen!«

Ich spüre, wie Heather neben mir zurückzuckt. Sie hat Zara gern, aber sie ist ihr gegenüber ein bisschen unsicher. Mit ihren drei Jahren kann Zara sehr temperamentvoll sein. Ihr mitunter ohrenbetäubendes Protestgeschrei, ihre explosionsartigen Tränenausbrüche und schon allein ihre Aufgedrehtheit – das alles sind Faktoren, die Heather leicht aus der Fassung bringen.

»Gleichfalls arrrrgh!« Ich gehe in die Hocke, um Zara zu umarmen, wehre ihren Piratenprotest ebenso ab wie ihre Drohung, dass ich gleich über die Planke gehen werde, aber am Ende liege ich trotzdem platt auf dem Boden, während sie rittlings auf mir hockt und mir ihre Hakenspitze an den Hals drückt. Heather geht eilig um uns herum, den Korridor hinunter und in den Wohnbereich.

Zara lässt nicht locker und hält ihr kleines Gesicht drohend dicht vor meines. »Wenn du diesen Peter Pan siehst, dann sag ihm, ich suche ihn – ihn und diese kleine Fee, die er immer dabei hat.« Mit einem letzten bösen Blick springt sie dann auf und rennt den Korridor hinunter.

Lachend bleibe ich noch einen Moment auf dem Boden liegen.

Für die heutige Einladung habe ich Heathers Armband-Bastelset mitgebracht, damit sie sich beschäftigen kann. Sie lässt sich am Wohnzimmertisch nieder und fängt an, hochkonzentriert Perlen aufzufädeln. Natürlich möchte Zara auch damit spielen, und obwohl wir ihr ganz ruhig erklären, dass die Perlen kein Spielzeug sind und außerdem Heather gehören und dass sie sich mit ihren eigenen Sachen beschäftigen muss – zum Beispiel mit dem Tierarzt-Set, das ich ihr mitgebracht habe –, rastet sie aus, was Heather furchtbar beunruhigt. Ich sehe, wie sie die Schultern hochzieht, und ihr Gesicht wird immer röter, je lauter Zara zetert. Mit ruhigen, bestimmten Worten befördert Leilah ihre Tochter schließlich aus dem Zimmer, und ich bleibe mit Heather allein. Den Ellbogen auf den Tisch gestützt, schaue ich meine Schwester aufmerksam an.

»Was machst du da, Jasmine?«, fragt sie.

»Ich beobachte dich.«

Heather lächelt. »Warum beobachtest du mich denn, Jasmine?«

»Weil du so schön bist«, sage ich, und sie schüttelt verschämt den Kopf.

»Jasmine!«

Ich lache und schaue ihr weiter zu, bis sie kichernd ihre Konzentration wieder auf ihre Bastelei richtet. Kurz darauf kommt Zara leise ins Zimmer zurück, ohne Augenklappe, so dass man ihre traurigen, rotgeweinten Augen sieht. Sie zieht sich mit einem Lutscher in eine Zimmerecke zurück, spielt mit den Tierarzt-Sachen und plappert dabei ziemlich chaotisch mit sich selbst,

Wortfetzen, die sie von den Erwachsenen aufgeschnappt hat. Heather wirft ihr einen kurzen Blick zu, widmet sich aber sofort wieder ihren Perlen. Die Situation hat sich entspannt, die beiden Mädchen sind beschäftigt, Leilah geht in die Küche, um das Essen vorzubereiten. Zwar wäre ich jederzeit bereit, ihr zu helfen, aber wir wissen beide, dass es besser ist, wenn ich bei Zara und Heather bleibe, falls sich ein neuer Konflikt zu entwickeln droht. Von der Küche weht ein leichter Knoblauchgeruch ins Wohnzimmer, Leilah mariniert das Lammfleisch. Kurz eilt sie durchs Zimmer auf den Balkon, um in dem kleinen Kräutergarten etwas Rosmarin zu pflücken, von dem kleine Zweige in das zuvor angeschnittene Fleisch gesteckt werden.

Dad ist noch nicht da, er spielt Golf und kommt erst zum Lunch zurück, also lege ich eine DVD in den Player – *Rapunzel – neu verföhnt*, den einzigen Film, den Zara bereit ist anzuschauen –, mache es mir auf der Couch gemütlich und schlafe tatsächlich ein, bis ich von zarten Schmetterlingsküssen wieder geweckt werde. Heather lächelt auf mich herab – die schönste Art aufzuwachen.

»Dad ist da, Jasmine«, sagt sie.

Total verschlafen, ohne Schuhe und mit verrutschtem Kleid, traue ich meinen Augen kaum, als ich sehe, wer hinter Dad ins Wohnzimmer kommt: Ted Clifford. Ted ist gut eins achtzig und so breit, dass er den ganzen Türrahmen ausfüllt, und ich fühle, wie Heather neben mir erstarrt. Genau genommen erstarren alle, einschließlich Leilah, die für einen kurzen Augenblick ihre übliche Gelassenheit verliert. Anscheinend hat auch sie nichts von Teds Besuch gewusst.

»Ted«, sagt sie, ohne ihre Überraschung zu verbergen. »Willkommen.«

»Hallo, Leilah«, antwortet er, gibt ihr einen Kuss und umarmt sie viel zu innig. »Ich hoffe, es stört dich nicht, dass ich einfach so zum Lunch reinschneie, aber Brian hat beim Golfen verloren und musste mich einladen!« Er lacht laut und dröhnend.

Leilah lächelt, aber an ihrem verkniffenen Mund und den warnend funkelnden Augen sehe ich, dass sich etwas anderes darunter verbirgt. Ihre Reaktion ist ganz offensichtlich nicht nach Dads Geschmack.

»Und das muss Zara sein«, sagt Ted und schaut auf die Kleine hinunter, die noch immer auf dem Boden kauert – aus ihrer Perspektive sieht er wahrscheinlich aus wie ein Riese. Unsicher schielt sie zu Leilah hinüber, halb lächelnd, halb weinerlich, aber Ted ignoriert alle Signale, hebt Zara einfach hoch und drückt ihr einen dicken Schmatz auf die Wange. Um weiteres Unheil zu verhindern, nimmt Leilah ihm die Kleine sofort wieder ab, und Zara vergräbt das Gesicht am Hals ihrer Mutter. Inzwischen strahlt Dad schon wieder, aber ich bin stinksauer auf ihn: Es kann kein Zufall sein, dass Ted und ich uns, kaum zwei Wochen, nachdem Dad mir angetragen hat, Ted nach einem Job für mich zu fragen, im selben Raum befinden. Warum wir anderen uns hier an einem Donnerstag zusammengefunden haben, ist klar – Leilah arbeitet zwei halbe Tage pro Woche, weil sie die Nachmittage mit Zara verbringen möchte, Dad ist im Ruhestand, ich bin arbeitslos, Heather hat nur diesen einen Tag frei –, aber Ted müsste auf der Arbeit sein. Für seinen Besuch gibt es keine andere Erklärung, als dass mein Vater ihn gebeten hat, mit mir zu reden. Ich bin so wütend, dass ich Dad kaum in die Augen schauen kann.

»Du kennst ja meine Tochter Jasmine«, sagt er jetzt zu Ted und gestikuliert galant in meine Richtung.

Ted taxiert mich von oben bis unten und macht dann eine Bemerkung darüber, wie groß ich geworden bin, seit wir uns das letzte Mal gesehen haben. Er ist fünfundsechzig, aber das ist keine Entschuldigung dafür, eine Frau, die halb so alt ist wie er, auf diese albern machohafte Weise wie einen Teenager zu behandeln. Vielleicht bin ich paranoid, aber ich glaube nicht, dass es ihn überrascht, mich hier zu sehen. Wir geben uns die Hand, und ich möchte es dabei bewenden lassen, aber ehe ich es verhindern kann, zieht er mich an sich, um auch mir einen dicken Kuss auf die Wange zu schmatzen. Als ich ihn mir verstohlen abwische, sehe ich, dass Leilah mir einen verständnisvollen Blick zuwirft.

»Und das ist Heather«, fährt Dad unbeirrt fort.

Nur mal nebenbei: Er sagt nicht »meine Tochter Heather«, er macht keine stolze Vorzeige-Handbewegung, keine große Geste. Vermutlich ist inzwischen jedem klar, dass ich sehr empfindlich bin, wenn es um Heather geht, aber manchmal weiß ich nicht, ob meine Einschätzung realistisch oder übertrieben oder womöglich die Projektion meiner eigenen Ängste ist. Wahrscheinlich macht in meinen Augen Heather gegenüber fast jeder Fehler, was man sicher auch an meiner Einstellung Ihnen gegenüber erkennt. Aber ich finde wirklich, dass Dad sich in den ganzen vierunddreißig Jahren seit Heathers Geburt herzlich wenig darum bemüht hat, seine Hilflosigkeit zu überwinden, wenn er Heather mit jemandem bekanntmacht – vor allem mit Leuten, zu denen er aufblickt. Mit Leuten wie Ted, für den er fast wie ein Schuljunge schwärmt, dem er ständig alles rechtmachen will und dem er sein Unternehmen im Grunde viel zu billig verkauft hat, weil er auf gar keinen Fall riskieren wollte, dass Ted ihn uncool findet. Er schämt sich nicht unbedingt für Heather, er ist ja nicht kaltherzig, aber er ist sich stets bewusst, dass sich manche Leute in Heathers Gegenwart unbehaglich fühlen. Damit versucht er umzugehen, indem er sie so wenig beachtet und sich so wenig um sie kümmert wie nur möglich – als würde sich irgendjemand dadurch wohler fühlen. Natürlich hat dieser scheinbare Mangel an Zuneigung genau den gegenteiligen Effekt, aber wenn ich das Thema anspreche – was ich schon des Öfteren getan habe – wirft er mir vor, dass ich die ganze Sache viel zu emotional und unvernünftig angehe.

»Ah«, sagt Ted und schaut Heather auf eine Art an, die mir überhaupt nicht gefällt. »Hallo«, sagt er und fügt in einem äußerst seltsamen Ton hinzu: »Na ja, ich kann dich ja wohl kaum links liegenlassen, was?« Dann streckt er ihr die Hand hin.

Eine riskante Aktion.

Als Heathers Schülerin habe ich gelernt, dass alle Menschen, ganz gleich, ob behindert oder nicht, sexuelle Wesen sind. Ich habe immer versucht zu gewährleisten, dass Heather, deren körperliche Entwicklung der emotionalen deutlich voraus ist, die physischen und psychischen Aspekte der Sexualität genau durchschaut. Es ist eine fortlaufende Lektion, die jetzt, wo sie sich nach einem Freund sehnt, wichtiger ist denn je. Auf gar keinen Fall soll sie sich zurückgewiesen oder lächerlich gemacht fühlen. Oder gar verletzt.

Um mit dem Thema zurechtzukommen, haben wir uns schon sehr früh mit dem Circles Concept befasst, einem System, das die verschiedenen Ebenen persönlicher Beziehungen und körperlicher Nähe in klare Kategorien einteilt. Typen wie Ted machen mich unruhig, weil sie oft eine völlig verfehlte Einstellung zu menschlicher Nähe haben, und ich habe gerade miterlebt, wie er eine Dreijährige einfach hochgehoben und abgeküsst, eine Ehefrau gedrückt und mich von oben bis unten taxiert hat – alles ohne den geringsten Respekt vor seinem Gegenüber. Jetzt meint er vermeiden zu müssen, dass Heather sich ausgeschlossen fühlt, aber ich glaube, dass sie in diesem Fall wesentlich lieber ausgeschlossen bleiben möchte.

Ein paar kurze Worte zum Circles Concept: Ganz innen befindet sich der violette persönliche Kreis, der das Individuum selbst darstellt, in diesem Fall also Heather. Als Nächstes kommt der blaue »Umarmungs-Kreis«, der die Menschen symbolisiert, die dem Individuum im violetten Kreis am nächsten stehen, sowohl körperlich als auch emotional; hier sind auch enge Umarmungen erlaubt. Dad, Zara, Leilah und ich gehören für Heather zu diesem Kreis. An den blauen Kreis schließt sich der grüne an, in den gute Freunde und der erweiterte Familienkreis gehören und in dem lockere Umarmungen angemessen sind. Manchmal wünschen Freunde sich mehr Nähe, aber Heather muss ihnen deutlich zu verstehen geben, in welchen

Kreis sie gehören. Danach kommt der gelbe »Handschüttel-Kreis« für Freunde und Bekannte, die man mit Namen kennt, gefolgt vom orangen »Wink-Kreis« für fernere Bekannte, wie beispielsweise Kinder, die Heather ihrerseits vielleicht umarmen möchten, von Heather aber auf Distanz gehalten werden sollen. Auf diesem Level ist weder körperliche noch emotionale Intimität möglich. Ganz außen im Kreissystem befindet sich der rote »Fremden-Kreis«. Mit Menschen dieser Kategorie gibt es weder Körper- noch Gesprächskontakt, es sei denn, die Person kann sich durch ein identifizierbares Abzeichen oder eine Uniform kenntlich machen. Wenn jemand Heather zu berühren versucht, von dem sie nicht berührt werden will, muss sie »Stopp« sagen. Und manche Menschen bleiben für immer Fremde im äußersten Kreis.

Heather und ich sind sehr konsequent, wenn es um die Einhaltung dieser Regeln geht, ganz gleich, wie unbehaglich andere sich damit vielleicht fühlen mögen. Zwar weiß Dad, dass der Circle-Code existiert, aber es war Mum, die ihn uns beigebracht hat, denn an solchen Dingen hat Dad sich nie beteiligt.

Ich beobachte Heather, wie sie Teds ausgestreckte Hand mustert. Ich weiß, dass ihr klar ist, was sie tun muss, aber sie sieht mich hilfesuchend an.

»Orange, Heather«, bestärke ich sie – obwohl ich diesen Mann persönlich lieber in die rote Zone stecken möchte.

Heather nickt, wendet sich Ted zu und winkt, wie es sich für den orangen Kreis gehört.

»Ach, ich kriege nur ein Winken?«, fragt Ted in einem Ton, als rede er mit einem Kind und nicht mit einer vierunddreißigjährigen Frau.

Er geht auf Heather zu, und ich bin drauf und dran, »Halt« zu rufen, als Heather die Hand ausstreckt. »Stopp«, sagt sie schroff. »Du bist nicht im Umarm-Kreis.«

Aber Ted nimmt sie nicht ernst. Er lacht, schlingt völlig gedankenlos die Arme um sie und drückt sie an sich. Sofort fängt

Heather an zu schreien, ich gehe dazwischen und versuche ihn an den Armen von meiner Schwester wegzuzerren.

»Jasmine!«, ruft Dad. Leilah fährt ihm über den Mund, Zara beginnt zu heulen, und Heather brüllt immer noch.

Endlich weicht Ted zurück und streckt die Hände in die Luft, als wäre er Opfer eines Überfalls geworden. »Schon gut, schon gut, ich wollte nur nett sein«, sagt er immer wieder in den Lärm hinein.

Dad entschuldigt sich überschwänglich bei ihm, drängt ihn, sich an den Tisch zu setzen, blafft Leilah an, sie solle ihm etwas zu trinken bringen und es ihm gemütlich machen, aber Leilah hört ihm nicht mehr zu.

»Alles wieder okay, Heather?«, fragt sie und eilt an meine Seite.

Heather schreit immer noch, fest in meine Arme gekuschelt, und ich weiß, das Beste ist, wenn wir gehen. Sie wird sich nicht mit diesem Mann an einen Tisch setzen, nachdem er ihre Regeln dermaßen rücksichtslos missachtet hat.

»Ihr müsst doch nicht gleich so überreagieren«, ruft Dad uns nach und folgt uns auf den Korridor. Aber Heather versteckt nur weiter den Kopf an meiner Brust, schmiegt sich dichter an mich, und ich wünschte, Dad würde endlich den Mund halten und uns in Ruhe lassen. Er redet zwar mit mir, aber Heather könnte leicht den Eindruck gewinnen, dass er eigentlich sie meint.

»Dad, sie hat deutlich nein zu ihm gesagt.«

»Es war doch bloß eine Umarmung, Himmel nochmal.«

Ich beiße mir auf die Zunge und setze an, ihm die Meinung zu sagen, aber ehe ich ein Wort herausbringe, explodiert er auch schon.

»Das ist das letzte Mal, dass so was passiert. Wir machen das nicht mehr. Ich hab die Nase voll«, stößt er hervor. So wütend habe ich ihn schon lange nicht mehr gesehen. »Damit ist ein für alle Mal Schluss!« Er zeigt mit dem Finger auf mich und Heather und dann auf den Esstisch, als hätten wir solche Vorfälle schon mehrfach erlebt und wir wären schuld daran.

»Dir ist doch wirklich keine Ausrede zu billig!«, fauche ich, und wir verlassen die Wohnung.

Ich frage Heather, ob sie mit mir nach Hause kommen und bei mir übernachten möchte, aber sie lehnt ab und tätschelt mir mütterlich die Wange, ehe sie aussteigt, als tue es ihr leid, dass ich mich so aufregen muss. Aber sie ist einfach lieber in ihren eigenen vier Wänden, umgeben von ihren Sachen.

Und ich kehre ganz allein nach Hause zurück.

10

Ich bin aus mehreren Gründen enttäuscht, dass Heather nicht bei mir übernachtet: Erstens, weil ich gern mit ihr zusammen bin; zweitens, weil ich sichergehen möchte, dass es ihr nach dem Vorfall bei Dad wirklich gutgeht; und drittens, weil es eine wundervolle Ausrede gewesen wäre, das gefürchtete Treffen mit meinem Cousin Kevin abzusagen, das morgen stattfinden soll. Oder Heather zu dem Besuch mitzunehmen. Aber Heather arbeitet am Freitag im Anwaltsbüro, hat also keine Zeit.

Kevin und ich sind um die Mittagszeit bei Starbucks in der Dame Street verabredet, direkt neben dem Wachsfiguren-Museum. Jede Menge Touristen, nichts Intimes. Ich kann mich verabschieden, wann immer ich will.

Tief in meinem Innern weiß ich, dass alles gutgehen wird. Er wird sich für sein zweiundzwanzigjähriges Ich entschuldigen, mir erzählen, wie verloren und einsam er sich immer gefühlt hat, ein Außenseiter, der meinte, sein Leben, das aus den Fugen zu geraten schien, nur mit Gewalt und Angst unter Kontrolle halten zu können. Er wird mir erzählen, dass er seine Reisen genutzt hat, um in sich zu gehen – dass er ein Tagebuch geführt oder einen Roman angefangen hat, vielleicht ist er aber auch total alternativ geworden und schreibt jetzt Gedichte. Oder er ist in einer Bank gelandet. Wahrscheinlich hat er eine Frau kennengelernt – oder einen Mann, wer weiß – und kann jetzt, wo er endlich mit sich Frieden geschlossen hat, seinem damaligen Selbst ins Gesicht schauen und sich für den Vorfall entschuldigen. Ich weiß, das Eis wird schnell gebrochen sein, und dann können wir in Erinnerungen schwelgen und darüber lachen, wie wir als Indianer seinen Bruder Michael an einen Baum gefesselt haben, wild um ihn rumgetanzt sind und aus Versehen einen Pfeil in sein Bein geschossen haben. Oder wie wir Fionas Klamotten geklaut und hoch auf die Felsen gelegt haben, als sie ohne alles schwimmen war, so dass sie barfuß und splitterfasernackt das steile Ufer hochkraxeln musste. Möglicherweise erwähne ich das »Du wirst sterben, Jasmine«-Gespräch und wie es mein Denken für immer verändert hat. Vielleicht bringe ich sogar die Sache mit dem Weihnachtsmann zur Sprache.

Als ich Kevin sehe, bin ich überrascht. Keine Ahnung, was ich erwartet habe, aber jedenfalls nicht das, was ich vor mir sehe. Er ist achtunddreißig, wahrscheinlich hätte ich mich darauf einstellen sollen. Plötzlich fühle ich mich alt; wir sind jetzt erwachsen. Auf einmal verschwindet alles andere, und ich fühle ihm gegenüber nur Zuneigung. Mein Cousin. So viele Erinnerungen tauchen auf, in so vielen spielt meine Mutter eine Rolle, und ich stelle fassungslos fest, dass ich mich völlig überwältigt fühle. Es ist lange her, dass ich eine solche Sehnsucht nach meiner Mum gespürt habe; es verschlägt mir den Atem, ich fühle mich verloren und plötzlich wieder wie ein Kind, so, als griffe ich nach etwas, was sich weit außerhalb meiner Reichweite befindet.

Eine ganze Weile hing noch der Duft unserer Mum in der Wohnung, und ich habe mich in ihr Bett gekuschelt, um ihr nahe zu sein. Manchmal stieg mir von jemand anderem plötzlich ein Hauch ihres Parfüms in die Nase, und ich erstarrte förmlich, stand da wie hypnotisiert, gefesselt von dieser unglaublich lebendigen Erinnerung an meine Mum. Aber im Lauf der Jahre passierte das immer seltener. Anfangs erinnerte mich eigentlich alles an sie, alles, was ich sah und hörte – Restaurants, Geschäfte, Straßen, die wir zusammen entlanggefahren waren, Busse, in denen wir gesessen hatten, Parks, Songs im Radio, Gesprächsfetzen, die ich zufällig mithörte –, einfach alles stand auf irgendeine Art mit ihr in Verbindung. Natürlich war es so, ich war sehr jung, als sie starb, sie war das Zentrum meiner Welt, ich hatte noch nicht die Gelegenheit gehabt, das Leben für mich selbst zu erobern.

Da ich in derselben Stadt blieb, in der diese Erinnerungen entstanden waren, ging ich davon aus, dass ich sie niemals verlieren würde. Immer, wenn ich sie brauchte – meine Mum-Dosis sozusagen –, ging ich an einen meiner Erinnerungsorte und hoffte, sie zurückholen, ihre Energie heraufbeschwören zu können. Doch dieses Zurückgehen schuf neue Erinnerungen, und jedes Mal fügte ich eine weitere Erinnerungsschicht hinzu, bis ich die ursprünglichen Erinnerungen ganz vergraben hatte und all diese Orte nicht mehr zu meiner Vergangenheit mit meiner Mum gehörten, sondern meine Gegenwart geworden waren.

Es ist ungewöhnlich, dass ich jetzt, so viele Jahre später, so ergriffen bin, aber ich weiß, es ist wegen Kevin, weil ich ihn seit Mums Tod nicht mehr gesehen habe – deshalb hat alles, mit dem ich ihn in Verbindung bringe, mit ihr zu tun.

Er blickt auf, sieht mich und fängt an zu strahlen. Ich bin guter Dinge, dieses Treffen wird bestimmt nett, ein bisschen nostalgisch. Sofort bekomme ich ein schlechtes Gewissen wegen des von mir gewählten Treffpunkts – ausgerechnet Starbucks! – und überlege, ob wir nicht doch lieber in ein Restaurant umziehen sollten.

Kevin hat einen kleinen Tisch mit zwei Stühlen genommen, an dem wir uns diagonal gegenübersitzen müssen, um zu vermeiden, dass unsere Knie aneinanderstoßen. Eigentlich hatte ich gehofft, ich würde als Erste eintreffen und zwei von den tiefen Sesseln ergattern können, die angenehm weit weg voneinander stehen. Kevin umarmt mich fest, lange und herzlich. Seine Haare sind schütter, er hat Falten um die Augen. Ich glaube, er ist der einzige Mensch, den ich jemals so lange nicht gesehen habe. Für mein Hirn ist das ein anspruchsvoller Sprung und irgendwie beunruhigend.

»Wow«, sage ich, setze mich und starre eine ganze Weile in das vertraute Gesicht, das hinter dieser befremdlichen Maske der Zeit hervorlugt. Ich weiß gar nicht, wie ich anfangen soll.

»Du hast dich überhaupt nicht verändert«, ruft er dagegen und strahlt. »Immer noch die roten Haare.«

»Stimmt«, lache ich.

»Und diese Augen.« Er mustert mich aufmerksam, dann schüttelt er den Kopf und lacht ebenfalls.

»Äh, ja. Ich hab beschlossen, meine Augen zu behalten.« Ich lache wieder. Ziemlich nervös. »Tja ...« Schweigend starren wir einander an. Immer wieder schüttelt er den Kopf, als könnte er es gar nicht glauben, dass wir uns hier gegenübersitzen. Aber das habe ich inzwischen verstanden, jetzt reicht es mir, ich möchte zu einem anderen Thema übergehen, und auf einmal bin ich wieder froh, dass wir uns nicht in einem richtigen Restaurant verabredet haben.

»Kaffee?«, frage ich, und er springt sofort beflissen auf.

Ich schaue ihn mir gründlich an, als er an der Theke steht und bestellt. Braune Cordhose, Pulli mit V-Ausschnitt, Hemd – ziemlich konservativ, nicht gerade der neueste Trend, sondern seriös, verantwortungsbewusst, weit entfernt vom einstigen Quertreiber mit zerrissenen Jeans und langen Haaren.

Als er sich wieder hinsetzt, beginnen die Routinefragen. Jobs, das Leben im Allgemeinen, wie lange bist du hier, hast du noch Kontakt zu Sandy, triffst du dich noch mit Liam, du erinnerst dich doch sicher an Elizabeth? Wer hat wen geheiratet, wer hat mit wem ein Baby, wer hat wen verlassen. Tante Jennifer freut sich so, dass du wieder da bist. Kaum hab ich das erwähnt, weiß ich, dass ich es nicht schon hätte sagen sollen. Eigentlich eine simple Bemerkung, aber es wäre besser gewesen, das Gespräch locker zu halten, vage, keine Dinge zur Sprache bringen, die mit Problemen zusammenhängen. Kevins Adoptiv-Mutter zu erwähnen, der er über zehn Jahre aus dem Weg gegangen ist – obwohl sie ihn besucht hat –, ist alles andere als sicheres Terrain.

Ich möchte mich am liebsten in den Hintern treten. Seine Haltung verändert sich.

»Ja, klar freut sie sich, dass ich sie wieder mal besuche, aber die Umstände findet sie schon auch schwierig. Ich bin ja gekommen, um meine leiblichen Eltern zu suchen«, sagt er, die Hände um seinen riesigen Kaffeebecher gelegt, senkt den Blick, so dass ich nur lange dunkle Wimpern sehe, und als er wieder aufblickt, erkenne ich die verlorenen, verwirrten, gequälten Hundeaugen von früher. Er ist also noch immer auf der Suche, obwohl er weniger wütend wirkt, obwohl der hasserfüllte Blick verschwunden ist. Wir reden noch ein wenig über die Suche nach seiner biologischen Mutter, über sein Identitätsgefühl, das er vor langer Zeit verloren hat, über seine Schwierigkeit, sich auf jemanden einzulassen und eigene Kinder zu haben, ohne seine Herkunft zu kennen, darüber, dass er keine feste Bindung eingehen kann, weil er sich an einen anderen Menschen gebunden fühlt. Ich hoffe, dass ich einen beruhigenden Einfluss auf ihn habe. Aber dann kommt der peinliche Moment.

»Was ich auf der Schaukel gesagt habe …«, fängt er an, als wäre es vor fünf Minuten passiert und nicht vor sechzehn Jahren. »Was ich getan habe, war falsch. Ich war jung, ich war so durcheinander, dass ich dir Angst gemacht habe, das weiß ich, und es tut mir wirklich sehr leid. Ich bin weggegangen und habe versucht, es zu verstehen, alles zu verstehen genau genommen, ich habe mir vorgeworfen, dass ich unsere Freundschaft vermasselt habe. Aber wir hatten immer so viel gemeinsam, du und ich, ich hatte immer das Gefühl, du verstehst mich. Das Ganze mit dir und deinem Vater …« Das verwirrt mich, denn ich habe keine Ahnung, was er damit meinen könnte. Was soll zwischen mir und meinem Dad gewesen sein? Aber egal. »Also bin ich fortgegangen und hab versucht, dich zu vergessen, aber als ich weg war, haben all die anderen Frauen …« Dann wird es eine Weile unbehaglich, denn ich höre von einer langen Liste von Eroberungen, mit denen er sich nicht im

Reinen fühlt, und dann ZACK: »Ich konnte nicht aufhören, an dich zu denken. Die ganze Zeit sind meine Gedanken zu dir zurückgewandert, immer wieder. Obwohl ich wusste, was du mir gegenüber empfunden hast. Was die ganze Familie mir gegenüber empfunden hat. Deshalb konnte ich nicht zurückkommen. Aber jetzt ... Jasmine, meine Gefühle haben sich seit dem Augenblick auf der Schaukel nicht geändert. Ich bin total in dich verliebt.«

Für gewöhnlich bin ich eine emotional ziemlich stabile Person. Ich finde, dass ich gut mit dem Leben zurechtkomme. Ich werde nicht dramatisch, ich bin vernünftig, ich kann relativ gut logisch denken. Aber das jetzt ... geht gar nicht. Ausgerechnet mitten in meinem eigenen Schlamassel. Ich entschuldige mich, stehe auf und verabschiede mich.

Als ich heimkomme, ist der Gärtner gerade dabei, seine Sachen in den Van zu packen. Obwohl die Tage allmählich länger werden, ist der Himmel schon wieder dunkel. Im Licht der Straßenlaternen sehe ich, dass der neue Rasen sich noch aufgerollt in meiner Einfahrt befindet.

»Was machen Sie da?«, frage ich den Mann.

Ich höre selbst, dass meine Stimme scharf klingt, und er sieht ein bisschen betroffen aus.

»Sie haben doch gesagt, der Rasen wird heute fertig«, erkläre ich.

»Es hat länger gedauert, den Boden vorzubereiten, als ich dachte. Ich muss am Montag noch mal kommen.«

»Am Montag? Sie haben doch gesagt, Sie arbeiten auch am Wochenende. Warum können Sie nicht morgen kommen?«

»Da hab ich leider einen anderen Auftrag.«

»Einen anderen Auftrag«, entgegne ich mit einem Zischen in der Stimme, das mich selbst beunruhigt. »Warum können Sie nicht erst mal den einen Job fertigmachen, bevor sie einen neuen anfangen?« Er antwortet nicht, und ich seufze. »Ich dachte, der

Fertigrasen soll nach der Lieferung innerhalb eines Tages ausgelegt werden.«

»Die Rollen liegen im Schatten, und am Wochenende soll es auch keinen Frost geben. Das sind perfekte Bedingungen.« Schweigend betrachtet er die Rasenrollen, als warte er, dass sie etwas sagen, was ihm den Rücken stärkt. Schließlich zuckt er die Achseln. »Wenn es nötig wird, können Sie die Rollen ja öffnen und wässern.«

»Sie wässern? Es regnet doch seit einer Woche ununterbrochen.«

»Na dann.« Er zuckt wieder die Achseln. »Dann müsste es sowieso in Ordnung sein.«

»Und wenn nicht, bezahlen Sie das Ganze!«

Ich schaue ihm nach, als er wegfährt. Die Hände in die Hüften gestemmt, stehe ich in meinem Garten und starre dem Lieferwagen nach, als könnte ich den Mann so dazu bringen, anzuhalten und seinen Job fertigzumachen. Natürlich passiert nichts dergleichen. Ich betrachte den Stapel Gras hinter mir. Morgen ist der 1. Februar. Fast drei Wochen habe ich auf diesen Rasen gewartet, und ich hätte mit dem Geld genauso gut in Urlaub fahren und auf fremdem Gras sitzen können, das bekanntlich ohnehin immer grüner ist.

In diesem Moment kommen Sie aus dem Haus und winken mir zu. Ich ignoriere Sie, weil ich wieder sauer auf Sie bin, ich bin sauer auf alle, und Sie stehen ganz oben auf meiner Liste und kriegen meine Wut immer zu spüren. Aber jetzt steigen Sie in Ihren Jeep und fahren weg. Dr. Jameson ist nicht da, Mrs Malone noch im Krankenhaus, und Mr Malone hält an ihrem Bett Wache. Ich füttere die Katze nicht mehr jeden Tag, sondern nur noch, wenn Mr Malone mir deswegen Bescheid sagt, was mich nicht mehr so stört, weil Marjorie sich als sehr gesprächig herausgestellt hat. Ich schaue mich um. Ich weiß nicht, ob in den anderen Häusern jemand daheim ist, aber die Straße fühlt sich seltsam leer an. Wegen des Gartens kann ich nichts tun, nur darum beten, dass mein neuer Rasen nicht plötzlich doch vom Frost überfallen wird.

In der Nacht kann ich nicht schlafen. Vor Ärger über meinen Vater wälze ich mich hin und her: Wie er Heather behandelt hat, sein Versuch, mir einen Job in seiner alten Firma zu organisieren – ich bin so gut wie überzeugt, dass er genau das vorhat. Und dann auch noch Kevins neuerliche Liebeserklärung und mein chaotischer Garten. Alles fühlt sich unfertig an – schlimmer noch als unfertig: zerfasert, so, als wäre alles einfach zerrissen und in Fetzen liegengelassen worden. Vielleicht eine merkwürdige Beschreibung, aber so fühle ich mich. Mit diesen Gedanken im Kopf, diesen wütenden Gedanken, die ich nicht im Zaum halten und auch nicht verdrängen kann, ist es unmöglich zu entspannen. Ich habe nichts, was mich ablenkt. Normalerweise hätte ich ein Meeting, auf das ich mich vorbereiten muss, ein Ziel, eine Aufgabe vor Augen, eine neue Idee, eine Präsentation – irgendetwas, was die nutzlosen Gedanken vertreibt, die in meinem Kopf zirkulieren. Schließlich stehe ich auf und schalte die Sicherheitsleuchten im Vorgarten ein. Ungedimmt sind sie so hell wie Flutlicht. Was ich sehe, ärgert mich. Ich koche innerlich.

Ich ziehe meinen Mantel über meinen Pyjama und gehe nach draußen, betrachte erst die aufgestapelten Grasrollen und dann das freie Stück Erde rechts von mir. Wenn man etwas ordentlich erledigt haben will, muss man es selbst machen, das war schon immer meine Devise. Und das hier kann doch nicht so schwer sein.

Leider ist die Grasrolle, die ich als Erste hochhebe, schwerer als gedacht. Ich lasse sie fallen, fluche und hoffe, dass sie nicht kaputt ist. Dann nehme ich nochmals den freien Bereich in Augenschein und versuche mir bildlich vorzustellen, wie das Auslegen funktionieren könnte. Dann lege ich los. Zwei Stunden später bin ich dreckig und schwitze. Weil der Mantel mich in meiner Bewegungsfreiheit behindert, habe ich ihn ins Haus gebracht und stattdessen eine alte Fleecejacke übergezogen. Ich bin mit Erde und Gras beschmiert, schweißgebadet und obendrein auch noch verheult, weil mir irgendwann einfach alles zu viel geworden ist: der Rasen, der Job, Kevin, Heather, meine Mum und der Fingernagel, den ich mir abgebrochen habe, als ich gegen den Container gestoßen bin. Ich bin so vertieft in mich und meine Arbeit, dass ich vor Schreck zusammenfahre, als plötzlich ein Husten die Stille durchbricht.

»Sorry«, höre ich Sie sagen.

Es ist drei Uhr früh. Ich schaue über die Straße zu Ihrem Garten und kann nichts sehen. Nur die Umrisse der Gartenmöbel, der Rest ist Finsternis, nirgends brennt Licht. Mein Herz klopft wild, während meine Augen fieberhaft die Dunkelheit durchsuchen. Dann sehe ich die Glut einer Zigarette aufleuchten. Da sind Sie also. Wie lange schon? Ich habe Ihren Jeep nicht kommen hören und ich habe ihn auch nicht gesehen, also müssen Sie schon die ganze Zeit hier gewesen sein. Am liebsten möchte ich losheulen. Ich meine, ich habe vorhin schon geheult, ziemlich laut sogar, weil ich dachte, niemand sei in der Nähe.

»Ich hab mich ausgesperrt«, brechen Sie das Schweigen.

»Wie lange sind Sie schon da?«, frage ich. Jetzt, wo ich weiß, wo Sie sind, sehe ich auch Ihre Silhouette. Sie sitzen auf dem Stuhl am Kopfende des Tischs, demselben Stuhl wie sonst auch immer.

»Ein paar Stunden.«

»Sie hätten ruhig etwas sagen können.«

Ich gehe ins Haus, um den Ersatzschlüssel zu holen, und als ich wieder nach draußen komme, stehen Sie vor Ihrer Tür.

»Warum ist es hier so dunkel?«

»Die Straßenlaterne ist kaputt.«

Ich blicke hoch, und mir ist sofort klar, dass ich Sie deshalb nicht sehen konnte. Bestimmt wird Dr. Jameson sich ärgern, wenn er zurückkommt. Unter der Laterne sind überall Scherben verstreut, und einer der Steine aus meinem Container liegt mitten auf der Straße. Warum habe ich nicht gehört, wie das passiert ist? Ich war ganz sicher, dass ich nicht geschlafen habe. Vorwurfsvoll schaue ich Sie an.

»Es war zu hell, ich konnte nicht schlafen«, erklären Sie leise. Eigentlich kommen Sie mir gar nicht so betrunken vor, Sie wirken ganz gefasst, Sie hatten Zeit, wieder nüchtern zu werden – in meiner Gesellschaft, und ich habe nicht mal gewusst, dass Sie da sind –, aber ich rieche den Alkohol trotzdem.

»Wo ist Ihr Jeep?«

»Der steht mit einer Parkkralle in der Stadt.«

Ich gebe Ihnen den Schlüssel, Sie öffnen die Haustür und geben ihn mir zurück.

»Sie hätten wirklich etwas sagen sollen«, betone ich noch einmal und schaue Ihnen endlich in die Augen, aber dann schnell weg, weil ich mich so verletzlich fühle.

»Ich wollte Sie nicht stören. Sie schienen so beschäftigt. Und traurig.«

»Ich bin überhaupt nicht traurig«, fauche ich.

»Na klar. Sie gärtnern um vier Uhr früh, ich schmeiße Straßenlaternen kaputt. Uns geht es beiden richtig gut.« Sie lachen dieses eingebildete Lachen, das ich hasse. »Außerdem war es nett, ausnahmsweise mal nicht allein hier draußen zu sein.«

Ehe Sie leise die Tür hinter sich zuziehen, schenken Sie mir ein kleines Lächeln.

Als ich in mein Haus zurückkomme, merke ich, dass meine Hände zittern. Mein Hals ist trocken und kloßig, mir ist eng um die Brust. Ich kann nicht stillstehen. Erst als ich sehe, dass ich überall auf dem Boden seltsame Kreismuster aus Schmutz hinterlassen habe – die Spuren einer Verrückten – merke ich, wie hektisch ich bin.

Es ist mitten in der Nacht, aber ich kann nicht anders, ich gehe zum Telefon.

Larry antwortet völlig verschlafen, aber er geht immer dran. Er lässt sein Handy die ganze Nacht an, weil er ständig darauf gefasst ist, dass seiner Tochter etwas Schlimmes zustößt, jedes Mal, wenn sie in ihren kurzen Röckchen das Haus verlässt, egal, ob sie auf ihren dünnen Bambi-Beinen und viel zu hohen Absätzen in die Disco wackelt oder bei einer Freundin übernachten will. Der Stress wird ihn eines Tages umbringen.

»Larry, ich bin's.«

»Jasmine«, brummt er verschlafen. »Himmel. Wie viel Uhr ist es denn?« Ich höre ihn herumtasten. »Bist du okay?«

»Nicht wirklich. Du hast mich gefeuert.«

Er seufzt. Immerhin hat er so viel Anstand, bei seinem gestammelten, verpennten, respektvollen Antwortversuch verlegen zu klingen, aber ich unterbreche ihn gnadenlos.

»Ja, ja, das hast du mir schon öfter gesagt, aber hör zu, ich muss mit dir über etwas anderes sprechen. Dieser Gardening Leave. Der funktioniert bei mir nicht, den müssen wir abbrechen. Er muss einfach aufhören.«

Larry zögert. »Jasmine, die Freistellung war Teil des Vertrags. Wir haben uns darauf geeinigt ...«

»Ja, wir haben uns vor vier Jahren geeinigt, damals hab ich aber nicht damit gerechnet, dass du mich entlassen und dann zwingen würdest, das ganze Jahr untätig auf dem Hintern zu hocken. Das geht nicht.« Ich höre selbst, wie nervös und angespannt ich klinge – wie ein Junkie, der dringend den nächsten Schuss braucht. Ich muss endlich wieder arbeiten. Ich brauche Arbeit wie ein Heroinsüchtiger seine Dröhnung. Ich bin verzweifelt. »Das Nichtstun bringt mich um, Larry, ehrlich. Du hast keine Ahnung, was diese Scheiße mit mir macht.«

»Jasmine!« Jetzt ist er wach. »Bist du okay? Bist du bei ...«

»Ja, mir geht's gut, Larry, verdammt nochmal. Hör mir doch zu ...« Ich reiße mit den Zähnen an dem abgebrochenen Fingernagel und merke gleich, dass viel zu viel abgeht; das freiliegende Nagelbett brennt, und ich ziehe laut die Luft durch die Zähne.

»Ich will meinen Job ja gar nicht wiederhaben, ich bitte dich nur, es dir mit der Freistellung noch mal zu überlegen. Oder eigentlich nicht zu überlegen, sondern sie ersatzlos zu streichen. Sie ist unnötig …«

»Sie ist ganz und gar nicht unnötig.«

»Doch. Oder vielleicht ist sie auch einfach zu lang. Mach sie kürzer. Bitte! Es sind jetzt schon über zwei Monate. Das ist okay, zwei Monate reichen. Die meisten Unternehmen lassen es bei zwei Monaten bewenden. Ich muss endlich wieder was zu tun haben – du kennst mich doch. Ich möchte nicht werden wie mein Nachbar von gegenüber, mich in einen verrückten Eulenmann verwandeln …«

»Wer wohnt denn gegenüber?«

»Ach, das spielt keine Rolle. Ich wollte nur sagen, ich muss arbeiten, Larry. Ich muss …«

»Niemand erwartet von dir, dass du nichts tust, Jasmine. Du kannst irgendwelche Projekte machen.«

»Projekte? Was denn zum Beispiel? Einen Vulkan aus Baked Beans bauen? Wir sind doch nicht mehr in der Schule, Larry, ich bin dreiunddreißig, verdammt. Ich kann nicht ein Jahr lang NICHT arbeiten. Weißt du eigentlich, wie schwierig das für mich wird, wenn ich erst nächstes Jahr wieder einsteige? Nach einem ganzen Jahr Faulenzen? Wer will denn jemanden, der ein ganzes Jahr nicht gearbeitet hat?«

»Schön. Wo willst du denn arbeiten?« Jetzt wird er angriffslustiger und ist anscheinend hellwach. »Was für einen Job hast du im Sinn? Wenn du morgen losziehen und dir einen aussuchen könntest – wohin würdest du gehen? Sag es mir. Oder möchtest du, dass ich dir die Antwort gebe?«

»Ich …« Ich zögere, weil er etwas andeutet, was mich verwirrt. »Ich weiß nicht, was du …«

»Na, ich sag es dir. Du würdest zu Simon gehen …«

Ich erstarre. »Nein, ich würde nicht zu Simon gehen …«

»O doch, das würdest du, Jasmine – garantiert. Ich weiß nämlich, dass du dich mit ihm getroffen hast, ich weiß, dass ihr Kaffee getrunken habt. Direkt nachdem du hier raus bist, hast du ihn getroffen. In den *Grafton Tea Rooms*, richtig?« Jetzt ist er wütend, und ich höre seiner Stimme an, dass er sich betrogen fühlt. »Dasselbe Lokal, in dem ihr euch auch getroffen habt, als du versucht hast, ihm die Firma zu verkaufen, was dir nicht zustand – stimmt's?«

Ich rechne nicht damit, dass er so abrupt eine Pause einlegt, und mein Schweigen kommt rüber wie ein Geständnis. Als ich endlich in der Lage bin zu widersprechen, hat er schon weitergemacht: »Siehst du, Jasmine, du musst einfach vorsichtiger sein, nicht wahr? Man weiß nie, wer einen unbemerkt beobachtet. Hast du gedacht, ich würde nichts davon erfahren? Tja, ich hab es erfahren, und ich war echt angepisst, ehrlich. Ich weiß auch, dass Simon dir einen Job angeboten hat und dass du zugesagt hast, aber weil du so lange freigestellt bist, hat er einen Rückzieher gemacht. Das weiß ich, weil Simons Personalabteilung mit unserer Personalabteilung Kontakt aufgenommen hat, um sich nach den Details zu erkundigen. Aber offenbar ist ein Jahr zu lange für ihn. Du bist es ihm nicht wert, so lange zu warten. Also hör auf, mich zu nachtschlafender Zeit anzurufen und anzubetteln, ich soll dir entgegenkommen, schließlich hattest du vor, mich übers Ohr zu hauen …«

»Entschuldige mal, du musst hier gerade von Betrügen reden! Wir haben die Firma gemeinsam aufgebaut, Larry, *gemeinsam* …«

In diesem Stil reden wir weiter, das gleiche Gespräch, das wir schon vor elf Wochen hatten, als er mich gefeuert hat. Eigentlich hatten wir das gleiche Gespräch auch schon, bevor ich gefeuert wurde, nämlich, als Larry erfahren hat, dass ich mit Simon verhandelt hatte, um uns in eine gute Verkaufsposition zu bringen.

Es ist zwecklos, keiner von uns ist bereit einzulenken, aber irgendwann höre ich die Stimme von Larrys Frau im Hintergrund, die uns verschlafen und ärgerlich unterbricht. Larry entschuldigt sich leise, dann kommt er wieder ans Telefon, laut, wütend und klar.

»Ich werde meine Zeit nicht mehr mit diesem Gespräch verschwenden. Also hör mir jetzt gut zu, Jasmine: Ich werde die Freistellungs-Klausel nicht ändern. Wenn ich könnte, würde ich sie im Moment lieber auf zwei Jahre verlängern. Es ist mir gleich, was du in dem Jahr mit dir anfängst – mach Ferien, geh zu einem Retreat oder versuch zum ersten Mal in deinem Leben etwas von dem, was du angefangen hast, wirklich fertigzumachen – es ist mir egal, was du tust, aber ruf nie wieder hier an und vor allem nicht zu dieser Uhrzeit. Es ist bloß ein Jahr, *ein* blödes Jahr. Danach kannst du wieder loslegen damit, dass du was anfängst und es dann schnell wieder verkaufst, ohne jemals etwas zu Ende zu bringen – so wie immer, okay?«

Er legt auf, und ich stehe da und bebe vor Wut. Mir ist ganz schwindlig.

Dann fange ich an, in der Küche auf und ab zu wandern, wiederhole murmelnd, was er mir an den Kopf geschleudert hat, und zähle all die Dinge auf, die ich in meinem Leben zu Ende gebracht habe. Ganz klar, er hat einen wunden Punkt getroffen, darauf war ich nicht gefasst, und er hat mich damit mehr verletzt als mit allem anderen, was er je zu mir gesagt hat. Es war schlimmer als der Rausschmiss. Genaugenommen hat mir noch nie jemand etwas so Kränkendes gesagt, und ich bin völlig außer mir. Immer wieder debattiere ich in Gedanken mit ihm darüber, aber es bringt nichts, weil ich gleichzeitig ich und er sein muss, und als ich behalte ich jedes Mal die Oberhand. Als mein Blick dann auch noch auf meinen chaotischen Garten fällt, schraube ich mich erst richtig in meine Wutspirale, renne nach draußen und trete gegen eine der Grasrollen, so heftig, dass mein Fuß sie durchlöchert, und plötzlich kippt sie vom Stapel herunter, landet auf dem Boden und öffnet sich. An der kaputten Stelle hat der Rasen einen Riss. Überrascht und beschämt blicke ich auf, und als ich sehe, wie sich an einem Ihrer Fenster der Vorhang bewegt, laufe ich zurück ins Haus und knalle die Tür hinter mir zu.

Ich stehe lange unter der Dusche und weine vor Frust, während das heiße Wasser mir die Haut verbrüht, bis sie rot und rau ist. Als ich endlich aufhöre, schwöre ich mir, dass ich mich nicht dazu herablassen werde, Ihnen Gesellschaft zu leisten, vor allem nicht nachts. Ich bin überzeugt, dass diese Nacht mein Tiefpunkt gewesen ist, und auf dieses Niveau werde ich nie mehr zurückfallen. Ich werde mich aus dieser Talsohle herausarbeiten, ich werde über Sie hinauswachsen. Nicht nur das Gespräch mit Larry hat mich so aufgeregt, nein, in erster Linie waren Sie es, der mich an diesen Punkt gebracht hat. Ihretwegen musste ich ins Haus rennen, das Telefon nehmen und Larry anrufen. Weil es nämlich Ihre Worte waren, die mich dazu gebracht haben, mir selbst und meiner Situation ins Gesicht zu schauen und aus ihr fliehen zu wollen.

Immer wieder höre ich Ihre Stimme: *Es war nett, ausnahmsweise mal nicht allein hier draußen zu sein.* Sie haben mich ohne meine ausdrückliche Genehmigung in Ihre Welt gezerrt, Sie haben mich in Ihre Krise hineingezogen, mich mit Ihrer Geistesverfassung infiziert, uns auf eine Stufe gestellt. Und weil Sie das getan haben, muss ich mich jetzt schämen, denn ich wusste schon immer, dass Ihre Worte Gift sind, sie sind das Schlimmste an Ihnen, sie sind gefährlich.

Und dann habe ich nicht aufgepasst, und sie waren auf einmal tröstlich. *Es war nett, ausnahmsweise mal nicht allein hier draußen zu sein.* Das hat mich tatsächlich getröstet. Ich habe mich nämlich auch nicht mehr so allein gefühlt.

Ich werde nicht zulassen, dass Sie mir so etwas noch mal antun.

11

Zum ersten Mal seit sehr langer Zeit ist mein Zimmer, als ich aufwache, von hellem Licht und einer Aura der Ruhe durchflutet. Es ist ungewöhnlich, anders als das blaugraue Licht, das in den letzten Monaten das Zimmer nur mühsam erhellt hat. Heute ist der 1. Februar, und obwohl der Frühling noch nicht wirklich angekommen ist, gibt es allen Grund zu hoffen, dass er den Kampf möglicherweise doch gewinnen könnte. In der Luft liegt eine Spur davon, vielleicht, weil ich zum ersten Mal seit langem so spät aufgewacht bin. Ich schlafe nicht gern lange, weil ich mich dann faul fühle; selbst wenn ich spät ins Bett gegangen bin, finde ich, dass mich ein langer Marsch an der Bucht am besten kuriert, aber nach der nächtlichen Gärtnerei bin ich körperlich total erschöpft. Sobald ich mich bewege, spüre ich meine steifen Glieder.

Mein Radio teilt mir mit, dass ich acht Stunden geschlafen habe und dass Irland schon wieder von Stürmen gepeitscht worden ist, »Atlantische Sturmfabrik« ist der neue Begriff, an den wir uns gewöhnen, zusammen mit »Polarwirbel« – bestimmt wird es 2015 einige Babys mit diesen Namen geben. Dank labiler Luftmassen über dem Atlantik stehen uns also weitere zwei Wochen Chaos bevor. Die Ruhe draußen ist trügerisch. Drei Städte stehen bereits unter Wasser, Fünf-Meter-Wellen werden vorhergesagt, auf den meisten Sendern wird über die globale Erwärmung und die schmelzenden Polarkappen geredet, was beides die Stürme anfacht. Im Januar lag die Niederschlagsmenge mehr als siebzig Prozent über der Norm, und wenn sich die Vorhersagen für den Februar erfüllen, dann geht es im gleichen Stil weiter. Aber heute gibt es eine Ruhepause. Ich schaue aus dem Fenster, und der klare blaue Himmel mit den vereinzelten Wattewölkchen erweckt mich buchstäblich zu neuem Leben. Obwohl mir von meinem nächtlichen Work-out alles weh tut und obwohl ich mich immer noch schäme, weil Sie mich gestern in diesem Zustand gesehen haben, verdränge ich das erst mal.

Ich nehme das Ergebnis meiner harten Arbeit in Augenschein und bin bitter enttäuscht – nein, am Boden zerstört. Zuerst denke ich, vielleicht ist jemand vorbeigekommen und hat den neu ausgerollten Rasen absichtlich zerwühlt, aber bei näherem Hinsehen wird mir klar, dass ich selbst an diesem Chaos die Schuld trage. Aus der Vogelperspektive meines Schlafzimmerfensters sehe ich, dass der Zustand des Gartens meine Verfassung in der letzten Nacht perfekt widerspiegelt. Der Rasen ähnelt einer schlampig zusammengenähten, unvollendeten Patchworkdecke, und ich bin ehrlich entsetzt. Es ist fast so, als hätte ich mein Tagebuch offen herumliegen lassen, so dass jeder hineinsehen und alles über meine tiefsten, dunkelsten Gedanken nachlesen kann, und jetzt muss ich es schnell wieder zuklappen, ehe ich vor der ganzen Welt entblößt werde. Ich kann nicht warten, bis der Gärtner sich am Montag wieder herbequemt und das Desaster behebt. Ich halte es nicht aus, dass mein labiler Geisteszustand zwei Tage lang in meinem Vorgarten von aller Welt bestaunt werden kann, auf gar keinen Fall.

Die Antwort ist eine Online-Suche – die ich gestern Nacht hätte machen sollen, statt mich von Wut und Adrenalin hinreißen zu lassen. Im Netz wird mir genau erklärt, wie ich das Problem in den Griff bekommen kann. Eine Stunde später bin ich aus dem Gartencenter zurück, mit allem Notwendigen ausgerüstet. Tu nie etwas, was du im Notfall nicht rückgängig machen kannst – das war schon immer mein Motto, und ich wiederhole es auch jetzt, während ich die vor mir liegende Aufgabe einzuschätzen versuche. Schmutzig, zeitaufwändig, aber möglich. Der Gärtner hat den Boden perfekt vorbereitet, auch wenn es etwas länger gedauert hat. Obwohl ich idiotischerweise gestern Nacht quer über das Gras gelaufen bin – was ich, wie ich heute begreife, nicht hätte tun dürfen –, rolle ich jetzt jedes Rasenstück sorgfältig wieder auf und lege es dann an seinen richtigen Platz. Dann geht es von vorn los: Die erste Reihe lege ich an der geraden Kante aus, wo Erde und Steine aneinandergrenzen, möglichst langsam, um den Schaden so gering wie möglich zu halten. Die Rolle, in die ich gestern ein Loch getreten habe, liegt immer noch in der Auffahrt wie eine Leiche am Tatort. Ich rolle das nächste Stück so dicht ich kann neben dem ersten aus, sorge dafür, dass es guten Kontakt zur Erde hat und klopfe es mit dem Rücken des Rechens fest. Natürlich weiß ich, dass ich all das letzte Nacht hätte tun sollen, aber ich weiß auch, dass ich nicht die Geduld dafür aufgebracht hätte. Letzte Nacht ging es mir um die Bewegung, darum, beschäftigt zu sein – nicht darum, das Richtige zu tun.

Während ich meine Fehler an diesem seltsam ruhigen Tag ausbessere, breitet sich ein Gefühl des Friedens in mir aus. Ich vergesse alles, was mich in den letzten Tagen und Wochen so durcheinandergebracht hat, und widme mich voll und ganz dem, was vor mir liegt. Ein Ablenkungsmanöver. Und während ich Stunde um Stunde hochkonzentriert arbeite und den Rasen sorgfältig auslege, mit versetzten Kanten wie beim Mauern, kommen meine Gedanken zur Ruhe. Gerade will ich mit einem Brett und meinem neuen halbmondförmigen Schneidewerkzeug – beides habe ich im Gartencenter für diesen Zweck gekauft – die Ränder in Angriff nehmen, als ein Auto an meinem Haus vorbeifährt. Ich erkenne den Fahrer nicht, es ist keiner meiner Nachbarn, aber das passiert am Wochenende häufig, wenn die Leute an der Küste entlangfahren und sich ein bisschen in den nahegelegenen Wohngebieten umsehen. Ich bin daran gewöhnt, dass Autos vorbeifahren, den Rücksitz mit Kindern vollgestopft, die ihre Nasen an den Scheiben plattdrücken, oder dass Senioren sich bei einer gemütlichen Sonntagsausfahrt einfach die Gegend anschauen. Wir sind die perfekte Sackgasse für einen solchen Schaufensterbummel: Es ist hübsch hier, einladend, eine Straße, in der die meisten Leute gern wohnen würden.

Der Fahrer muss in drei Zügen wenden, denn die Straße ist kurz. Ich beobachte, wie er die Hausnummern checkt, was nicht ganz leicht ist, denn jeder hier hat sich einen anderen Platz und eine andere Version für die Nummerierung ausgedacht. Während Sie sich für eine schwarze Tafel mit hübschen rosa Blumen entschieden haben, hat Dr. Jameson eine Gans im Flug, und die Malones haben einen Gartenzwerg, der mit der einen Hand eine 2 in die Höhe reckt und mit der anderen seine Hose festhält, unter der rotweiße Boxershorts mit Herzmuster zu sehen sind. Meine Nummer ist die langweiligste: An der Hauswand hängt nur ein schwarzer Briefkasten mit einer 3 darauf.

Das Auto hält vor meinem Haus, und der Fahrer steigt aus. Ich bin ganz sicher, dass er nicht mich sucht, deshalb gärtnere ich weiter, aber ich kann mich nicht konzentrieren, solange ich weiß, dass er hier herumschnüffelt. Dann spüre ich, dass sein Blick auf mir ruht, und ich höre Schritte näherkommen.

»Entschuldigen Sie, ich suche Jasmine Butler.«

Ich schaue auf und wische mir den Schweiß von der Stirn. Der Mann ist groß, hat braune Haut und ausgeprägte, hohe Wangenknochen. Seine Augen sind von einem markanten Grün, das irgendwie nicht zu seiner Haut passt, und winzige Korkenzieherlocken seines Afros fallen ihm in die Stirn. Er trägt einen dunklen Anzug, ein weißes Hemd, eine grüne Krawatte und glänzend schwarze Schuhe. Bei seinem Anblick muss ich mich daran erinnern, Luft zu holen.

Weil ich ihn so dämlich anstarre, denkt er wahrscheinlich, ich hätte ihn nicht gehört.

»Sind Sie vielleicht Jasmine Butler?«, hakt er nach.

Er kommt mir irgendwie bekannt vor, obwohl ich ihn noch

nie gesehen habe – daran würde ich mich bestimmt erinnern. Aber dann wird mir plötzlich klar, dass es an seiner Stimme liegt. Der Telefonverkäufer von neulich.

»Oder sind Sie vielleicht Penelope Paddington?«, fragt er, und als er versucht, sein Lächeln zu unterdrücken, bilden sich zwei tiefe Grübchen in seinen Wangen.

Ich grinse, denn ich weiß, dass ich durchschaut worden bin.

»Ich bin Jasmine«, bringe ich krächzend heraus und räuspere mich ausführlich.

»Mein Name ist Monday O'Hara. Ich habe in den letzten Wochen schon ein paarmal angerufen.«

»Aber Sie haben weder Ihren Namen noch sonstige Kontaktdaten hinterlassen«, erwidere ich und überlege, ob ich seinen Namen richtig verstanden habe.

»Stimmt. Aber es geht um eine private Angelegenheit, deshalb wollte ich persönlich mit Ihnen sprechen und nicht mit … Ihrer Haushälterin.«

Ich schaue ihn einfach nur an. Bisher hat er mir noch nicht genügend Informationen geliefert, dass ich mich veranlasst fühle, von meinem Fertigrasen herunterzukommen oder ihn gar in meinem Haus willkommen zu heißen.

»Ich arbeite für *Diversified Search International*. Aktuell bin ich im Auftrag von *DavidGordonWhite* unterwegs, um passende Kandidaten für eine neue Stelle zu suchen. Ich glaube, Sie würden den Anforderungen optimal entsprechen.«

Ich habe das Gefühl zu schweben, während er fortfährt.

»Zunächst habe ich in Ihrem Büro angerufen, Sie aber nie erreicht. Keine Sorge, ich habe keine Nachricht hinterlassen, schließlich wollte ich ja nicht, dass mein Anruf als Warnsignal verstanden wird. Ich habe auch dort erklärt, es handle sich um eine persönliche Angelegenheit. Aber man hat weit wachsamer reagiert, als ich es erwartet hätte – egal, ob Sie das gut oder schlecht finden.«

Ich weiß nicht recht, was ich darauf antworten soll. Als wir am Telefon miteinander gesprochen haben, wusste er ganz offensichtlich nicht, dass ich gefeuert worden bin. Mir ist nicht ganz klar, warum es ihm niemand gesagt hat, vielleicht weil ich ja nicht offiziell entlassen, sondern immer noch vertraglich an meine Firma gebunden bin. Obwohl man mich nicht mehr ins Büro lässt, sondern gleich an der Tür wegschickt.

»Sie sind echt schwer erreichbar«, sagt er und lächelt – ein sehr schönes Lächeln. Wieder erscheinen die ausgeprägten Grübchen, und obwohl von einem Schneidezahn ein winziges Stückchen abgebrochen ist, wirkt selbst dieser Makel absolut perfekt. Jedenfalls meiner Meinung nach.

Mein Haus ist ein einziges Chaos. Ich bin noch nicht dazu gekommen, den Dreck wegzuputzen, den ich bei meinem Amoklauf gestern Nacht auf dem Teppichboden festgetreten habe, und meine Unterwäsche liegt in einem großen Haufen vor der Waschmaschine auf dem Küchenboden und wartet darauf, dass die Handtücher ihr Programm durchlaufen. Ich kann diesen Mann wirklich nicht hereinbitten.

»Tut mir echt leid, dass ich Sie an einem Samstag störe, aber ich finde, dass man in der Freizeit am besten mit den Leuten reden kann. Außerdem ist mir bewusst, dass Ihre Firma von unserem Kontakt nichts erfahren darf.«

Ich denke immer noch an den Zustand meines Hauses, und er interpretiert mein Schweigen fälschlicherweise als Misstrauen, weshalb er anfängt, sich zu entschuldigen, in seinen Taschen wühlt, eine Visitenkarte hervorzieht und sie mir überreicht. Trotz seiner langen Arme muss er sich dafür ziemlich strecken, aber offenbar ist ihm bewusst, dass er nicht auf den frisch ausgelegten Rasen treten darf. Das gefällt mir. Ich betrachte die Karte. *Monday O'Hara. Headhunter. Diversified Search International.* Die ganze Geschichte bringt mich zum Grinsen.

»Wir müssen nicht jetzt gleich reden, ich wollte nur einen ersten Kontakt knüpfen und …«

»Nein, nein, jetzt ist ein guter Zeitpunkt. Na ja, vielleicht nicht sofort …« Ich fahre mit der Hand durch meine aus dem Gesicht gestrichenen schmutzigen Haare und stoße dabei prompt auf ein dreckverkrustetes Blatt. »Würde es Ihnen etwas ausmachen, wenn ich mich schnell umziehe? Zwanzig Minuten? Wir könnten uns im Marine Hotel drüben an der Ecke treffen.«

»Perfekt.« Wieder blitzt das umwerfende Lächeln auf, aber dann wird es ordentlich in dem kantigen Kinn verpackt, er nickt mir ernst und geschäftsmäßig zu und macht sich auf den Rückweg zu seinem Auto. Ich muss mich zusammenreißen, auf dem Weg in mein Haus nicht zu tanzen.

Ich sitze auf der großen Couch in der Lobby des Marine Hotel, fühle mich erfrischt und sehe wesentlich menschlicher aus, während Monday sich auf die Suche nach einem Kellner macht. Ich bin ganz hibbelig vor Aufregung, was jetzt passieren könnte. Endlich fühlt sich etwas an wie ein Schritt nach vorn. Monday hat keine Ahnung, dass ich gefeuert worden bin, und ich habe es ihm noch nicht gesagt oder auch nur angedeutet, dass ich nicht mehr für Larry arbeite. Sollte es mir doch herausrutschen, braucht er auch nicht gleich zu erfahren, dass es nicht meine Entscheidung war zu gehen. Ich weiß genau, warum ich es für mich behalte: Weil ich bei diesem Spiel mitmachen und mich wie eine begehrte Frau fühlen will, um die sich zwei Firmen streiten, nicht wie eine Versagerin, die entlassen worden ist, ohne einen neuen Job am Horizont. Vielleicht, ganz vielleicht ist es nur ein peinlicher Anfall von Stolz und Schwäche – ich möchte nicht, dass dieser attraktive Mann mich als den gefeuerten Fehlschlag sieht, der ich in meinen eigenen Augen bin.

Am Tisch vor mir sitzt eine Frau mit ihrer etwa vierjährigen Tochter. Das kleine Mädchen klopft mit ihrem Löffel an ihr Glas.

»Ich möchte einen Toast bringen«, sagt sie, und ihre Mutter lacht.

»Einen Toast *aus*bringen, Lily.«

»Oh«, kichert die Kleine, »also gut, ich möchte einen Toast

ausbringen.« Wieder lässt sie den Löffel gegen das Glas klimpern, reckt den Hals und setzt ein würdevolles, ernstes Gesicht auf.

Wieder hält sich ihre Mutter den Bauch vor Lachen. Das kleine Mädchen ist lustig, aber am meisten amüsiert mich die Reaktion der Mutter. Sie lacht Tränen und muss sich ständig die Augenwinkel abtupfen.

»Und wie lautet der Toast?«

»Der Toast möchte sich bedanken«, antwortet Lily mit tiefer, vornehmer Stimme, »und zwar bei der Butter und bei der Marmelade.«

Ihre Mutter wälzt sich vor Lachen auf der Couch.

»Und beim Ei bedankt sich der Toast dafür, dass er in Streifen geschnitten und eingetunkt worden ist.«

In diesem Moment sieht Lily, dass ich zuhöre, und stockt verlegen.

»Lass dich von mir nicht stören«, rufe ich. »Du machst das großartig.«

»Oh.« Ihre Mutter richtet sich auf, wischt sich erneut die Augen und versucht, Atem zu schöpfen. »Ich platze noch vor Lachen, Lily.«

Lily hält noch ein paar kleine Vorträge, und ich lache leise in mich hinein. Ich sitze untätig da, während die beiden miteinander beschäftigt sind, aber ich werde nicht lange untätig und allein bleiben. Mein Headhunter kehrt zurück. Dieser Mann hat mich gejagt – ein tolles, animalisches Gefühl. Ich spüre, wie ich rot werde, und versuche, die lächerlichen Kapriolen in meinem Kopf zu stoppen. Ich konzentriere mich ausschließlich auf Monday, alle Gedanken an das kleine Mädchen sind verschwunden.

»Ich habe einen grünen Tee für Sie bestellt«, sagt er und sieht mich fragend an.

»Perfekt. Danke. Sie heißen also Monday. Den Namen hab ich noch nie gehört.«

Er beugt sich vor und stützt die Ellbogen auf die Knie. Jetzt ist

er mir ziemlich nahe, aber ich weiche nicht zurück – das wäre unhöflich –, sondern verliere mich einfach in seinem Gesicht. Dann
rufe ich mir ins Gedächtnis, dass das eigentlich nicht geht, weil
ich mich lieber auf die Worte konzentrieren sollte, die aus dem
schönen Mund mit dem charmant unperfekten Zahn kommen,
und darauf, warum ich eigentlich hier bin. Nämlich, weil er mich
gefunden, mich aufgespürt hat und weil er denkt, dass ich eine
hochqualifizierte, wunderbare Person bin. Oder etwas in der Art.
Aber ich sehe sofort, dass er die Frage ganz normal findet und
sie bestimmt schon tausendmal gehört hat.

»Meine Mutter ist verrückt«, antwortet er im Brustton der
Überzeugung, und ich muss lachen.

»Ich hatte mir schon ein bisschen mehr erhofft.«

»Ich auch«, erwidert er, und wir grinsen uns an. »Sie war Cel-
listin im National Symphony Orchestra. Jetzt gibt sie in einem
Wohnwagen in Connemara Cellounterricht, im Garten eines
Hauses, in dem sie sich weigert zu wohnen, weil sie ganz sicher
ist, dort den Geist von Christy Moore gesehen zu haben – der,
wie Sie und ich wissen, keineswegs tot ist. Sie hat mich Monday
genannt, weil ich an einem Montag geboren bin. Mein Zweit-
name ist Leo, weil ich Ende Juli Geburtstag habe. O'Hara ist der
Nachname meiner Mutter, nicht der meines Vaters.« Er lächelt,
und sein Blick wandert von meinen Augen zu meinen Haaren.
»Die Haare meiner Mutter sind ungefähr so rot wie Ihre, aber
die habe ich nicht geerbt. Nur ihre Sommersprossen.«

Es stimmt, seine Nase und seine Wangen sind wunderschön
mit Sommersprossen besprenkelt. Ich stelle mir eine hellhäutige,
rothaarige Frau auf einer Wiese in Galway vor, die ein Cello zwischen den Schenkeln hält. Das Bild ist ziemlich gewagt.

Jetzt bin ich an der Reihe. »Mein Großvater hat meiner Mum
nach meiner Geburt einen Strauß Winterjasmin aus seinem Garten ins Krankenhaus mitgebracht. Deshalb hat sie mich Jasmine
genannt.«

Er macht ein überraschtes Gesicht. »Es kommt selten vor,

dass jemand auf meine Namensgeschichte mit seiner eigenen antwortet.«

»Aber wenn man eine Namensgeschichte hat, muss man sie doch zum Besten geben«, entgegne ich.

»Ich habe meistens gar keine andere Wahl«, meint er. »Sobald ich mich jemandem vorstelle, muss ich erklären. Das Gleiche bei meiner Schwester. Sie heißt Thursday.«

»Sie haben doch keine Schwester, die Thursday heißt!«

»Nein.« Er lacht und freut sich über meine spontane Reaktion. »Aber ich habe eine Schwester. Mein Großvater hat meiner Mum einen Strauß Heidekraut gebracht, als sie geboren wurde. Deshalb heißt sie Heather.«

»Das ist ein bisschen berechenbar«, neckt er mich.

»Stimmt. Mein Bruder Weed hatte das Pech, dass mein Großvater gerade Unkraut gejätet hatte.«

Argwöhnisch kneift er die Augen zusammen, dann lacht er.

»Woher kommt Ihr Dad?«, frage ich.

»Spanischer Seemann.«

»Sie sehen aber nicht spanisch aus.«

»War 'ne Film-Anspielung, auf *The Snapper*. Na, egal. Nein, er ist das Gegenstück meiner Mutter – angeblich Handelsvertreter auf der Durchreise. Ich hab ihn nie persönlich kennengelernt, keine Ahnung, wer er ist, meine Mum hat es nie jemandem verraten. Obwohl meine Freunde und ich als Teenager bei jedem Schwarzen, den wir trafen, sofort den Verdacht hatten, er könnte mein Vater sein – und in Galway gab es nicht viele Schwarze. Wir haben eine Art Spiel daraus gemacht – rate mal, wer Mondays Dad ist. Auf der Quay Street hat eine Zeitlang ein schwarzer Straßenmusiker Saxophon gespielt, und wir haben Witze darüber gemacht, dass er es sein könnte. Mit zwölf Jahren hab ich ihn gefragt.« Er lacht. »Natürlich war er es nicht, aber er meinte, wenn ich nichts dagegen hätte, würde er sich gerne mal mit meiner Mutter treffen.«

Eigentlich eine traurige Geschichte, aber wir lachen beide,

und dann schaltet Monday unvermittelt um auf Geschäftsmodus. »Also. Der Job.« Er legt eine Ledermappe auf den Tisch und öffnet den Reißverschluss. »Wie gesagt suche ich im Auftrag von *DavidGordonWhite* – Sie kennen die Firma doch bestimmt, oder nicht? Falls nicht, das ist sie.«

Er legt die Mappe vor mich. Sehr professionell, sehr seriös, sehr teuer: ein Foto von einem Mann und einer Frau in Nadelstreifenanzug vor einem Glasgebäude, beide schauen über die Kamera hinweg in den Himmel, als käme gerade ein Meteor auf sie zu, aber es beunruhigt sie nicht im Geringsten. Mein Herz beginnt zu singen. Diese Menschen wollen mich. Sie brauchen mich. Sie glauben, ich bin hochqualifiziert und wunderbar. Sie glauben, dass ihr Unternehmen mich brauchen kann, dass ich ein Pluspunkt für sie wäre. Sie wollen mich bezahlen, um mich von der realen Welt und ihren Problemen abzulenken. Ich strahle, ich kann es nicht unterdrücken.

»Eine Steuerberatungsfirma«, sage ich.

»In den Top Ten der Welt. Korrekt. Sie wissen bestimmt, dass Unternehmen dieser Art auch Programme für unternehmerische Sozialverantwortung haben?«

»Ja, das sind PR-Aktionen«, sage ich.

»So sollten Sie das bei Ihrem Vorstellungsgespräch vielleicht lieber nicht ausdrücken.« Er grinst, dann ist das Geschäftsgesicht wieder da. »Wenn es nur eine PR-Aktion wäre, würde es nicht als Charity anerkannt werden, und das hat man dort im Sinn: Die *DavidGordonWhite Foundation*, eine Stiftung, die sich für Klimagerechtigkeit einsetzt – also Menschenrechte im Klimawandel. Für diesen Bereich würde man Sie gerne einstellen …« Er hält inne und wartet offensichtlich, ob ich eine Frage stelle oder ob er weitermachen soll. Aber ich bin so enttäuscht, dass ich nicht weiß, was ich sagen soll. Es ist gar kein richtiger Job, ich soll für eine Wohltätigkeitsorganisation arbeiten. »Ich mache einfach weiter, und Sie unterbrechen mich, wenn Sie eine Frage haben, okay?«

Ich nicke. Und ärgere mich. Über *DavidGordonWhite*. Und über Monday, der mich mit seiner Attraktivität und seinen Schmeicheleien verschaukelt und in dem Glauben gelassen hat, dass er mir einen richtigen Job anzubieten hätte. Ich spüre, wie ich rot werde. Er redet und redet und redet ohne Punkt und Komma über den Job. Nichts an dem, was er sagt, weckt mein Interesse.

Schließlich bricht er ab und sieht mich an. »Soll ich weitermachen?«

Eigentlich möchte ich nein sagen. Eigentlich möchte ich noch viel mehr sagen, auf einmal bin ich richtig streitlustig, aber ich darf meinen persönlichen Frust nicht an diesem gutaussehenden Mann auslassen.

»Ich wundere mich ein bisschen, warum ich für so etwas in Erwägung gezogen werde«, sage ich. »Ich habe noch nie für eine Charity-Organisation gearbeitet. Ich rufe Start-up-Firmen ins Leben und führe sie zum Erfolg. Und dann verkaufe ich sie wieder, so teuer wie möglich.«

Sogar ich selbst weiß, dass das eine scheußliche Beschreibung dessen ist, was ich tue. Es klingt wie etwas, was Larry mir in der Vergangenheit an den Kopf geworfen hat, dabei bin ich in Wirklichkeit extrem leidenschaftlich bei dem, was ich mache. Es gehört viel mehr dazu als das, was ich gerade erwähnt habe, aber ich möchte meine Arbeit so weit wie möglich von wohltätigen Zwecken abgrenzen. Bestimmt hat Monday irgendetwas falsch verstanden. Wie ist mein Name im System aufgetaucht, als er »Charity« eingegeben hat? Mal abgesehen davon, dass ich mich allmählich wie ein Sozialfall fühle.

Monday scheint sich ein bisschen über meinen Ausbruch zu wundern, lässt sich aber ganz erwachsen einen Moment Zeit, um seine Worte zu wählen, fixiert mich mit seinem einfühlsamen, grünäugigen Blick, der sagt: Ich verstehe genau, was Sie sagen wollen. »Sie wären verantwortlich für das allgemeine Management und Controlling der Organisation. Sie ist ein Unternehmen wie jedes andere, und es wird völlig neu aufgebaut.« Anscheinend bemerkt er die Unsicherheit in meinem Gesicht und versucht, mir sein Angebot schmackhaft zu machen. Er redet darüber, was ich in meinen bisherigen Firmen gemacht habe, als wüsste ich das nicht selbst, aber es ist ein cleverer Schachzug, er schmeichelt meinem Ego, und er hat gut recherchiert. Er spricht mir unverhohlen seine Bewunderung aus, lobt meine Entscheidungen und meine Arbeit an sich, und das kommt durchaus bei mir an, denn es klingt, als sei ich die Allerschlauste. Er angelt nach mir. Er erzählt mir, dass mein Name mehrmals aufgetaucht sei, als er nach den besten Kandidaten herumgefragt hat. Seine Attraktivität unterstützt seine Überzeugungskraft, denn ich möchte ihm gefallen, ich möchte, dass dieser Mann findet, dass ich talentiert und clever und all so was bin. Für einen Headhunter ist er genau die richtige Wahl, er ist fähig, Menschen mit dem Glauben an sich selbst zu erfüllen und sie zu überzeugen, dass es da draußen etwas Größeres für sie gibt als das, was sie jetzt gerade machen. Beinahe lasse ich mich von ihm einwickeln. Ich meine, er hat es längst geschafft, mich einzuwickeln, aber der Job, den er mir anbietet … der schafft es nicht so richtig. Mein Bauchgefühl macht keine Luftsprünge vor Freude wie sonst, wenn ich eine Idee für ein neues Projekt habe oder wenn mir die Idee eines anderen begegnet und ich plötzlich weiß, wie ich sie noch besser machen kann.

Hoffnungsvoll schaut Monday mich an.

Mein grüner Tee kommt. Während der Kellner ihn vor mich stellt, habe ich einen Moment Zeit zum Nachdenken. Dieser Job lockt mich nicht, aber sonst ist nichts im Angebot. Ich bin hin und her gerissen: Soll ich Interesse zeigen oder ehrlich sein? Ich mag diesen Headhunter, was eigentlich nebensächlich sein sollte. Aber meine Entlassung war ein schwerer Schlag für mein Selbstbewusstsein, was dazu führt, dass ich jeden Umstand heranziehe, jedes Wie, Was und Warum meiner Entscheidungen in Frage stelle. Warte ich auf das Richtige oder ergreife ich die erstbeste Chance, die sich mir bietet – für den Fall des Falles?

Monday mustert mich aufmerksam, die grünen Augen blicken tief in meine, und ich habe das Gefühl, ich werde eingesogen, ich kann mich in ihnen verlieren. Im nächsten Moment komme ich mir vor wie ein Idiot, weil er mich doch nur anschaut, und ich bin diejenige, die so darauf anspricht. Kurzentschlossen unterbreche ich unseren Blickkontakt, obwohl er mich weiter beobachtet. Ich bin überzeugt, dass er Bescheid weiß, dass er tief in meine Seele schaut. Und ich kann ihn nicht anlügen, diesen Menschen, der mir mitten im tiefsten Winter Sonnenschein anbietet.

»Es tut mir echt leid, Monday …« Ich reibe mir verlegen das Gesicht. »Es scheint da ein Missverständnis vorzuliegen. Ich arbeite nicht mehr bei der *Idea Factory*. Vor über zwei Monaten hab ich meinen Job dort verloren. Eine Meinungsverschiedenheit zwischen mir und meinem Mitgründer.« Bei den Sätzen fangen meine Augen an zu brennen. »Deshalb habe ich im Moment keinen Job.« Ich weiß nicht, was ich sonst sagen soll. Meine Wangen glühen, ich trinke einen Schluck von meinem Tee, nur um etwas zu tun, und verbrenne mir dabei die Zunge und den Hals. Das tut so weh, dass ich mich zusammenreißen muss, um nicht aufzuschreien, aber wenigstens hat der Schmerz die Tränen vertrieben, die schon Schlange standen.

»Okay«, sagt Monday leise, seine Haltung entspannt sich, und er schaltet auf eine andere Gangart um. »Das ist doch gut, oder? Dann müssen wir Sie von der anderen Firma nicht mal abwerben. Vermutlich schauen Sie sich schon aktiv nach einer Stelle um?«

Ich versuche, munter und fröhlich auszusehen, und frage mich, ob ich ihm das mit der Freistellung erzählen soll. Aber ich kann es nicht. Ich kann nicht zusehen, wie mir die einzige Chance auf einen Job durch die Lappen geht, weil ich dieses schmutzige kleine Geheimnis verrate: dass ich noch weitere zehn Monate auf Larrys Gehaltsliste stehe und deshalb nicht arbeiten kann. Aber ich kann es ihm auch nicht verschweigen, diesem Headhunter. Er trifft die Entscheidung für mich, indem er das Schweigen bricht.

»Ich werde Ihnen das hier dalassen ...« Er schiebt die Mappe über den Couchtisch zu mir. »Es sind Informationen über die Stelle. Die könnten Sie sich doch mal durchlesen und mich dann anrufen. Dann können wir uns noch einmal treffen und alle Fragen besprechen, die dann noch offen sind.«

Plötzlich fühle ich mich verloren und starre trostlos auf die Mappe. Was als Bestätigung begonnen hat, als höchste Hochstimmung, hat einen schalen Nachgeschmack. Dieser Job ist nicht das, was ich mir wünsche, aber ich weiß, dass ich einen brauche. Ich nehme die Mappe und drücke sie an mich. Monday kippt seinen Espresso runter, und ich bemühe mich, meinen heißen Tee auszutrinken, damit wir gehen können.

»Wir können uns vor dem Vorstellungsgespräch gerne noch mal treffen«, bekräftigt er, als er mich zur Tür begleitet und sie für mich aufhält.

Ich lächle. »Wer hat denn was von einem Vorstellungsgespräch gesagt?«

»Ich bin sicher, dass es eines geben wird«, sagt er zuversichtlich. »Es ist mein Job zu wissen, dass Sie die Richtige sind für diese Stelle, und ich bin in meinem Job zufällig sehr gut.« Er schenkt mir ein strahlendes Lächeln, damit der Satz weniger wie eine Verkaufsmasche wirkt, weniger hohl. Es hätte billig rüberkommen können, tut es aber nicht. Irgendetwas sagt mir, dass er wirklich großartig ist in seinem Job. Seine Stimme wird ganz sanft, als er hinzufügt: »Und es wäre bestimmt gut für Sie, Jasmine.«

Dann sind wir draußen. Inzwischen hat das Wetter sich verändert, der Wind ist wieder stärker geworden, er peitscht die Bäume wild hin und her, als wären wir auf irgendeiner Tropeninsel – nur sind wir das nicht, wir sind in Irland, und es ist Februar. Alles ist kahl und grau, die Menschen eilen mit verkniffenen Gesichtern und blaugefrorenen Lippen an uns vorbei, die verkrampften Hände bläulich im trüben Licht oder tief in den Jackentaschen verschwunden.

Ich beobachte, wie Monday zu seinem Auto geht.

Solange ich mich geschmeichelt gefühlt habe, hat es mir nichts ausgemacht, dass er so tut, als würde er mich durchschauen, aber jetzt hat er mit seiner Beschreibung ins Schwarze getroffen, und das macht mir zu schaffen. Denn obwohl wir uns erst seit einer Stunde kennen, fürchte ich, dass er recht hat. Wie die Dinge liegen, wäre ein Job – irgendein Job – tatsächlich gut für mich. Womöglich wäre ein Job sogar das Einzige, was verhindern könnte, dass ich weiter in das reinrutsche, in was immer ich seit einiger Zeit reinzurutschen drohe.

12

Der Sturm, der an diesem Abend loslegt, erreicht in manchen Teilen des Landes Hurrikanstärke, mit Windgeschwindigkeiten bis zu 170 Stundenkilometern. Den Nachrichten zufolge sind zweihundertsechzigtausend Leute ohne Strom, es gibt Berichte über Unfälle auf der Autobahn, umgestürzte Lastwagen, von umfallenden Bäumen zertrümmerte Autos, überall Bilder von zerstörten Wohnhäusern, abgedeckten Dächern, von umherfliegenden Trümmern eingeschlagenen Fenstern. Die Ostküste ist relativ wenig betroffen. Ich sehe abgerissene Zweige und Blätter auf der Straße herumliegen, Mülltonnen sind widerstandslos umgekippt, Kinderspielgeräte befinden sich an Stellen, wo sie eindeutig fehl am Platz sind, aber im Vergleich zu den überschwemmten Gegenden haben wir unglaubliches Glück. Trotzdem war es für unsere Straße eine wilde Nacht, aus vielerlei Gründen.

Ich bin mitten im Studium meiner Informationsmappe und versuche herauszufinden, wie die Einhaltung der Menschenrechte mit dem Klimawandel zusammenhängt, als ich von Ihnen unterbrochen werde. Allerdings anders als sonst üblich. Sie fahren nicht mit dröhnender Musik durch die Straße, Sie sind schon zu Hause und sogar nüchtern. Natürlich ist das auch früher schon vorgekommen, Sie machen ja nicht jeden Abend Radau, und der Lärmpegel ist auch unterschiedlich. Seit Ihre Frau Sie verlassen hat, sind Sie ruhiger geworden; es ist niemand mehr da, den Sie anschreien könnten, und obwohl Sie das manchmal vergessen und rumbrüllen, als wäre Ihre Frau noch da, fällt Ihnen inzwischen ziemlich schnell ein, dass niemand Sie hört, und dann ziehen Sie sich zum Schlafen in Ihr Auto oder an Ihren Gartentisch zurück. Während die Gartenmöbel der ganzen Nachbarschaft in dem grässlichen Sturm durch die Gegend geflogen sind – die Malones haben sogar einen ihrer Lieblingsgartenzwerge verloren, weil er umgekippt ist und sich das Gesicht zerschlagen hat –, bleibt Ihr Mobiliar fest verankert im Matsch Ihres Gartens, wenn auch etwas windschief, weil die Beine rechts tiefer ins Gras eingesunken sind als links. Bei Nacht habe ich beobachtet, wie Sie etwas tun, was Ihnen anscheinend hilft, sich auf Ihre intensive Gedankenarbeit zu konzentrieren: Sie legen Ihr Feuerzeug auf das höhere Ende des schiefen Tischs, sehen zu, wie es runterrollt, fangen es in der offenen Handfläche wieder auf, und dann geht es von vorne los, immer wieder. Ich bin nicht sicher, ob Sie überhaupt merken, was Sie machen; Ihr Gesichtsausdruck deutet eher darauf hin, dass Sie mit den Gedanken ganz woanders sind.

Meistens haben Sie entweder selbst an Ihren Schlüssel gedacht oder sind, wenn Sie ihn nicht finden konnten, wieder weggefahren, aber ich musste Sie mit dem Ersatzschlüssel insgesamt nur dreimal ins Haus lassen. Jedes Mal sind Sie reingestolpert und haben mir die Tür dann vor der Nase zugeschlagen, und ich wusste, dass Sie sich am nächsten Tag an nichts davon erinnern würden. Es ist paradox, zumindest für mich, dass Sie sich an die Sache, wegen der ich Sie am meisten hasse, wahrscheinlich gar nicht mehr erinnern, und dass Sie das, was diesen Hass am Leben erhält, jedes Mal beim Aufwachen vergessen haben.

Heute Morgen um drei Uhr früh ist es nicht Ihr Auto, das mich beim Lesen stört, sondern Fionn, Ihr Sohn. Der Wind ist so laut, dass ich nicht verstehen kann, was er brüllt, aber gelegentlich wird das Geschrei vom Wind in meine Richtung getragen: zufällige Worte, die nicht genug Sinn ergeben, um mir das Thema des Streits zu enthüllen. Als ich vorsichtig aus meinem

Schlafzimmerfenster luge, sehe ich Sie und Fionn im Garten, wie Sie beide sich anbrüllen und dabei wild mit den Armen wedeln. Ich sehe nur Ihr Gesicht, das von Fionn nicht. Sie tragen beide keinen Mantel, also war die nächtliche Auseinandersetzung vermutlich nicht geplant. Fionn ist ein halbes Hemd, ein großer, dünner Fünfzehnjähriger, der von jeder Windböe fast umgeblasen wird – zumindest scheint es so, bis mir dämmert, dass es nichts mit dem Wind zu tun hat, sondern dass er schlicht sturzbetrunken ist. Sie dagegen sind stabil, ebenfalls groß, aber breit und robust gebaut, Sie pflanzen Ihre Füße in den Turnschuhen fest auf den Boden und sehen aus, als seien Sie vor nicht allzu langer Zeit recht fit gewesen, nur dass Sie jetzt an den Ecken und Kanten etwas abgepolstert sind. Ich entdecke ein paar Speckrollen, und Ihr Bauch ist auch ein bisschen dicker geworden, seit Ihre Frau ausgezogen ist. Vielleicht ist aber auch der Wind an diesem Eindruck schuld, denn Ihr Hemd wird eng an Ihre Taille gedrückt und betont Ihren Körper an Stellen, die ich normalerweise nicht zu sehen bekomme. Sie versuchen, Fionns Arme zu packen, wenn er zu dicht vor Ihrer Nase gestikuliert, aber jedes Mal, wenn Sie die Hände ausstrecken, bewegt sich Fionn nur noch wilder, ballt die Fäuste und versucht, Sie zu schlagen.

Sie schaffen es, ihn an der Taille zu packen und in Richtung Haus zu zerren, aber dann duckt er sich auf einmal, entwindet sich blitzschnell Ihrem Griff und holt aus. Seine Faust trifft Sie, ich kann nicht genau sehen, wo, aber Sie stürzen, als seien Sie verletzt. Aber nicht das bringt mich auf Trab, sondern Ihre beiden jüngeren Kinder, die plötzlich starr vor Schreck an der offenen Tür stehen, beide im Pyjama, und das eine drückt seinen Teddy fest an die Brust. Ehe ich zweimal darüber nachdenken kann, bin ich schon aus dem Bett gesprungen und in meinen Jogginganzug geschlüpft. Als ich meine Haustür öffne, fliegt sie mir durch den starken Wind so heftig entgegen, dass sie mich beinahe umhaut. Im Korridor hebt alles ab – der Notizblock vom Telefontisch, Mützen und Mäntel von der Garderobe – und verschwindet in die fernsten Ecken, wie Mäuse, wenn man das Licht anknipst. Ich brauche zwei Hände und meine ganze Kraft, um die Tür hinter mir zu schließen. Der Wind ist eisig, heftig, böse. Er wütet förmlich, und gegenüber gestikulieren Sie beide so wild, als hätten Sie sich den Zorn der Elemente zu eigen gemacht.

Ich sehe, wie es passiert, und obwohl ich nicht Ihr größter Fan bin, weiß ich sofort, dass Sie sich das niemals verzeihen werden, aber dass Sie es bestimmt nicht absichtlich getan haben. Sie haben nicht vor, Ihren Sohn zu schlagen, aber genau das tun Sie. Sie strecken die Hände nach ihm aus und versuchen, sich vor seinen Fäusten zu schützen, und dabei treffen Sie irgendwie seine Nase. Genau in diesem Moment sehe ich zufällig Ihr Gesicht, und bevor ich richtig begreife, was Sie getan haben, kann ich es an Ihrem Ausdruck erkennen. Vielleicht hätte jemand, der Sie nicht so genau gesehen hat, nicht erkannt, dass es ein Unfall war, aber für mich ist es ganz deutlich. Auf einmal wird Ihr Blick gehetzt, ängstlich, bestürzt. Der Umschwung ist so abrupt, dass ich im ersten Moment befürchte, Ihnen würde übel. Sie versuchen verzweifelt, Ihren Sohn zu berühren, ihn zu trösten, aber er schreit nur und schubst Sie weg, hält sich seine blutende Nase, beschimpft Sie und gebraucht dabei Worte, die kein Vater jemals von seinem Sohn würde hören wollen. Inzwischen haben die beiden Kinder an der Tür angefangen zu weinen, Sie versuchen sie zu beruhigen, und die ganze Zeit über wütet unablässig der Sturm. Die klobigen Gartenstühle, die doch bisher im Boden verwurzelt zu sein schienen, werden plötzlich emporgehoben, fast so, als wollten sie an diesem Familiendrama teilhaben, ein Stuhl kippt nach hinten, ein anderer schlittert wie schwerelos über den Boden, bis er gefährlich nahe vor einem Fenster zur Ruhe kommt. Ich möchte nur die beiden Kleinen retten, sie ins Haus holen und ablenken, ich habe keineswegs vor, mich in den Faustkampf zwischen Vater und Sohn einzumischen – ich weiß, das würde nicht gut für mich ausgehen –, aber als ich näher komme, verkündet Ihr Sohn gerade lautstark, dass er niemals wieder auch nur einen Fuß in Ihr Haus setzen wird, und macht sich auf den Weg die Straße hinunter, allein, ohne Mantel, sturzbetrunken, mit blutverschmiertem Gesicht, gegen eine Windstärke von hundertsoundsoviel Stundenkilometern – und das ändert die Lage.

Und so kommt es, dass Ihr Sohn in der stürmischsten Nacht, die Irland jemals gesehen hat, am Ende in meinem Gästezimmer übernachtet. Er möchte nicht reden, und das ist in Ordnung, ich bin auch nicht in der Stimmung. Ich helfe ihm, sein Gesicht zu säubern – zum Glück hat der Schlag ihm nicht die Nase gebrochen –, gebe ihm frische Handtücher, eine Flasche Wasser und eine Kopfschmerztablette, ein extra großes *NYPD*-T-Shirt, das mir vor Jahren mal jemand geschenkt hat, und lasse ihn allein. Danach sitze ich den Rest der Nacht wach im Bett und höre zu, wie er mehrmals vom Gästezimmer zur Toilette rennt und sich heftigst übergibt.

Kurz vor vier werde ich von Vogelgezwitscher geweckt. Das verwirrt mich; bestimmt hat der Vogel irgendwelche Probleme, vielleicht ist er mitten in der Nacht aus seinem Nest entführt worden. Aber nein – ich höre noch mal genau hin und stelle fest, dass der Vogel einfach nur singt. Es ist eine Ewigkeit her, dass ich um vier Uhr früh Vogelgesang gehört habe. Um sieben ist es taghell, die Luft ist still, kein Wind, kein Regen, richtig angenehm, und Mutter Natur sieht aus, als könnte sie kein Wässerchen trüben, während im übrigen Land die Leute mit der Verheerung zurechtkommen müssen, die eben diese Natur in dieser Nacht angerichtet hat.

Mit einer Tasse Kaffee in der Hand inspiziere ich meinen Vorgarten, froh, dass ich den größten Teil des Rasens fertig ausgelegt habe. Der Rest ist kaputt, zerrissen, hat sich unter einem Rad meines Autos verfangen.

Kaum bin ich draußen, geht Ihre Tür auf, und Sie eilen über die Straße auf mich zu, als hätten Sie schon die ganze Nacht darauf gewartet, dass ich mich endlich zeige.

»Ist er okay?«, fragen Sie, und Ihrem Gesicht ist anzusehen, wie besorgt Sie sind. Sie tun mir ehrlich leid.

»Er schläft noch. Er war die ganze Nacht wach und hat gekotzt.«

Sie nicken verständnisvoll und verdauen die Nachricht, mit einem fernen Ausdruck im Gesicht. »Gut. Gut.«

»Gut?«

»So wird er nicht gerade scharf darauf sein, es noch einmal zu machen.«

Ich betrachte das überall verstreute, zerfetzte Gras.

»Die ganze harte Arbeit«, sagen Sie.

Ich zucke die Achseln, als wäre es keine große Sache, aber ich bin immer noch verlegen, weil Sie Zeuge meiner »harten Arbeit« geworden sind, die man auch als totalen Ausraster bezeichnen könnte. Mein Garten ist zur Seite und nach hinten etwas abschüssig, zu einer zweiten Ebene hin, die ebenso gepflastert ist wie die Auffahrt, aber das Gefälle sieht kahl und hässlich aus. Diesen Teil habe ich nicht geschafft. Schon wieder eine Arbeit, die ich nicht zu Ende gebracht habe. Ich denke an Larry, und in meinem Innern fängt es gleich wieder an zu brodeln.

»Damit könnten Sie einen Steingarten anlegen«, sagen Sie und deuten auf die ausgedienten Pflastersteine in meinem Container. »Meine Großeltern hatten einen Hügel in ihrem Garten, den haben sie komplett in einen Steingarten verwandelt und zwischen den Steinen alles Mögliche angepflanzt. Fionn könnte Ihnen helfen. Die Steine sind bestimmt ordentlich schwer.«

Sie schauen an mir vorbei ins Haus, wahrscheinlich hoffen Sie, dass ich Sie reinbitte.

»Sie sollten ihn lieber ausschlafen lassen«, sage ich.

»Ich weiß. Würde ich auch, aber seine Mum kommt bald.«

»Oh. Wann denn?«

Sie schauen auf Ihre Uhr. »In einer Viertelstunde. Fionn hat ein Rugby-Spiel.«

»Kein guter Tag für einen Kater.« Noch etwas, mit dem man

in seiner schicken Privatschule nicht glücklich sein wird.»Was ist passiert?« Einerseits will ich es nicht wissen, andererseits bin ich doch neugierig.

»Ich sollte ihn gestern vom Rugby abholen. Als ich ankam, war er nicht da, ist einfach mit Freunden weggegangen und letzte Nacht spät nach Hause gekommen, total high. Beziehungsweise nicht high, sondern betrunken. Glaube ich.« Wieder runzeln Sie die Stirn und schauen verstohlen ins Haus.»Und dann hat er angefangen, mich zu beschimpfen.«

»Na ja, das kennen wir ja alle noch von uns selbst«, sage ich und erinnere mich an meine Teenagerzeit mit den dazugehörigen Alkoholexzessen. Warum ich Sie tröste, übersteigt meinen Verstand. Ausgerechnet Sie, den Mann, der vermutlich öfter betrunken hier angekommen ist, als er gut gefrühstückt hat. Aber anscheinend wissen Sie meinen Zuspruch zu schätzen.»Schauen Sie ...« – ich räuspere mich –,»... ich habe immer noch diesen Brief ...«

Im selben Augenblick hält Amys Auto vor Ihrem Haus, und Sie erstarren.

»Er ist im Gästezimmer, oben links.«

»Danke.« Sie gehen ins Haus.

Ich beobachte, wie Amy Ihr Haus betritt; die Tür schließt sich, alles ist still. Kurz darauf kommen Sie meine Treppe herunter, dicht gefolgt von Fionn, der furchtbar aussieht. Auf der Nase eine braunschwarze Prellung, drum herum getrocknetes Blut. Trotz meiner Anstrengungen hat die Nase wohl in der Nacht weitergeblutet. Fionn sieht bleich und abgespannt aus, erschöpft und verkatert. Als ihn das Licht von der offenen Tür trifft, zuckt er zusammen. Seine Klamotten sind zerknautscht, und ich bin sicher, dass er nicht in meinem NYPD-Shirt geschlafen hat. So schlurft er hinter Ihnen her, und gleichzeitig erscheint Amy an Ihrer Haustür, die Hände in die Hüften gestemmt.

Mehr möchte ich nicht sehen. Ich möchte nicht in diese Sache reingezogen werden, ich möchte meine Seite der Geschichte nicht erzählen, ich will nichts mit Ihrem Leben zu tun haben, aber irgendwie werde ich immer wieder damit konfrontiert. Drinnen setze ich mich aufs Sofa und horche nervös, ob es an der Tür klingelt, denn ich habe Angst, dass Sie rüberkommen, um hier den Kampf fortzusetzen, aber dann sehe ich auf dem Fernseher plötzlich ein Bild, das mich erstarren lässt.

Es ist das kleine Mädchen. Aus dem Hotel gestern. Die blonde Vierjährige mit dem Koboldgesicht, den blauen Augen, der Stupsnase, die Kleine, die einen Toast ausbringen wollte. Da ich hören wollte, was Fionn macht, läuft der Fernseher ohne Ton, und deshalb weiß ich nicht, was gesagt wird. Aber es kann nichts Gutes sein. Auf das Foto der Kleinen folgt ein Foto ihrer Mutter. Das kleine Mädchen – Lily ist ihr Name, jetzt fällt es mir wieder ein – sitzt auf ihrem Schoß, schmiegt sich in ihre Arme, und beide strahlen in die Kamera, als hätte jemand gerade etwas Lustiges gesagt. Hinter ihnen steht der Weihnachtsbaum von vor ein paar Wochen. Und dann kommt ein Bild von einem Auto und einem Lastwagen auf der Autobahn, das Auto ist völlig zerstört, der Lastwagen umgekippt, und ich muss mich hinsetzen. Hastig stelle ich den Ton an und lausche dem Bericht – Mutter und Tochter sind tot, der Fahrer des Lasters in kritischem Zustand. Eine große Trauer überwältigt mich.

Als es klingelt, ignoriere ich es und höre weiter dem Fernsehbericht zu. Aber es klingelt gleich wieder. Und wieder. Immer noch weinend und ärgerlich über die Störung renne ich zur Tür und reiße sie auf. Drei erschrockene Gesichter starren mich an.

»Tut mir leid«, sagt Amy, Ihre Frau. »Wir stören anscheinend, oder?« Der Ärger, den ich von ihr ausgehen spüre, löst sich auf.

»Nein ... ich hab nur ... ich hab gerade etwas ganz Schreckliches erfahren.«

Die drei schauen über meine Schulter. Ich habe die Wohnzimmertür offen gelassen, im Fernsehen laufen immer noch die Nachrichten. »Oh, stimmt. Ist das nicht furchtbar? Sie haben gleich hier um die Ecke gewohnt – sie war Steven Warrens Frau.« Amy schaut Sie an. »Hast du es gehört? Rebecca ist tot. Und das kleine Mädchen ...«

»Lily«, werfe ich ein, und der Name bleibt mir fast im Hals stecken.

»Davon hab ich noch gar nichts gehört«, sagen Sie.

Einen Moment sind wir alle in unsere jeweiligen Gedanken versunken. Fionn denkt anscheinend, das sei sein Stichwort, und platzt mit heiserer Stimme heraus: »Äh, ich wollte mich bedanken für letzte Nacht.«

»Gern geschehen«, antworte ich, etwas unsicher, weil ich nicht weiß, wie Amy sich die Ereignisse der Nacht vorstellt.

Erleichtert, nicht mehr in der Schusslinie zu stehen, dreht Fionn sich um und schlurft über die Straße zurück zum Haus. Seine zerknautschte Hose hängt so tief, dass man seine Boxershorts sehen kann. Sie und Ihre Frau schauen währenddessen weiter an mir vorbei zum Fernseher. Ich glaube, Amy sieht tatsächlich zu, während Sie etwas ganz anderes herauszufinden versuchen.

»Ich hab sie gestern Nachmittag gesehen – Rebecca und Lily«, sage ich, als würde ich sie kennen, was sich wie eine Lüge anfühlt, obwohl es die Wahrheit ist.

»Es ist gestern am späten Nachmittag passiert. Da müssen Sie eine der Letzten gewesen sein, die die beiden gesehen hat«, sagt Amy, und diese Feststellung trifft mich irgendwie. Es ist kein Vorwurf, das weiß ich, sie denkt einfach laut, aber auf einmal fühle ich mich verantwortlich, und ich weiß nicht, was ich damit anfangen soll. Es ist, als hätte ich eine Art Eigentumsrecht an den beiden, an den letzten Augenblicken ihres Lebens. Soll ich ihn nun mit anderen teilen, damit die richtigen Leute den Augenblick nacherleben können, den ich zufällig miterlebt habe? Damit alles wieder so ist, wie es sein sollte? Vielleicht übertreibe ich es ja mit dem Analysieren. Sie dagegen stehen einfach nur da und starren mich an, vermutlich eine ganz normale Schockreaktion. Und ich bin müde, weil ich kaum geschlafen habe, aus Angst, Fionn könnte zusammenklappen, sich den Kopf anschlagen, an seiner Kotze ersticken oder mitten in der Nacht davonlaufen, und dann wäre ich in Schwierigkeiten, denn er ist ja minderjährig.

»Matt, du kennst sie auch«, sagt Amy und wendet sich wieder Ihnen zu.

»Nicht wirklich ...«

»Doch, du hast mit ihm Badminton gespielt.«

Das habe ich nicht erwartet und ziehe verwundert die Augenbrauen in die Höhe.

»Das ist lange her«, erwidern Sie.

»Er fragt aber immer nach dir.« Dann sieht sie mich an und fügt hinzu: »Matt geht bestimmt mit Ihnen hin.«

»Wie bitte?«

»Er geht mit Ihnen zu Steven. Um ihm sein Beileid auszusprechen. Richtig, Matt? Würde dir bestimmt guttun«, sagt sie, und es klingt ziemlich unfreundlich. »Jedenfalls tut es mir leid, dass wir gestört haben, ich wollte mich nur bedanken, dass Sie sich um Fionn gekümmert haben.«

Amy zieht sich zurück, aber Sie bleiben zögernd an der Tür stehen, schauen mich an und warten auf die nächste Anweisung. Hoffen Sie womöglich, dass Sie sich bei Ihrer Frau einschmeicheln können, wenn Sie tun, was sie Ihnen sagt? Aber dann begreife ich endlich, dass Sie versuchen, mir etwas zu sagen, mir eine Botschaft zu übermitteln. Ich schaue Ihnen in die Augen und versuche Ihren Ausdruck zu lesen. Sie möchten, dass ich Sie verteidige. Dass ich Ihrer Frau erzähle, was ich gesehen habe.

»Amy!«, rufe ich ihr nach. »Wegen gestern Nacht – der Schlag auf die Nase war ein Unfall. Matt hat das nicht absichtlich gemacht ...«

Ich breche ab, weil ich an dem wütenden Blick, den Amy Ihnen zuwirft, an ihrem hasserfüllten, angewiderten Gesichtsausdruck sehe, dass ich voll ins Fettnäpfchen getreten bin. Offensichtlich hatte sie keine Ahnung, dass Sie Fionn geschlagen haben.

Amy packt die Kinder ins Auto, und Sie kommen angerannt, um sich zu verabschieden. Der Motor brummt, Amy will losfahren, alle haben schon die Gurte angelegt, die Türen sind geschlossen, und Sie müssen am Türgriff rütteln, damit Ihre Frau alles wieder entriegelt und Sie den Kopf ins Auto stecken und die beiden Kinder auf dem Rücksitz küssen können. Sie klopfen Fionn ein bisschen ungeschickt auf die Schulter, aber er schaut Sie nicht mal an. Schließlich werfen Sie die Tür wieder zu, trommeln zweimal aufs Dach und winken Ihrer Familie zum Abschied nach. Keiner von ihnen winkt zurück, keiner dreht sich nach Ihnen um. Sie tun mir leid, ich weiß selbst nicht, warum, denn ich habe doch alles, was Sie Ihrer Frau angetan haben, live mitbekommen, zumindest von außen: das späte Heimkommen, die alkoholisierte Randale … Ich verstehe nicht, warum Amy Sie nicht schon früher verlassen hat, und trotzdem tun Sie mir so leid, wie Sie da einsam vor Ihrem Haus stehen, die Hände in den Taschen Ihrer Jeans vergraben, und Ihrer Familie nachsehen, die wegfährt und Sie in dem großen Haus zurücklässt, das doch eigentlich viel besser für Amy und die Kinder geeignet wäre als für Sie allein.

»Kommen Sie!«, rufe ich.

Sie blicken auf und schauen mich fragend an.

»Gehen wir zu Steven.«

Vermutlich ist das so ungefähr das Letzte, worauf Sie Lust haben, aber ich finde, Sie brauchen Ablenkung. Ich weiß, dass dieser Besuch im Grunde auch das Letzte ist, was ich selbst will, aber auch ich kann ein bisschen Ablenkung gebrauchen.

Sie holen Ihren Mantel, ich hole meinen, und wir treffen uns in der Mitte.

»Tut mir leid, dass ich vorhin das Falsche gesagt habe«, platze ich gleich heraus. »Ich hätte es nicht erwähnen sollen, ich hab nur versucht …«

»Macht nichts, Amy hätte es sowieso herausgefunden. Besser, Sie hört es zuerst von mir.«

Eigentlich stimmt das ja nicht, aber ich nehme an, Sie meinen, es kam von Ihrer *Seite*, und ich frage mich, wie ich wohl auf Ihre Seite geraten bin, wo ich doch jede Nacht mitgekriegt habe, wie Sie an Ihre Haustür gehämmert haben, wenn Sie ausgesperrt waren, und mir insgeheim wünschte, Amy würde Sie nicht reinlassen.

»Wo wohnen Amy und die Kids denn jetzt?«, frage ich, als wir die Straße hinuntergehen.

»Bei Amys Eltern.«

»Kommt sie zurück?«

»Ich weiß es nicht. Sie redet nicht mit mir. So viel wie heute hat sie seit Tagen nicht mehr mit mir gesprochen.«

»Sie hat Ihnen diesen Brief geschrieben.«

»Ich weiß.«

»Den sollten Sie lesen.«

»Das sagt sie auch.«

»Warum tun Sie es dann nicht?«

Sie antworten nicht.

»Hier.« Ich gebe Ihnen den Brief. Einen Moment sehen Sie mich überrascht an, dann nehmen Sie ihn und stecken ihn in die Tasche. Ich glaube nicht, dass Sie ihn lesen werden, aber wenigstens ist er jetzt bei Ihnen, und ich bin ihn los. Das erleichtert mich ein bisschen, aber ich bin nicht ganz zufrieden. Denn Sie haben den Brief nicht aufgemacht.

»Werden Sie ihn lesen?«

»Meine Güte, was haben Sie denn bloß immer mit diesem Brief?«

»Wenn mich meine Frau verlassen und mir einen Brief dagelassen hätte, würde ich wissen wollen, was drinsteht.«

»Sind Sie lesbisch?«

Ich verdrehe die Augen. »Nein.«

Sie lachen leise.

»Es ist mir aufgefallen, dass Sie nicht arbeiten«, sagen Sie plötzlich.

»Urlaub oder …«

»Gardening Leave«, falle ich Ihnen ins Wort, ehe Sie irgendeinen beleidigenden Ausdruck über die Lippen bringen.

»Aha.« Sie lächeln. »Aber Sie wissen schon, dass das nicht wirklich was mit Ihrem Garten zu tun hat, oder?«

»Natürlich weiß ich das. Und Sie? Ich hab gelesen, Sie haben Ihren Job verloren – stimmt das?«, erkundige ich mich geradeheraus und etwas schroff. Sie sehen mich an und studieren mich auf diese verwirrte, interessierte, verletzte Art, die Sie haben, wenn ich Sie anblaffe. Was ziemlich oft passiert, wenn mir wieder einfällt, dass ich Sie nicht leiden kann.

»Ich hab meinen Job nicht verloren«, antworten Sie schließlich. »Ich bin freigestellt – also auch auf Gardening Leave, genau wie Sie. Nur habe ich mich im Gegensatz zu Ihnen entschieden, einfach in meinem Garten zu *sitzen*.«

»Vor allem zum Mondbaden«, sage ich.

Sie lachen. »Ja, genau.«

So haben Heather und ich es früher genannt, wenn wir uns im Mondlicht auf die Wiese gelegt haben. Aber als ich an Heather denke, fällt mir gleich ein, dass ich Sie nicht leiden kann, und ich habe keine Lust mehr zu reden. Ich weiß, dass Sie merken, wie ich in Sekundenschnelle von ziemlich nett auf total abweisend umschalte.

»Aber die Freistellung ist nur temporär – eine genaue Einschätzung meines Verhaltens ist noch anhängig«, erklären Sie förmlich.

Natürlich kann ich zwischen den Zeilen lesen. »Sie sind also suspendiert.«

»Mein Sender nennt das eine Freistellung.«

»Für wie lange?«

»Einen Monat. Und Sie?«

»Ein Jahr.«

Verblüfft saugen Sie die Luft durch die Zähne. »Was haben Sie gemacht, um so was zu kriegen?«

»Es ist ja keine Gefängnisstrafe. Ich hab gar nichts *gemacht*. Damit soll verhindert werden, dass ich für die Konkurrenz arbeite.«

In der langen Pause, die ich brauche, um mich einigermaßen zu fassen, mustern Sie mich aufmerksam. »Was haben Sie jetzt vor?«

»Ich hab da ein paar Ideen«, behaupte ich, »und bin froh, mir ein ganzes Jahr darüber Gedanken machen zu können.« Ich glaube mir selbst kein Wort. »Und Sie?«

»Ich gehe zurück, sobald ich grünes Licht kriege. Ich hab eine Radioshow.«

Ich starre Sie an, ob Sie einen Witz machen wollen, aber nein. Eigentlich habe ich gedacht, Sie gehen davon aus, dass alle Welt Sie kennt, dass Sie Ihren Namen sozusagen auf der Brust tragen wie einen Orden – mal abgesehen davon, dass ich wirklich nicht weiß, wofür Sie einen Orden bekommen sollten –, aber mir wird klar, dass Sie es kein bisschen witzig gemeint haben. Sie sind überhaupt nicht davon ausgegangen, dass ich weiß, wer Sie sind. Das gefällt mir, und gleichzeitig mag ich Sie noch weniger als vorher. Bei mir können Sie nicht gewinnen.

»Ich kenne Ihre Sendung«, erwidere ich in einem so missbilligenden Ton, dass Sie Ihr heiseres Zigarettenlachen von sich geben.

»Wusste ich's doch!«

»Was wussten Sie?«

»Dass das der Grund ist, warum Sie in meiner Gegenwart so sind. Zickig. Gereizt. Immer in der Defensive.«

Wenn meine Freunde mich beschreiben würden, hätten sie diese Charakterisierungen ganz sicher nicht benutzt, und ich bin ziemlich betroffen. Es gefällt mir nicht, dass jemand mich so sieht, und aus irgendeinem Grund möchte ich auch nicht, dass

Sie so über mich denken, obwohl ich mich vor Ihnen im Grunde genau so dargestellt habe. Ich hatte völlig vergessen, dass Sie ja nicht wissen können, wie ich sonst bin; dass Sie nicht verstehen, wie sehr ich mich anstrengen muss, gegen meine Natur zu handeln und unhöflich zu Ihnen zu sein. Meine Freunde würden sagen, ich bin ein Freigeist, ich mache mein eigenes Ding, ich tanze nicht nach der Pfeife anderer Leute. Vielleicht würden sie sagen, ich bin eigensinnig oder schlimmstenfalls stur, aber sie kennen nur den freien und leichten Teil von mir, während Sie das Schlimmste in mir zum Vorschein bringen.

»Sie sind also kein Fan.«

»Das dürfen Sie aber annehmen«, antworte ich streitlustig.

»Welche hat Sie denn beleidigt?« Sie stecken sich einen Nikotinkaugummi in den Mund.

»Wie meinen Sie das?« Mein Herz klopft. Nach all den Jahren sind wir jetzt tatsächlich an den Punkt gekommen, an dem ich es erklären kann. Na bitte. Meine Gedanken rasen und suchen fieberhaft nach den richtigen Worten.

»Welche Sendung? Welches Thema? Wo waren Sie anderer Meinung? Wissen Sie, ich habe einen Instinkt, Zuhörer zu erkennen, die meine Sendung hassen. Sobald ich ins Zimmer komme, weiß ich, ob jemand ein Fan ist oder nicht. Mein sechster Sinn. Es liegt an der Art, wie die Leute mich ansehen.«

Ihre Arroganz ärgert mich. Man kann sich darauf verlassen, dass Sie etwas Negatives – dass manche Leute Sie hassen – in etwas Positives umdrehen. »Vielleicht liegt es ja an Ihnen und nicht an Ihrer Sendung«, werfe ich ein.

»Sehen Sie, genau das meine ich ja.« Sie lächeln und schnippen mit den Fingern. »Diese Art von hinterhältigem Kommentar. Es liegt nicht an mir, Jasmine. Es ist die Sendung. Ich leite nur die Diskussion. Die Sendung repräsentiert nicht meine persönlichen Ansichten. Ich bringe lediglich Menschen zum Diskutieren.«

»Sie hetzen die Leute auf.«

»Das muss ich. Nur dann rufen sie an. Nur so kommt eine Debatte in Gang.«

»Sie meinen also, solche Debatten sind notwendig?« Inzwischen bin ich stehen geblieben, direkt vor Stevens Haus, wo der Rasen unter einer Masse von Blumen und Geschenken, Teddybären, Kerzen und Beileidskarten fast verschwunden ist. »Es ist ja wirklich nicht so, als würde Ihre Sendung die Menschen über Tatsachen informieren. Sie geben bloß einem Haufen Irren die Möglichkeit, in Ruhe ihre aggressiven, rassistischen, ungebildeten Ansichten zum Besten zu geben.«

Sie sehen mich mit ernstem Gesicht an. »Jeder Anrufer, jede Stimme in meiner Sendung ist real und repräsentiert einen Teil von dem, was die Menschen in diesem Land denken. Ich glaube, dass man das hören sollte. Es bringt nichts, wenn Sie Ihre Zeit mit Ihren politisch korrekten Freunden verbringen und denken, die Welt ist ein wunderbar aufgeschlossener und verständnisvoller Ort, nur um dann bei der nächsten Wahl mitzukriegen, dass es in Wirklichkeit ganz anders ist. Unsere Sendung gibt jedem eine Stimme, und einige unserer Themen sind daraufhin tatsächlich im Parlament diskutiert worden, zum Beispiel Mobbing oder die Homo-Ehe. Pflegeheime und Kitas mit Missbrauchsfällen sind auf unsere Initiative hin geschlossen worden …«, zählen Sie an den Fingern auf.

»Sie glauben allen Ernstes, dass Sie unserem Land einen Dienst erweisen?«, frage ich entgeistert. »Das würde zutreffen, wenn es sich um eine faire, echte Debatte handeln würde, aber doch nicht, wenn die Teilnehmer betrunken, high oder gerade aus dem Irrenhaus entflohen sind. Sie finden es gut, wenn man solchen Leuten die Möglichkeit gibt, ihre Meinung zu äußern? Die sollten lieber zum Schweigen gebracht werden.«

»Gute Idee, Kim Jong-un. *Rädefreiheit bösäää*«, entgegnen Sie, sichtlich verärgert.

»Vielleicht sollten Sie ihn mal in Ihre Sendung einladen und dem Mann die Chance geben, seine tollen Ansichten *frei* vorzutragen. Aber nach dem, was in den Zeitungen steht, sieht es ganz so aus, als würde Ihre Show sowieso nicht wieder auf Sendung gehen«, sage ich, recke triumphierend das Kinn und marschiere den Gartenweg auf die Haustür zu. Hoffentlich hat Sie das mundtot gemacht und ich habe mit meinem abschließenden zickigen, gereizten, defensiven Kommentar das letzte Wort.

»O doch, wir werden wieder auf Sendung gehen. Bob und ich sind so miteinander.« Sie halten zwei gekreuzte Finger in die Höhe. »Bob ist der Intendant, er hat mich von Anfang an unterstützt. Er hat mich nur freigestellt, weil er sich an die Regeln halten muss. Würde sonst nicht gut aussehen – vor allem bei einer Sendung, die so viel Kritik einstecken muss wie unsere. Da muss man sich an die Formalitäten halten.«

»Sie sind bestimmt sehr stolz auf sich«, sage ich und drücke auf die Klingel.

»Anscheinend hab ich Sie echt geärgert«, sagen Sie, ganz dicht an meinem Ohr. Als ich Sie ansehe, haben Sie ein verschmitztes Funkeln in den Augen. Mir kommt in den Sinn, dass es Ihnen gefällt, dass ich Sie nicht mag, und auf eine kranke Art geht es mir genauso. Sie zu hassen hat mir etwas gegeben, worauf ich meinen Fokus richten kann. Sie zu hassen ist mein Vollzeitjob geworden.

Doch dann geht die Tür auf, und eine Frau mit rotgeweinten Augen, rotgeweinter Nase und einem Knäuel zerknüllter Taschentücher in der Hand steht vor uns. Sie erkennt Sie sofort, scheint sich zu freuen und geehrt zu fühlen und komplimentiert Sie umgehend ins Haus. Ich bin verdutzt – hören die Leute denn nicht, was ich höre? Immerhin sind Sie Gentleman genug, um mir den Vortritt zu lassen.

Die Küche ist voller Leute, die herumstehen und schweigen, nur gelegentlich gibt es ein wenig Smalltalk oder Erinnerungsaustausch, es wird nervös gelacht. Der Tisch ist überladen mit Essen: Lasagne, Kuchen und Sandwiches, die die Nachbarn vorbeigebracht haben. Wir werden ins Wohnzimmer geführt, wo ein Mann allein in einem Sessel sitzt und zum Fenster hinausstarrt. An den Wänden hängen professionelle Studiofotos der jungen Familie: Schwarzweißporträts von Steven, Rebecca und Lily. Mummy und Daddy in schwarzen Poloshirts vor weißem Hintergrund, die kleine Lily in einem hübschen weißen Kleidchen, strahlend wie ein Engel im Licht der Scheinwerfer, ein breites Lächeln im Gesicht, bei dem sie alle ihre kleinen Zähne zeigt. Auf einem Foto hat Lily einen Lutscher in der Hand, auf einem dreht sie sich im Kreis, auf einem streckt sie die Zunge raus und Mummy und Daddy schauen lächelnd zu.

Ich erkenne Steven von den Fotos und auch, weil ich ihn regelmäßig in der Gegend sehe, im Supermarkt, beim Metzger, beim Joggen an der Bucht ...

»Matt«, sagt er, steht auf und breitet die Arme aus.

»Es tut mir so leid, Steven«, sagen Sie und drücken ihn an sich, ziemlich lange sogar. Gute Badminton-Kumpels. Ich schaue mich um, starre dann verlegen auf den Boden und warte.

»Das ist meine Nachbarin, Jasmine«, stellen Sie mich schließlich vor. »Sie wohnt gegenüber von mir.«

»Mein herzliches Beileid«, sage ich und strecke die Hand aus. Steven ergreift sie sofort.

»Danke«, sagt er ernst. »Sind Sie eine Freundin von Rebecca?«

»Ich ... nein ... eigentlich ...« Ich komme mir albern vor und weiß nicht, wo ich anfangen soll. Vielleicht war diese Unternehmung doch ein Fehler. Ich weiß nicht. Das Verantwortungsgefühl, das ich vorhin hatte, ist verflogen, und jetzt komme ich mir nur noch vor wie ein Eindringling. Die Frau, die uns die Tür geöffnet hat, ist auch zu uns hereingekommen, und alle schauen mich an. »Ich habe die beiden gestern Nachmittag gesehen, so gegen drei. Im Marine Hotel.«

Steven sieht verwirrt aus und wendet sich der Frau zu. Auch sie ist offensichtlich verwirrt.

Dann schauen mich beide ungläubig an.

»Ich bin nicht sicher, ob das sein kann …«, sagt Steven stirnrunzelnd.

»Lily hat einen Kakao getrunken. ›Heiße Tschoklade‹, hat sie es genannt.«

Jetzt lächelt Steven, dann schlägt er die Hände vors Gesicht und setzt sich auf die Armlehne des Sessels.

»Lily war bester Laune, und Rebecca hat so laut über sie gelacht, dass ich sie schon in der Lobby hören konnte. Lily wollte einen Toast ausbringen.«

Steven schaut wieder die Frau an, und jetzt erkenne ich auf einmal die Ähnlichkeit zwischen den beiden – bestimmt ist sie seine Schwester. »Wegen der Party letzte Woche, Beth«, meint er, sie nickt strahlend, und ihre Augen füllen sich mit Tränen. Steven schaut wieder zu mir, und jetzt wirkt sein Gesicht ganz offen, sanft, begierig auf mehr. Auch Sie schauen mich an, was mich ein bisschen beunruhigt. Ich weiß nicht, warum Sie mich so nervös machen, aber ich versuche Ihre Anwesenheit zu ignorieren und spreche nur Steven an. Je länger ich ihn ansehe, desto mehr sehe ich auch die Ähnlichkeit mit Lily, die blonden Wimpern, das koboldhafte Gesicht. So stehe ich da, wildfremd in diesem Haus, und erzähle ihm von dem Toast, den Lily ausgebracht hat – oder besser den Toasts, denn es waren ja mehrere –, von dem Gespräch der beiden und dem kurzen Austausch mit mir. Ich erzähle jedes Detail, an das ich mich erinnere, betone das Lachen, die Fröhlichkeit, die Freude, die sie in ihrer letzten gemeinsamen Stunde aneinander hatten, ehe sie ins Auto stiegen und an diesem stürmischen Tag die Reise zu Rebeccas Eltern antraten. Ich erzähle das alles, weil ich es an Stevens Stelle auch würde wissen wollen.

Steven nimmt alles auf, fast wie in Trance, aber gleichzeitig hochkonzentriert; bei jedem Wort, das aus meinem Mund kommt, beobachtet er mich genau, versucht wahrscheinlich herauszufinden, ob ich die Wahrheit sage, und hofft, dass ich es tue. Irgendwann glaubt er mir. Er schaut in meine Augen, auf meine Lippen, und wenn er denkt, dass ich es nicht merke, wandert sein Blick an mir auf und ab. Als ich fertig bin, herrscht eine Weile tiefes Schweigen, und für Steven ist es wahrscheinlich fast so, als wären seine Frau und seine Tochter noch einmal ums Leben gekommen, denn gerade waren sie da, und jetzt sind sie plötzlich wieder weg. Sein Gesicht verzieht sich, und er fängt an zu schluchzen. Ich erstarre, denn ich weiß nicht, was ich tun soll. Ich möchte ihn trösten, aber ich weiß, das wäre nicht angemessen. Stattdessen kümmert sich seine Schwester um ihn. Sie klopfen ihm aufmunternd auf die Schulter, dann verlassen Sie den Raum, und ich folge Ihnen, denn ich komme mir wieder überflüssig vor, plump, meine Bewegungen sind mechanisch. War es vielleicht doch ein Fehler, herzukommen und zu erzählen, was ich erzählt habe? Plötzlich bin ich wieder unsicher. Ich möchte, dass Sie mich beruhigen, aber gleichzeitig möchte ich es überhaupt nicht, nicht ausgerechnet von Ihnen.

Draußen werfen Sie Ihren Nikotinkaugummi weg und zünden sich eine Zigarette an. Mein Gesicht ist heiß und rot, und Sie reden auf dem ganzen Heimweg kein Wort. Als wir vor meinem Haus stehen bleiben, schauen Sie mich an, und vielleicht spüren Sie meinen inneren Aufruhr, vielleicht sehen Sie auch mein Unbehagen, oder in meinem Gesicht spiegelt sich die Verzweiflung, die ich fühle, denn Ihre Augen verharren einen Moment, mustern mich sanft, fast fürsorglich, dabei neugierig und interessiert wie so oft, und Sie versuchen offensichtlich, aus mir schlau zu werden – als wäre ich ein Rätsel, aber ein lustiges.

Sie drücken Ihre Zigarette aus. »Ich hätte das auch alles erfahren wollen«, sagen Sie. »Es war schön.« Dann strecken Sie die Hand aus und drücken meine Schulter.

Auf einmal merke ich, dass ich auf dem ganzen Heimweg die Luft angehalten habe, und atme endlich aus. Es überrascht mich, wie erleichtert ich mich fühle. Und das haben Sie zu verantworten, Ihre Meinung ist wichtig für mich, obwohl das gar nicht zu dem passt, was ich immer für Sie empfunden habe.

»Jasmine!« Eine vertraute Stimme reißt mich aus meinen Gedanken, und als ich mich umdrehe, sehe ich Heather auf meiner Veranda sitzen. Sie steht auf und kommt zu uns herüber.

Mir schwirrt der Kopf, als mir klar wird, dass Sie drauf und dran sind, der Person zu begegnen, die ich mein ganzes Erwachsenenleben vor Ihnen beschützen wollte.

13

Einmal im Monat trifft sich sonntags Heathers Support-Gruppe. Dieses Treffen gibt es schon, seit wir Teenager sind; eigentlich war es unsere Mum, die die Gruppe ins Leben gerufen hat, und sie hat immer daran teilgenommen, auch als sie schon krank war, und darauf bestanden, dass ich mitkomme, auch wenn ich als Teenager glaubte, Besseres mit meiner Zeit anfangen zu können. Obwohl ich es damals nicht zu schätzen wusste, bin ich jetzt froh darüber, denn als Mum gestorben ist, wusste ich genau, wie und wohin die Sache laufen sollte. *Personenzentrierte Planung* nennt sich das Ganze, und es geht darum, jemandem dabei zu helfen, das zu erreichen, was er im Leben gern tun möchte. Heather bestimmt, wer eingeladen und über welches Thema gesprochen wird. Wir diskutieren über Heathers *PATH – Planning Alternative Tomorrows with Hope*, also hoffnungsvolles Planen für die Zukunft –, wir reden über ihre Träume, wie Heather sie verwirklichen kann, was in ihrem Leben passiert und welche Schritte für sie als Nächstes anstehen. Wir reden darüber, wie Träume Wirklichkeit werden.

Als es für Heather noch um die Frage ging, welche Schulen sie besuchen und welche Ausbildung sie bekommen sollte, fanden die Treffen einmal pro Woche statt. Nach dem Schulabschluss war sie in einem Programm mit allgemeiner Berufsausbildung und betreutem Wohnen, wo sie auch lernte, öffentliche Verkehrsmittel zu nutzen, einzukaufen, zu kochen und insgesamt selbständig zurechtzukommen. Damals, als sie plante, in welche

Richtung ihr Leben gehen sollte, waren regelmäßige Treffen wichtig, aber als die Zeit reif war, entschied Heather, dass ein Treffen im Monat ausreichte.

Zu den Leuten, die in der Vergangenheit eingeladen waren, gehörten Lehrer, Heathers Betreuerin – deren Einstellungsgespräch Heather selbst geführt hat –, mehrere Leute aus ihrem Ausbildungsprogramm, ihr Berufsberater und ihre Arbeitgeber. Ich bin immer dabei. Ein paarmal ist auch Dad dazugekommen, aber er ist solchen Situationen irgendwie nicht ganz gewachsen, ich glaube, er missversteht den Sinn des Ganzen. Sicher, es geht um Planung, und es geht darum, aktiv zu werden. Aber es geht auch darum, Heather zuzuhören und zu verstehen, wie sie sich fühlt und welche Ziele sie erreichen will. Für so etwas hat Dad keine Geduld. Wenn Heather einen Job will, dann kann er ihr einen besorgen, wenn sie etwas unternehmen will, dann kann er das für sie regeln.

Ich dagegen habe durch diese Treffen im Lauf der Jahre vor allem gelernt, Heathers Perspektive einzunehmen. Ich möchte die Erklärungen für das Wie und Warum und Wann hören. Zum Beispiel damals, als sie verkündete, sie wolle im Supermarkt aufhören – wo sie Einkäufe in Tüten packte –, obwohl sie diesen Job lange angestrebt und sorgfältig geplant hatte. Bei diesem Treffen war Dad anwesend und wollte die Sache nur schnell durchpeitschen, wild entschlossen, Heather aus dem Supermarkt zu kriegen, denn der Job dort war ihm von Anfang an suspekt gewesen. Dabei entging ihm jedoch völlig, warum Heather aussteigen wollte: Eine Kassiererin war gemein zu ihr. Die Frau saß Heather ständig im Nacken und gab ihr das Gefühl, nicht flink genug zu sein. Immer wieder entriss sie Heather die Tüten, um sie selbst zu packen. Und genau um diese Einzelheiten geht es bei den Treffen, solche Details müssen wir von Heather erfahren.

Die heutige Zusammenkunft war für 14 Uhr geplant, aber hier steht meine Schwester bereits um 13 Uhr vor meiner Tür, dem Mann gegenüber, der all das verkörpert, wovor ich sie schon immer in Schutz nehmen wollte. Ich weiß nicht, wie ich meine Gefühle in diesem Augenblick beschreiben soll, aber ich versuche es trotzdem. Die Wärme, der Trost, den ich bei Ihnen gesucht und gefunden habe – was an sich schon Grund genug für widersprüchliche Gefühle ist –, ist im Nu verschwunden, und ich habe nur noch eines im Sinn: meine Schwester vor Ihnen zu retten. Kein Wunder, dass Sie nicht schlau aus mir werden.

Ich konzentriere mich ganz auf Heather, gehe langsam auf sie zu, damit sie Ihnen nicht näher kommt, positioniere mich so, dass wir – zwei gegen einen – eine Front gegen Sie bilden, und lege meiner Schwester dann auch noch schützend den Arm um die Schultern. Ich kann Ihnen nicht ins Gesicht schauen; ich möchte nicht sehen, wie Sie womöglich höhnisch grinsen oder urteilen oder gar versuchen, mir durch die Situation weiter auf die Schliche zu kommen. Meine Augen sind ausschließlich auf Heather gerichtet, ich strahle sie an, voller Stolz und Liebe, und hoffe dabei, dass Sie es merken, dass Sie sich an Ihre Sendung von damals erinnern und sich grässlich fühlen, dass Ihnen endlich ein Licht aufgeht und Sie gezwungen sind, Ihren Job und Ihr ganzes Leben aus einer anderen Perspektive zu betrachten und neu zu überdenken. All diese Energie investiere ich in diesen Moment. Bestimmt wird Heather gleich merken, wie ekelhaft Sie sind, wie erbärmlich, unfair, fies und voreingenommen. Auch wenn Sie behaupten, dass es Ihnen nur darum geht, eine Debatte in Gang zu bringen, kommen die Worte trotzdem durch Ihren Mund, Sie sind die Quelle, die Wurzel, der Schöpfer des Ganzen. Zum Glück besitzt Heather das Talent, Menschen zu durchschauen, und es gibt keinen besseren Augenblick als diesen, um ihre Fähigkeit in Aktion zu erleben. Ich möchte, dass Sie ihr die Hand hinstrecken, ich möchte, dass Heather Sie zurückweist, wie sie Ted Clifford zurückgewiesen hat. Ich möchte sehen, wie Sie sich winden, wie Sie sich ducken, mit dem überraschten, pseudo-naiven Gesichtsausdruck, den Sie für mich aufsetzen, wenn ich Sie anblaffe und von warm auf kalt umschalte.

»Hallo«, höre ich Sie sagen.

»Hallo«, antwortet Heather.

Sie schaut mich an, stupst mich und will, dass ich sie vorstelle. »Das ist meine Schwester Heather«, sage ich. »Der tollste Mensch der Welt.«

Heather kichert.

»Heather, das ist Matt. Ein Nachbar«, füge ich mit monotoner Stimme hinzu.

Wieder schauen Sie mich mit diesem interessierten, neugierigen, erwartungsvollen Blick an. Sie kennen meine warme und meine kalte Seite und auch die dazwischen.

Sie winken Heather zu. Das ärgert mich, denn es ist genau das richtige Verhalten für jemanden im orangefarbenen Wink-Kreis. Aber sie streckt Ihnen die Hand hin. Verblüfft wende ich mich ihr zu, doch Heather schaut Sie an und lächelt höflich. Eigentlich möchte ich dazwischengehen, möchte verhindern, dass meine Schwester dem Teufel die Hand gibt, aber ich bin nicht sicher, ob ich erklären kann, warum ich ihr das antue, vor allem nach dem ganzen Theater bei Dad – wobei mir einfällt, dass ich immer noch nichts von ihm gehört habe.

»Freut mich, Sie kennenzulernen, Heather«, sagen Sie und schütteln ihr die Hand. »Coole Tasche, die Sie da haben.«

Heather hat die Schultertasche dabei, die ich ihr vor fünf Jahren zum Geburtstag geschenkt habe. Sie trägt sie jeden Tag bei sich und sorgt dafür, dass sie immer aussieht wie neu, hält sie sauber und repariert kleine Schäden sofort. Es ist eine Retro-DJ-Tasche, in die ihre Vinylplatten zusammen mit ihrem tragbaren Plattenspieler hineinpassen. Da sie am liebsten Platten hört, dachte ich, es sei ein gutes Geschenk für sie, weil sie die darin gut transportieren kann. Und das tut sie auch, sie hat sie fast überall dabei. Außen auf der Tasche ist eine Vinylplatte abgebildet, und auch wenn sie ihre Sammlung ausnahmsweise mal nicht mitnimmt, benutzt sie die Tasche, wenn sie zur Arbeit geht, für ihr Portemonnaie, ihren Lunch und ihren Schirm. Immer diese drei Sachen – meine Versuche, sie dazu zu bringen, auch ihr Handy mitzunehmen, sind bisher fehlgeschlagen.

»Danke. Die Tasche hat mir Jasmine geschenkt. Da gehen fünfzig Platten und mein tragbarer Plattenspieler rein.«

»Sie haben einen tragbaren Plattenspieler?«

»Einen schwarzen Audio Technica LP60 Vollautomatik mit Riemenantrieb«, erklärt sie und öffnet den Reißverschluss der Tasche, um Ihnen das Prachtstück zu zeigen.

»Hey, das ist echt cool«, sagen Sie, machen einen Schritt auf Heather zu, ohne ihr jedoch zu nahe zu treten. »Und wie ich sehe, haben Sie da auch ein paar Vinylplatten drin.«

Sie sind ehrlich überrascht und ehrlich an meiner Schwester interessiert, Sie wollen ehrlich wissen, was sie in ihrer DJ-Tasche herumschleppt.

»Japp. Stevie Wonder, Michael Jackson …« Heather blättert ihre Sammlung durch, und ich beobachte Ihr Gesicht.

»Grandmaster Flash!«, lachen Sie plötzlich. »Darf ich …?«

Sie greifen nach Heathers Tasche, und ich mache mich darauf gefasst, dass Sie endlich zurückgewiesen werden.

»Ja«, sagt meine Schwester stattdessen fröhlich.

Sie lassen die Platte vorsichtig aus der Hülle gleiten und studieren sie aufmerksam. »Unglaublich, dass Sie Grandmaster Flash auf Vinyl haben.«

»Grandmaster Flash and the Furious Five«, verbessert Heather Sie. »The Message, featuring Melle Mel und Duke Bootee, aufgenommen in den Sweet Mountain Studios, produziert von Sylvia Robinson, Jiggs Chase und Ed Fletcher. Sieben Minuten, elf Sekunden«, fährt sie fort.

Sie sehen erstaunt von ihr zu mir und wieder zurück. Ich strahle vor Stolz, ich kann nicht anders.

»Das ist echt toll, Heather! Wissen Sie denn alles über diese Platten?«

Heather macht weiter und erzählt Ihnen Fakten über ihre Stevie-Wonder-Platte: Wann sie aufgenommen ist, jeden einzelnen

Songtitel – auch die Namen der Backgroundsänger und aller beteiligten Musiker. Sie sind mächtig beeindruckt, amüsiert, interessiert, und das sagen Sie ihr auch. Dann erzählen Sie, dass Sie DJ sind. Dass Sie beim Radio arbeiten. Zuerst ist Heather sehr neugierig, bis Sie erwähnen, dass Sie hauptsächlich reden. Heather entgegnet, dass sie das nicht so gern mag, aber dass sie Musik über alles liebt. Sie fragen, ob Heather schon mal in einem Aufnahmestudio war und sich angeschaut hat, wie Musiker ihre Songs aufnehmen, und sie sagt nein, und Sie sagen, Sie könnten sie gern mal mitnehmen, wenn sie möchte. Heather ist ganz aus dem Häuschen vor Begeisterung, aber ich kriege kein Wort heraus, ich bin viel zu perplex. Wie hätte ich ahnen sollen, dass es so läuft? Das hätte ich nie im Leben erwartet.

Langsam trete ich den Rückzug an und verabschiede mich vage, während Sie und Heather inzwischen richtig gute Kumpels geworden sind, die einander versprechen, durch mich in Kontakt zu bleiben. *Durch mich.* Im Haus kann Heather von nichts anderem mehr reden als davon, was Sie ihr alles versprochen haben, und auf einmal werde ich wütend und überlege mir krampfhaft, wie ich mich rächen könnte, falls Sie das Versprechen, das Sie Heather gegeben haben, nicht halten. Als mein Kopf von meinen gewalttätigen Ideen zu platzen droht, denke ich mir Möglichkeiten aus, wie ich Heather dazu bringen kann, dass sie vergisst, was Sie gesagt haben, und bereite mich innerlich auf den sehr wahrscheinlichen Fall vor, dass die Unternehmung ohnehin nicht zustande kommen wird, aus dem einfachen Grund, weil ich es verhindern werde.

Am heutigen Treffen nehmen außer mir und Heather noch ihre Betreuerin Jamie teil, deren einziges Zugeständnis an den Winter darin besteht, dass sie dicke Sportsocken in ihren Sandalen trägt; außerdem Julie, Heathers Chefin im Restaurant, und Leilah, die zum ersten Mal dabei ist. Mir gefällt es, dass sie nicht mal versucht, sich für Dads Verhalten zu entschuldigen, sie erwähnt ihn mit keinem Wort, und davor habe ich Respekt. Das Gute an Leilah ist, dass sie sich nie eingemischt hat – zum großen Teil sicher deshalb, weil es nie etwas gab, in das sie sich hätte einmischen können –, aber ihre Anwesenheit ist eine echt schöne Geste, und ich denke, um wirklich zu begreifen, was letzte Woche in ihrer Wohnung passiert ist, muss sie Heather besser verstehen lernen.

Während die anderen im Wohnbereich warten, koche ich eine Kanne Tee und ein paar Becher Kaffee. Heather leistet mir Gesellschaft.

»Heather …«, beginne ich und versuche, möglichst locker zu klingen. »Warum hast du diesem Mann die Hand geschüttelt?«

»Meinst du Matt?«, fragt sie nach.

»Ja. Es ist nicht falsch, du brauchst kein so besorgtes Gesicht zu machen, aber du kennst ihn nicht, und ich frage mich nur, warum. Erzählst du es mir?«

Sie denkt nach. »Weil ich gesehen habe, wie du mit ihm geredet hast. Du hast sehr glücklich ausgesehen. Da hab ich gedacht, er muss ein netter Mann sein, denn er macht meine Schwester glücklich.«

Heather schafft es immer, mich zu überraschen.

Ich konzentriere mich darauf, das Tablett zu beladen, und versuche dabei, mich irgendwie mit dem Austausch zwischen Ihnen und Heather zu arrangieren. Fürs Erste muss ich den Gedanken an Sie erst mal abschütteln. Diese Treffen sind wichtig, nicht nur für Heather, sondern ebenso für mich.

»Na, dann schießen Sie mal los, Miss Butler«, sage ich wie ein billiger Talkmaster, und Heather kichert.

»Jasmine«, sagt sie verlegen, aber dann sammelt sie sich. »Ich möchte mit einer neuen Aktivität beginnen.« Sie schaut mich auf eine Art an, der ich entnehme, dass das, was jetzt kommt, mit Jonathan zu tun hat. Mein Herz beginnt wie wild zu klopfen. Jonathans Name taucht in letzter Zeit sehr oft auf, und er ist seit einer Weile Heathers Freund. Auch er hat Down-Syndrom, und ich weiß, dass Heather in ihn verliebt ist, was mir Angst macht, denn ich weiß auch, dass er ihre Gefühle erwidert. Das erkenne ich daran, wie er sie anschaut. Ich fühle es, wenn die beiden sich im selben Raum befinden. Es ist wunderschön, und es macht mir Angst.

»Jonathan hat einen Job als Co-Trainer bei einem Taekwondo-Kurs«, erklärt sie den anderen. Ich weiß das bereits, weil ich einmal mit ihr dort war, um ihm zuzuschauen, wie er Vorschulkinder unterrichtet hat, und ich durfte kein Wort zu ihr sagen, weil sie jede seiner Bewegungen beobachten wollte und Angst hatte, ich könnte sie ablenken. »Ich möchte auch Taekwondo lernen.«

Jamie und Leilah reagieren ehrlich interessiert und stellen Heather jede Menge Fragen. Aber ich mache mir Sorgen. Heather ist vierunddreißig und nicht sonderlich beweglich, genau wie auch ich nicht mehr so gelenkig bin wie früher. Aber anscheinend bin ich die Einzige der Gruppe, die Vorbehalte hat, und so stimme ich schließlich zu, dass Heather nächsten Samstagvormittag probeweise bei einem Kurs mitmacht, statt wie sonst zu ihrem Töpfer- und Malkurs zu gehen, der sie nach zwei Jahren wahrscheinlich ein bisschen langweilt.

»Ich hab eine Idee«, sagt Leilah. »Falls dir Taekwondo nicht gefällt oder wenn es aus irgendeinem anderen Grund nicht hinhaut, kannst du doch mal bei mir in einen Yogakurs reinschnuppern. Vielleicht könnte ich dich und Jonathan sogar zusammen unterrichten?«

Heather strahlt über den Vorschlag und ich auch. Mir gefällt die Idee: Wenn Heather in Leilahs Anwesenheit mit Jonathan allein ist, macht mir das ein gutes Gefühl. Und so beginnt Heather, sowohl Yoga als auch Taekwondo in ihren ohnehin ziemlich ausgelasteten Wochenplan einzuarbeiten. Ich mache mir Notizen in meinen Terminplaner, und gleich fällt mir wieder auf, wie die Aktivitäten meiner Schwester meine leeren Seiten füllen.

»Auf zum nächsten Punkt!«, rufe ich, und Heather lacht wieder.

»Jonathan und ich möchten gerne zusammen Urlaub machen«, sagt sie. Verdutztes Schweigen tritt ein, und diesmal fällt nicht mal Jamie etwas ein, womit sie es füllen könnte. Alle Blicke richten sich auf mich. Ich möchte nein sagen. Nein, nein, nein – aber ich kann nicht.

»Wow. Hm. Das ist ja … Verstehe. Hm.« Ich trinke einen Schluck Tee. »Wo wollt ihr denn hinfahren? Woran habt ihr gedacht?«

»An Daddys Apartment in Spanien.«

Leilah sieht mich mit großen Augen an.

»Hat Dad schon zugesagt?«

»Ich hab ihn noch gar nicht gefragt. Er konnte heute nicht kommen«, antwortet Heather.

»Na ja, ich meine, ich weiß nicht, ob die Wohnung überhaupt frei ist. Weißt du das, Leilah?«

»Nein, keine Ahnung«, antwortet Leilah nachdenklich, offensichtlich nicht sehr erfreut darüber, dass ich sie bei diesem wichtigen Punkt in den Mittelpunkt manövriert habe. Leider merkt sie nicht, dass ich ihr den Ball nur zugespielt habe, damit sie sagt, das Apartment sei schon vergeben – vielleicht merkt sie es aber auch und möchte nicht lügen.

»Sie hat euch ja noch gar keinen Termin gesagt«, wirft Jamie ein, ohne zu verbergen, dass ihr nicht gefällt, wie das Gespräch abläuft.

»Im Frühling«, antwortet Heather. »Jonathan sagt, im Sommer ist es zu heiß.«

»Da hat Jonathan vollkommen recht«, sage ich, und meine Gedanken rasen. Jetzt weiß ich, wie Dad sich gefühlt hat, als ich ihm vor vielen Jahren gesagt habe, dass ich zum ersten Mal Urlaub mit meinem Freund machen will. Dann erinnere ich mich aber auch daran, was für ein Gefühl es war, das Thema bei ihm anzusprechen, schaue Heather an und entspanne mich wieder ein bisschen. »Heather, du und Jonathan wart noch nie zusammen weg, und Spanien ist ganz schön weit für eine erste gemeinsame Reise.« Ich betone die letzten Worte, damit sie nicht denkt, ich lehnte ihren Wunsch in Bausch und Bogen ab. »Warum probiert ihr es nicht erst mal mit ein, zwei Tagen irgendwo in Irland? Da gibt es doch genug schöne Orte, die ihr noch nicht kennt. Ihr könntet mit Bus oder Bahn hinfahren, ihr wärt in der Nähe, aber nicht zu nah.«

Heather sieht unsicher aus. Sie und Jonathan hätten schon für die Reise nach Spanien gespart, sagt sie. Und haben anscheinend beide ihr Herz daran gehängt. Sie von so einem großen Schritt abzubringen, erfordert eine Menge geduldige Überredungskunst, aber Heather hört zu, sie hört uns allen zu, denn sie ist eine kluge Frau, die sich auch andere Meinungen durch den Kopf gehen lässt.

Vor ein paar Wochen hatte ich die Idee, mit Heather nach Fota Island zu fahren – eine Insel bei Cork, auf der sich Irlands einziger Wildpark befindet. Weil mir auf Anhieb nichts anderes einfällt, schlage ich diese Möglichkeit jetzt vor, und tatsächlich ist Heather sofort Feuer und Flamme. Spanien ist vergessen. Jonathan liebt Tiere, er liebt Zugfahren, eine perfekte Idee. Allerdings bin ich schon ein bisschen traurig, dass sie mit jemand anderem an einen Ort fährt, den ich gern mit ihr zusammen entdeckt hätte, ich kann nichts dagegen machen.

»Also«, sage ich und hole tief Atem. »Kommen wir zur Frage der Unterbringung.«

Mir ist klar, dass dieses Thema für Heather peinlich ist, also nehme ich die Sache in die Hand.

»Es gibt folgende Möglichkeiten: zwei Einzelzimmer oder ein Doppelzimmer mit zwei Betten. Oder …« Ich bringe es nicht über die Lippen. Jonathan und Heather sind zwei Menschen mit Wünschen und Leidenschaften genau wie jeder andere, aber ich fühle mich wie eine überfürsorgliche Mutter, deren pubertierende Tochter ihr gerade anvertraut hat, dass sie sich für das andere Geschlecht interessiert. Aber dann hole ich noch einmal tief Luft und zwinge mich weiterzusprechen:»Oder ein Doppelzimmer mit einem Doppelbett – aber womöglich ist Jonathan ein Diagonalschläfer, wer weiß?«, füge ich scherzhaft hinzu. »Womöglich beansprucht er das ganze Bett, und du rollst mitten in der Nacht auf den Boden.«

»Oder er schnarcht«, wirft Jamie ein. »So ungefähr …« Sie macht laute Grunzgeräusche, und wir lachen alle. »Vielleicht riechen seine Füße schlecht«, meint Leilah und hält sich die Nase zu.

»Nein, Jonathan stinkt nicht«, sagt Heather schmollend und stemmt die Fäuste in die Hüfte.

»Oh, Jonathan ist einfach perfekt«, necke ich sie.

»Jasmine!«, kreischt Heather, und wieder lachen wir alle.

Als das Lachen verstummt, warten wir still auf Heathers Entscheidung.

»Getrennte Zimmer«, sagt sie schließlich leise, und wir kommen eilig zum nächsten Punkt. Während Jamie über die Logistik der Reise spricht, zwinkere ich Heather zu, und sie lächelt schüchtern.

Es ist nicht das erste Mal, dass Heather wegfährt: Sie war schon ein paarmal mit einer Gruppe von Freunden unterwegs, aber immer in Begleitung ihrer Betreuerin oder von jemand anderem, der mir bekannt war. Jetzt will sie zum ersten Mal allein fahren, mit einem jungen Mann, und ich muss gegen die Nervosität in meinem Magen ankämpfen, gegen den Kloß in meinem Hals und die Tränen, die mir in die Augen steigen.

Beim nächsten Tagesordnungspunkt geht es darum, dass Heather zwar froh über ihre drei Jobs ist, dass ihre größte Liebe jedoch der Musik gilt, und keine ihrer Aktivitäten hat etwas damit zu tun. Sie würde schrecklich gern bei einem Radiosender oder in einem Aufnahmestudio arbeiten, und sie erzählt der Gruppe von ihrem Gespräch mit Matt Marshall. Alle geben Kommentare ab, was für ein wundervoller Zufall es ist, dass sie ihn kennengelernt hat, und das ausgerechnet an dem Tag, an dem sie dieses Thema ansprechen wollte.

»Jasmine, vielleicht könnten wir Matt Marshall zu unserem nächsten Treffen einladen und mit ihm über die Möglichkeiten sprechen, die es für Heather in diesem Bereich gibt?«, schlägt Jamie vor.

Heather wird ganz hibbelig vor Aufregung.

Ich möchte immer, dass unsere Treffen positiv verlaufen, also beschwöre ich die ganze Heiterkeit und Gelassenheit herauf, deren ich fähig bin. »Vielleicht können wir es für das nächste Mal planen. Vielleicht. Zuerst möchte ich mit ihm sprechen und herausfinden, ob er wirklich etwas arrangieren kann. Ob er überhaupt Zeit hat – obwohl er ja momentan nicht arbeitet. Also ... ja. Vielleicht«, stottere ich schließlich.

Leilah beäugt mich neugierig. Zum Glück wird gleich der nächste Punkt angesprochen.

Mein Herz ist schwer, als ich die Tür hinter den Teilnehmern unseres Treffens schließe und in mein Schlafzimmer hinaufgehe. Ich bin nicht neidisch auf meine Schwester, das war ich nie. Ich wünsche mir, dass sie auf ein besseres Leben hinarbeitet, selbst wenn sie mit dem Status quo zufrieden ist. Aber heute ist mir zum ersten Mal aufgefallen, dass Heather immer genau wusste, in welche Richtung ihr Leben sich entwickeln soll, und dass sie immer ein Team hatte, das ihr bei der Verwirklichung ihrer Träume geholfen, sie beraten und angeleitet hat. Sie hatte immer den Durchblick. *Ich* bin diejenige, die ihn nicht hat, ich bin diejenige, die plötzlich überhaupt keine Ahnung mehr hat, was sie eigentlich tut, diejenige, die vollkommen die Orientierung verloren hat. Diese Erkenntnis trifft mich wie ein Schlag, und mir stockt für einen Moment der Atem. Wenn jemand mich bitten würde, einen Plan in die Tat umzusetzen, wüsste ich nicht mal, wo ich anfangen soll.

Ich fühle mich völlig verloren.

Frühling

Die Jahreszeit zwischen Winter und Sommer, die auf
der nördlichen Halbkugel die Monate März,
April und Mai umfasst.

Es ist die Zeit, in der das, was durch Druck, Belastung
oder Überforderung seine Form verloren hat,
zu seiner ursprünglichen Gestalt zurückfinden kann.

14

Mein ganzes Leben lang habe ich immer auf Zeichen geachtet und sie respektiert. Wenn ich durch ein Wohngebiet fahre, in dem ein Verkehrszeichen darauf hinweist, dass hier Kinder spielen, dann nehme ich das zur Kenntnis und fahre langsamer. Wenn ich durch den Phoenix Park fahre und ein Warnzeichen mit einem Rentier sehe, bin ich auf der Hut, falls tatsächlich eines zwischen den Bäumen hervorkommt und vor mir über die Straße rennt. Vor Stoppschildern stoppe ich, und wenn ich die Vorfahrt beachten soll, dann warte ich, bis die Straße frei ist. Ich habe Vertrauen zu den Zeichen. Ich glaube, dass sie richtig sind – es sei denn, irgendein Vandale hat offensichtlich eines davon umgedreht, damit es in die falsche Richtung weist. Ich glaube, dass die Zeichen auf meiner Seite stehen. Deshalb verwirrt es mich, wenn Leute sagen, sie glauben an Zeichen, als wäre das irgendwie erleuchtet und bemerkenswert, denn wieso sollte ich denn nicht an etwas glauben, was mir einen Hinweis gibt und mich informiert, was zu tun ist? Warum sollte ich an etwas nicht glauben, was ich real und körperlich vor mir habe? Das ist ja, als würde man sagen, ich glaube an Milch. Natürlich tut man das, es ist ja Milch. Ich denke, wenn Leute sagen, sie glauben an Zeichen, dann meinen sie eigentlich, dass sie an Symbole glauben.

Symbole sind etwas Sichtbares, was etwas Unsichtbares darstellt. Ein Symbol ist immer eine Abstraktion. Eine Taube ist ein Vogel, aber auch ein Symbol für den Frieden. Ein Händedruck ist gleichzeitig eine Handlung und ein Symbol der Freundschaft.

181

Symbole repräsentieren dadurch etwas, dass sie einen Zusammenhang schaffen. Oft zwingen sie uns, darüber nachzugrübeln, was denn das Unsichtbare sein könnte, das dahintersteckt, denn dies ist nicht immer offensichtlich.

Während ich am 1. März, dem ersten Frühlingstag, an der Dublin Bay zu meinem Haus zurückjogge, sehe ich einen wunderschönen Regenbogen, der direkt auf mein Haus zuführt, durchs Dach zu gehen und mitten in meiner Wohnung zu enden scheint – oder vielleicht auch in meinem Garten. Das ist kein Zeichen. Es sagt mir nicht, dass ich irgendetwas tun soll. Es ist ein Symbol. Wie die Schneeglöckchen, die sich im Januar und Februar aus der Erde gekämpft und sich Schulter an Schulter aufgerichtet haben, hübsch und ein bisschen schüchtern, als wären sie selbst überrascht und als wäre das, was sie geleistet und wie sie sich gegen die Elemente durchgesetzt haben, keine besondere Heldentat, sondern ein Kinderspiel.

Monday O'Hara ist ein weiteres Beispiel. Dass er in mein Leben getreten ist und mich für einen Job gewinnen will, ganz speziell mich, dass ich ihm der Mühe wert bin – das repräsentiert auch etwas Unsichtbares. Ich denke oft an ihn, nicht nur, weil er so gut aussieht, sondern auch weil er für mich etwas Bestimmtes verkörpert. Seit unserem Treffen haben wir zweimal telefoniert, und ich wollte beide Male gar nicht mehr auflegen. Entweder engagiert er sich sehr für seinen Job und widmet mir deshalb so viel Zeit, oder er möchte auch nicht auflegen. Inzwischen ist der Monat, den er mir Zeit gegeben hat, um über das Angebot nachzudenken, abgelaufen. Ich freue mich darauf, ihn wiederzusehen.

Der Regenbogen über meinem Haus, die Schneeglöckchen, der Teppich violetter Krokusse im Garten der Malones und Monday O'Hara, das sind alles Symbole für mich. Alles sichtbare Dinge, die etwas Unsichtbares abbilden, nämlich Hoffnung.

Ich beginne meinen Tag mit einer Entrümpelungsaktion. Schon nach kurzem ist das Haus in einem völlig chaotischen Zustand und mir wird klar, dass ich einen Container brauche – ich habe ja schon einen, aber der ist gefüllt mit angeblich wertvollen Pflastersteinen, was eine ganze Schar zwielichtiger Gestalten anlockt, die bei mir anklopfen und fragen, ob ich sie loswerden möchte und ob sie mir dabei helfen können. Um den Container also mit dem Gerümpel aus dem Haus füllen zu können, muss ich zuerst einmal die Steine rausholen, und wenn ich das tue, muss ich sie irgendwo unterbringen. Dabei fällt mir Ihr Vorschlag mit dem Steingarten ein. Auch wenn es mich ärgert, dass ich Ihren Rat annehme – und schlimmer noch, dass Sie es mitkriegen, denn der Container steht ja in der Einfahrt vor meinem Haus, direkt in Ihrer Blickrichtung –, weiß ich, es muss sein. Es ist zu spät, um den Gärtner zu Hilfe zu holen. Als er nach dem Sturm aufgekreuzt ist, in der sicheren Erwartung, den Stapel mit Rollrasen von Regen und Wind zerstört vorzufinden, stattdessen aber meinen nicht ganz perfekt ausgelegten Rasen gesehen hat, habe ich ihm gesagt, ich würde den Rest der Gartenarbeit allein erledigen. Zu Ende bringen, was ich angefangen habe gewissermaßen. Hoffentlich erfährt Larry nie, dass sein Kommentar mich dazu gebracht hat, denn diese Genugtuung möchte ich ihm nicht geben.

Ich verlasse mein durchwühltes Haus, das ich mit meinen Aufräumversuchen noch unordentlicher gemacht habe, und wende meine Aufmerksamkeit dem Garten zu. Ich werde mich richtig mit ihm befassen, ihm meine volle Aufmerksamkeit schenken. Als Erstes erstelle ich eine Liste mit allem, was ich brauche, und mache mich auf den Weg zum Gartencenter. Ich bin wie im Rausch, im Gartenrausch. Unterwegs erreichen mich zwei SMS von Freundinnen, die sich mit mir zum Kaffeetrinken treffen wollen, aber gerade als ich die erste Einladung annehmen will – inzwischen geht das schon automatisch, ich stürze mich einfach auf jede Chance, mitten in der Woche und mitten am Tag menschliche Gesellschaft zu bekommen –, da merke ich plötzlich, dass ich beschäftigt bin. Ich kann nicht einfach in Ruhe einen Kaffee trinken, ich habe eine Menge zu tun, ehe die Sturmwolken sich wieder zusammenballen. Bei der zweiten SMS geht es dann schon ganz leicht: Ich bin beschäftigt. Sehr beschäftigt. Und das ist ein gutes Gefühl.

Heute ist ein idealer Tag, um im Garten zu arbeiten, denn der Boden ist trocken. Als mir klargeworden ist, dass meine Pflastersteine der Marke »Indischer Natursandstein« nicht für den eher wilden Look geeignet sind, den ich mir für meinen Steingarten vorstelle, habe ich beschlossen, mir den für meine Zwecke perfekten Naturstein zu bestellen. Pünktlich fährt der hilfsbereite junge Mann aus dem Gartencenter, der mich jedes Mal bei meinen Expeditionen so freundlich beraten hat, vor meinem Haus vor, im Schlepptau einen Anhänger mit der gewünschten Ladung. Er betrachtet meine Pflastersteine.

»Wäre eine Schande, die zu vergeuden«, sagt er.

Wir stehen nebeneinander, die Hände in die Hüften gestemmt, und blicken nachdenklich auf die ausrangierten Platten.

»Sie könnten zum Beispiel Trittsteine daraus machen«, meint er schließlich. »Wie Ihre Nachbarn.«

Wir schauen zum makellosen Garten der Malones hinüber und betrachten die herzförmigen Trittsteine, die zu einem Feenhäuschen führen. Eddie war mit dem Presslufthammer alles andere als vorsichtig, daher sind meine Steine nicht mehr regelmäßig geformt, aber dadurch wirken sie auch natürlicher, was ganz in meinem Sinn ist. Als der nette Mann vom Gartencenter wieder fährt, fange ich an, auf meinem neuen Rasen die besten Stellen für meine Sandsteinplatten auszuprobieren. Es macht Spaß. Ich improvisiere und benutze den Stiel meines Rechens, um zu bestimmen, wie tief sie liegen sollen. Dann messe ich meine Schrittlänge und lege die Steine so, dass ich bei jedem Schritt mit dem Fuß auf einer Platte lande. Am Rand der ersten Platte lege ich meinen Halbmond-Kantenstecher an und drücke ihn mit dem Fuß kräftig in den Boden, um die Graswurzeln durchzuschneiden. So übertrage ich die Umrisse der Platte in den Rasen, hebe dann das Rasenstück heraus und grabe ein Loch, so tief, wie der Stein hoch ist. Den ganzen Prozess wiederhole ich bei allen zehn Steinen, die ich vom Haus bis zu meinem Steingarten auslegen will.

Anschließend mische ich in meiner neuen Schubkarre Steinstaub mit Wasser, bis die Mixtur die Konsistenz von Kuchenteig erreicht hat, und fülle sie ein paar Zentimeter hoch in jedes Loch, um zu verhindern, dass die Steine verrutschen oder zu tief in die Erde einsinken. Dann lege ich die Steine an die vorbereiteten Stellen, klopfe sie mit einem Gummihammer fest und bearbeite sie dann noch mit einem Glätter, damit sie ganz gerade liegen. Dafür brauche ich ziemlich viel Zeit.

Um sechs ist es dunkel, ich schwitze, habe Hunger, mir tut alles weh, und ich bin müde – und zufriedener, als ich es meiner Erinnerung nach je gewesen bin. Ich habe mein Zeitgefühl komplett verloren, obwohl ich schon wahrgenommen habe, dass Mr Malone irgendwann seine Rosen geschnitten, die Überwucherungen gestutzt und mir dabei in heiterem Ton erzählt hat, dass er das schon im Januar oder Februar hätte machen sollen, es aber nicht konnte, weil Elsa doch so krank war.

Als ich an diesem Abend ins Bett falle und mich in der frischen, dank der Trocknertücher nach »Sommerbrise« duftenden Bettwäsche entspanne, wird mir auf einmal klar, dass ein ganzer Tag verstrichen ist, ohne dass ich einen einzigen Gedanken an meine gegenwärtigen Probleme verschwendet habe. Mein Kopf war ausschließlich mit der vor mir liegenden Aufgabe beschäftigt. Vielleicht liegt es an den Genen, die mein Großvater mir vererbt hat, oder vielleicht daran, dass ich Irin bin, aus dem Land stamme, eine Nachfahrin kartoffelanbauender Urahnen. Vielleicht hat es schon immer in mir geschlummert – dieses heimliche Bedürfnis, dieser Drang, in der Erde zu wühlen, vielleicht haucht mir dieses Wühlen neues Leben ein. Obwohl ich meinen Garten total angespannt betreten habe, ist die Spannung ganz von selbst verflogen, als ich angefangen habe, darin zu arbeiten.

Als ich sieben Jahre alt war, hat Mum mir mein erstes Fahrrad gekauft, violett wie Heidekraut, mit einem weißvioletten Weidenkorb am Lenker und einer Klingel, mit der ich gern gespielt habe, auch wenn ich im Gras saß und das Fahrrad neben mir lag. Ich liebte ihren Klang, es war für mich die Stimme meines Rads. Wenn ich ihm eine Frage stellte, antwortete es *brrrrrring*. Jeden Tag fuhr ich auf der Straße herum, im Kreis, den Bordstein rauf und runter, schnell, langsam, blitzschnell abbremsend, fast so, als wäre ich eine Eiskunstläuferin, die vor ihrem Publikum herumwirbelt, und dann heben die Punktrichter ihre Nummernkarten in die Höhe und alle klatschen Beifall. Abends blieb ich draußen, solange es nur ging, und manchmal schlang ich mein Abendessen so schnell hinunter, dass es noch in der Speiseröhre feststeckte und weh tat, wenn ich wieder hinaus zu meinem Rad rannte. Nachts weinte ich oft, weil ich es alleinlassen musste. Ich parkte es draußen im Garten und beobachtete es, wie es einsam auf mich und unser nächstes gemeinsames Abenteuer wartete.

Jetzt fühle ich mich wieder wie dieses Kind, starre aus dem Fenster in meinen dunklen Garten hinaus und weiß genau, was ich wo haben möchte, stelle mir jeden Bestandteil vor, wie ich ihn gestalten und pflegen könnte, welche Möglichkeiten ich habe.

Als ich dann einschlafe, habe ich einen wundervollen Traum von Monday O'Hara. Voller Ehrfurcht zählt er alles auf, was ich in meinem Garten schon geleistet habe – der allerdings nicht mein wirklicher Garten ist, sondern die Powerscourts Gardens in Wicklow. Ich nehme seine Komplimente mit einem lockeren Schulterzucken zur Kenntnis und erkläre ihm, dass ich ein Schneeglöckchen bin und dass Schneeglöckchen so etwas eben tun, keine große Sache, wir sind zäh, wir stoßen durchs Erdreich wie Fäuste, die triumphierend in die Höhe gereckt werden. Aber gerade als es zwischen uns interessant zu werden beginnt, dringen die Klänge von »Paradise City« in meinen Traum ein, dröhnen aus der Lautsprecheranlage vom Dach des Platzwart-Vans und fordern uns auf, die Gärten zu räumen, da sie gleich geschlossen würden. Da begreift Monday auf einmal, dass ich eine Hochstaplerin bin und dass der Garten, den ich ihm gezeigt habe, überhaupt nicht meiner ist – ich habe ihn angelogen. Die verdunkelte Scheibe des Vans wird heruntergelassen, und ich sehe, dass Sie am Steuer sitzen. Sie schauen mich an und lächeln, aus dem Lächeln wird ein Lachen, das Lachen wird lauter und immer lauter, und die Musik plärrt ohne Pause. Ich wache auf, aber »Paradise City« spielt immer noch. Schnell kneife ich die Augen wieder zu und versuche, in den Traum mit Monday zurückzukehren, an die Stelle, an der wir waren, als der Platzwart alles kaputtgemacht hat, aber als ich tatsächlich wieder einschlafe, lande ich in einem ganz anderen Traum, sitze neben Kevin im Gras und mache Gänseblümchenketten. Die Leute um uns herum sind allesamt schwarz angezogen, Kevin spricht und verhält sich, als wäre er wieder zehn Jahre alt, obwohl er aussieht wie der Mann, den ich bei Starbucks getroffen habe, und als er mir die Gänseblümchen ums Handgelenk schlingt, sehe ich, dass es in Wirklichkeit Rosen sind, und die Dornen ritzen mir in die Haut.

Laute Stimmen von draußen wecken mich erneut. Desorientiert stolpere ich aus dem Bett, spähe aus dem Fenster und sehe Sie zusammen mit Dr. Jameson am Tisch in Ihrem Vorgarten sitzen. Inzwischen ist der Tisch so abgenutzt, dass das Holz absplittert. Es muss unbedingt behandelt werden – warum mir das wichtiger erscheint als die Tatsache, dass Dr. Jameson um zehn nach drei Uhr morgens mit Ihnen da draußen sitzt, kann ich mir auch nicht erklären. Er sitzt mit dem Gesicht zu meinem Haus, Sie haben wie immer den Platz am Kopfende. Auf dem Tisch steht eine Reihe von Dosen, und sie kippen sich gerade eine davon hinter die Binde, den Kopf weit in den Nacken gelegt, das Gesicht parallel zum Nachthimmel, um auch noch den letzten Tropfen zu erwischen. Als Sie fertig sind, knüllen Sie die Dose zusammen und werfen sie gegen den nächstbesten Baum. Leider verfehlen sie ihn, schnappen sich sofort eine andere, volle Dose und schleudern sie wutentbrannt ebenfalls gegen den Baum. Diesmal treffen Sie, und das Bier schäumt aus der zerfetzten Dose.

Dr. Jameson hält kurz inne, um nachzuschauen, wo die Dose gelandet ist, dann redet er weiter. Ich bin verwirrt. Vielleicht hat er seinen Schlüssel zu Ihrem Haus verloren, und jetzt sind Sie beide zu rücksichtsvoll, um mich deswegen mitten in der Nacht aus dem Bett zu klingeln. Aber das kommt mir höchst unwahrscheinlich vor. Sie rülpsen, so laut, dass es von der Stirnseite unserer Sackgasse widerhallt. Was Dr. Jameson sagt, kann ich nicht hören, obwohl ich die Ohren spitze, und während ich dem tröstlich-sanften Ton seiner Stimme lausche, schlafe ich wieder ein.

Diesmal träume ich von einem Gespräch mit Granddad Adalbert. Obwohl ich erwachsen bin, fühle ich mich wie ein Kind, und mein Großvater spricht auch so mit mir. Wir sind im Garten, und er zeigt mir, wie man Samen aussät. Unter seinen wachsamen Blicken werfe ich Sonnenblumenkerne auf ein Beet, bedecke sie mit Erde und gieße sie. Dann zeigt Granddad mir, wie er den Winterjasmin beschneidet, und erklärt, dass er erst gestutzt werden darf, wenn die Blüten vollständig verwelkt sind. Er führt mir vor, wie er totes oder beschädigtes Holz abschneidet, und kürzt alle Seitentriebe auf fünf Zentimeter, denn so wird am besten die Entwicklung frischer Triebe angeregt, die im nächsten Winter Blüten tragen. »Reichlich neues Wachstum, Jasmine«, sagt er, während er eifrig dabei ist, nachzudüngen und zu mulchen.

»Aber das ist kein Zeichen, Granddad«, verkünde ich mit Babystimme, weil ich seine Gefühle nicht verletzen will, indem ich ihn darauf hinweise, dass ich inzwischen erwachsen bin. Womöglich würde er dann ja merken, wie lange er schon tot ist, und das könnte ihn traurig machen. »Es zeigt nicht, welche Richtung man einschlagen muss«, erkläre ich noch, aber er dreht mir den Rücken zu und arbeitet einfach weiter.

»Ist das so?«, antwortet er schließlich, als würde ich irgendwelchen Unsinn plappern.

»Ja, Granddad. Der Jasmin ist zurückgeschnitten, aber jetzt ist er bereit, bereit zu wachsen, und das ist kein Zeichen, das ist ein Symbol.«

Da dreht er sich um, und obwohl mir klar ist, dass ich träume, bin ich trotzdem sicher, dass er wirklich bei mir ist. Er lächelt. Sein Gesicht legt sich in Falten, und seine Augen ziehen sich zu schmalen Schlitzen zusammen, als seine Apfelbäckchen in diesem wundervollen Lächeln nach oben geschoben werden.

»Ja, das ist meine Jasmine«, sagt er.

Ich wache auf, und eine Träne rollt über meine Wange.

15

Heute ist Samstag, und sobald ich die Augen öffne und das goldene Licht in meinem Schlafzimmer sehe, möchte ich aus dem Bett springen, in meine Joggingsachen schlüpfen und in den Garten rennen, genau wie der Junge in dem Kinderbuch »Mein Schneemann«, der sich kaum bremsen kann, weil er so darauf brennt, seinen neuen Freund zu besuchen. Natürlich ist es in meinem Fall kein Schneemann, sondern ein Haufen Steine, die ich in meinem Garten auslegen möchte.

Als ich sie mir draußen anschaue, fährt Amy mit den Kindern vor, die langsam aus dem Auto steigen und sich traurig von ihr verabschieden. Als Sie die Haustür öffnen, ist Ihre Frau schon weggefahren, ehe Sie die Auffahrt runterlaufen und sie begrüßen können. Ihnen bleibt nur noch, ihr nachzusehen. Kein gutes Zeichen. Die Kinder umarmen Sie – außer Fionn, der wortlos ins Haus schlurft und verschwindet.

Endlich herrscht Stille, das gefällt mir, aber sie hält nicht lange. Mr Malone ist wieder in seinem Garten, ich höre, wie er seine Pflastersteine abbürstet.

»Man sollte sie nicht kärchern!«, verkündet er, als er bemerkt, dass ich ihm zuschaue, wie er da auf den Knien liegt und die Steine von Hand abschrubbt. »Das zerstört die Optik des Steins. Aber es soll ordentlich aussehen für Elsa, sie kommt morgen endlich wieder nach Hause.«

»Freut mich zu hören, Mr Malone.«

»Alles ist anders«, sagt er, rappelt sich auf und kommt mir

entgegen zu der Stelle, wo seine Sträucher und sein Gras enden und mein Auto und meine Pflastersteine beginnen.

»Es ist alles anders ohne Elsa, meinen Sie?«

»Mit ihr und ohne sie. Sie ist nicht mehr dieselbe wie vorher. Der Schlaganfall ...« Er nickt, als würde er den Satz nur im Kopf fertigsprechen und dann bestätigen. »Sie ist nicht mehr dieselbe. Aber Marjorie freut sich bestimmt, sie zu sehen. Ich putze auch das Haus, aber ich weiß nicht, ob sie es überhaupt bemerken wird.«

Als Dr. Jameson aus dem Urlaub zurückgekommen ist, war ich von der Pflicht, Marjorie zu versorgen, umgehend befreit, aber mir war in der Zeit aufgefallen, dass Mr Malone ohne seine Frau nicht sehr gut zurechtkam. In der Küchenspüle stapelte sich regelmäßig das schmutzige Geschirr, aus dem Kühlschrank drang ein widerlicher Geruch. Es war nicht viel und auch nicht übergriffig, aber ich habe das Geschirr für ihn abgewaschen und das verschimmelte Gemüse und die sauer gewordene Milch aus dem ansonsten leeren Kühlschrank entsorgt. Mr Malone war so daran gewöhnt, versorgt zu werden, dass er es vermutlich nicht einmal gemerkt hat – jedenfalls hat er nie ein Wort darüber verloren. Ich glaube nicht, dass Dr. Jamesons zupackende Hilfe auch den Abwasch beinhaltet. Obwohl sich die Ausübung seiner nachbarlichen Pflichten – falls es sich um solche handelte –, in Ihrem Fall letzte Nacht bis um halb vier Uhr morgens hingezogen hat. Worüber er und Sie sich unterhalten haben – Sie sturzbetrunken, singend und lärmend, er sonnengebräunt in seiner Northface-Jacke –, ist mir ein Rätsel.

Respektvoll lasse ich einen Moment des Schweigens verstreichen, obwohl ich weiß, dass Mr Malone von mir ohnehin keine Antwort erwartet. Dann frage ich: »Mr Malone, wann ist die beste Zeit, um einen Baum zu pflanzen?«

Die Frage reißt ihn aus seiner gedrückten Stimmung, und er blüht förmlich auf. »Die beste Zeit, um einen Baum zu pflanzen, ja?«

Ich nicke und bedaure sofort, dass ich gefragt habe. Jetzt bekomme ich wahrscheinlich eine sehr ausführliche Antwort.

»Gestern«, sagt er und lacht leise in sich hinein, aber die Traurigkeit verschwindet nicht aus seinen Augen. »Wie alles andere auch. Wenn das nicht mehr geht, dann ist *jetzt* das Nächstbeste.« Er macht sich wieder ans Steineputzen.

Ihre Haustür geht auf, und Fionn kommt heraus, ganz in Schwarz, das Gesicht fast völlig unter der Kapuze versteckt, aber die pubertären Pickel und Sommersprossen sprechen eine ganz andere Sprache als seine Grufti-Aufmachung. Er kommt direkt auf mich zu.

»Mein Dad sagt, ich soll Ihnen helfen.«

»Oh.« Ich bin nicht sicher, was ich sagen soll. »Ich, äh, ich brauche keine Hilfe. Ich komme zurecht, ehrlich. Aber trotzdem danke.« Ich mag die Ruhe, wenn ich allein arbeite. Ich möchte mich nicht unterhalten müssen oder ständig erklären, was ich vorhabe. Ich möchte lieber ungestört weitermachen.

Aber Fionn starrt sehnsüchtig auf die Steine.

»Die sehen schwer aus.«

Das stimmt allerdings. Aber ich rufe mir ins Gedächtnis, dass ich keine Hilfe brauche, dass ich niemals um Hilfe bitte. Ich will lieber alles selbst erledigen.

»Ich möchte nicht wieder da reingehen«, erklärt er, ohne den Blick von meinen Steinen zu heben, so leise, dass ich mich frage, ob ich ihn wirklich gehört habe. Wie kann ich seine Hilfe jetzt noch ablehnen? Und wer ist wohl auf die Idee gekommen, dass er mir helfen könnte? Ich bezweifle, dass Sie das waren.

»Fangen wir mit diesem hier an«, sage ich. »Der soll nach da drüben.«

Weil Fionn bei mir ist, bewege ich mich flotter und treffe meine Entscheidungen schneller, als ich es allein tun würde. Anfangs bemühe ich mich, mir etwas zu sagen einfallen zu lassen – coole, witzige, junge Bemerkungen –, aber seine Antworten bleiben einsilbig, und mit der Zeit wird mir klar, dass er genauso wenig

Lust auf Smalltalk hat wie ich. So schuften wir schweigend, fangen unten am Hang an, arbeiten uns nach oben und kommunizieren lediglich mit ein paar Worten hier und dort – diesen Stein mehr nach rechts, den anderen nach links, solche Dinge. Nach einiger Zeit fängt Fionn an, selbst Vorschläge zu machen, wo wir etwas platzieren könnten.

Schwitzend und keuchend betrachten wir schließlich unser Werk, und da wir mit dem Arrangement zufrieden sind, fangen wir an, die Steine ordentlich einzupassen, und zwar so, dass sie mindestens bis zur halben Höhe in der Erde liegen. Damit sie nicht verrutschen, dichten wir die Fugen zusätzlich mit einer Mixtur aus Pflanzkompost und grobkörnigem Sand ab. Dann machen wir uns an die Platzierung der kleineren Steine und lassen dazwischen reichlich Platz für Pflanzen. Nach jedem Schritt halten wir inne und nehmen alles aus verschiedenen Perspektiven in Augenschein.

Fionn schweigt.

»Mit Pflanzen und Blumen wird es noch besser aussehen«, sage ich etwas unsicher, als müsste ich meine Gartengestaltung vor ihm rechtfertigen.

»Ja«, antwortet Fionn in einem Ton, den ich nicht deuten kann. Seine Stimme klingt monoton, ausdruckslos, als wäre er interessiert und gleichzeitig desinteressiert.

»Ich hab mir überlegt, dass ich gern einen Springbrunnen hätte«, sage ich. Ich habe mich schon kundig gemacht und zu meiner großen Freude sogar ein Video gefunden, in dem man sich ansehen kann, wie man in acht Stunden einen Springbrunnen baut. Noch größer war meine Freude, als ich festgestellt habe, dass ich meinen indischen Sandstein dafür verwenden kann.

Schweigend inspizieren wir den Garten, wo ein guter Platz dafür wäre.

»Sie könnten den Springbrunnen dort drüben bauen«, sagt Fionn nach reiflicher Überlegung.

»Ich dachte eher ein Stück weiter nach hier.«

Einen Moment schweigt er, dann fragt er: »Wo ist denn die nächste Steckdose?«

Ich zucke die Achseln.

»Sie brauchen einen Anschluss für die Pumpe. Schauen Sie – Sie haben Licht.« Er wandert durch meinen Garten und sucht den elektrischen Anschluss meiner Gartenbeleuchtung. »Hier. Es wäre besser, den Springbrunnen in der Nähe zu bauen.«

»Ja«, sage ich, und meine Stimme klingt auf einmal genauso monoton wie seine – ohne dass ich es will, aber seine Monotonie ist irgendwie ansteckend. Es ist so viel leichter, sich nicht anzustrengen, ich verstehe gut, warum er das macht. »Ich lege ein Rohr durch die Steine nach oben, ungefähr so, siehst du?« Ich schichte die Sandsteine aufeinander, um es ihm zu zeigen. »Dann kommt das Wasser in der Mitte hoch.«

»So fontänenartig?«

»Nein, eher so … plätschernd.«

Er nickt unbeeindruckt. »Wollen Sie das jetzt gleich machen?«

»Nein, erst morgen.«

Er sieht enttäuscht aus, obwohl ich nicht wirklich sicher bin, da sich sein Normalzustand ja zwischen Lässigkeit und Miesepetrigkeit bewegt. Ich lade ihn nicht ein, morgen wiederzukommen. Zwar hat mich seine Gesellschaft heute nicht gestört, aber ich würde trotzdem lieber allein arbeiten, vor allem, weil ich nicht genau weiß, was ich tue. Ich möchte meinen Weg selbst finden, ich möchte nicht darüber diskutieren und alles erklären müssen. Nicht dass bei Fionn die Gefahr so groß wäre, dass er mich in wortreiche Debatten verwickelt.

»Benutzen Sie die alle?«

»Nein, nur etwa die Hälfte.«

»Kann ich die andere Hälfte haben?«

»Wofür?«

Er zuckt die Achseln, hat aber eindeutig etwas im Sinn.

Ich sehe ihn an und warte auf eine Erklärung.

»Um sie zu zerschlagen.«

»Oh.«

»Kann ich den hier leihen?« Er deutet auf meinen Gummi-hammer.

Einen so hoffnungsvollen Gesichtsausdruck habe ich an ihm noch nie gesehen.

»Okay«, antworte ich unsicher.

Er lädt die Pflastersteine in die Schubkarre und schiebt sie über die Straße zu Ihrem Tisch. Dann kommt er zurück für die nächste Ladung. Damit ist er beschäftigt, als Sie aus dem Haus kommen, um nachzusehen, was er macht. Sie fragen ihn, was er vorhat, aber er ignoriert Sie und kehrt in meinen Garten zurück, um die nächste Portion Steine in die Schubkarre zu packen. Sie beobachten ihn einen Augenblick, dann folgen Sie ihm.

»Hi«, sagen Sie, als Sie den Weg zu mir heraufkommen, die Hände tief in den Taschen vergraben. Sie betrachten meinen Steingarten. »Sieht gut aus.«

»Danke. Oh, verdammt«, stoße ich dann hervor, denn im selben Moment sehe ich meinen Cousin Kevin um die Straßen-ecke kommen. Ganz zwanglos schlendert er daher, schaut nach rechts und nach links und hält vermutlich Ausschau nach mei-nem Haus. »Ich bin nicht da«, knurre ich, lasse alles stehen und liegen und renne zum Haus.

»Was?«

»Ich bin nicht da«, wiederhole ich, deute auf Kevin und ziehe hastig die Haustür hinter mir zu, nur einen Spaltbreit lasse ich offen, denn ich will hören, was er sagt.

Kevin trottet meine Einfahrt hinauf. »Hallo«, begrüßt er Sie und Fionn, der die Pflastersteine sehr vorsichtig in die Schubkar-re stapelt, trotz seiner Ankündigung, sie zertrümmern zu wollen.

»Hi«, antworten Sie. Wenn ich Sie nicht sehe, klingen Sie gleich viel mehr wie ein DJ, als hätten Sie eine für Fremde reser-vierte Telefonstimme. Ich gehe schnell ans Seitenfenster und luge über den Sims. Kevin sieht aus wie ein Priester, kerzengerader Rücken, braune Cordhose, Regenmantel. Alles sehr ordentlich, sauber, in gedämpften Erdtönen. Ich kann mir gut vorstellen, dass er im Sommer Sandalen trägt.

»Jasmine ist nicht da«, sagen Sie.

»Oh.« Kevin schaut zum Haus, und ich ducke mich schnell.

»So ein Pech. Sind Sie sicher? Es sieht aus, als wäre … na ja, die Tür ist offen.«

Einen Augenblick befürchte ich, dass er einfach hereinkommt und mich sucht, wie er es getan hat, als wir Kinder waren und ich um nichts in der Welt von ihm gefunden werden wollte, denn bei unserem Versteckspiel musste man, wenn man jemanden gefunden hatte, bei ihm bleiben und mit ihm zusammen warten, bis die anderen einen aufspürten. Kevin hatte ein unglaubliches Talent dafür, mich als Erster zu finden, und dann drückte er sich an mich, drängelte sich neben mich in die kleinste Ecke, so dass ich seinen Atem in meinem Nacken und seinen Herzschlag an meiner Haut fühlte. Schon als Kind fand ich das sehr unangenehm.

Sie schweigen, und ich bin überrascht, dass Ihnen keine passende Lüge einfällt – nicht dass ich irgendwelche Beweise dafür hätte, dass Sie ein Lügner sind, aber ich habe eine so schlechte Meinung von Ihnen, dass ich annehme, dass Lügen praktisch Ihre zweite Natur ist. Stattdessen rettet Fionn mich.

»Sie hat die Tür für uns offen gelassen, wir sind ihre Gärtner«, erklärt er, und der Mangel an Gefühl, der Mangel an Engagement macht seine Bemerkung absolut glaubhaft. Sie sehen Ihren Sohn mit einem Gesichtsausdruck an, der Bewunderung auszudrücken scheint.

»Oh, das ist ja schade. Na gut, dann versuche ich es noch mal auf ihrem Handy«, sagt Kevin und tritt den Rückzug an. »Falls ich sie nicht erreiche, würden Sie ihr bitte ausrichten, dass Kevin da war? Kevin«, wiederholt er zur Sicherheit.

»Kevin, in Ordnung«, sagen Sie, und ich höre, wie unbehaglich Sie sich fühlen.

»Geht klar, Kieran«, fügt Fionn hinzu und wandert mit der Schubkarre davon.

197

»Nein, ich heiße Kevin«, verbessert mein Cousin freundlich, aber ein wenig besorgt.

»Sicher, ich hab's mir gemerkt«, beruhigen Sie ihn, und Kevin schlendert langsam davon, dorthin, wo immer er hergekommen sein mag, schaut sich aber immer wieder um, wahrscheinlich weil er sich vergewissern will, dass ich nicht doch plötzlich auftauche. Selbst als er verschwunden ist, fühle ich mich nicht richtig sicher.

»Er ist weg«, sagen Sie und klopfen an die Tür.

Ich komme vorsichtig heraus, stelle mich neben Sie und hoffe, dass Kevin mich so nicht sehen kann, falls er doch zurückkommt.

»Danke.«

»War das Ihr Freund?«

»Hilfe, nein. Das möchte er gern.«

»Und Sie nicht.«

»Genau.«

»Scheint aber ein netter Kerl zu sein.«

Ich muss dieses Gespräch sofort in andere Bahnen lenken, denn ich habe nicht die geringste Lust, mit Ihnen über mein Liebesleben oder den Mangel daran sprechen.

»Er ist mein Cousin«, platze ich heraus, in der Hoffnung, das Gespräch über Kevin damit im Keim zu ersticken.

Sie machen große Augen. »O Gott.«

»Er ist adoptiert.«

»Ach so.«

»Trotzdem«, verteidige ich mich. Seine Annäherungsversuche sind und werden immer abstoßend für mich sein.

Schweigen.

»Ich habe eine Cousine, sie heißt Eileen«, sagen Sie plötzlich. »Sie hatte unglaublich große Brüste, schon als Kind. Wenn ich an sie denke, dann immer nur an ihre ...« Sie wölben die Hände vor Ihrer Brust, als wollten Sie große Krüge aus Luft festhalten. »Ich war immer in sie verliebt. Krümeltitte, so haben wir sie immer genannt, weil ihr alles immer auf ihren Vorbau gefallen ist, wissen Sie – wie auf ein Regalbrett oder so.«

Wir schauen beide zu Fionn, als Sie das erzählen, wir sehen uns nicht an. Wir stehen an meiner Hauswand, mit dem Gesicht zum Garten.

»Jetzt hat sie ein paar Kinder, und inzwischen hat sich die Lage etwas verändert …« Sie lassen die Hände sinken, so dass sich die angedeuteten Brüste jetzt etwa auf Höhe Ihrer Taille befinden. »Aber wenn mir morgen jemand erzählen würde, dass sie adoptiert ist … dann wäre ich durchaus nicht abgeneigt, wissen Sie.«

»Ach, Matt.« Ich seufze.

Als ich Sie anschaue, sehe ich, dass Sie Ihr typisches verschmitztes Gesicht machen. Ich schüttle den Kopf. Ob Ihre Geschichte nun stimmt oder nicht, Sie wollen mich offensichtlich auf die Palme bringen. Aber ich beiße nicht an.

»Ihre Schwester, sie …«

»… hat Down-Syndrom«, komme ich Ihnen zuvor und verschränke kampfbereit die Arme. *Was hast du gerade über meine Schwester gesagt?* Das war der Anlass für die meisten meiner pubertären Auseinandersetzungen. Manche Dinge ändern sich anscheinend nie.

Sie sehen mich erstaunt an, und ich entspanne meine Haltung ein wenig.

»Ich wollte sagen, Ihre Schwester ist ein großer Musikfan.«

Ich mustere Sie mit argwöhnisch zusammengekniffenen Augen, komme aber zu dem Schluss, dass Sie es ehrlich meinen. »Oh.« Pause. »Ja, stimmt, das ist sie.«

»Vermutlich kennt sie sich besser aus als ich.«

»Selbstverständlich.«

Sie grinsen. »Ich hab für nächste Woche etwas organisiert, eine Tour durch den Sender. Glauben Sie, Ihre Schwester wäre daran interessiert? Ich dachte, es könnte sein – ich hab das schon öfter für jemanden gemacht, aber noch nie für jemanden wie Ihre Schwester, die das bestimmt zu schätzen weiß und nach Herzenslust auskostet. Was denken Sie?«

Ich starre Sie schockiert an, schaffe es aber gerade noch zu nicken.

»Gut. Ich hoffe, es ist okay, dass ich frage, aber ich möchte nur sicher sein, dass ich die Sache richtig angehe. Soll ich Ihre Schwester hinfahren oder wollen Sie das übernehmen? Oder findet sie allein hin?«

Ich starre Sie immer noch überrascht an. Ich erkenne Sie nicht wieder. Dass Sie eine Besichtigungstour für Heather arrangiert haben und dass Sie umsichtig genug sind, sich Gedanken um die Logistik zu machen, übersteigt momentan mein Begriffsvermögen. »Sie haben tatsächlich einen Rundgang für Heather organisiert?«

Verwirrt schauen Sie mich an. »Ich hab doch gesagt, dass ich das vorhabe. Ist das nicht okay? Soll ich es lieber wieder rückgängig machen?«

»Nein, nein«, wehre ich hastig ab. »Sie wird sich sehr darüber freuen.« Dann weiß ich nicht mehr, wie ich weitermachen soll. »Sie kann alleine Bus fahren«, verkünde ich schließlich, erneut defensiv. »Dazu ist sie absolut in der Lage, wissen Sie.«

»Gut.« Sie mustern mich mit diesem durchdringenden Blick, den ich hasse.

»Aber ich kann Heather auch hinbringen«, sage ich. »Wenn das in Ordnung ist.«

»Selbstverständlich.« Sie lächeln. »Sie sind eine sehr fürsorgliche große Schwester.«

»Kleine Schwester«, korrigiere ich.

Sie runzeln die Stirn.

»Heather ist älter als ich.«

Jetzt scheint der Groschen zu fallen. Sie sehen aus, als wäre Ihnen gerade ein Licht aufgegangen. Aber leider ein sarkastisches. »Das leuchtet ein, Sie ist deutlich reifer.«

Ein Lächeln kitzelt meine Mundwinkel, aber ich weigere mich, es zuzulassen, und schaue schnell zu Fionn. Sie folgen meinem Blick.

Wir sehen, wie Fionn den Hammer hebt.

»Ist es wirklich okay, was er da macht?«, fragen Sie.

»Ist es denn für Sie okay?«

»Es sind nicht meine Steine.«

»Aber ihm könnte ein Splitter ins Auge fliegen«, sage ich.

Schweigen.

»Er könnte sich am Arm verletzen. Eine Arterie aufschlitzen.« Sie laufen los und rennen über die Straße.

Ich weiß nicht, was Sie Ihrem Sohn sagen, aber Sie machen es offensichtlich nicht sehr gut. Ehe Sie Ihren Satz fertig haben, zerschlägt Fionn meinen indischen Sandstein auf Ihrem Gartentisch in kleine Stücke. Sie springen zurück, um nicht von den umherfliegenden Trümmern getroffen zu werden. Es ist, als existierten Sie nicht für Ihren Sohn.

Zwanzig Minuten lang ist Fionn damit beschäftigt, alles in Stücke zu zerhauen, mit vor Anstrengung geröteten Wangen und wutverzerrtem Gesicht. Ihre Tochter, die kleine Blonde, die tänzelt, statt zu gehen, beobachtet ihn aus dem Jeep, näher lassen Sie sie nicht herankommen, und Sie stehen mit verschränkten Armen sehr aufrecht an der Haustür und sehen eher besorgt als verlegen zu, wie Fionn meine teuren Steine zertrümmert. Als er fertig ist, betrachtet er sein Werk, und seine Arme hängen locker herab, schlaksig und entspannt. Dann blickt er auf, wird sich plötzlich seiner Umgebung bewusst und merkt, dass man ihn beobachtet, fast so, als erwache er aus einem Koma. Sofort wird er wieder starr, zieht sich die Kapuze über den Kopf, die Schildkröte verkriecht sich wieder in ihrem Panzer. Er lässt den Gummihammer in die Schubkarre fallen und schiebt sie über die Straße zu mir.

»Danke«, brummt er, dann schlurft er zurück, geht mit tief gesenktem Kopf an seiner Familie vorbei, drängt sich an Ihnen vorüber ins Haus. Noch von der anderen Straßenseite höre ich im Obergeschoss eine Tür zuknallen.

Auf einmal denke ich, ich sollte meinen Dad anrufen.

Ich sollte, aber ich tue es nicht. Nach ein paar Monaten Gardening Leave habe ich inzwischen begriffen, dass ich meine Tür schon vor langer Zeit zugeschlagen habe, ich weiß nicht mehr genau, wann es passiert ist – wann ich die Tür zugeknallt habe und wann genau mir das klargeworden ist –, aber jetzt scheint es mir ganz offensichtlich, und ich bin noch nicht bereit, aus meinem Zimmer zu kommen.

16

Mitten in der Nacht wache ich von zwei bekannten Stimmen auf, die von der sanften Brise zu meinem Haus herübergetragen werden, als wäre der Wind ein Botschafter, der die Worte gezielt zu mir bringt. Sobald ich die Augen aufschlage, bin ich hellwach, und ich weiß, dass ich so schnell nicht wieder einschlafen werde, obwohl ich fix und fertig bin, total ausgepowert. Die Arbeit im Garten gestern war so anstrengend und intensiv, dass ich die Auswirkungen bei jeder Bewegung spüre, aber es ist ein befriedigender Schmerz. Ganz anders als die Kopfschmerzen, die man kriegt, wenn man zu lange am Handy quatscht, oder die fiese Kombination aus heißen Ohren, heißen Wangen und Augenschmerzen, wenn man den ganzen Tag auf den Bildschirm starrt, oder die Probleme im unteren Rücken und den Schultern, wenn man verkrampft und gestresst am Schreibtisch und vor dem Computer hängt. Der Schmerz ist mit nichts davon zu vergleichen, auch nicht mit dem Muskelkater, wenn ich nach einer längeren Pause wieder anfange, Sport zu machen. Das Gefühl ist so neu und befriedigend, dass ich mich davon fast aufgeputscht fühle.

Und obwohl ich so erschöpft bin, ist mein Kopf sehr lebendig. Ich bin richtig aufgekratzt, was zum Teil sicher der Tatsache zu verdanken ist, dass meine Seele sich von der Erde genährt fühlt, aber vor allem kommt es daher, dass ich einfach nicht begreife, warum Dr. Jameson sich schon wieder zu Ihnen gesellt hat und bis ein Uhr früh in der kalten Nachtluft mit Ihnen an Ihrem Gartentisch sitzt. Was ist denn so wichtig, dass es nicht bei Tageslicht besprochen werden kann? Und noch irritierender – was um alles in der Welt haben Sie und Dr. J. denn gemeinsam? Sie beide sind in unserer Straße so ziemlich die seltsamsten Kandidaten für eine Allianz, vielleicht noch seltsamer als Sie und ich – und das will etwas heißen.

Irgendwann gelange ich zu dem Schluss, dass Sie eben ein völlig kaputter Typ sind, und weil Dr. Jameson ein Mensch ist, der immer alles in Ordnung bringen und aufräumen muss, kümmert er sich um Sie. Wahrscheinlich sind Sie ein Teil seines Nachbarschaftswache-Projekts; vielleicht denkt er auch, dass Sie eine potentielle Bedrohung für die Menschen in dieser Straße sind, weil Sie Straßenlaternen, Fenster und Garagentüren kaputtschlagen.

Ich kapituliere, werfe die Decke zurück und steige aus dem Bett. Sie haben mich dazu gebracht.

In Ugg-Boots und Daunenjacke überquere ich die Straße, in der Hand eine Thermoskanne Tee und Becher.

»Ah, da ist sie ja persönlich«, ruft Dr. Jameson, als sei ich gerade das Gesprächsthema gewesen.

Sie schauen mich triefäugig an, wie üblich sind Sie betrunken.

»Na bitte, ich hab es Ihnen ja gesagt: Sie kann nicht genug von mir kriegen«, sagen Sie trocken, aber irgendwie klingt es halbherzig.

»Hallo, Dr. Jameson. Tee?«

»Ja bitte, gern.« Seine müden Augen funkeln im Mondlicht, er ist ja auch schon die zweite Nacht in Folge bis weit nach Mitternacht auf.

Ich mache mir nicht die Mühe, Ihnen auch etwas anzubieten. Sie halten ein Glas Whisky in beiden Händen, an dem Sie gelegentlich nippen, die halbleere Flasche steht auf dem Tisch. Keine Ahnung, wie viel Sie schon intus haben. Zwei oder drei Gläser vielleicht, jedenfalls von dieser Flasche hier. Es riecht durchdringend nach Whisky, aber das könnte auch daher kommen, dass die Flasche offen herumsteht, und nicht von Ihrem

Atem. Heute Nacht ist Ihre Aura anders als sonst, Sie machen einen niedergeschlagenen Eindruck – als hätten Sie resigniert, als hätten Sie den Kampf aufgegeben. Auch wenn Sie es sich nicht nehmen lassen, ein bisschen zu sticheln, geschieht es doch mit wesentlich weniger Elan als sonst.

»Hübscher Pyjama«, sagen Sie.

»Das ist kein Pyjama.« Vorsichtig kontrolliere ich den Stuhl auf Steinsplitter, denn die liegen immer noch überall herum, obwohl Fionn gestern Abend nach seiner Aktion ordentlich saubergemacht hat, wenn auch – jedenfalls dem wütenden Geräusch nach zu urteilen, mit dem die Besenborsten auf den Beton geknallt sind – sicher nicht ganz freiwillig. »Das ist eine Lounge-Hose«, erkläre ich, und Sie schnauben verächtlich.

Ich setze mich auf die Kopfseite des Tischs, Ihnen gegenüber, und wärme mich mit beiden Händen an meinem Teebecher.

»Jetzt ist die Teeparty beim verrückten Hutmacher wenigstens komplett«, sagen Sie. »Wie spät ist es denn? Etwa schon Zeit zu heulen?«

Das versetzt mir einen Stich, aber ich beiße nicht an.

»Ich fürchte, unser Freund hier ist ein Sprücheklopfer«, meint Dr. Jameson verschwörerisch und gutgelaunt. »An Ihrer Stelle würde ich nicht weiter darauf achten.«

»Dafür werde ich schließlich bezahlt«, sagen Sie.

»Jetzt ja wohl nicht mehr.« Ich werfe Ihnen über den Rand meiner Teetasse hinweg einen Blick zu. Vielleicht suche ich Streit, ich weiß es nicht. Eigentlich wollte ich den gleichen Ton treffen, den Sie angeschlagen haben. Aber bei mir funktioniert er anscheinend nicht. Ihr Gesicht ist versteinert, also habe ich anscheinend einen wunden Punkt getroffen. Das gefällt mir.

Ich grinse und zahle die Stichelei zurück. »Was ist denn los, Matt? Will Bob Sie nicht zurückhaben? Ich dachte, Sie beide wären eng befreundet, so ungefähr …« Ich kreuze die Finger, wie Sie es damals gemacht haben.

»Bob hatte einen Herzinfarkt«, erwidern Sie düster. »Er liegt im Krankenhaus, an einer Herz-Lungen-Maschine. Wir gehen nicht davon aus, dass er es schafft.«

Sofort fühle ich mich schrecklich, mein Grinsen verschwindet blitzschnell. »O Gott. Das tut mir echt leid, Matt«, stottere ich. Wie furchtbar.

»Bob ist entlassen worden«, erklärt Dr. Jameson. »Matt, also wirklich.«

Sie lachen leise in sich hinein, aber es klingt nicht fröhlich, und ich bin sauer, weil Sie mich dazu gebracht haben, dass ich mich so eklig fühle und mich bei Ihnen entschuldigen musste.

»Dr. J, bei dieser Frau geht es mehr rauf und runter als bei einer Stripperin an der Stange.«

»Na, na«, meint Dr. Jameson tadelnd.

Das kann ich nicht abstreiten – ich meine das mit dem Rauf und Runter, nicht das mit der Stripperin. Es trifft genau auf mich zu, jedenfalls, wenn es um Sie geht.

»Ihr guter Kumpel ist also gefeuert worden«, sage ich, trinke einen großen Schluck Tee und bekomme langsam wieder Oberwasser. »Dann sieht es wahrscheinlich nicht so gut aus für die rein routinemäßige Überprüfung Ihres Verhaltens, oder?«

»Nein, wahrscheinlich nicht.« Sie starren mich an.

»Es sei denn, die vergeben die Stelle wieder an einen Freund von Ihnen. An einen, der auch bereit ist, über Ihre extremen Fehleinschätzungen hinwegzusehen. Weiterhin.«

Sie werfen mir einen bösen Blick zu und nehmen einen großen Schluck Whisky. Die Zeichen stehen auf Sturm, ich sollte das zur Kenntnis nehmen, tue es aber nicht. Oder vielleicht tue ich es, stichle aber trotzdem weiter. Sie standen in letzter Zeit ohnehin schon auf wackligen Beinen, aber das ist nichts gegen Ihren momentanen Zustand, und jetzt würde ich Sie am liebsten einfach umschubsen. Fühlt sich für mich an wie eine Therapie.

»Oh-oh«, spotte ich. »Die haben jemanden eingestellt, der Sie nicht mag. Schockierend. Wo die den wohl gefunden haben?«

»Es ist eine Frau«, mischt Dr. Jameson sich wieder ein. »Olivia

Fry. Engländerin. Von einem äußerst erfolgreichen englischen Sender, soviel ich weiß.«

»Von einem ganz grässlichen Sender«, widersprechen Sie sofort, reiben sich das Gesicht, und der Stress ist Ihnen anzusehen.

»Sie sind also kein Fan?«, frage ich schnippisch.

»Nein.« Wieder schauen Sie mich finster an.

Ich nehme noch einen Schluck Tee.

»Versuchen Sie doch bitte, nicht ganz so traurig darüber auszusehen, Jasmine.«

Ich werfe die Hände in die Luft. »Wissen Sie was, Matt, ich verstehe auf eine verquere Weise, warum Sie denken, dass das, was Sie tun, für eine gute Sache wäre …«

Sie versuchen mich zu unterbrechen.

»Moment, Moment, lassen Sie mich ausreden«, rufe ich ziemlich laut.

»Pst«, macht Dr. Jameson. »Die Murphys.«

Ich senke schnell die Stimme, bemühe mich aber, den Schwung nicht zu verlieren. »Aber was war das an Silvester? Die Frau im Studio? Was sollte das?«

Schweigen. Dr. Jameson schaut von mir zu Ihnen und wieder zurück. Ich sehe, dass er neugierig ist, ob Sie mir eine ehrliche Antwort geben.

»Ich war betrunken«, sagen Sie schließlich, aber das ist keine Verteidigung, es ist ein Eingeständnis. Überrascht sehe ich Dr. Jameson an. »Vor der Sendung habe ich meine Beruhigungstabletten mit Alkohol genommen«, fügen Sie hinzu.

»Und das sollte man wirklich nicht tun.« Dr. Jameson schüttelt heftig den Kopf, er kennt die Geschichte schon. »Das sind starke Medikamente, Matt. Eigentlich hätten Sie die Finger ganz vom Alkohol lassen sollen – Medikamente und Alkohol, das verträgt sich einfach nicht. Offen gesagt sollten Sie diese Tabletten gar nicht nehmen.«

»Ich hab sie schon oft mit Alkohol genommen, und das wäre

auch völlig in Ordnung gewesen, wenn ich nicht auch noch die Schlaftabletten von morgens im Blut gehabt hätte«, erklären Sie. Dr. Jameson schlägt die Hände über dem Kopf zusammen.

»Dann geben Sie also zu, dass Ihre Sendung an Silvester ein Fehler war?«, sage ich, und es überrascht mich mehr, dass Sie einräumen, etwas falsch gemacht zu haben, als dass Sie neben Alkohol auch noch Medikamente missbrauchen.

Sie sehen mich mit hochgezogenen Augenbrauen an, scheinbar unbeeindruckt von meiner Stichelei. Als mir klar wird, dass Sie Ihr Geständnis nicht wiederholen werden, schaue ich zu Dr. Jameson.

»Wie war denn Ihr Urlaub?«

»Hm, na ja«, sagt er und sammelt sich. »Es war nett, die Kinder zu sehen, und –«

»Es hat zwei Wochen geregnet, man war ans Haus gefesselt, und Dr. Jameson musste die ganze Zeit babysitten.«

»Aber es war nicht alles nur schlecht.«

»Dr. J., Sie sagen mir dauernd, ich soll den Tatsachen ins Auge blicken, und ich finde, es ist Zeit, dass Sie das auch machen. Man hat Sie schlicht ausgenutzt.«

Dr. Jameson macht ein trauriges Gesicht.

Der Satz »Sie sagen mir dauernd, ich soll den Tatsachen ins Auge blicken« klingt mir noch lange in den Ohren. Ein kleiner Einblick in Ihre Beziehung zu dem netten Doktor – ich hätte nie gedacht, dass so etwas um diese späte Stunde hier draußen in Ihrem Garten passiert.

»Tut mir leid, das zu hören«, sage ich zu Dr. Jameson.

»Es ist … wissen Sie … ich hatte gehofft, Weihnachten bei meinem Neffen und seiner Familie zu verbringen, aber so weit wird es wohl nicht kommen.«

»Dr. J. verbringt Weihnachten seit fünfzehn Jahren allein.«

»Es sind nicht ganz fünfzehn Jahre«, korrigiert er. »Aber ich habe gehofft, dieses Jahr würde es anders werden. Aber egal«, fügt er betont munter hinzu.

Eine Weile sitzen wir schweigend da, jeder in seine eigenen Gedanken versunken.

»Sie haben das richtig gut hingekriegt mit Ihrem Garten«, bemerkt Dr. Jameson schließlich.

»Danke.« Stolz schaue ich hinüber.

»Sie hat ja auch Gardening Leave«, sagen Sie, lachen und husten ein »Gefeuert« in Ihr Whiskyglas.

In mir brodelt es. »Fionn hat mir mit dem Steingarten geholfen. Er wollte unbedingt weg von seinem Dad«, berichte ich.

Dr. Jameson amüsiert sich über unser Geplänkel, ich aber nicht.

»Er ist fünfzehn. Kein Fünfzehnjähriger möchte bei seinem Dad sein«, sagen Sie.

Ganz meine Meinung.

»Und es gibt hier nichts zu tun«, fahren Sie fort. »Die drei wollen bloß rumsitzen und auf ihren iPads rumspielen.«

»Dann unternehmen Sie doch irgendwas mit ihnen«, sage ich. »Lassen Sie sich was einfallen. Fionn ist gern draußen, denken Sie sich mal ein Projekt mit ihm aus.« Mein Blick fällt auf den Tisch. »Zum Beispiel könnten Sie den Tisch abschleifen und lackieren. Dann hat Ihr Sohn was zu tun. Das können Sie zusammen machen. Womöglich *sprechen* Sie dann sogar miteinander.« Ich schnappe sarkastisch erstaunt nach Luft.

Wieder herrscht eine Weile Schweigen.

»Gardening Leave, Jasmine?«, fragt Dr. Jameson. »Für wie lange denn?«

»Ein Jahr.«

»In welchem Bereich haben Sie denn gearbeitet?«

»Ich war Mitgründerin eines Unternehmens namens *Idea Factory*. Wie der Name schon sagt, haben wir Ideen und Strategien für andere Firmen entwickelt und umgesetzt.«

»Eine Beratertätigkeit also?«, fragen Sie.

»Nein«, erwidere ich kopfschüttelnd.

»Werbung?«

»Nein, nein«, widerspreche ich.

»Es ist nicht ganz klar, was genau –«

»Es geht jedenfalls nicht darum, so laut zu reden, dass alle es hören, Matt«, fauche ich.

»Huu-huu-huu«, sing-lachen Sie, weil Sie merken, dass Sie mal wieder einen Nerv getroffen haben und dass ich perfekt reagiere und Ihnen genau in die Hände spiele. »Ich habe Jasmine nämlich beleidigt, Dr. J., irgendwie, irgendwann«, erklären Sie.

»Warum nur einmal? Könnte doch auch sein, dass alles, was Sie sagen, für mich eine Beleidigung ist, oder nicht?« Ich weiß, dass das eigentlich nicht mehr stimmt, und fühle mich schlecht. Ich denke daran, dass Ihre Worte mich schon ein paarmal getröstet haben.

Wieder blicke ich zu meinem Garten hinüber. Er ist das Einzige, was mich zurzeit wirklich ablenken kann, das Einzige, was mich aus diesem Gespräch herausholt und verhindert, dass ich etwas sage, was ich womöglich bereuen würde. Bisher waren Sie ja noch gutgelaunt, aber ich weiß, wenn ich Sie weiter reize, platzen Sie vielleicht. Das Gleiche gilt umgekehrt natürlich auch.

»Und was haben Sie jetzt vor?«, fragt Dr. Jameson, und es fühlt sich an, als müsste ich von weither zurückkommen, um ihm zu antworten.

»Vielleicht baue ich einen Springbrunnen.«

»Ich hab nicht gemeint …«

»Jasmine weiß, was Sie gemeint haben, Dr. J.« Sie beobachten mich nachdenklich.

»Die Leute im Haus neben mir, Dr. J.«, sage ich, und erst, als Sie reagieren, merke ich, dass ich Ihren Spitznamen für Dr. Jameson benutzt habe.

»Die Lennons«, hilft er mir auf die Sprünge.

»Ich hab gesehen, dass sie gestern von Tür zu Tür gegangen sind. Was wollten sie denn?«

»Ein heimliches Swinger-Treffen organisieren«, sagen Sie. »Direkt vor unserer Nase.«

Ich ignoriere Sie.

»Ich glaube, Jasmine ist scharf auf mich«, sagen Sie, an Dr. J. gewandt.

»Sie sind dermaßen kindisch.«

»Und Sie sind dermaßen leicht zu ärgern, das kann man sich doch nicht entgehen lassen.«

»Normalerweise geht das nicht so einfach, nur bei Ihnen.«

»Die Lennons haben sich verabschiedet«, erklärt Dr. Jameson, als hätte er unsere alberne Kabbelei nicht gehört. »Sie haben beschlossen, ihr Haus zu vermieten und ein paar Monate auf Kreuzfahrt zu gehen. Nach dem, was mit Elsa Malone passiert ist, wollen sie das Leben genießen, solange sie es noch können.«

»Und wer mietet das Haus jetzt?«

»Ihr Cousin«, antworten Sie.

»Wirklich? Ich hab gehört, es ist Ihre Frau«, schieße ich zurück.

»Irgendein Businesstyp. Alleinstehend. Manche Firmen bezahlen ihren Managern heutzutage ein Vermögen, oder nicht? Er zieht irgendwann nächste Woche ein. Ich hab gesehen, wie er sich hier umgeschaut hat. Junger Kerl.«

Sie machen ein seltsames Hupgeräusch, und ich merke, dass Sie mir etwas damit sagen wollen. Dann ein Schuljungenpfiff. »Man kann nie wissen, Jasmine.« Sie zwinkern mir zu.

»Ach bitte.«

»Die Zeit vergeht. Sie werden auch nicht jünger. Tick-tack, tick-tack, Sie müssen demnächst mit dem Kinderkriegen anfangen.«

Wieder steigt die Wut in mir hoch. Sie haben echt den Dreh raus, gnadenlos in den Schwachstellen anderer Leute herumzupuhlen, das muss ich Ihnen lassen. »Ich will keine Kinder«, entgegne ich angewidert, obwohl ich weiß, dass es besser wäre, gar nicht zu reagieren, aber ich kann Ihnen nicht die Genugtuung geben, dass Sie sich als Sieger fühlen. »Ich wollte noch nie Kinder.«

»Ach ja?«, sagen Sie interessiert.

»Das ist aber sehr schade«, meint Dr. Jameson, und ich bin kurz davor, aufzustehen und diese beiden Männer einfach sitzenzulassen, die anscheinend auf einmal denken, es ginge sie irgendetwas an, was ich tue oder lasse. »Viele Frauen bereuen so einen Entschluss, wenn sie älter sind. Sie sollten sich das gut überlegen und alles in Betracht ziehen«, erklärt er und sieht mich an, als hätte ich das einfach gedankenlos dahingesagt.

Dabei habe ich schon immer gewusst, dass ich keine Kinder will. Schon seit ich selbst ein Kind war.

»Es hat keinen Sinn, dass ich jetzt etwas bedaure, was ich später vielleicht gar nicht bedauern werde«, sage ich. Das sage ich immer, wenn mir jemand mit solchen Argumenten kommt. »Also bleibe ich bei meiner Entscheidung, denn sie fühlt sich richtig an.«

Sie mustern mich immer noch, aber ich meide Ihren Blick.

»Haben die Lennons sich von Ihnen verabschiedet?«, frage ich Sie schließlich.

Sie schütteln den Kopf.

»Warum haben sie sich nicht von uns verabschiedet?«, frage ich niemanden im Besonderen. »Sie und ich standen doch in meinem Garten, als sie bei den anderen geklingelt haben. An uns sind sie einfach vorbeigegangen.«

Sie schnauben und schwenken den Whisky in Ihrem Glas. Seit ich mich zu Ihnen gesetzt habe, haben Sie kaum etwas getrunken, was ich gut finde. Immerhin sind Ihre Kinder heute da – sie verbringen eine Nacht pro Woche bei ihrem Daddy –, und es ist sowieso nicht ideal, dass Sie hier draußen sitzen und trinken.

»Warum die Lennons Ihnen nicht auf Wiedersehen gesagt haben? Sie sind ja wohl kaum die Nachbarin des Jahrhunderts. Sie buddeln seit zwei Monaten in Ihrem Garten, um irgendeine Psycho-Krise zu überwinden …«

Ich merke, dass ich aufstehe, obwohl ich weiß, dass ich es

212

lieber nicht sollte. Genau das wollen Sie ja, Sie wollen die Stimmung anheizen, bis alle um sie herum explodieren – außer Ihnen natürlich. Menschen, die selbst verletzt worden sind, verletzen andere Menschen. Aber ich kann nicht anders, ich bin auch verletzt. »Was macht man eigentlich als gefeuerter DJ? Stehen die anderen Sender schon vor Ihrer Tür Schlange oder was?«

»Ich bin nicht gefeuert worden.«

»Noch nicht, aber bald.«

»Man hat meine Freistellung für einen noch nicht genauer festgelegten Zeitraum verlängert«, sagen Sie, und in Ihren Augen glitzert es schelmisch. »Sieht aus, als sitzen wir zurzeit beide hier fest. Sie und ich.«

Auf einmal schalte ich, mit einem Ruck wird mir etwas klar, und ich spüre, wie die Wut in mir hochkocht.

»Haben Sie denn nächste Woche noch Zutritt zum Sender?«, frage ich.

»Nein«, antworten Sie langsam und heben den Blick von Ihrem Whisky, um meinem zu begegnen. »Die planen, den Sender umzustrukturieren. Ich werde keinen Fuß da reinsetzen, ehe man mir sagt, was mit meiner Stelle passiert.«

»Aber Sie haben meiner Schwester eine Besichtigungstour versprochen.«

Sie mustern mich, als wollten Sie feststellen, ob ich es ernst meine, und als ich weder lächle noch lache oder sonst wie reagiere, knallen Sie Ihr Glas auf den Tisch, so heftig, dass Dr. Jameson und ich zusammenzucken.

»Sie glauben doch wohl nicht, dass Ihre Schwester mich im Moment auch nur einen Scheißdreck kümmert?«

Jetzt explodiert die Wut in mir und strömt durch meine Adern wie flüssiges Gift. Überallhin. Hass. Ärger. Abscheu. Zorn.

»Nein, das glaube ich eigentlich nicht.«

Ich spüre, dass Dr. Jameson mich anschaut, als ahne er in meiner Stimme, was ich fühle, was Sie aber offensichtlich nicht hören.

»Ich habe drei Kinder da drin und wünsche mir, dass meine Frau zu mir zurückkommt. Das ist es, was mich im Moment beschäftigt.«

»Ach ja? Interessant. Denn es ist jetzt Viertel nach zwei, mitten in der Nacht, und Sie sitzen hier und trinken Whisky in Ihrem Garten, wo Sie doch bei Ihren Kindern im Haus sein müssten. Aber mit Verantwortung haben Sie ja sowieso nichts am Hut, stimmt's?«

Wahrscheinlich sollte ich den Mund halten, aber es geht nicht. Die ganze Woche über habe ich mitbekommen, wie begeistert Heather ist, dass sie einen Radiosender besichtigen darf. Jeden Tag. Nonstop. Sie hat recherchiert. Sie kann den gesamten Terminplan des Senders herunterbeten, wer bei welcher Sendung mitmacht und wann, sie hat die Namen von Redakteuren und Moderatoren ermittelt. Kein Tag ist vergangen, an dem sie mich nicht angerufen und mir davon erzählt hat. Bei unserem letzten Telefongespräch hat sie mir erzählt, dass sie ihre Arbeit in der Kanzlei, die ihr bisher so gut gefallen hat, vielleicht aufgeben und sich um einen Job im Sender bemühen will – falls Mr Marshall ihr dabei hilft. Es war, als hätte sie meine Vorbehalte gegen diese ganze Geschichte genau gespürt. Aber ich war ja nicht grundsätzlich dagegen, nur zurückhaltend, ich wollte mich nicht mitreißen lassen, weil ich befürchtete, dass genau so etwas passieren würde. Das wiederum brachte Heather dazu, mir das Ganze umso mehr verkaufen zu wollen und mir besonders deutlich zu zeigen, wie viel ihr daran lag, wie sehr sie sich freute, damit ich nicht eingreifen und die Sache abblasen konnte. Meine Wut blubbert ganz dicht unter der Oberfläche, ich spüre, dass sie kurz davor ist auszubrechen.

»Ihre Frau hat Sie verlassen, Sie haben Ihren Job verloren, Ihre Kinder können Sie nicht ausstehen …«

»Halten Sie den Mund«, stoßen Sie hervor, schütteln den Kopf und starren vor sich auf den Tisch.

Aber ich lasse mich nicht abwimmeln, denn ich will Ihnen

214

weh tun. Ich will Ihnen so weh tun, wie Sie mir weh getan haben, damals, vor langer Zeit. »Ihre Kinder halten es in Ihrer Nähe nicht aus –«

»JETZT HALTEN SIE ENDLICH DEN MUND!«, schreien Sie plötzlich, nehmen Ihr Glas und schleudern es auf mich. Ich sehe den Hass in Ihren Augen, aber Ihre Zielgenauigkeit ist miserabel, und ich muss mich nicht mal ducken. Das Glas segelt an mir vorbei und landet irgendwo hinter mir auf dem Boden. Ich weiß nicht, was Sie als Nächstes vorhaben. Vielleicht wollen Sie mich mit etwas Größerem bewerfen, beispielsweise mit dem Stuhl, den Sie benutzt haben, um die Fensterscheibe einzuschlagen, womöglich wollen Sie auch mit der Faust auf mich losgehen, wie Sie es bei Ihrem Sohn gemacht haben – nur dass es diesmal nicht unabsichtlich wäre.

»Aber, aber«, sagt Dr. Jameson, ein lautes Flüstern. Auch er ist aufgestanden, und er streckt die Arme aus, um uns zu trennen wie ein Ringrichter, obwohl der Tisch uns sowieso auf Abstand hält.

»Sie sind ja total übergeschnappt, Sie blöde Kuh – was Sie sich da rausnehmen, ist eine bodenlose Unverschämtheit«, zischen Sie.

»Und Sie sind einfach ein Säufer«, fauche ich zurück und verschlucke das letzte Wort, weil mich der Mut verlässt und Traurigkeit und Angst die Oberhand gewinnen. »Sorry, Dr. J., aber er hat es meiner Schwester versprochen. Und er soll gefälligst sein Versprechen halten.«

Dann drehe ich mich um und gehe davon, am ganzen Körper zitternd vor Wut und Entsetzen. Meine Thermoskanne und die Becher lasse ich einfach stehen und frage mich im Weggehen, ob vielleicht gleich die Kanne oder ein Becher durch die Luft fliegt und mich am Hinterkopf erwischt.

17

Als wir in der Schule die griechische Mythologie durchgenommen haben, bekamen wir die Aufgabe, eine eigene Version der Achilles-Sage zu schreiben und sie der Klasse vorzulesen. Während meine Klassenkameraden über reale historische Persönlichkeiten geschrieben hatten, die durch ihre Schwächen zu Fall gebracht worden waren, erkannte ich, dass ich die Anweisung zwar nicht missverstanden, aber falsch interpretiert hatte. Ich hatte nämlich über eine Hexe geschrieben, die Kinder hasste, weil sie so grausam waren und immer gemeine Dinge über die Lieblingskatze der Hexe sagten. Deshalb schmiedete sie den Plan, die Kinder zu fangen, zu töten und zu fressen. Das Problem war nur, dass die Hexe Angst hatte vor Lutschern, und jedes Mal, wenn sie in die Nähe eines Kindes kam, hatte es einen Lutscher im Mund, der um es herum ein schützendes Kraftfeld bildete. Die Nachricht von dieser Angst verbreitete sich unter den Kindern natürlich wie ein Lauffeuer, und schon bald trugen alle einen Lutscher mit sich herum, den sie der Hexe entgegenhielten. Sie wedelten ihr mit dem klebrigen Zuckerzeug so lange unter der Nase herum, bis sie so angewidert war, dass sie die Flucht ergriff und sich für alle Zeiten vor den Kindern zurückzog.

Ich bekam eine Drei plus für diese Geschichte, was mich ärgerte, aber viel peinlicher war es, dass die anderen Kinder lachten, als ich sie vorlas. Ein paar glaubten, ich hätte absichtlich einen Witz gemacht, um den Lehrer zu ärgern, aber die meisten fanden meine Geschichte einfach doof. Der Grund, dass ich eine

Drei plus bekam, war nicht, dass ich die Aufgabe falsch interpretiert hatte, sondern dass der Lehrer dachte, ich hätte die Moral der Achilles-Sage nicht verstanden. Lutscher konnten doch nicht die Achillesferse der Hexe sein, erklärte er mir – sie hatte vielleicht Angst vor Lutschern, aber die Lutscher waren nicht ihr Untergang. Er gab mir keine Chance, meine eigene Sicht darzustellen – so etwas gab es an unserer Schule nicht, man wurde entweder verstanden oder eben nicht –, aber er war im Unrecht, denn nicht die Lutscher waren die Schwachstelle der Hexe, sondern ihre Katze. Durch ihr Bemühen, die Katze zu schützen, wurde die Hexe am Ende aus der Gemeinschaft vertrieben und war für immer allein.

Als ich diese Geschichte geschrieben habe, war ich zehn Jahre alt. Damals muss ich schon gewusst haben, dass Heather meine Schwachstelle ist – eine Tatsache, der ich mich erst jetzt wirklich stelle. Jeder Streit, jedes Missverständnis, jede gescheiterte Beziehung, jede Beziehung, die vielleicht möglich gewesen wäre, aber von mir nie eine Chance bekommen hat – all das kann ausnahmslos auf eine Reaktion, einen Kommentar, eine Bemerkung oder sonst etwas zurückgeführt werden, was mit Heather zu tun hatte. Ich konnte mich nie mit jemandem einlassen, der sich meiner Schwester gegenüber arrogant oder ignorant verhielt. Ein falscher Seitenblick zu Heather genügte, und man war disqualifiziert. Ich diskutierte nie mit den Betreffenden darüber, was sie dachten, welche Überzeugungen hinter ihrem Verhalten steckten, für so etwas hatte ich weder Zeit noch Geduld. Männerbeziehungen, Dad, Freunde – ich ließ sie einfach stehen. Ich weiß nicht, ob ich schon immer so war oder ob es daran liegt, dass Mum so früh gestorben ist und ich einfach nur das tue, wovon ich denke, dass sie es sich von mir wünschen würde. Meinem Gefühl nach hat sie Heather genauso geschützt, wie ich es jetzt tue, aber ich finde in meiner Erinnerung keine Beispiele, die dieses Gefühl untermauern. Zum ersten Mal kommt mir jetzt in den Sinn, dass mein Verhalten womöglich von etwas bestimmt wird, was keinerlei vernünftige Grundlage hat und total ungerechtfertigt ist. Und das erschüttert mich enorm.

Obwohl ich mich schrecklich fühle, nachdem ich Ihnen heute Nacht die ganzen gemeinen Dinge an den Kopf geworfen habe, verdränge ich es. Als ich wieder zu Hause bin, schlafe ich sofort ein, denn vor der Alternative – nämlich davor, mich mit dem auseinanderzusetzen, was ich gesagt habe –, schrecke ich zurück. Im Einschlafen ist mein letzter Gedanke die Frage, ob die Katze der Hexe vielleicht glücklicher wäre, wenn die Hexe ihr gegenüber weniger fürsorglich wäre. Denn was hat sie davon, dass die Hexe unzufrieden ist?

Ich parke um die Ecke von Tante Jennifers Haus. Mein Plan lautet, hierherzufahren, zu parken – aber dann gehen mir die Ideen aus. Soll ich reingehen? Oder doch lieber nicht? Weiß ich wirklich, was ich mit Heather und mit meinem ganzen Leben mache, oder weiß ich es nicht? Auf einmal ist das eine große Frage, dabei war ich mir doch immer so sicher. Ich sitze im Auto und starre zum Haus meiner Tante hinüber, meine Gedanken rasen, und gleichzeitig ist mein Kopf ganz leer. Mein Plan ist, auszusteigen, aber dann gehen mir die Ideen aus.

Bei Tante Jennifer braucht man nicht vorher anzurufen, wenn man sie besuchen will. In ihrem Haus ist immer etwas los, ihre vier Kinder kommen und gehen, genau wie deren Partner und deren Kinder, keiner von ihnen meldet sich an, und jetzt, wo sie auch noch Pflegekinder aufnimmt, sind oft sogar Leute da, die ich überhaupt nicht kenne. So war es in diesem Haus schon immer, und ich habe mich immer willkommen gefühlt – ein Glück, denn als Mum krank war, hätte ich sonst nicht gewusst, wohin. Es war immer klar, dass ich, falls Mum sterben würde, hier einziehen konnte, aber dann kam der Vorfall mit Kevin, der mir das Haus ebenso verdarb wie meine Beziehung zu Kevin und im Lauf der Zeit auch zu Jennifer.

Mir ist klar, dass es für sie damals ein großer Stress war. Sie hatte meiner Mum versprochen, für mich zu sorgen, und dann verlor sie nicht nur ihren Sohn, sondern auch noch die Nichte, die bei ihr doch hätte in Sicherheit sein sollen. Natürlich hatte sie uns nicht im buchstäblichen Sinn verloren, wir waren ja da, aber selbst als Kevin dann wegzog, brachte ich es nicht über mich, wieder bei ihr zu wohnen, und suchte mir lieber auf dem Campus der Limerick University ein Zimmer, denn das war eine Zäsur für mich, ein Neuanfang. Damals sahen Heather und ich uns jedes zweite Wochenende, ansonsten schuf ich mir mit meinen Freunden eine eigene Familie, und an Festtagen und in den Ferien ließ ich mich in den Familien dieser Freunde verwöhnen. Heather war glücklich in der Unterkunft, die Mum vor ihrem Tod für sie arrangiert hatte, und wenn es Familienfeiern gab, wohnte sie bei Jennifer. Dann kam Dad zum Essen und ließ sich von Heather das Neueste erzählen, als wäre das die Grundlage ihrer Beziehung. Das funktionierte gut für alle Beteiligten, auch für mich, und in dieser Zeit erschuf ich in meinem Kopf eine Mutter für Heather, der ich die Züge eines Idealbilds verlieh, das vielleicht nicht unbedingt unserer realen Mum entsprach.

Langsam nähere ich mich der Tür. Mein Plan ist, zur Tür zu gehen, aber dann gehen mir die Ideen aus.

»Jasmine«, ruft Jennifer überrascht, als sie die Tür öffnet und mich davor stehen sieht.

Seit ich denken kann, hat Tante Jennifer kurze, rotgefärbte Haare. Sie trägt gern Sachen in gedämpften Erdtönen, Pannesamt in verwaschenem Grün und Braun, lange Hippiekleider zu Leggings, Schuhe mit Sohlen wie Luftkissenboote und große, klobige Halsketten. Ihre Lippen sind immer im Farbton ihrer Haare geschminkt, die aber nicht feuerwehrrot sind wie meine, sondern eher mahagonifarben.

»Das ist ja eine nette Überraschung, komm rein, komm rein. Oh, wenn ich gewusst hätte, dass du uns besuchst, dann hätte ich Fiona gesagt, sie soll hierbleiben. Sie ist mit Enda zur Messe gegangen. Ja, ich weiß, schau mich nicht so an, niemand aus diesem Haus war seit Michaels Hochzeit in der Kirche, aber Enda hat dieses Jahr Erstkommunion, da werden die Kinder ermuntert, zur Messe zu gehen, damit sie an dem großen Tag nicht reinwandern wie Touristen. Anscheinend dürfen die Kids bei der Zehn-Uhr-Messe spielen. Wenn das so weitergeht, gibt es in der katholischen Kirche bald keinen freien Platz mehr auf den Bänken.«

Sie komplimentiert mich in die Küche, und ich erwarte eigentlich, dass ich mich augenblicklich in die Vergangenheit zurückversetzt fühle, aber der Raum ist vollkommen verändert.

»Das war mein Geburtstagsgeschenk zum Sechzigsten«, erklärt Jennifer, als sie merkt, dass ich die Neuerungen interessiert in Augenschein nehme. »Sie wollten mich auf eine Kreuzfahrt schicken, aber ich hab mir lieber eine neue Küche gewünscht. Was ist bloß aus mir geworden?«, fügt sie kichernd hinzu.

Mir gefällt es, dass alles anders ist, ich fühle mich wie an einem anderen Ort, frei von der Last der Erinnerungen. Das hilft mir, auch mich selbst in einem anderen Licht, aus einer anderen Perspektive zu sehen. Während ich mir überlege, was früher wo gewesen ist und an welcher Stelle eigentlich immer die Sitzsäcke lagen, komme ich mir weniger dazugehörig und mehr wie eine Beobachterin vor.

»Ich kann nicht lange bleiben«, verkünde ich, als Tante Jennifer es sich am Tisch gemütlich macht und eine Kanne Kräutertee zwischen uns stellt. »In einer Stunde treffe ich mich mit Heather. Wir wollen in meinem Garten einen Springbrunnen bauen.«

»Das ist ja toll!« Ihr Gesicht leuchtet, und sie macht kein Hehl aus ihrer Überraschung.

Mein Plan ist, ihr zu erzählen, was ich auf dem Herzen habe, aber dann gehen mir die Ideen aus.

»Ich bin hier, weil ich … weil ich sehr viel nachgedacht habe in letzter Zeit. Du weißt ja, ich hatte viel Zeit für so was.«

»Schön für dich.« Kein Mitleid. Das gefällt mir.

»Ich habe über Mum nachgedacht. Na ja, eigentlich habe ich über ganz viel Verschiedenes nachgedacht«, füge ich schnell hinzu. »Aber speziell darüber, wie Mum mit Heather umgegangen ist.«

Ich merke, dass Jennifer sich wundert, aber sie hält sich zurück. Bestimmt hat sie erwartet, dass ich über Kevin sprechen möchte.

»Ich hab da ein paar Lücken.«

»Ich helfe dir gern, wenn ich kann«, sagt sie freundlich.

»Hm, es ist ziemlich vage. Wie ist sie mit Heather umgegangen? Ich meine, ich weiß, dass sie fürsorglich war, natürlich. Sie wollte, dass Heather unabhängig ist, dass sie ein gutes Leben hat, das weiß ich alles, aber ich weiß nicht, wie sie sich *gefühlt* hat. Wovor hatte sie Angst? Hat sie mit dir manchmal über Heather gesprochen? Hat sie dir ihr Herz ausgeschüttet? Gab es zum Beispiel Dinge, die sie Heather gern ersparen wollte? Heather wollte ja schon immer auf eigenen Beinen stehen, aber zurzeit ist das ein besonders wichtiges Thema«, erkläre ich. »Sie hat nämlich einen Freund.«

»Ja, Jonathan.« Jennifer lächelt. »Wir hören viel über ihn. Er war auch schon mal zum Tee hier.«

»Ach wirklich?«

»Danach hat er uns ein bisschen Taekwondo vorgeführt und Billy sogar ein paar Griffe gezeigt. Dabei hat Billy meine Porzellan-Matrjoschkas umgekickt.«

Ich muss lachen, schlage mir aber hastig die Hand vor den Mund. Wir fanden diese Püppchen schon früher immer sehr komisch.

»Schon okay«, beruhigt mich Jennifer, ebenfalls lachend. »Es hat sich gelohnt zu sehen, dass Billy so gelenkig ist.«

Einen Moment schweigen wir und grinsen in uns hinein, aber dann ändert sich die Stimmung.

»Weißt du, Jasmine, du machst das großartig. Heather ist glücklich. Und fühlt sich geborgen. Sie ist unglaublich aktiv – meine Güte, sie bräuchte ja am besten eine Assistentin, die ihr hilft, ihren Terminkalender zu verwalten! Ich komme da gar nicht mehr mit.«

»Ja, ich weiß. Aber … manchmal hätte ich einfach gern einen Rat von Mum.«

Meine Tante denkt angestrengt nach. »Einmal hat eine Bekannte von uns etwas über Heather gesagt. Etwas wirklich Blödes. Nicht absichtlich, sie war einfach naiv.«

»Das sind die Schlimmsten«, sage ich und spitze die Ohren. Genau so etwas interessiert mich.

»Na ja, deine Mum hat lange und eingehend darüber nachgedacht und diese Frau schließlich zu unserem Bridgeabend eingeladen, der jeden Donnerstag stattfand.«

»Wirklich?«

»Aber ja. Und zwar für sieben Uhr, obwohl wir ja immer erst um acht angefangen haben. Dann hat sie so getan, als hätte sie sich mit der Zeit vertan und die Bekannte im Wohnzimmer warten lassen, während sie euch beide bettfertig gemacht hat.«

Ich runzle die Stirn. »Sollte das eine Retourkutsche sein? Sie zu zwingen, eine Stunde ihres Feierabends unnütz herumzusitzen?«

Jennifer lächelt, und ich weiß sofort, dass ich danebenliege. »Deine Mum wollte, dass diese Frau Heather zu Hause sieht, so, wie sie im Alltag ist, ganz unverstellt. Ihr drei seid einfach eurer Abendroutine nachgegangen, genau wie jede andere Familie um diese Tageszeit auch. Deine Mum hat dafür gesorgt, dass diese Frau alles mitkriegt – die Normalität des Ganzen, denke ich. Und weißt du auch, wer diese Frau war?«

Ich schüttle den Kopf.

»Carol Murphy.«

»Aber Carol und Mum waren Freundinnen.

»Genau. Danach haben sie sich angefreundet.«

Ich versuche die Information zu verdauen. Carol war Mums beste Freundin, die beiden haben zusammengehalten wie Pech und Schwefel, solange ich denken kann. Es fällt mir schwer zu glauben, dass Carol naive Bemerkungen über Heather gemacht hat. Sicher, ich weiß, dass es möglich ist, aber ich kann es mir nicht vorstellen, und auf einmal schwindet meine Sympathie für Carol. Im Handumdrehen. Auf die Art, wie sich meine Einstellung zu einem Menschen immer verändert, wenn ich merke, dass er nicht genug weiß, um in Bezug auf Heather das Richtige zu sagen und zu tun.

Als spüre sie meinen inneren Aufruhr, fährt Jennifer fort: »Deine Mutter hat nie einen Menschen abgeschrieben, Jasmine – weil sie nämlich Angst davor hatte, dass die Leute genau das mit Heather machen könnten.«

Und genau nach einer solchen Information habe ich gesucht. Mein Plan ist, diese Information mitzunehmen und sie in die Praxis umzusetzen. Aber dann gehen mir die Ideen aus.

Ich habe die Anweisungen zum Bau eines Springbrunnens aus dem Internet heruntergeladen. Auf YouTube habe ich mir das Video ein paarmal angesehen – ein aristokratischer Mann mit Daunenweste, flaschengrünen Gummistiefeln und einer großen Knollennase steht vor seiner Villa und erklärt mir die Vorgehensweise, als wäre ich ein Kind. Bei Gartendingen mag ich es, so angesprochen zu werden, denn mein Wissensstand ist ungefähr der eines Kindes. Der Mann behauptet, der Brunnen sei in acht Stunden fertigzustellen, und er führt es auch vor – natürlich in Zeitraffer, in ungefähr acht Minuten. Ich schätze, ich werde ungefähr eine Woche brauchen, obwohl Heather nachher kommt, um mir zu helfen. Vielleicht auch deswegen. Jedenfalls hoffe ich, dass es so viel Zeit braucht, denn sonst habe ich keine Pläne.

»Ooh, Jasmine«, sagt Heather, als sie sieht, was ich inzwischen alles bewerkstelligt habe. »Ich kann gar nicht glauben, dass das derselbe Garten ist!«

»Ich auch nicht. Gefällt er dir?«

»Und wie.«

Schweigend sieht sie mich an, und ich werde verlegen.

»Was denn?«, frage ich, schaue weg und mache mir an den Gartengeräten zu schaffen.

»Ich bin wirklich überrascht, dass Jasmine das gemacht hat«, sagt Heather, als wäre ich nicht da, sieht mich dabei aber direkt an. Ihr Ton verblüfft mich. »Jasmine ist doch immer so beschäftigt.«

»Das sagt die Richtige!« Ich gebe mir Mühe, meinen Ton leicht zu halten. »Du hast viel mehr Termine als ich.«

Sie streicht mir eine Haarsträhne aus den Augen und hinter die Ohren. Dazu muss sie sich auf die Zehenspitzen stellen. »Ich bin sehr stolz auf dich, Jasmine.«

Mir kommen die Tränen, und ich werde immer verlegener. Ich kann mich nicht erinnern, dass sie so etwas jemals zu mir gesagt hat, und ich weiß auch gar nicht, warum mich das so rührt, so unerwartet und so tief.

»Na ja, schließlich hab ich Gardening Leave. Also«, rufe ich und klatsche in die Hände. »Bevor wir anfangen – ich hab was für dich.«

Mit großer Geste überreiche ich ihr die Gartenklamotten, die ich online bestellt habe. Grüne Gummistiefel mit rosa Blümchen, einen Overall, eine warme Mütze und rosa Gartenhandschuhe.

Wir sind damit beschäftigt, ein Loch für das Brunnenbecken zu graben, als Ihre Tür aufgeht. Ich bemühe mich, nicht hinzusehen, was mir auch gelingt, aber mein Herz klopft beim Gedanken an eine neuerliche Konfrontation mit Ihnen. Dann höre ich Schritte, die sich nähern, und an dem Schlurfen erkenne ich, dass es Fionn sein muss. Jetzt habe ich keine Angst mehr aufzublicken. Die Kopfhörer hängen um seinen Hals, die Hände hat er tief in den Hosentaschen vergraben. Es erinnert ein bisschen an Mary Poppins' magische Tasche – die Hände sind viel zu groß für die Taschen, und die Anstrengung, die es ihn kostet, sie hineinzuquetschen, hat seine Schultern bis zu den Ohren hochgeschoben. Er sagt kein Wort, steht nur da und wartet darauf, angesprochen zu werden.

»Hi, Fionn«, sage ich und richte meinen bereits schmerzenden Rücken auf.

Er grummelt etwas Unverständliches.

»Das ist Heather, meine Schwester.«

Mein Test, ob er ein guter Mensch ist. Dann rufe ich mir in Erinnerung, dass ich aufhören muss, diesem einen Moment, dem Kennenlernen, so viel Bedeutung beizumessen. Aber Fionn besteht den Test, brummt für Heather die gleiche unverständliche Begrüßung und sieht keiner von uns in die Augen.

Heather winkt ihm zu.

»Mein Dad möchte wissen, ob Sie Hilfe brauchen.« Er betrachtet die Geräte und das Loch. »Ist das für den Springbrunnen?«

»Ja, genau.« Ich fühle mich schrecklich, aber sosehr ich mit dem, was ich heute Nacht gesagt habe, im Unrecht war – ich werde heute trotzdem nicht schon wieder Ihren Sohn hüten. Heute ist mein Tag mit Heather. Aber ich kann das nicht. Ich kann ihn nicht einfach wegschicken. Sie sind wahrscheinlich noch im Bett und pflegen Ihren Kater. Unwillkürlich stelle ich mir Ihr dunkles, stickiges Schlafzimmer vor, Sie liegen wie ein regloser Berg unter der Decke, Verdunkelungsvorhänge sperren das Tageslicht aus, und unten sind die Kinder, noch im Schlafanzug, obwohl es schon Mittag ist, schmeißen ihr Müsli durch die Küche, trampeln darauf herum, treten es im Teppich fest. Und zündeln.

Gerade als ich Fionn eine Schaufel in die Hand drücke, höre ich plötzlich lautes Kinderlachen und sehe, wie Sie mit den beiden kleinen Blonden vom hinteren Garten um die Ecke biegen. Ihr Gang ist beschwingt, Sie sind richtig gut in Form für jemanden, der vor weniger als zwölf Stunden versucht hat, mir ein Whiskyglas an den Kopf zu werfen.

Ein Pfiff. Ein Ruf.

Ich weiß, das gilt Fionn. Er weiß das auch, aber er dreht sich nicht um. Und ich auch nicht.

»Fionn, komm her, Kumpel«, sagen Sie freundlich.

»Ich helfe hier.« Fionns Stimme klingt weinerlich.

»Tust du doch gar nicht«, entgegnen Sie gutgelaunt und stellen etwas auf Ihren Tisch.

Ich möchte sehen, was es ist, aber ich will Sie nicht anschauen.

»Hallo, Heather«, rufen Sie freundlich.

»Hallo, Matt.« Heather winkt, was mich sprachlos macht. Sie ignorieren mich. Ich habe Angst, Ihnen in die Augen zu sehen.

Fionn seufzt, lässt die Schaufel sinken und schlurft, ohne ein Wort zu Heather oder mir, über die Straße zurück zu Ihrem Haus, seine Hände verschwinden wieder in den magischen Taschen, das Gewicht seiner langen Arme zieht die Hose nach unten, so dass man den Bund seiner Boxershorts sieht.

Mit fröhlicher Stimme erklären Sie den Kindern, was Sie vorhaben. Ich möchte zuhören, aber Heather redet mit mir, und das kann ich ihr ja schlecht verbieten. Dann stellen Sie in Ihrem Auto Musik an. Die Kids sind ganz aufgeregt, und das Mädchen, das immer tanzt, statt zu gehen, wirbelt herum, das andere Kind lauscht hochkonzentriert Ihren Anweisungen. Verstohlen schaue ich immer wieder hinüber, und weil ich nicht zu offensichtlich glotzen will, stelle ich mich so, dass ich Ihnen und Ihrer Familie zwar das Gesicht zuwende, aber gleichzeitig immer so tun kann, als wäre ich in meine Arbeit versunken.

Inzwischen haben sich alle um den Gartentisch versammelt und schmirgeln, was das Zeug hält. Ich bin so schockiert, dass ich mich um ein Haar beim Glotzen erwischen lasse. Sie haben tatsächlich meinen Rat befolgt.

Heather redet noch immer mit mir.

Endlich höre ich ihr zu. Sie möchte zu Ihnen rübergehen und mit Ihnen über die Besichtigungstour sprechen. Sie hat Nachforschungen angestellt und will ganz bestimmte Studios sehen. Ich sage ihr, dass das nicht angebracht wäre, denn heute ist Sonntag, und Sie wollen in Ruhe Zeit mit Ihrer Familie verbringen.

»Ich bin auch ganz höflich, Jasmine«, verspricht sie und sieht mich flehend an, und das bricht mir fast das Herz, denn ich habe keine Sekunde daran gezweifelt, dass sie höflich sein würde, und ich möchte keinesfalls, dass sie denkt, ich könnte so etwas befürchten. Schließlich höre ich auf zu buddeln.

Es gibt da noch etwas anderes an meiner Schwester. Wenn sie sich etwas in den Kopf gesetzt hat, ist es sehr schwer, es ihr auszureden. Nahezu unmöglich. Wenn sich etwas partout nicht verwirklichen lässt, kann sie das nur schwer akzeptieren, und es bringt ihre ganze Welt durcheinander. Vielleicht haben Herausforderungen manchmal den positiven Effekt, dass sie einen Menschen dazu bringen, sich stärker zu engagieren, den Dingen direkt ins Gesicht zu sehen und sich nicht so leicht abwimmeln zu lassen. Man legt sich mehr ins Zeug, wenn es darum geht, Schwierigkeiten zu überwinden und dafür zu sorgen, dass die Angst – oder was einen sonst zurückhalten mag – nicht die Oberhand gewinnt. Wenn ich mit den Hausaufgaben fertig war und fernsehen durfte, musste Heather zur Sprachtherapie. Wenn ich nach draußen gerannt bin, um auf der Straße mit meinen Freunden zu spielen, hatte Heather Nachhilfeunterricht im Lesen. Radfahren zu lernen war für sie ein langwieriger Prozess, während ich mich auf den Sattel setzte und einfach losflitzte. Heather hat sich immer mehr angestrengt, um etwas zu erreichen. Deshalb sind die Treffen so wichtig, denn wenn sie etwas anspricht, was nicht ideal ist, dann können wir in der Gruppe darüber reden, ehe es all ihre Gedanken in Besitz nimmt. Sie hat ja auch den Besuch im Radiosender in der Gruppe besprochen, und alle waren einstimmig der Meinung, dass es eine großartige Idee ist – alle außer mir. Aber ich habe meine Meinung nicht laut geäußert und Heather dadurch im Stich gelassen.

Ich bin einmal einer Mutter begegnet, die den Charakter ihres Sohnes mit den Worten »ein typisches Down-Kind« beschrieben hat, und ich hätte sie am liebsten dafür geohrfeigt. Man kann einen Menschen nicht durch ein einziges Merkmal definieren, wir sind alle vielfältig und einmalig. Dass sie stur ist, hat absolut nichts mit Heathers Down-Syndrom zu tun, sonst müssten auch Dad und ich Down haben – auch uns kann keiner aufhalten, wenn wir uns in etwas verbissen haben.

Ich überlege, ob ich lügen soll. Es liegt mir auf der Zunge. Ich habe immer das Gefühl, wenn ich es irgendwie fertigbringe, dafür zu sorgen, dass Heather glücklich ist, dann ist alles gut in der Welt. Andererseits bin ich immer dem Grundsatz gefolgt, Heather die Wahrheit zu sagen; gelegentlich beschönige ich sie vielleicht ein wenig, aber das ist auch schon mein schlimmstes Verbrechen. Ich habe ihr noch nie eine richtige Lüge aufgetischt. Ein Freund hat mir einmal gesagt, ich wolle es immer allen recht-machen, aber das stimmt überhaupt nicht, denn ihm wollte ich es bestimmt nicht rechtmachen, ich hab es nicht mal versucht. Er stand nicht sehr weit oben auf der Liste der Menschen, denen ich gefallen wollte. Aber jetzt begreife ich, wie wichtig es mir ist, es Heather rechtzumachen. Es gibt nicht viele andere Menschen, bei denen ich das versuche, es dreht sich immer alles nur um Heather. Mir wird außerdem klar, dass mich das nicht zu einem fürsorglichen, einfühlsamen Menschen macht. Im Gegenteil – es macht mich ziemlich egoistisch, denn letztlich hat es immer bedeutet, dass sich doch alles um mich dreht.

Jahrelang habe ich mir eingeredet, Heather würde sich darauf verlassen, dass ich die Dinge regle. Aber stimmt das denn? Oder bilde ich es mir vielleicht nur ein? Auf einmal fällt mir auf, dass sie mich noch nie darum gebeten hat, den Karren für sie aus dem Dreck zu ziehen. Es gab in unserer gemeinsamen Vergangenheit keinerlei Anzeichen dafür, dass sie von mir erwartet, etwas zu managen – dieser Druck geht einzig und allein von mir selbst aus.

Ich habe eine Erleuchtung. Hier in meinem Garten. Knietief in einem Loch, das ich eigenhändig gegraben habe.

Als ich gefeuert wurde, war mein erster Gedanke: *Das darf ich Heather nicht erzählen*. Ich dachte, es würde sie aufregen, ich dachte, ich müsste sie vor der Erkenntnis beschützen, dass es schlimme Dinge in der Welt gibt, ich dachte, dann würde sie Angst bekommen, selbst gefeuert zu werden. Was hab ich mir da nur eingebildet? Was für eine Lehre soll das denn sein? Heather kennt die Grausamkeit der Welt vermutlich besser als ich. Ihr werden täglich irgendwelche gemeinen Bemerkungen an den Kopf geworfen, sie hört ständig abwertende Kommentare von ganz normalen, anständigen Menschen, die es nicht besser wissen, sowohl direkt als auch hinter ihrem Rücken. Dabei kann ich sie nicht mehr als begleiten. Während ich höre, wie Sie an diesem frischen, hellen, sonnigen Frühlingstag mit Ihren Kindern den Tisch abschmirgeln und lachen, während Pharrell Williams' »Happy« aus Ihrem iPhone plärrt, habe ich eine Erleuchtung. Ich muss nicht ständig jeden Aspekt meines Lebens so hindrehen, dass er mir und Heather gefällt. Ich kann meine Schwester nicht vor allem bewahren, aber vielleicht kann ich einfach für sie da sein und ihr helfen, wenn sie tatsächlich verletzt wird.

»Also gut, okay«, sage ich schließlich, und meine Stimme zittert. Was tue ich da? Ich schicke Heather zu Ihnen hinüber, damit Sie ihr das Herz brechen. *Ich* tue das. *Ich* lasse zu, dass das passiert. Auf einmal bin ich so zittrig, dass ich kaum noch Luft bekomme, und ich muss mich auf die Gartenbank setzen, während ich tatenlos zusehe, wie meine Schwester die Straße überquert.

Die beiden blonden Kinder hören auf zu schmirgeln und blicken ihr aufmerksam entgegen.

»Hallo«, sagt Heather freundlich.

Dann reden Sie und Heather miteinander. Ich kann nicht verstehen, was Sie sagen, und es bringt mich fast um den Verstand. Ich will es wissen. Ich muss es wissen, damit ich die Situation kontrollieren und dafür sorgen kann, dass Heather nicht verletzt wird. Ich fühle mich hilflos und gleichzeitig wie ein Henker. Ich habe meine Schwester zu Ihnen geschickt, um ihren Glauben an die Menschheit zu zerstören, vielleicht sogar ihren Glauben an mich.

Ich beobachte, wie Sie ihr irgendetwas erklären, ich sehe Ihren sanften Gesichtsausdruck, wie sie gestikulieren, um sanft zu unterstreichen, was Sie meinen. Dann hören Sie auf zu reden und schauen Heather an. Sie warten auf ihre Antwort, aber sie schweigt. Sie stemmen die Hände in die Hüften. Unsicher schauen Sie meine Schwester an. Wahrscheinlich wissen Sie nicht, ob Sie auf sie zugehen sollen, Sie setzen dazu an, weichen aber zurück, bevor es zu einem Kontakt kommt, Sie sind klug genug, es nicht zu tun. Dann sehen Sie zu mir herüber. Sie sind beunruhigt. Was sollen Sie mit dieser jungen Frau machen, die Sie nur stumm anstarrt? Was sollen Sie ihr jetzt sagen? Sie brauchen meine Hilfe.

Es bringt mich um, Heather das anzutun, aber ich helfe Ihnen nicht.

Dann setzen Sie offensichtlich zu einer Erklärung an, aber Heather dreht sich einfach um und geht über die Straße zu mir zurück. Sie sieht aus, als wäre sie geohrfeigt worden, ihr Gesicht ist tieftraurig, ihre Augen glasig, die Nase rot, als hätte sie geweint. Ich bleibe, wo ich bin, und beobachte, wie sie auf mich zukommt – und wortlos an mir vorbeigeht.

Das passiert, wenn man Leute im Stich lässt, Matt Marshall. Das werden Sie auch noch lernen müssen, und Sie werden sich immer daran erinnern, weil Sie es auf dem Gesicht meiner Schwester gesehen haben.

Heather bleibt im Haus und hört Musik auf ihrem Plattenspieler, bearbeitet stumm ihren Schmerz darüber, dass sie den Radiosender nun doch nicht besichtigen kann. Sie möchte nicht darüber sprechen, und das ist okay, denn ich will es auch nicht. Ich arbeite weiter an meiner Grube, und je tiefer ich in die Erde grabe, desto tiefer grabe ich auch in meinem Inneren. Als das Loch meinen Anforderungen entspricht und ich genügend von mir selbst bloßgelegt habe, ist es Zeit, die Wunde wieder zu verschließen. Ich lege eine ungefähr fünf Zentimeter dicke Schicht

Kieselsteine in das Loch, aus dem ich gerade herausgeklettert bin, und stelle das Becken meines zukünftigen Springbrunnens darauf. Dann messe ich die Entfernung von der Grube zur nächsten Steckdose, schneide einen PVC-Schlauch auf die gleiche Länge und ziehe eine Schnur durch, befestige das eine Ende mit Klebeband am Stecker der Wasserpumpe, die ich später noch anfügen werde. Dann ziehe ich den Stecker der Wasserpumpe durch den PVC-Schlauch und klebe den Stecker an dessen Ende fest. Dafür brauche ich eine ganze Weile. Dann lege ich den Schlauch in den Graben, den ich dafür ausgehoben habe, und bedecke ihn mit Erde. Schließlich zentriere ich die Pumpe im Becken und lege eine Plane darauf. Mit meiner neuen Universalschere schneide ich ein Loch in die Mitte der Plane.

Als Nächstes muss ich laut Anweisung die Wasserpumpe mit der Rohrleitung verbinden, aber das schaffe ich nicht, es ist viel zu kompliziert und frustrierend, und ich murre und knurre und fluche vor mich hin, als ich hinter mir plötzlich eine Stimme höre.

»Hi, Garten-Girl.«

Mir ist sofort klar, dass es nicht Sie sind. Ich springe auf und lasse meine Schere dabei aus Versehen in das Brunnenbecken fallen.

»Scheiße. Monday. Hi. Sorry. Du hast mich erschreckt. Ich wollte grade … Mist. Meine Schere. Ich will nur schnell … Ach, dieses blöde Ding«, seufze ich und wische mir den Schweiß von der Stirn. »Ich versuche gerade, einen Springbrunnen zu bauen.«

Ich befinde mich in einem Erdloch, und von hier unten wirkt Monday noch majestätischer als sonst. Er trägt einen marineblauen Anzug, keine Krawatte, aber hat einen amüsierten Ausdruck in den Augen, die ganz direkt und ausschließlich auf mich gerichtet sind. Ich werfe einen verstohlenen Blick über die Straße und erwische Sie dabei, wie sie hastig wegschauen und so tun, als hätte ich Sie nicht beim Glotzen ertappt. Hastig wenden Sie sich wieder den Kids und dem Lackieren zu, und ich höre wieder Ihre fröhliche Pfadfinderstimme, die Sie jetzt schon seit fast einer Stunde beibehalten.

»Ich hab schon ein paarmal gerufen, aber du warst ganz in deiner eigenen Welt«, sagt Monday lächelnd und geht in die Hocke. »Was ist das denn hier?«

»Ein totales Chaos.« Ich zeige ihm, was ich meiner Anweisung zufolge machen soll.

»Darf ich mal?«

»Ja, bitte.« Er streckt die Hand aus, ich greife nach ihr und lasse mich von ihm aus meinem Loch ziehen. Das ist kein Zeichen. Nicht mal ein Symbol. Einfach nur ein reales Ereignis. Als meine Haut seine berührt, spüre ich es am ganzen Körper, aber vielleicht liegt das ja nur an mir. Er tritt nicht vom Rand des Lochs zurück, so dass er mich ganz nahe zu sich heranzieht, meine Nase berührt sein Hemd, und ich kann durch die offenen Knöpfe seine nackte Haut und seine Muskeln sehen. Hier möchte ich gern für immer bleiben und seinen festen Körper an meinem spüren, aber stattdessen mache ich ungelenk einen Schritt zur Seite und kann ihm nicht in die Augen schauen, weil ich nicht will, dass er sieht, dass er mich so aus der Fassung gebracht hat. Er zieht die Jacke aus, und ich bringe sie ins Haus, wo ich die Gelegenheit ergreife, mich ein bisschen zu säubern, meine Haare und meinen Lidstrich zu richten und mich wieder zu fassen.

Als ich zurückkomme, hat Monday die Ärmel aufgekrempelt, kniet im Gras und arbeitet mit gerunzelter Stirn an der Verbindung zwischen Wasserpumpe und Schlauch. Ich versuche, Smalltalk zu machen, aber er ist viel zu konzentriert, um mir zu antworten, und ich komme mir vor wie eine Nervensäge. Also beobachte ich ihn eine Weile stumm, fühle mich dann aber blöd, weil ich ihn aus all den falschen Gründen bewundere, und werfe lieber verstohlene Blicke zu Ihnen und Ihren Kindern hinüber. Abgesehen von Fionn, der von der Arbeit desertiert ist, sich auf einen Stuhl gefläzt hat und auf einem iPad rumspielt, haben alle ihren Spaß am Tischlackieren, und Sie widmen sich lebhaft, engagiert, kommunikativ und witzig Ihrer Aufgabe. Sie sind ein guter Vater, und es tut mir leid, dass ich einmal das Gegenteil behauptet habe. Meine zynische Seite fragt sich, ob alles nur eine Schau für mich ist, wegen der Dinge, die ich Ihnen letzte Nacht an den Kopf geworfen habe, aber eigentlich merke ich genau, wie echt die Szene wirkt und wie fröhlich die Kinderstimmen klingen, und ich schäme mich, weil ich wieder einmal denke, dass sich alles nur um mich dreht. Dann fange ich an, mit mir selbst darüber zu diskutieren, ob es gerechtfertigt ist, dass ich mich schäme, wo Sie sich in der Vergangenheit doch so haarsträubende Dinge geleistet, Heather enttäuscht und mir ein Glas an den Kopf geworfen haben. Der Gewinner der Debatte bin ich; Sie haben mein Misstrauen verdient.

Monday sieht mich an, und ich erwache aus meiner Trance. Offensichtlich hat er gerade etwas gesagt und wartet auf eine Antwort. Ich meinerseits warte, dass er seine Frage wiederholt, aber dann stelle ich peinlich berührt fest, dass sein Blick stattdessen meinem folgt. Seine Augen wandern zu Ihnen.

»Die Stimme kommt mir bekannt vor. Ist das Matt Marshall?«

»Ja.«

Monday ist weder sonderlich beeindruckt noch unbeeindruckt, und ich bin überrascht, wie ich darauf reagiere. Natürlich möchte ich nicht, dass Monday Luftsprünge macht, dass er sich als Matt-Marshall-Fan outet und sofort über die Straße zu Ihnen rennt, aber stattdessen werde ich nervös und mache mich darauf gefasst, dass er Sie nicht mag – als wäre ich bereit, Sie in diesem Fall zu verteidigen. Eine sonderbare Reaktion, wenn man bedenkt, dass ich Sie eigentlich zutiefst verabscheue, vor allem, seit Sie Heather so enttäuscht haben. Wenn wir eine Beziehung hätten, müsste ich Sie verlassen und weit, weit wegziehen. Was Ihre Frau ja getan hat, wie mir einfällt. Vielleicht haben Sie diese Wirkung auf Menschen.

234

»Dafür brauche ich noch ein paar Minuten«, sagt Monday und fixiert mich mit einem Blick, der mich zum Grinsen bringt.

»Du musst das aber nicht machen.«

»Ich weiß. Aber dann hast du vielleicht noch ein paar Minuten extra Zeit, über den Job nachzudenken. Anscheinend brauchst du ja sehr lange.«

Ich beiße mir auf die Unterlippe. »Sorry. Du hast gesagt, ich hab einen Monat, um mich zu entscheiden.«

»Höchstens. Wenn ich hier fertig bin, könnten wir ja darüber reden, wenn das okay ist.«

Ich schaue auf die Drähte in seiner Hand. »Weißt du denn, was du machst?«

»Ich hab ein altes Cottage in Skerries gekauft und eigenhändig renoviert. Neues Dach, neue Rohrleitungen, neue Elektrik. Ich hab ein paar Jahre dafür gebraucht, aber jetzt ist es bewohnbar. Und ich habe nichts in die Luft gejagt. Bis jetzt.«

Ich versuche mir ihn in seinem kleinen Cottage im verschlafenen Städtchen Skerries vorzustellen, wie er in einem Aran-Pullover täglich frischen Fisch von einem Fischer kauft, aber es funktioniert nicht. Ich sehe ihn nur, wie er mit nacktem Oberkörper und großen Elektrowerkzeugen die Bodendielen des alten Cottages herausstemmt und die Tapeten runterreißt.

»Hast du denn nachher Zeit zum Reden?« Als er meinen verständnislosen Blick sieht, fügt er hinzu: »Wir haben gestern vereinbart, dass wir heute über den Job sprechen …«

Endlich fällt der Groschen. »Ah. Ich dachte, du meinst, wir reden am Telefon, deshalb bin ich … deshalb haben wir uns nicht auf eine Zeit geeinigt. Aber heute ist in Ordnung.«

Wie es aussieht, ist es ihm peinlich, dass er unangemeldet an einem Sonntag reingeschneit ist, oder steckt hinter der Verlegenheit vielleicht noch etwas anderes? Falls ja, überspielt er es schnell. Womöglich bilde ich es mir ja auch nur ein und mache mir vor, dass ich eine verletzliche Seite an ihm sehen kann und dass er in Wahrheit ganz spontan vorbeigekommen ist, weil er mich sehen möchte. In dem kurzen Augenblick, der zwischen uns aufblitzt, glaube ich fest daran, dass diese Möglichkeit existiert, aber dann gehen wir schnell wieder zur Tagesordnung über – wenn auch nicht ganz, denn er ruiniert immerhin gerade einen ordentlichen Anzug, weil er sich an einem Loch in meinem Garten zu schaffen macht.

Dreißig Minuten später – ich habe inzwischen Tee für mich und Kaffee für ihn gemacht – sitzen Monday und Heather an meinem Küchentisch. Heather erzählt Monday von ihren Jobs. Sie ist stolz auf ihre Arbeit und macht auch vor Fremden kein Hehl daraus. Ich mag das, sie ist so gut in Konversation, aber ich bin besorgt. Ich möchte nicht, dass sie irgendwelchen wildfremden Männern ihre gesamte wöchentliche Terminplanung erklärt, so dass sie jederzeit dort auftauchen können, wo sie gerade ist. Natürlich mache ich mir wegen Monday keine Sorgen und Heather auch nicht, denn als sie fertig ist, erkundigt sie sich auch nach seiner Arbeit.

»Ich bin Headhunter«, sagt er. »Ich suche für offene Stellen geeignete Kandidaten, die gerade anderswo beschäftigt sind.«

»Ist das nicht ein bisschen wie Klauen?«

»Nein, eigentlich nicht.« Monday lächelt. »Klauen mag ich nicht. Ich sehe mich eher als Problemlöser. Es ist ein bisschen wie bei einem Puzzle. Ich bringe die richtigen Leute an die richtigen Stellen. Denn manchmal ist jemand an einer Stelle, an der er nicht sein sollte.«

Als er das sagt, begegnen sich unsere Blicke. Übrigens spricht er keineswegs betont langsam, als könnte Heather ihn womöglich nicht verstehen, oder besonders laut, als wäre sie taub, obwohl sie ein Hörgerät trägt. Seine Sätze sind kurz, einfach und zur Sache.

Dann erzählt Heather ihm von mir und von meinen Jobs – eine vereinfachte Version, die Version, die ich ihr im Lauf der Jahre vermittelt habe. Dass sie das tut, wundert mich, und ich überlege, ob sie Mondays Job vielleicht missverstanden hat, aber dann wird mir klar, dass sie mich bei ihm anzupreisen versucht, was mich so rührt, dass ich innehalten muss. Ich bin wie gelähmt, überwältigt, dass Heather so etwas für mich tut. Dass sie so etwas weiß und kann. Monday ist ein Mensch, der Leuten einen Job besorgt, und deshalb ergreift sie die Gelegenheit, einen für mich zu organisieren. Sie zählt meine Fähigkeiten auf und wartet mit Anekdoten auf, die diese Fähigkeiten illustrieren. Das hat sie bei ihren eigenen Vorstellungsgesprächen so gelernt, und jetzt wendet sie das Prinzip auf mich an.

Jeder Satz beginnt mit »Jasmine ist …« Der erste Satz endet mit »nett«, und dann bringt sie Beispiele für meine Nettigkeit. Sie erzählt Monday, dass ich ihre Wohnung bezahlt habe.

»Jasmine ist klug«, fährt sie dann fort. »Eines Tages waren wir auf dem Parkplatz am Supermarkt, und neben dem Parkscheinautomaten hat Jasmine einen Zwanzig-Euro-Schein gefunden. Daneben lag ein Kärtchen für einen Arzttermin. Da hat Jasmine das Geld und die Karte an den Arzt geschickt und ihm mitgeteilt, dass die Person, die diesen Termin bei ihm hat, auf dem Parkplatz ihr Geld verloren hat.« Sie strahlt. »Das ist klug, oder nicht?«

»Ja, das ist sogar sehr klug.«

Ich hoffe, dass meine Schwester jetzt aufhört; es ist schön, aber auch schwierig, mir so viel Lob anzuhören. Aber Heather macht munter weiter mit: »Jasmine ist großzügig.« Ich schüttle den Kopf und mache mich wieder an meine Arbeit.

Ein kurzer Blick zu Monday zeigt mir, dass auch er gerührt ist. Er sieht Heather aufmerksam und konzentriert an. Bestimmt ahnt er, dass ich das Gespräch beobachte, denn er sieht kurz zu mir herüber und lächelt ein bisschen, aber ich werkle schnell weiter. Manchmal versteht er Heather nicht und bittet sie, etwas zu wiederholen – trotz der Sprachtherapie redet sie manchmal etwas undeutlich –, aber selbst wenn ich es genau verstanden habe, mische ich mich nicht ein. Heather ist kein Kind. Sie braucht keine Dolmetscherin.

»Hört sich an, als wäre Jasmine wirklich eine großartige Person«, sagt Monday und blickt wieder zu mir. »Und ich sehe das auch so. Ich denke, viele Leute wären froh, etwas mit ihr zu tun zu haben.« Ich schaue ihn nicht an, aber ich sehe aus dem Augenwinkel, dass er den Kopf schräg hält, um mein Gesicht beobachten zu können, und sofort werden meine Bewegungen fahrig, mein Herz klopft, mein Magen flattert. Ich fummle mit der Milchpackung herum und verschütte Milch auf der Theke, als ich sie in den Krug gießen will.

»Das denke ich auch«, pflichtet Heather ihm bei.

»Und du bist eine großartige Schwester, dass du so über sie redest.«

Das Nächste, was sie sagt, haut mich dermaßen um, dass ich fluchtartig das Zimmer verlasse. Da kapiert sogar Monday, dass es besser ist, wenn er geht; später schickt er mir eine SMS von seinem Privathandy, in der er mich bittet, ihn anzurufen, wenn ich Zeit habe.

»Ich bin ja ihre große Schwester. Als unsere Mum gestorben ist, hat sie mir gesagt, ich bin die große Schwester und ich muss für Jasmine sorgen. Natürlich muss ich auch sonst noch alles Mögliche tun, aber Jasmine zu beschützen, das ist mein Hauptjob.«

18

Am Montag wache ich auf, weil direkt vor meinem Fenster ein Rasenmäher brummt. Das stört mich in mehrfacher Hinsicht. Erstens, weil es erst kurz nach acht und sowieso ein aufdringliches Geräusch ist, und zweitens, weil ich gestern eine Flasche Rotwein geleert habe, bevor ich ins Bett gegangen bin. Vielleicht lüge ich in Bezug auf die Alkoholmenge, es könnte sehr wohl mehr gewesen sein oder möglicherweise auch ein anderes Getränk, aber auf alle Fälle spüre ich es heute, dieses Klonk-Klonk-Klonk, das sich in meinen Schädel bohrt, gezielt zu den Hirnzellen vordringt, um sie qualvoll zu ermorden, und sich dann zum Hinterkopf durchfräst, bis das ganze Kissen pulsiert.

Der gedankenlose Bediener des Rasenmähers könnte Teil eines der vier Rentnerpaare sein, die nach ihrem eigenen Zeitplan funktionieren und den anderer Menschen komplett ausblenden – obwohl ja inzwischen alle wissen, dass ich keinen Job mehr habe. Eigentlich könnte es jeder von denen sein, aber ich weiß sofort, dass Sie es sind. Das weiß ich, noch ehe ich den Kopf vom Kissen hebe, denn das Mähen hört einfach nicht auf. Kein Mensch auf der ganzen Welt hat so viel Gras; so lange braucht nur ein in Gartenarbeit völlig unerfahrener Mensch. Als ich rausschaue, kommt es mir vor, als hätten Sie nur darauf gewartet, dass ich mich endlich rühre. Wie auf ein Stichwort blicken Sie auf, winken mir superfreundlich zu, und ich sehe den Sarkasmus aus jeder Ihrer Poren quellen. Dann stellen Sie den Rasenmäher ab, als wären Sie fertig mit dem, was Sie sich vorgenommen haben, und kommen über die Straße auf mein Haus zu.

Ich kann mich nicht rühren, mir ist viel zu schwindlig, ich muss mich wieder hinlegen. Aber Sie sind an der Tür und betätigen die Klingel, viel zu laut, viel zu lang, es ist ein Gefühl, als drückten Sie in kurzen Abständen auf einen üblen blauen Fleck, um mich im Morsecode zu foltern. Ich lasse mich wieder aufs Bett fallen und hoffe, dass Sie weggehen, wenn ich Sie ignoriere, aber das tun Sie genauso wenig wie alle meine anderen Probleme, und genau wie die werden auch Sie nur noch schlimmer. Am Ende sind jedoch nicht Sie es, was mich in Bewegung bringt, sondern der Anblick der Wodkaflasche neben meinem Bett treibt mich – im Schneckentempo – zur Tür.

Als ich sie aufmache, brennt mir das Tageslicht sofort und gnadenlos Löcher in meine Augen. Ich verziehe das Gesicht, ducke mich und ziehe mich schnellstens in die Geborgenheit des Raums mit den zugezogenen Vorhängen zurück. Sie folgen mir.

»Ach du liebe Zeit«, kommentieren Sie meinen Anblick und klingen dabei viel zu sehr nach Dr. Jameson. »Guten Morgen«, fügen Sie hinzu, übertrieben fröhlich und laut, geradezu spritzig. Absolut entnervend. Wenn ich es nicht besser wüsste, würde ich denken, Sie haben beobachtet, wie ich mich bewusstlos getrunken habe, und sind dann extra früh aufgestanden, früher als ich es jemals bei Ihnen erlebt habe, nur um vor meinem Fenster herumlärmen zu können. Und außerdem haben Sie sich auch noch gezwungen, fröhlich zu sein, fröhlicher, als ich Sie jemals erlebt habe.

Eigentlich habe ich vor, ganz normal »Hi«, zu antworten, aber es kommt nur ein heiseres Krächzen aus meinem Mund.

»Wow«, sagen Sie. »Wilde Nacht, was? Nichts als Rock 'n' Roll in Nummer drei an einem Sonntagabend.«

Ich knurre nur.

Aber Sie gehen durchs Zimmer, ziehen die Vorhänge auf, öffnen das Fenster, so dass ich fröstelnd nach der Kaschmirdecke greife,

240

die auf der Couch liegt, auf der auch ich gelandet bin. Nachdem ich mich ordentlich eingewickelt habe, beobachte ich wachsam, wie Sie in die Küche gehen – ich habe eine offene Küche, genaugenommen ist das ganze Erdgeschoss ein einziger großer Raum –, und dann fangen Sie an, in den Schränken herumzusuchen.

»In der Zitronenschüssel«, sage ich schwach.

Sie halten inne. »Was ist damit?«

»Ihr Schlüssel. Er ist in der Schale bei den Zitronen.«

»Ich suche nicht nach meinem Schlüssel, ich bin nicht ausgesperrt.«

»Halleluja.«

»Warum ist der Schlüssel bei den Zitronen?«

»Freut mich, dass Sie fragen«, lächle ich. »Weil ich sauer auf Sie bin.«

»Aber gehört dann nicht Ihr eigener Schlüssel da rein?«, fragen Sie, und mein Lächeln verblasst.

Unermüdlich werkeln Sie weiter in der Küche herum. Ich höre Tassen klappern, Papier rascheln, ich rieche Toast, ich höre den Wasserkocher. Ich schließe die Augen und nicke ein.

Als ich wieder aufwache, halten Sie mir einen Becher mit Tee und einen Toast mit Butter unter die Nase. Mein Magen rebelliert, aber andererseits habe ich Hunger.

»Essen Sie, das hilft.«

»Ein Rat vom Experten«, sage ich müde und richte mich auf.

Sie setzen sich auf den Sessel mir gegenüber, neben das Fenster, durch das das Licht so hell hereinfällt, dass ich die Augen zusammenkneifen muss. In dem Licht, das Sie umgibt, sehen Sie fast aus wie ein Engel, Ihre rechte Seite verschwimmt an den Rändern ein bisschen, als wären Sie ein Hologramm. Dann seufzen Sie, und das klingt weder engelsgleich noch sonst wie heilig, aber ich erkenne, dass Sie nicht seufzen, weil sie müde sind. Irgendwie sehen Sie verjüngt aus, Ihre Wangen sind von der frischen Morgenluft gerötet, Ihre Kleider riechen nach Gras. Nein, Sie seufzen meinetwegen.

»Danke«, sage ich, als mir meine Manieren wieder einfallen.

»Wegen neulich nachts ...«, beginnen Sie.

Ich ächze, winke ab und schlürfe meinen Tee. Er ist süß, süßer, als ich ihn normalerweise trinke, aber er schmeckt mir. Für diesen Moment ist er genau richtig. Es ist kein Wodka, und schon dafür bedankt sich mein Körper. Ich möchte jetzt nicht über die Nacht neulich reden, über das, was zwischen Ihnen und mir vorgefallen ist.

»Es tut mir leid, dass ich das Glas nach Ihnen geworfen habe.« Sie meinen das todernst. Vielleicht sind Sie sogar bewegt, und das ertrage ich nicht.

Ich kaue langsam auf meinem Toast herum und schlucke. »Wir waren beide im Unrecht«, sage ich schließlich. Ich möchte gern das Thema wechseln.

Aber das wollten Sie nicht hören. Vermutlich hoffen Sie, dass ich mich auch entschuldige.

»Na ja, Jasmine, ich habe auf das reagiert, was *Sie* gesagt haben.«

»Ja, und ich nehme Ihre Entschuldigung an«, erwidere ich. Warum schaffe ich es eigentlich nicht, mich zu entschuldigen, wo ich doch weiß, dass ich es sollte?

»Sie haben ein paar ganz schön beschissene Dinge gesagt«, fahren Sie fort.

»Sind Sie hier, weil Sie eine Entschuldigung von mir hören wollen?«

»Nein, weil ich mich entschuldigen will.«

Ich denke noch einmal darüber nach. »Wie gesagt – wir waren beide im Unrecht.«

Sie starren mich durchdringend an, und man sieht, dass Ihr Hirn auf Hochtouren arbeitet. Dann treffen Sie offensichtlich den Entschluss, mir jetzt lieber keine Vorwürfe zu machen, wofür ich Ihnen sehr dankbar bin, obwohl ich weiß, dass ich es verdient hätte. Ich benehme mich furchtbar. Dann gehe ich einen winzigen Schritt auf Sie zu.

242

»Ich war total enttäuscht, weil Sie meine Schwester hängengelassen haben.«

»Das tut mir leid. Ich habe nicht gedacht, dass sie sich das so zu Herzen nehmen würde.«

»Sie bricht nie ein Versprechen, und sie ist schnell bereit, jemandem zu vertrauen.« Im Gegensatz zu mir – ich bin überhaupt nicht bereit, jemandem zu vertrauen.

Sie nicken und verdauen die Information. »Wissen Sie, ich habe nicht gesagt, dass die Besichtigung jetzt ein für alle Mal vom Tisch ist, nur kann sie eben nicht demnächst stattfinden.«

»Und wie stehen die Chancen?«

»Momentan eher schlecht«, antworten Sie grimmig.

Ich müsste daran denken, welche Auswirkungen es für Sie und Ihre Familie hat, wenn Sie Ihren Job verlieren, nicht nur daran, dass Heather ihre Besichtigung nicht machen kann. Wegen meiner Beziehung zu Heather hält man mich oft für sensibel, aber wenn es um andere geht, bin ich ziemlich unsensibel.

»Wegen dem, was Sie mir da neulich gesagt haben, trinke ich übrigens nicht mehr«, fügen Sie plötzlich hinzu.

Überrascht starre ich Sie an. Allerdings überrascht es mich mehr, dass ich etwas gesagt habe, was Sie beeinflusst hat – dass Sie aufgehört haben zu trinken, finde ich weniger beeindruckend, denn ich glaube Ihnen nicht. Ich glaube nicht, dass Sie es ernst meinen, ich glaube nicht, dass Sie sich daran halten. Es ist so ähnlich, als wären Sie der untreue Ehemann und ich taub für Ihre Beteuerungen, dass Sie sich ändern werden. Schon seltsam, wie vertraut wir uns zu sein scheinen.

»Ich höre wirklich auf«, beteuern Sie und haben meinen Gesichtsausdruck offenbar hundertprozentig korrekt interpretiert. »Sie hatten nämlich recht – mit dem, was Sie über mich und die Kids gesagt haben.«

»Ach bitte, Matt«, entgegne ich entnervt und resigniert. »Das ist doch Quatsch. Ich kenne Sie kaum. Ich weiß nichts über Ihr Leben.«

»Eigentlich«, beginnen Sie, zögern, als könnten Sie sich nicht recht entscheiden, ob Sie es sagen sollen oder nicht, »eigentlich wissen Sie eine ganze Menge über mein Leben. Sie sehen mich jeden Tag. Sie sehen mehr als sonst irgendjemand.«
Schweigen.

»Und Sie kennen mich.« Sie mustern mich nachdenklich. »Ich glaube zwar, dass Sie denken, Sie kennen mich besser, als Sie es tatsächlich tun, und in mancher Hinsicht liegen Sie auch total daneben, aber das muss ich Ihnen wohl erst noch beweisen.«

»Sie müssen mir gar nichts beweisen«, lüge ich. Ich wollte, ich würde es so meinen, aber das stimmt leider nicht. Ich analysiere jedes Wort, das aus Ihrem Mund kommt, und suche nach Beweisen, dass Sie tatsächlich der schlechte Mensch sind, für den ich Sie halte.

»Jedenfalls möchte ich Ihnen das hier geben ...« Sie überreichen mir den zerknitterten Umschlag mit dem Brief Ihrer Frau.

»Sie haben ihn immer noch nicht gelesen? Also wirklich, Matt!«

»Ich kann nicht«, sagen Sie schlicht. »Ich möchte nicht wissen, was da drin steht. Ich kann nicht.«

»Spricht Sie wieder mit Ihnen?«

Sie schütteln den Kopf.

»Weil sie alles, was sie Ihnen sagen will, hier aufgeschrieben hat, und Sie ignorieren es! Das verstehe ich einfach nicht.«

»Dann lesen Sie mir den Brief doch vor.«

»Nein! Lesen Sie ihn gefälligst selbst.« Ich werfe den Brief auf den Couchtisch.

»Was, wenn sie nicht zurückkommt?«

»Dann wissen Sie wenigstens Bescheid. Statt dass Sie ... dass Sie nur rumsitzen und warten.«

»Ich sitze nicht mehr nur rum. Ich werde es ihr beweisen.«

»Was denn beweisen?«

»Mich beweisen.«

»Das haben Sie doch bereits. Deshalb ist sie ja gegangen.« Ich sage das halb im Witz und denke, dass Sie grinsen werden, aber nichts dergleichen.

Sie seufzen. Sie blicken auf den Brief, und ich glaube, jetzt haben Sie mich endlich verstanden. Sie nehmen den Brief und stehen auf. »Ich lege ihn zu den Zitronen.«

Ich muss grinsen und bin froh, dass Sie mich nicht sehen können.«

Ein Auto hält vor Ihrem Haus.

»Besuch!«, rufe ich, froh, dass das Gespräch beendet ist und Sie endlich gehen. Mir schwirrt der Kopf, der Toast sitzt auf dem Wodka mit Cranberrysaft und surft auf einer Welle von Blähungen.

Sie betrachten durchs Fenster das Auto, stemmen die Hände in die Hüften und machen ein finsteres Gesicht. Sie sehen immer noch gut aus. Ich meine, Sie sind ja auch nicht alt – Anfang vierzig –, und Ihr Lebensstil, die langen Nächte, der Alkohol und der Cocktail aus Beruhigungspillen, Schlaftabletten und allem, was Sie sonst noch so einwerfen, hat Sie äußerlich nicht so in Mitleidenschaft gezogen, wie man es befürchten könnte.

»Ich glaube nicht, dass der zu mir will«, sagen Sie, ohne den Blick von dem Wagen zu wenden. »Der Mann sitzt einfach nur im Auto.«

»Warum haben Sie eigentlich nie beim Fernsehen gearbeitet?«, frage ich abrupt. Gewöhnlich bleiben erfolgreiche DJs mit einer Fangemeinde wie Ihrer nicht beim Radio, sondern wechseln irgendwann zum Fernsehen, und mir fällt gerade auf, dass Sie eigentlich echt attraktiv sind – jedenfalls für manche Leute –, und so, wie der Hase beim Fernsehen nun mal läuft, ist gutes Aussehen dort mindestens so wichtig wie Intelligenz, manchmal auch noch wichtiger.

»Ich habe eine Weile Fernsehen gemacht«, antworten Sie und drehen sich um, genauso überrascht wie ich selbst, dass ich Ihnen tatsächlich so eine persönliche Frage gestellt habe, über Ihr Leben, Ihren Job. »Vor ungefähr fünf Jahren hatte ich eine Late-

Night-Show, eine Talkrunde, ganz ähnlich wie jetzt im Radio. Mittwochabend, 23 Uhr 30.«

Sie sehen mich an, als müsste ich das eigentlich wissen, aber ich schüttle den Kopf.

»Wir saßen um einen Tisch mit Leuten, die ich nicht selbst ausgesucht hatte, nur die Themen konnte ich selbst bestimmen. Aber irgendwie kam nie eine richtige Diskussion zustande, deshalb hab ich den Job schließlich hingeschmissen. Im Fernsehen kann man einfach nicht offen sprechen, im Radio hat man viel mehr Freiheiten.«

»Zum Beispiel kann man das neue Jahr mit einem Orgasmus einläuten.«

Sie seufzen und setzen sich wieder. »Nicht nur Frauen reden miteinander, wissen Sie.«

Das verwirrt mich.

»Ich habe einen Freund, nennen wir ihn mal Joey.«

»Oder Matt?«

»Nein, ich bin es nicht«, wehren Sie ab, und ich glaube Ihnen.

»Eines Tages erzählt mir Joey, dass er und seine Frau Kinder wollen, aber es klappt einfach nicht. Sie sind seit sieben Jahren verheiratet. Eines Abends erzählt er mir bei einem Bier, dass er keinen Orgasmus hat, sondern ihn nur vortäuscht. Das höre ich zum ersten Mal – jedenfalls von einem Mann. Wenn eine Frau nur so tut, hat das ja fürs Schwangerwerden keine Auswirkungen, aber bei einem Kerl ist es nun mal was anderes – und wenn die Frau Kinder möchte, wird es zum Problem. Aber Joey hat es einfach nicht geschafft, seiner Frau zu sagen, dass er nur so tut. Er saß in der Klemme, verstehen Sie? Sie hatte sich durchchecken lassen, bei ihr war alles paletti ...«

Echt inspirierend, wie Sie sich ausdrücken.

»... also hat sie verlangt, dass er auch zu einem Check-up geht, wegen Zeugungsfähigkeit. Aber er wollte natürlich nicht, weil er ja wusste, dass bei ihm alles in Ordnung war. Hat er zumindest angenommen. Statt also zuzugeben, dass er in den meisten Fällen den Höhepunkt nur vortäuscht, oder vielleicht anzusprechen, was ihm vielleicht helfen könnte, was im Bett anders laufen sollte und so, hat er seiner Frau erzählt, dass er keine Kinder möchte. Dabei wollte er eigentlich welche, nur ist ihm in seiner Panik keine bessere Ausrede eingefallen. Jedenfalls haben die beiden sich schließlich getrennt – und das alles nur, weil er nicht darüber reden konnte.« Sie schütteln den Kopf. »Da dachte ich, darüber könnte man doch wirklich mal im Radio sprechen.«

»Ja, stimmt«, sage ich. Persönlich würde ich zwar nicht sonderlich gern zuhören, wie sich fünf Leute um Mitternacht über so ein Thema anschreien, möglichst noch über miese Telefonverbindungen, aber ich verstehe, was Sie mir sagen wollen.

»Da hatte Tony die Idee, das neue Jahr mit dieser Frau einzuläuten. Okay, meinetwegen, hab ich gesagt. Es war mir eigentlich egal. Gut, ich dachte, es könnte ja ganz lustig werden. Es passte gut zu userm Thema. Keine große Sache.«

»Wer ist Tony?«

»Unser Produzent. Er hat alles arrangiert, die Frau ins Studio gebracht. Sie hat einfach ins Mikro gestöhnt – es war nicht echt«, erklären Sie. »Auch wenn die Boulevardblätter es behauptet haben. Aber die Frau war eine Prostituierte, das ist das Problem. Tony hat sie dafür bezahlt.« Sie schütteln den Kopf. »Scheiße, Tony ist auch am Arsch. Er hatte schon vorher Probleme mit seiner Freundin, und jetzt ist sie weg. Er ist … na ja, er kommt damit nicht so gut zurecht wie ich.«

»Klingt, als ginge ein Großteil des Schlamassels auf Tonys Konto.«

»Nein, es ist ja meine Sendung. Ich trage die Verantwortung. Ehrlich gesagt hab ich mich an dem Abend und genaugenommen schon die ganze Woche vorher dermaßen abgeschossen, dass ich nicht mehr wusste, was eigentlich los war. Das ist mir ziemlich oft passiert, und ich bin damit durchgekommen, aber diesmal …« Sie stehen auf und schauen wieder aus dem Fenster.

»Was macht der Kerl denn da? Der glotzt die ganze Zeit auf mein Haus.«

Jetzt rapple ich mich endlich von der Couch auf und schaue ebenfalls aus dem Fenster. Das Auto steht direkt vor Ihrem Haus, der Mann späht hinein. »Haben Sie viele Fans?«

»Ja, eine Frau ist so verrückt nach mir, dass sie sogar ins Haus gegenüber gezogen ist. Rothaarig. Großbusig. Kann gar nicht genug von mir kriegen.«

Ich lächle sogar. »Vielleicht wartet der Typ auf Sie, weil er weiß, dass Sie nicht zu Hause sind.«

»Und woher sollte er das wissen? Es sei denn, er hat mich beobachtet. Ich geh rüber und rede mit ihm.«

Ich höre den Ärger in Ihrer Stimme; das könnte brenzlig werden.

»Warten Sie, Matt, er steigt aus seinem Wagen.«

Sie kommen zurück ans Fenster, und wir beobachten den Mann gemeinsam. Er hat etwas in der Hand, etwas Schwarzes. Eine Kamera. Er hebt sie hoch und fängt an, Bilder von Ihrem Haus zu machen.

»Dieser verdammte …«

Ihre Reaktion kommt etwas verzögert. Der Fotograf hat schon einige Aufnahmen im Kasten, ehe Ihnen klar wird, was er da tut. Wir sehen, wie er die Bilder auf dem Display der Kamera anschaut und dann ein Stück die Straße runtergeht, um aus einer anderen Perspektive weiterzumachen.

»Machen Sie keine Dummheiten, Matt«, warne ich Sie. »Sie kriegen sonst bloß noch mehr Ärger!«, rufe ich Ihnen nach, aber meine Ratschläge stoßen auf so was von taube Ohren. Wutschnaubend stürzen Sie nach draußen. Es ist beinahe, als hätte meine Warnung Sie erst auf die Idee gebracht: Sie stürmen direkt auf den Fotografen zu. Er dreht sich um, und als er Sie sieht und die Aggression in Ihrem Gesicht wahrnimmt, grinst er vor Freude über diese gute Gelegenheit. Sie stürzen sich auf ihn, greifen nach der Kamera, schleudern Sie weg und bugsieren den

Fotografen unsanft in sein Auto zurück. Ich sehe nicht alles ganz genau, denn ich halte mir die Hände vors Gesicht und luge nur dahinter hervor. Irgendetwas sagt mir, dass es besser ist, wenn es für diese Szene keine Augenzeugen gibt.

Die Folge Ihres Auftritts ist, dass ich eine Stunde später immer noch im Bademantel bin und vor Ihrem Haus inzwischen drei weitere Fotografen campieren und zu meinem Haus herüberstarren, während Sie ruhelos in meinem Wohnzimmer auf und ab marschieren, mir die Sicht auf *Diagnose: Mord* versperren und am Handy Ihren Agenten anbrüllen. Die Nachricht von Ihrer Entlassung ist an die Presse durchgesickert, bevor der Sender Sie selbst darüber informiert hat, und man hat Sie für sechs Monate freigestellt, damit Sie nicht sofort bei einem Konkurrenzsender unterschreiben – und genau darüber regen Sie sich so auf.

Ich weiß genau, wie Sie sich fühlen, aber ich sehe auch, dass Sie hauptsächlich deshalb so dringend zur Konkurrenz wollen, um Ihrem derzeitigen Arbeitgeber eins auszuwischen, und nicht, weil Sie wirklich gern wieder arbeiten wollen. Mir geht der Gedanke durch den Kopf, dass es vielleicht das Beste für Sie ist, wenn Sie sich die sechs Monate Zeit nehmen, um über Ihren nächsten Schritt nachzudenken. Ein interessantes Konzept, das mir noch gar nicht in den Sinn gekommen ist. Während Sie das Gefühl haben, Sie sitzen im Gefängnis, sehe ich die Chance, die darin liegt. Vielleicht mache ich Fortschritte.

Wegen der Fotografen draußen kann ich nicht in meinem Garten arbeiten, obwohl der Springbrunnen mich ruft und fertig werden will und auch mein Kater dringend frische Luft gebrauchen könnte. Ich hatte gehofft, dass die Männer im Lauf des Vormittags wenigstens zu einem Snack verschwinden würden, aber es geht nur einer von ihnen weg und erscheint wenig später mit einer Tüte belegter Brötchen aus dem Supermarkt, und dann lehnen alle am Auto und picknicken im Freien. Als ich während der Snackpause das Haus zu verlassen versuche und vorsichtig die Tür öffne, verschwinden Schinken, Ei, Krautsalat und braune Papiertüten im Handumdrehen, die Reporter greifen wieder zu den Kameras und richten sie auf mich. Meine Proteste, dass ich schließlich eine Privatperson sei, verhallen ungehört. Erst als ihnen klar wird, dass sie den Platz auf ihren Speicherkarten vergeuden, weil ich einfach nur langweilig in meinem Garten rumhantiere, geben sie auf. Aber ich fühle mich trotzdem gehemmt und kann unter ihren Blicken nicht richtig arbeiten, vor allem, weil ich mit dem Pumpenanschluss immer noch nicht richtig weiterkomme. Also ziehe ich mich irgendwann wieder ins Haus zurück.

»Sorry«, sagen Sie, als ich den Fotografen die Tür vor der Nase zuknalle und mich mit rotem Gesicht Ihnen zuwende. Dann fängt es an zu regnen und hört auch den Rest des Tages nicht wieder auf, und als die Fotografen sich schutzsuchend zusammen in ein Auto quetschen und ihre gigantischen Kameras auf den Schoß nehmen, schreie ich zu ihnen raus: »Ha! Ich hoffe, eure blöden Apparate verrosten!«

Sie, der Sie eigentlich in Ihrem eigenen stillen Zorn versunken sind, blicken einen Moment auf und beobachten mich amüsiert.

Kurz darauf kommt Dr. Jameson vorbei. Er tut so, als wäre er zutiefst empört über die Belagerung, aber im Grunde genießt er die ganze Aufregung. Er möchte mit uns über das Paparazzi-Problem in unserer Straße diskutieren und Vorschläge hören, was wir alle dagegen unternehmen können. Ich gehe nach oben und lege mich hin.

Kaum liege ich, ruft meine Freundin Caroline an und fragt, ob sie vorbeikommen kann, was sehr ungewöhnlich ist. Ich bin aus zwei Gründen überrascht: Erstens arbeitet sie bei einer Bank, für die sie Eigenheime und andere Besitztümer von den Leuten zurückbeschlagnahmt, wenn sie ihre Kreditraten nicht zahlen, ist also unter der Woche nie verfügbar. Und zweitens ist sie, wenn sie denn frei hat, mit Sex mit ihrem neuen Freund beschäftigt, der acht Jahre jünger ist als sie und mit dem sie zusammen ist, seit sie entdeckt hat, dass ihr Ehemann diverse Affären hatte. Ich freue mich eigentlich für sie, dass ich sie nicht so oft sehe, denn sie hat im wahrsten Sinn des Wortes Besseres zu tun.

Heute platzt sie fast vor Aufregung, aber der einzige Ort, wo wir in Ruhe reden können, ist mein Schlafzimmer, denn Sie tigern immer noch im Wohnzimmer auf und ab und beraten sich am Handy jetzt mit Ihrem Anwalt, weil der Paparazzo, dem Sie die Kamera weggenommen haben, damit droht, Sie wegen Sachbeschädigung zu verklagen. Allerdings wird er mit der Klage niemals durchkommen, weil er die Fotos bereits verkauft und ordentlich dran verdient hat. Jetzt kann man sich auf mehreren Klatsch- und Tratschseiten im Internet ausführlich anschauen, wie Sie sich auf die Kamera stürzen, als wollten Sie jemanden ermorden. Dr. Jameson und ich schauen sie uns zusammen auf dem Laptop an. Der Fotograf hat Sie von unten erwischt, deshalb sehen Sie aus wie King Kong, mit Mehrfachkinn und vorquellendem Bauch, nur darauf erpicht, alles zu zermalmen, was sich Ihnen in den Weg stellt.

»Heilige Scheiße«, sagen Sie. »Zum Glück sind meine Kinder nicht da.«

»Aber mein Steingarten sieht wirklich hübsch aus«, bemerke ich und zoome auf meinen Garten im Hintergrund. »Wenn ich doch nur den Springbrunnen schon fertig hätte«, füge ich seufzend hinzu.

Ehe Sie Ihre King-Kong-Nummer auch bei mir abziehen, gehe ich wieder nach oben, und Dr. Jameson schaut weiter *Homes Under the Hammer*.

»Vor der Renovierung sah die Wohnung aber besser aus«, sagt er gerade, als ich das Zimmer verlasse.

»Ich komme mir vor wie in einem Irrenhaus«, stellt Caroline fest und nimmt den Kaffee entgegen, den ich ihr gebracht habe.

»Willkommen in meiner Welt«, erwidere ich sarkastisch.

»Also, wo war ich stehengeblieben?«

»Bei dem Teil mit der Knallbrause.«

»Ach ja.« Ihre Augen fangen wieder an zu leuchten, und sie nimmt hocherfreut ihren Bericht über die Schlafzimmereskapaden wieder auf, die sie und ihr Freund betreiben und die längst nicht mehr nur im Schlafzimmer stattfinden. »Aber wie auch immer«, sagt sie, als sie fertig ist, und holt tief Luft, »eigentlich bin ich ja aus einem ganz anderen Grund gekommen – ich habe nämlich eine supertolle Geschäftsidee ... und ich möchte, dass du sie mit mir ausarbeitest«, kiekst sie aufgeregt. »Ich hab zwar diese Mega-Idee, aber keine Ahnung, was ich mit ihr anfangen kann. Aber du hast so was doch schon tausendmal gemacht. Bist du dabei? Bitte?«

»Ach du meine Güte«, antworte ich mit großen Augen, durchaus interessiert, aber auch ein bisschen ängstlich. Mit Freunden an einem Projekt zu arbeiten, ist immer heikel, und ich habe Carolines Idee ja noch nicht gehört. Da ich befürchte, dass die Idee Unsinn ist, plane ich in Gedanken lieber schon meinen Absprung. »Erzähl doch mal.«

Caroline ist besser vorbereitet, als ich dachte. Sie zieht einen Aktenordner mit der Aufschrift GÚNA NUA – Irisch für »Neues Kleid« – aus ihrer Tasche. Ihre Idee ist eine Online-Tauschbörse. Man stellt die Kleidung, die man loswerden möchte, auf der Website ein – Caroline hat bereits die Domain gekauft – und sucht sich dort ein anderes Kleidungsstück zum Tausch aus. Kein Geldtransfer, alles läuft über die verbindliche Zusage, dass die Sachen chemisch gereinigt und in tadellosem Zustand sind.

»Es wird Designer-Kleidung geben, Vintage-Sachen, aber auch ganz normale Mode – alles, was das Herz begehrt. Praktisch so, dass man Klamotten umsonst bekommt, und man wird obendrein das ganze Zeug los, das man nicht mehr im Schrank hängen haben will.«

»Und wie willst du daran verdienen?«

»Es gibt eine Anmeldegebühr. Für fünfzig Euro im Jahr bekommt man so viele Sachen, wie man möchte. Ehrlich, Jasmine, ich weiß, dass es einen Markt dafür gibt, ich kriege doch jeden Tag mit, wie die Leute sich damit rumschlagen – deprimierend ist das. Kleidertausch ist die Rettung, davon bin ich absolut überzeugt.«

Sicher, die Idee ist bei weitem nicht perfekt, und ich glaube auch, dass der Preis mit fünfzig Euro zu hoch angesetzt ist, aber für jedes Problem, das mir in den Sinn kommt, sehe ich auch eine Lösung. Man könnte fast sagen, dass ich Interesse habe.

»Ich weiß, dass du so was momentan brauchst, also denk bitte *wirklich* darüber nach«, sagt Caroline und gibt sich alle Mühe, überzeugend zu klingen. Nur leider mit dem gegenteiligen Effekt.

Jetzt klingt es nämlich, als tue sie mir einen Gefallen, und das ist nicht so: Sie braucht meine Hilfe, um die Idee weiterzuentwickeln. Bisher ist es nur eine gute, aber schlecht durchdachte Idee. Sie braucht mich, um sie verwirklichen zu können. Mir gefällt der Dreh nicht, den sie dem Vorschlag gibt – jetzt klingt es auf einmal so, als würde sie mir helfen, und augenblicklich fühle ich mich genervt und frustriert. Aber Caroline merkt nichts davon und fährt unbeirrt fort.

»Wie lange geht deine Freistellung – bis November? Da können wir in aller Ruhe an dem Projekt arbeiten, bis es startbereit ist. Und dann ist dein Gardening Leave vorbei, das wäre doch perfekt. Bis dahin wirst du da unten keinen Platz mehr für Narzissen haben.« Wahrscheinlich soll das schmeichelhaft klingen, aber es fühlt sich nicht so an.

»Narzissen wachsen im November nicht«, widerspreche ich, als müsste ich meinen Garten verteidigen.

Caroline runzelt die Stirn. »Okay«, sagt sie langsam.

Eine ganze Weile schweigen wir beide.

Schließlich klappt sie den Ordner zu und drückt ihn an die Brust. »Wenn du meinst, es ist Mist, dann sag es doch.«

»Nein, es liegt nicht an der Idee. Es ist, hm, es ist nur einfach so, dass ich keine Arbeit *brauche*, Caroline. Ich bin dir dankbar, dass du an mich denkst und daran, was gut für mich wäre, aber ich habe schon ein Jobangebot.«

»Ach, was denn?«

»Ein Headhunter hat mich im Visier – der ist ein echtes Schnittchen, nebenbei bemerkt.« Ich lächle, werde aber gleich wieder ernst. »Es geht darum, eine Organisation aufzubauen, die sich mit Klimawandel und Menschenrechten befasst.«

»Klimawandel? Woher kommt denn dieses plötzliche Interesse? Haben deine Schneeglöckchen dieses Jahr zu spät geblüht?« Sie lacht.

Ich weiß, sie meint es witzig. Alle meine Freunde haben mich in letzter Zeit wegen meines gärtnerischen Engagements aufgezogen. Ich habe Verabredungen zum Kaffee abgesagt und von den Fortschritten in meinem Garten geschwärmt, wenn wir zusammen ausgegangen sind. Es ist die neue Mode: Wir veralbern Jasmine wegen ihres Gartens. Ich versteh das ja, ehrlich, aber … Die Art, wie Caroline mich jetzt anschaut, lässt mich daran zweifeln, ob ich ihr Angebot überhaupt in Erwägung ziehen soll – ihre Einstellung gefällt mir nicht, vor allem nicht die stillschweigende Unterstellung, dass *ich sie brauche.*

»Und willst du diesen Job annehmen?«

»Ich überlege es mir zumindest.«

»Würdest du Bono kennenlernen?«

Jetzt entspannt sich ihr Gesicht endlich, ich lache, aber ich bin auf einmal sehr müde.

»Jasmine«, meint Caroline freundlich, »hast du überhaupt Lust, mit mir zu arbeiten? Ja oder nein? Und ich habe nicht vor, deine Antwort persönlich zu nehmen.«

Ich beiße mir auf die Unterlippe. So schnell kann ich mich nicht entscheiden. »Erzähl mir lieber noch mal die Geschichte mit der Knallbrause.«

Offenbar versteht sie, dass ich einfach mehr Zeit brauche, denn sie sagt: »Okay, aber mit wem auch immer du planst, es

nachzumachen – er muss sich untenrum rasieren, weil es nämlich ziemlich klebrig wird.«

Während sie erzählt, denke ich unentwegt an Monday. Nicht
wegen der Knallbrause, sondern weil ich ihn nicht enttäuschen
will, diesen Mann, den ich kaum kenne und der doch so viel Vertrauen in mich zu haben scheint.

»Monday«, sage ich ins Telefon. Mir ist ein bisschen schwindlig,
und ich bin nervös wegen dem, was ich ihm sagen will.

»Jasmine. Super. Ich habe gerade an dich gedacht. Was zurzeit gar nicht ungewöhnlich ist.«

Ein wunderbarer Gedanke, der angesichts der Natur unserer Beziehung eigentlich total ungewöhnlich ist, aber er geht so
schnell zu anderen Themen über, als hätte er die Bemerkung
gar nicht gemacht. Es klingt, als sei er nicht zu Hause, ich höre
Verkehr, Stimmen, Wind. Vielbeschäftigter Mann, viel unterwegs, ein Headhunter eben – und ich bin in meinem Garten.
Ich habe mich entschlossen, ihn von hier anzurufen, weil es der
einzige Ort ist, an dem ich zurzeit Frieden und Klarheit finden
kann. Inzwischen haben wir den dritten Tag der Belagerung.
Wegen der Kälte sitzen die Paparazzi im Auto und warten
darauf, dass Sie nach Hause kommen und sich wieder mal da-
nebenbenehmen. Am liebsten wäre es ihnen, wenn der Druck
Sie endlich zum Explodieren bringen würde. Inzwischen ist die
Regenbogenpresse voll mit Enthüllungen darüber, was an Silvester in Ihrem Studio tatsächlich passiert ist, eine Geschichte,
die zwar mit dem übereinstimmt, was Sie mir erzählt haben, in
den Boulevardblättern aber ein Eigenleben angenommen hat,
nachdem die fragliche Prostituierte ihre Story verkauft und
auch ihre »Beziehung« zu Tony enthüllt hat. Eine schäbige Geschichte, um die jeder Radiosender einen weiten Bogen machen
würde.

»Wie kommst du mit dem Springbrunnen voran?«, fragt
Monday.

»Er ist fast fertig. Ich baue eine Abdeckung dafür. Mit Hammer und Nägeln in der Hand. Wenn meine früheren Kollegen mich so sehen könnten ...«

»Die Paparazzi sollten sich mal besser in Acht nehmen.«

Ich halte inne und schaue mich um, ob er womöglich in der Nähe ist und mich beobachtet, obwohl ich den Hintergrundgeräuschen am Telefon entnehme, dass das unmöglich der Fall sein kann.

Da ich schweige, erklärt er: »Ich hab die Fotos im Netz gesehen. Dein Garten sah richtig hübsch aus.«

»Aber ich hätte den Brunnen gern schon fertig gehabt.«

Ich höre das Lächeln in seiner Stimme, als er antwortet: »Bei dem Tempo, das du vorlegst, ist es garantiert bald so weit. Also, der Grund, warum ich an dich gedacht habe: Ich habe heute gelesen, dass die Glockenblume aufgrund des Klimawandels Schwierigkeiten bekommen wird, ihr Verbreitungsgebiet zu behalten. Bei Frühlingsblumen wie der Glockenblume beginnt der Wachstumsprozess schon, wenn es noch kalt ist, denn sie bereiten schon im Sommer und Herbst in den unter der Erde liegenden Zwiebeln ihre Blätter und Blüten vor.«

Es klingt, als lese er mir das vor, also setze ich mich gemütlich auf meine neue Gartenbank und höre ihm lächelnd zu.

»Auf diese Weise kann die Pflanze noch im Spätwinter oder sehr früh im Frühjahr anfangen zu wachsen, indem sie die Ressourcen nutzt, die sie in der Knolle gespeichert hat. Wird der Frühling aber durch den Klimawandel wärmer, verlieren die Glockenblumen den Vorteil dieses frühzeitigen Starts und werden von temperaturempfindlichen Pflanzen überholt, die jetzt früher anfangen können zu wachsen als bisher.«

Ich weiß nicht recht, was ich darauf antworten soll. »Das ist wirklich schade. Aber ich habe keine Glockenblumen in meinem Garten.« Nur um ganz sicherzugehen, schaue ich mich schnell um.

»Aber es wäre auch schade, nicht mehr diese wunderschönen

blauen Farbteppiche im Wald und auf den Wiesen zu sehen, oder?«

Ein hübsches Bild, aber wie er auf die Idee kommt, mich ausgerechnet damit überzeugen zu können, dass ich den Job annehme, ist mir schleierhaft.

»Monday«, antworte ich und höre selbst, wie ernst meine Stimme klingt. »Ich möchte dir gern etwas erzählen, was ich dir bisher verschwiegen habe.«

Er zögert einen Moment und ahnt anscheinend die Gefahr. »Ja?«

»Ich hätte es erwähnen sollen, aber … äh …« Ich räuspere mich. »Ich bin freigestellt. Gardening Leave. Für ein Jahr. Bis November.«

»November?«, hakt er nach, in einem Ton, dem ich anhöre, dass er nicht froh darüber ist. Zwar zeigt er als echter Profi seinen Ärger nicht, aber er ist garantiert sauer. Ich habe seine Zeit verschwendet, das erkenne ich jetzt, ich habe ihn an der Nase herumgeführt, während er versucht hat, seinen Job zu machen.

»Es wäre hilfreich gewesen, wenn ich das schon vor ein paar Wochen gewusst hätte, Jasmine.« Als ich höre, wie er meinen Namen sagt, zucke ich unwillkürlich zusammen. Ich schäme mich so, dass ich kein Wort herausbringe – ich komme mir vor, als wäre ich mit heruntergelassener Hose ertappt worden und die Paparazzi hätten eifrig auf den Auslöser gedrückt. Das einzige Gute ist, dass dieses Gespräch am Telefon stattfindet und ich Monday wenigstens nicht persönlich vor mir habe.

»Es tut mir leid, dass ich es dir nicht gesagt habe, ich wollte nur …« Leider fällt mir keine Entschuldigung ein, aber er lässt mich hängen und wartet, dass ich es ihm erkläre. Das zeigt mir, dass er wirklich verärgert ist und eine Rechtfertigung von mir hören will. »Es war mir peinlich.«

Es klingt, als sei er stehen geblieben. »Warum in aller Welt ist dir das peinlich?«, fragt er, ehrlich überrascht, und für den Moment ist sein Ärger verpufft.

»Ach ... na ja, das weiß ich auch nicht. Ich bin gefeuert worden und kann ein Jahr lang nicht arbeiten.«

»Jasmine, das ist vollkommen normal, dafür braucht man sich doch nicht zu schämen. Im Grunde ist es ein Kompliment, dass sie dich nicht für eine andere Firma arbeiten lassen wollen.«

»So hab ich das noch nicht gesehen.«

»Na, das solltest du aber. Unter uns gesagt würde es mir nichts ausmachen, wenn ich dafür bezahlt würde, ein Jahr nicht zu arbeiten.« Er lacht, und ich fühle mich schon wesentlich besser.

Aber dann herrscht Schweigen. Ich bin nicht sicher, was ich damit anfangen soll. Wenn der Job nicht mehr für mich in Frage kommt, haben wir keinen Grund mehr, uns zu treffen, aber ich möchte ihn so gern wiedersehen. Soll ich ihm das sagen? Soll ich ihn fragen, ob er mit mir ausgeht? Oder ist das ein Abschied? Er rettet mich, indem er das Schweigen als Erster bricht.

»Möchtest du den Job, Jasmine?«

Ich stelle mir vor, was passieren könnte, wenn ich nein sage: Er legt auf, ich höre nie wieder etwas von ihm, ich mache weiter mit meinem Gardening Leave, meine Zukunft bleibt ungewiss, meine Gegenwart ist langweilig und jagt mir Angst ein. Aber ich möchte mich nicht wieder so fühlen, wie ich mich in den letzten Monaten gefühlt habe.

»Ja, ich möchte einen Job«, sage ich, und merke sofort meinen Fehler. »Ich meine, ich möchte *diesen* Job.«

»Gut«, sagt Monday. »Dann muss ich erst einmal Rücksprache halten und sehen, was *DavidGordonWhite* zu dieser Information sagt, okay?«

»Ja, selbstverständlich. Klar.« Ich straffe die Schultern und setze mein Profigesicht auf. »Es tut mir wirklich sehr leid.«

Gut fünf Minuten lang verharre ich auf meiner Bank, geduckt, die Hände vors Gesicht geschlagen, dann kehre ich in meinen Garten zurück, um mich hier vor dem Gespräch, das ich gerade geführt habe, zu verstecken. Irgendwann verschwinden tatsächlich alle Gedanken aus meinem Kopf, und ich konzentriere mich

258

darauf, die Holzlatten für die Abdeckung meines Brunnen-beckens in gleichmäßigen Abständen aneinanderzunageln.

Doch als ich dabei bin, die indischen Sandsteinplatten aufein-anderzustapeln, um mit einem Bleistift die Mitte zu markieren und dort das Loch für die Leitung zu bohren, lasse ich plötzlich mein Werkzeug ins Gras fallen und renne ins Haus. Ich laufe direkt zu der Fotowand neben meinem Küchentisch und lasse meinen Blick darüber schweifen – ich weiß genau, wonach ich suche. Als ich das Foto sehe, schlage ich die Hände vor den Mund und kann selbst nicht glauben, wie schnell meine Gefühle mich überwältigen. Nicht nur, weil dieses Bild mir so viel bedeu-tet, sondern auch, weil Monday das anscheinend gespürt hat.

Neben dem Platz, an dem Monday vor ein paar Tagen geses-sen hat, ist ein Foto von mir, Heather, Dad und Mum – das ein-zige Foto, auf dem wir alle vier zu sehen sind –, aufgenommen bei einem unserer regelmäßigen Ausflüge in den Botanischen Garten. Wir lächeln in die Kamera, ich habe eine große Zahnlü-cke, weil mir ein Schneidezahn fehlt – und wir liegen auf einer Wiese voller Glockenblumen.

19

Das Foto bringt mich zum Nachdenken, und ich denke lange und über sehr vieles nach, während ich meinen Springbrunnen fertigstelle, ein Spalier zusammenhämmere, es zu Ehren von Granddad Adalbert Mary rot anstreiche und es schließlich zusammen mit den Rankhilfen an meiner Hauswand anbringe, damit mein frisch gepflanzter Winterjasmin daran hochklettern kann. Als ich denke, ich kann nicht mehr denken, aber ich muss unbedingt wichtige Lebensentscheidungen treffen, beschließe ich, an der Seite des Hauses eine Blumenwiese anzulegen. Eddie kommt noch einmal zum Graben, und da ich mich diesmal nicht für dumm verkaufen lasse, erledigt er das kleine Stück in einem einzigen vollen Arbeitstag, ich bereite den Boden vor, und in der darauffolgenden Woche säe ich einen Samenmix mit Mohn, Kamille, Margeriten und Kornblumen. Es ist nur eine relativ kleine Fläche, neben der Stelle, die ich für das Gewächshaus reserviert habe – es soll an der freien Wand meines Hauses stehen und wird demnächst geliefert. Damit die Vögel die Blumensamen nicht fressen, gehört es am Sonntag zu meinen Aktivitäten mit Heather, über dem eingesäten Bereich Schnüre zu spannen und CDs an ihnen aufzuhängen. Auch hier handeln wir nicht gedankenlos und wählen Songs aus, von denen wir glauben, dass sie die Vögel erfolgreich vertreiben.

Ich pflanze und pflanze und pflanze. Und während ich pflanze, denke ich immer weiter nach – ohne dass ich mir dessen so richtig bewusst bin. Manchmal bin ich mir sogar sicher, dass ich nicht denke, und trotzdem kommt mir plötzlich ein Gedanke, so blitzartig und unerwartet, dass ich ruckartig meinen schmerzenden Rücken aufrichte und mich umschaue, um nachzusehen, wer oder was mich darauf gebracht haben könnte und ob womöglich jemand gesehen hat, dass mir so etwas eingefallen ist.

Nahtlos geht der März in den April über, und ich denke immer noch nach. Ich jäte das Unkraut. Ich schütze die frische Vegetation vor Kälteeinbrüchen, denn obwohl die Tage schrittweise wärmer werden, gibt es gelegentlich starken Wind und heftige Schauer. Wenn ich abends mit Freunden ausgehe, denke ich an meine Blumen, vor allem, wenn es schüttet und die Leute, die ins Restaurant kommen, ihre patschnassen Schirme und Mäntel ausschütteln. Morgens gilt mein erster Gedanke meinem Garten. Ich denke an meine Pflanzen, während ich in den Armen eines Mannes liege, den ich in einer Bar kennengelernt habe. Ich lausche dem Heulen des Winds draußen vor seinem Schlafzimmer und wünsche mir, ich wäre zu Hause bei meinem Garten, wo alles einen Sinn hat.

Ich bin immer in Aktion. Ich will nicht, dass mein Gras zu lang wird und gelb ist, wenn ich es mähe. Es darf nicht vernachlässigt werden. Regelmäßig vertikutiere ich den Rasen, denn es soll sich kein verwelktes Gras und anderer Schmutz ansammeln, ich möchte gesundes Gras, in dem sich kein Moos und kein Unkraut breitmachen. Und währenddessen denke ich immerzu, die ganze Zeit.

Inzwischen sind die Narzissen verwelkt, die sich stolz und prächtig aus dem Boden gereckt haben – die erste Farbe im grauen Vorfrühling. Ihre Zeit ist vorbei, und ich schneide die Köpfe direkt unter der Verdickung ab, so dass der Stiel intakt bleibt. Wenn der verblühte Kopf dranbleibt, steckt die Pflanze ihre Energie in die Samenbildung, aber wenn man ihn abschneidet, kann die Zwiebel die Ausbildung der nächstjährigen Blüte vorbereiten.

Im Garten ist ständig Bewegung, immer wächst etwas. Ganz

gleich, wie festgefahren ich mich fühle, sobald ich hinausgehe, merke ich, dass sich alles um mich herum verändert. Plötzlich sind Blumen an Stellen, wo vorher nur eine winzige Knospe war, und eine Blüte blickt mich an, weit geöffnet und stolz auf das, was sie geleistet hat, während wir alle geschlafen haben. Monday hat bestätigt, dass die Stelle im November beginnen soll, und er hält momentan noch Ausschau nach weiteren Kandidaten, deshalb ist das Vorstellungsgespräch erst am 9. Juni. Ich kann es kaum abwarten, ich sehne mich danach, mich wieder wie mein altes Selbst zu fühlen. Ich sehne mich danach, dass dieses Jahr endlich vorbei ist, und obwohl ich mir das schon unendlich oft gewünscht habe, frage ich mich, was ich wohl tun werde, wenn es tatsächlich so weit ist. Im November wird es wieder kalt, dunkel, grau und stürmisch sein. Natürlich hat auch das seine eigene Schönheit, aber dann ist es Zeit, Entscheidungen über mein Leben zu treffen, hoffentlich in dem neuen Job anzufangen – falls ich ihn bekomme. Auf einmal möchte ich die Zeit anhalten, sie vergeht zu schnell. Ich betrachte meinen sich ständig verwandelnden Garten, die Bewegung des Springbrunnens, die Frühlingsblumen, die die Köpfe heben, und mir wird klar, dass ich das, was mich erwartet, nicht aufhalten kann. Bei der Gartenarbeit geht es oft darum, sich auf das vorzubereiten, was als Nächstes kommt, welche Jahreszeit, welche Elemente bevorstehen, und nun muss ich anfangen, es mit meinem Leben genauso zu machen.

Meine Angst, ich würde nie wieder etwas von Monday hören, hat sich nicht bewahrheitet, wir haben uns sogar mehrmals getroffen und geredet, wobei wir allerdings bei allen möglichen Themen gelandet sind, nur nicht bei dem Job. Ich fühle mich so wohl mit Monday, so entspannt; ich muss ihm wegen meiner Arbeitslosigkeit nichts vorheucheln wie manchen anderen Leuten. Obwohl ich meine Gartenarbeit genieße, überdeckt sie nicht die Momente, in denen ich mich einsam und wertlos fühle, sie macht mich kein bisschen sicherer, was meine Zukunft angeht, der Garten hilft mir nur, nicht so lange darüber nachzugrübeln. Monday andererseits nimmt mir die Einsamkeit. Dass er so darauf versessen ist, sich mit mir zu treffen und zu reden, egal wie lange, hilft mir gegen das Gefühl der Wertlosigkeit. Um ehrlich zu sein – und ich weiß, das klingt wie das krasse Gegenteil von allem, was ich bisher gesagt habe –, wünsche ich mir, es gäbe gar keinen Job, ich wünsche mir, Monday und ich könnten uns einfach weiter so treffen und uns über die Welt an sich unterhalten, über die Dinge, die wir wollen oder nicht wollen, statt über die Realität.

Es ist bloß ein Vorstellungsgespräch, ich habe noch keinen Job, deshalb kann ich auch wegen Carolines Vorschlag noch keine Entscheidung treffen. Wir haben uns wegen Gúna Nua ein paarmal getroffen, und ich habe ihr mit ihrer Idee weitergeholfen, ohne mich zu einem längerfristigen Engagement zu verpflichten. So habe ich im Notfall immer noch die Möglichkeit, mich zurückzuziehen, aber geschäftlich gesehen ist es für uns beide keine ideale Lösung. Ich weiß, es genügt nicht, dass wir befreundet sind. Das Gleiche dachte ich auch bei Larry, der mich gefeuert und mir diese einjährige »Gefängnis«-Strafe aufgebrummt hat. Eine Gefängnisstrafe, die sich an guten Tagen in meinem Garten anfühlt wie ein Geschenk – auch wenn er das ganz sicher nicht hören wollen würde. Und so verrinnt meine Gegenwart, manchmal schön, manchmal frustrierend, aber meine Zukunft bleibt so ungewiss wie eh und je.

Inzwischen sind seit dem Eklat mit Heather in Dads Wohnung schon über zwei Monate vergangen. Heather hat ihm auf ihre übliche wundervolle Art längst verziehen – vielleicht hat sie den Vorfall auch vergessen, oder es hat ihr wirklich nicht viel ausgemacht –, jedenfalls ist ihre Beziehung zu Dad dieselbe wie immer. Meine nicht. Nicht mit ihm zu sprechen, ist einerseits hilfreich, andererseits hat es manches auch schlimmer gemacht. Zwar muss ich nicht mit ihm zurechtkommen, aber jedes Mal, wenn ich den Streit in meinem Kopf fortsetze, werde ich noch wütender. Und das Schlimmste ist, dass ich, weil ich ihn nicht sehe, auch meine kleine Schwester Zara nicht zu Gesicht bekomme, und das gefällt mir ganz und gar nicht. Hauptsächlich ihretwegen rufe ich Dad schließlich an, und wir verabreden uns auf dem Spielplatz neben dem Pier in Howth. Es ist ein schöner Tag, auch wenn man sich noch gegen den Seewind einpacken muss.

Die Wintergarderobe ist leichterer Kleidung gewichen, Übergangsjacken werden gelüftet oder zum ersten Mal ausgeführt, Menschen sitzen im Gras und essen Beshoff's Fisch und Chips, der Essiggeruch mischt sich mit der salzigen Meerluft, und mir läuft das Wasser im Mund zusammen.

»Jasmine!«, höre ich Zara, bevor ich sie sehe, und schon kommt sie auf mich zugerannt und wirft sich mir in die Arme. Ich hebe sie hoch, wirble sie im Kreis und fühle mich schlecht, weil ich sie so lange nicht gesehen habe. Es gibt keine Entschuldigung, mein Verhalten ihr gegenüber ist nicht akzeptabel. Daran, wie groß sie geworden ist, wird mir deutlich, wie lange wir uns nicht gesehen haben, und zehn Wochen sind in ihrem kurzen Leben einfach eine sehr lange Zeit.

Eigentlich müsste die Stimmung zwischen Dad und mir unangenehm sein, aber so weit kommt es gar nicht, weil wir sofort wieder über Zara miteinander sprechen. Dad beginnt.

»Erzähl Jasmine doch mal, wie wir die Seehunde mit Fischen gefüttert haben.«

Zara erzählt es mir.

»Erzähl Jasmine doch mal, wie die Fischer dich die Angel haben halten lassen.«

Sie erzählt es mir.

Zara gehört zu den Kindern, die überall die Aufmerksamkeit auf sich zu ziehen scheinen, die gefragt werden, ob sie bereit sind, dem Zauberer zu assistieren, die sich das Cockpit anschauen und den Piloten kennenlernen dürfen, die von Sterne-Köchen in ihren Profiküchen herumgeführt werden. Sie gehört zu den Kindern, die Interesse am Leben ausstrahlen, die auf Leute zugehen, und im Gegenzug wollen auch die anderen ihr gefallen, wollen nett zu ihr sein und sie beeindrucken. Als Dad und ich irgendwann nicht mehr durch sie miteinander sprechen können, haben wir keine andere Wahl, als nebeneinander am Spielplatz zu stehen und ihr zuzuschauen, wie sie mit ihren neuen besten Freunden herumtollt, die sie vor zwei Sekunden kennengelernt hat.

Er wird das Thema nicht ansprechen, das weiß ich. Eher bleibt er in peinlichem Schweigen hier stehen, als dass er ein peinliches Gespräch riskiert. Selbst wenn man ihn zu einer Diskussion zwingt und er keine Fluchtmöglichkeit hat, lässt er sich nicht wirklich darauf ein. In den seltenen Fällen, in denen ich mich mit ihm über etwas Wesentliches austauschen möchte, bin ich am Ende jedes Mal zutiefst frustriert. Leider habe ich diesen Charakterzug von ihm geerbt, und wenn zwei Leute einer Auseinandersetzung aus dem Weg gehen, wird die Situation oft explosiver als bei Menschen, die einfach drauflosreden. Oder vielleicht eher implosiver, denn der Kampf findet ja im Innern statt.

»Der Vorfall mit Ted Clifford war nicht okay«, sage ich schließlich, unfähig, eine bessere Formulierung zu finden oder das Thema angemessen anzuschneiden.

»Er hat einen Account-Director-Posten frei. Vierzigtausend im Jahr. Er wollte persönlich mit dir sprechen«, erwidert Dad, und ich höre die Wut in seiner Stimme. Er musste sich nicht einmal warmlaufen, die Wut war die ganze Zeit über da, als würde sie nur darauf warten, dass ich das Thema anspreche. »Ihr hättet unter vier Augen darüber sprechen können. Niemand am Tisch hätte mithören müssen. Es war eine perfekte Gelegenheit. Weißt du, wie viele Leute scharf wären auf den Job?«

Das ist überhaupt nicht das, was ich gemeint habe. Ich wollte über sein Verhalten Heather gegenüber sprechen, über seine Reaktion auf Heather, nicht über den Job. Der Job war ein anderes Problem – ein weniger wichtiges, auch wenn es mich genug beschäftigt hat, dass ich es als nächstes in Angriff nehmen wollte.

»Ich meinte die Sache mit Heather.« Jetzt sehe ich ihn zum ersten Mal richtig an, und sein Gesicht zeigt mir, dass er wirklich nicht weiß, was ich meine. Schließlich fällt der Groschen. »Darüber hab ich gleich am nächsten Tag mit Heather gesprochen. Die Sache ist erledigt, Jasmine.«

»Und?«

»Jetzt weiß ich Bescheid über das Circles Concept.«

»*Jetzt* weißt du darüber Bescheid?«

»Ja. Jetzt«, sagt er und funkelt mich wütend an. »Heather ist vierunddreißig, wir wenden das Circles Concept schon ziemlich lange an.«

Ich hätte es lauter sagen sollen, aber ich murmle nur und bin nicht mal sicher, ob er mich hört. Sicher, ich hoffe es, aber ich kann das nicht – diskutieren, konfrontieren. Vielleicht schaffe ich gerade noch die Konfrontation, aber danach will ich sofort weglaufen und so tun, als wäre nichts passiert und ich würde nicht existieren. Das Kind in mir zittert immer noch bei dem Gedanken, dass mein Dad wütend auf mich sein könnte, sosehr der Teenager in mir auch dagegen rebelliert. »Du behandelst sie, als wäre sie anders. Als wäre sie ein Sonderfall.«

»Das tu ich überhaupt nicht. Ich behandle sie genau wie alle anderen auch, und das macht dich so irre. Du bist es, die sie anders behandelt«, entgegnet er. »Und darüber solltest du mal nachdenken. Ich muss dir nämlich leider sagen, dass du deinen Worten in den seltensten Fällen Taten folgen lässt. Es gibt immer eine Regel für dich und eine für alle anderen. Auch bei diesem Circles Concept – für dich scheint es Ausnahmebestimmungen zu geben, denn wer in deine Nähe kommt, wird sofort in den orangefarbenen Kreis gesteckt. Nein, Zara, Schatz, da solltest du lieber nicht raufklettern.« Damit bricht er das Gespräch ab und eilt ihr zu Hilfe.

»Ist das dein Opa?«, fragt eins der Kinder, und Zara lacht, als hätte sie so etwas Albernes noch nie gehört. »Das ist mein Daddy!«

Am Ende sitzen die beiden zusammen auf der Wippe, Dad schafft es kaum, seine Wampe hinter die Griffe zu klemmen, und als seine Seite nach unten geht, sehe ich den kahlen Fleck auf seinem Hinterkopf, wo seine Haare dünner werden. Er sieht wirklich aus wie Zaras Großvater.

Ich bin fassungslos über das, was er gesagt hat. So leicht, so ohne Wut, dass es eigentlich leicht zu ignorieren sein müsste, aber das Gegenteil ist der Fall. Gerade dass er so ruhig gesprochen hat, bringt mich dazu, aufzuhorchen und genau hinzuhören.

Der orange Wink-Kreis ist am weitesten vom violetten inneren Kreis entfernt, der das Individuum repräsentiert, in diesem Fall also mich. Es ist der Kreis für entfernte Bekannte, für die Leute, mit denen man weder körperlich noch emotional in Kontakt ist. *Jeder, der in deine Nähe kommt, wird sofort in den orangefarbenen Kreis gesteckt.*

Das ist nicht wahr, möchte ich ihn anschreien. Aber stimmt das denn? Heather ist der einzige Mensch, den ich jemals wirklich an mich herangelassen habe. Orange ist jedenfalls ganz eindeutig der Kreis, in dem ich Dad untergebracht habe. Ich bin hergekommen, um ihn wegen seines Verhaltens zur Rede zu stellen – nein, ich wollte Zara sehen, aber in zweiter Linie wollte ich ihm klarmachen, dass er sein Verhalten ändern muss, und ich habe wirklich nicht damit gerechnet, dass ich plötzlich selbst auf der Anklagebank sitze.

Vielleicht ist ja sogar der rote Kreis bei mir am größten. *Manche Leute bleiben für immer Fremde.*

Verwirrt und mit eingezogenem Schwanz fahre ich zurück zu meinem Garten. Und fange wieder an nachzudenken. Ich muss die verwelkte Blüte abknipsen und mich auf den Sommer vorbereiten.

Sommer

Die Jahreszeit zwischen Frühling und Herbst, die auf der
Nordhalbkugel die wärmsten Monate des Jahres umfasst:
Juni, Juli und August.

Die Zeit, in der sich alles am besten entwickelt,
eine Zeit der Vollkommenheit und Schönheit,
noch unberührt von jeglichem Verfall:
der Sommer des Lebens.

20

Ich liebe den Juni, und Juni in einem liebevoll gepflegten Garten ist der schönste Lohn, den man als Gärtner für all die harte Arbeit bekommen kann. Jeder Monat, jede Jahreszeit hat eine ganz eigene Schönheit, aber im Sommer strotzt alles vor Kraft, es ist einfach die strahlendste, stolzeste, spektakulärste Zeit. Der Frühling ist hoffnungsvoll, der Sommer selbstbewusst, der Herbst bescheiden und der Winter belastbar und widerstandsfähig. Wenn ich an den Frühling denke, stelle ich mir große Bambi-Augen vor, die durch dichte Wimpern hindurch zu mir aufschauen, beim Sommer denke ich an gestraffte Schultern und eine stolzgeschwellte Brust. Der Herbst ist für mich ein gesenkter Kopf, ein kleines, nostalgisches Lächeln, und für den Winter sehe ich zerschrammte Knie und kampfbereite Fäuste.

Der Juni fordert regelmäßiges Gießen und frischen Mulch, und er bringt ein halbes Dutzend Blumenampeln, rosa Pfingstrosen, cremefarbene Rosen, Blüten in allen Farben und einen üppigen Kräutergarten in einem großen Kasten vor meiner Küche. Im Juni sehe ich Sie und Ihre Kinder oft in Ihrem Garten, an dem Sie seit neuestem großes Interesse zeigen. Seitlich vom Haus haben Sie mit Stangenbohnen, Buschbohnen, Karotten, Rosenkohl und Zucchini einen Küchengarten angelegt, der meinem Blumengarten Konkurrenz macht. Wir legen beide großen Wert darauf, morgens der Erste zu sein, der draußen ist und sich um seinen Garten kümmert, und wer es geschafft hat, winkt dem Zuspätkommer herablassend und selbstzufrieden ein Gutenmorgen zu. Jetzt ist es ein Wettkampf, wer zuerst die Schlafzimmervorhänge aufzieht. Wir arbeiten beide, Sie in Ihrem Garten, ich in meinem. Die Malones sitzen vor ihrer Tür, Mrs Malone im Rollstuhl; seit ihrem Schlaganfall ist sie gelähmt, kann nicht mehr sprechen und auch nicht lesen, aber Mr Malone liest ihr vor, und die Gedichte von Patrick Kavanagh wehen in seinem sanft singenden Donegal-Tonfall über die Geißblattranken zu mir herüber. Oft werkeln Sie und ich stundenlang vor uns hin, ohne irgendwelche Gedanken oder Gartenfragen über die Straße hinweg auszutauschen, aber es fühlt sich trotzdem an, als arbeiteten wir zusammen. Vielleicht geht es auch nur mir so. Aber ich finde es schön. Wenn ich sehe, dass Sie einen Schluck aus Ihrer Wasserflasche nehmen, erinnere ich mich plötzlich daran, dass ich auch Durst habe. Wenn ich meinen krummen Rücken aufrichte und verkünde, dass ich jetzt eine Mittagspause einlege, finden Sie das eine gute Idee und gehen auch zum Lunch. Wir essen nicht zusammen, aber wir verfolgen den gleichen Zeitplan. Manchmal sitze ich auf meiner Gartenbank und knabbere meinen Salat, und Sie sitzen an Ihrem Tisch, der immer noch auf dem Rasen vor dem Haus steht, und wir leisten uns Gesellschaft, obwohl wir voneinander entfernt sitzen. Wenn der Businessmann, der Nummer sechs gemietet hat, morgens an uns vorbeifährt und abends zurückkommt, winken wir ihm beide freundlich zu, aber er hat es bisher noch nie bemerkt und ignoriert unsere nachbarschaftliche Begrüßung vollkommen. Anfangs hat mich seine Achtlosigkeit irritiert, inzwischen finde ich sie zwar immer noch irritierend, aber gleichzeitig auch bemitleidenswert, denn ich weiß genau, was in seinem Kopf vor sich geht. Er hat keine Zeit für uns, für unsere banale nachbarschaftliche Anteilnahme an seinem Leben. Er hat zu viel zu tun. Er hat alle möglichen *Dinge* im Kopf. Reale Dinge. Ablenkungen.

Und während sich der Termin meines Vorstellungsgesprächs nähert, nähere ich mich der Möglichkeit, auch wieder so ein Mensch zu werden. Nachdem Monday mich über das Datum informiert hatte, wünschte ich mir erst, dass die Zeit schnell herumginge, aber jetzt ist der Termin fast da, und ich möchte die Uhr am liebsten anhalten. Der 9. Juni, der 9. Juni, ich bin so nervös, ich versuche, nicht daran zu denken, aber Monday lässt mich nicht vom Haken und besucht mich, um bei einem von mir gekochten Abendessen mit mir Fragen durchzugehen. Der Grund für meine Nervosität ist nicht, dass ich mich nicht kompetent fühle, ich bin nervös, *weil* ich mich kompetent fühle und im Lauf der letzten Wochen gemerkt habe, dass ich diesen Job wirklich will, und mir jetzt Sorgen mache, dass ich ihn nicht bekomme. Wenn ich ihn nicht kriege, wird Arbeitslosigkeit zu einem echten Thema für mich, gegen das ich während meiner Freistellung offensichtlich nichts tun kann. Ich möchte mich nicht auch noch *offiziell* gelangweilt, wertlos, unsicher und panisch fühlen, wenn ich an meine Zukunft denke. Auf eine gewisse Art ist es die Ruhe vor dem Sturm, und wenn *das* jetzt die Ruhe ist …

»Okay, also erzähl es mir noch mal von Anfang an, Ms Butler.«

»Monday«, stöhne ich. Wir sitzen am Küchentisch, und er geht das Interview zum zehnten Mal durch. »Machst du das mit allen deinen Kandidaten, Mr Headhunter?«

»Nein.« Er schaut weg, die Frage scheint ihm unangenehm zu sein.

»Warum kriege ich denn diese Spezialbehandlung?«

Sag es doch, sag es doch! Ich versuche ihm zu suggerieren, dass er das sagt, was ich unbedingt hören möchte.

»Ich will einfach, dass du diesen Job bekommst.«

»Warum?« Langes Schweigen.

»Die anderen Kandidaten haben alle eine Stelle«, sagt er schließlich. »Du hast es verdient.«

Ich seufze. Das war nicht die Antwort, auf die ich gehofft habe. »Danke. Wer sind diese Kandidaten überhaupt? Sind sie besser als ich?«

»Du weißt, dass ich dir das nicht sagen kann«, wehrt er lächelnd ab. »Außerdem würde es sowieso nichts ändern, wenn du es wüsstest.«

»Möglicherweise schon. Ich könnte sie sabotieren. Ihnen am Tag des Interviews die Autoreifen zerschneiden, pinke Haarfarbe in ihr Shampoo füllen, solches Zeug.«

Er lacht, schaut mich auf diese Art an, bei der ich innerlich schmelze – so, als interessierte und verblüffte ich ihn gleichzeitig ohne Ende.

»Übrigens«, sagt er, während ich das Geschirr abräume, »es gab eine Planänderung. Das Gespräch ist auf den 10. Juni verschoben.«

Ich höre sofort auf, Essensreste in den Mülleimer zu scharren und starre ihn an. Meine Kehle ist wie zugeschnürt, mein Magen krampft sich zusammen. Er bemerkt mein Schweigen und blickt auf. »Und du hast gerade erst daran gedacht, es zu erwähnen.«

»Es ist ja nur einen Tag später, Jasmine – mach nicht so ein ängstliches Gesicht«, sagt er, lächelt und reibt sich das Kinn, während er mich aufmerksam mustert.

»Ich bin nicht ängstlich, ich bin ...« Ich überlege, ob ich es ihm sagen soll oder nicht. Ich weiß nicht, was dagegenspricht, aber wenn ich es ihm nicht sage, heißt das, dass ich – in diesem Augenblick – nicht voll hinter diesem Vorstellungsgespräch stehe, und das macht mir Angst. Ich brauche dieses Gespräch doch! Ich brauche diesen Job. Schließlich muss ich mich endlich wieder auf Kurs bringen.

Aber am 10. Juni fährt Heather auf ihren Vier-Tages-Urlaub nach Fota Island mit Jonathan. Während sie weg ist, will ich nur zu Hause rumsitzen und warten – darauf, dass das Telefon klingelt, darauf, dass ein Nachbar an meine Tür klopft und mir wie im Kino irgendwelche schlechten Nachrichten überbringt, darauf, dass ein Polizist die Mütze abnimmt und respektvoll den Kopf senkt. Wenn ich an diesem Tag das Vorstellungsgespräch habe, kann ich mich nicht ausschließlich auf die Frage konzentrieren, was Heather wohl gerade treibt. Bestimmt würden manche Leute sagen, ein bisschen Ablenkung wäre nur gut für mich, aber nein, für mich bedeutet es bloß, dass ich mindestens eine Stunde mein Handy ausschalten muss und nicht auf meine Gefühle achten kann, auf den potentiellen plötzlichen Angstschwall, der mich möglicherweise auf irgendeinen Notfall aufmerksam macht – und dann wäre ich nicht in der Lage, in mein Auto zu springen und umgehend nach Cork zu rasen. Ich möchte einen Job, aber Heather muss meine erste Priorität bleiben. Deshalb ist mir dieses Risiko zu groß.

»Jasmine«, sagt Monday und folgt mir in die Küche. »Ist irgendwas los?«

»Nein«, lüge ich, und er weiß, dass ich nicht die Wahrheit sage.

Als er weg ist, bleibe ich am Küchentisch sitzen und knabbere mir sämtliche Nägel ab.

Am Donnerstag, dem 9. Juni ruft Monday mich an, als ich gerade in Heathers Apartment bin und ihr beim Packen helfe, damit auch alles für ihre Reise am nächsten Tag bereit ist. Er ist argwöhnisch und hat auch allen Grund dazu, denn ich bin vage, und obwohl ich mich in Gedanken zu dem Interview verpflichtet habe, glaube ich mir nicht mal selbst, wenn ich es laut ausspreche. Ich brauche den Job. Ich muss mein Leben wieder auf Kurs bringen. Aber Heather! Es zerreißt mir das Herz, die Sorge überwältigt mich.

»Bis morgen dann, Jasmine«, sagt Monday.

»Bis morgen«, sage ich auch, und das letzte Wort bleibt mir fast im Hals stecken.

Am nächsten Tag bringe ich Heather zur Heuston Train Station, als wäre sie ein Soldat, der in den Krieg zieht, und um elf, als ich eigentlich im Konferenzraum sitzen, mich verkaufen und mein Leben auf Kurs bringen sollte, sitze ich stattdessen im Zug nach Cork und beobachte heimlich Heather und Jonathan, die *Snap* spielen. Monday versucht viermal, mich anzurufen, und ich ignoriere ihn jedes Mal. Er könnte es momentan bestimmt nicht verstehen, aber ich weiß, dass ich das Richtige tue.

Diagonal mir gegenüber sitzt ein Mann und versperrt mir die Sicht auf Heather. Ich habe immer gedacht, dass ein Garten, also die Natur als solche, ehrlich, wahrhaftig und offen ist. Man arbeitet hart und bekommt den Lohn dafür, aber selbst in einem Garten gibt es Lug und Trug. Anscheinend ist das nur natürlich, wir tun es, um zu überleben. Beispielsweise lockt die Stapelia asterias – oder auch Aasblume – Insekten an, indem sie aussieht und riecht wie vergammeltes Fleisch. Die Pflanze verströmt einen durchdringenden Gestank, der zu ihrem wenig anziehenden Äußeren passt. Und nun ahme ich sie nach: Ich schniefe ausgiebig in mein Taschentuch und räuspere mich laut und schleimig. Der junge Mann ist rechtmäßig angewidert und wechselt den Platz. Jetzt kann ich Heather wieder sehen. Es ist ganz natürlich, andere zu täuschen.

Monday ruft zum fünften Mal an. Die Passionsblume entwickelt auf den Blättern kleine gelbe Tupfen, die den Eiern des Zebrafalters ähneln, was den weiblichen Schmetterling dazu bringt, einen anderen Platz zum Eierablegen zu suchen, damit ihre Sprösslinge, wenn sie schlüpfen, nicht mit anderen Raupen konkurrieren müssen. Ich muss an meine Freundin denken, die immer, wenn sie in einem Club von einem Mann, an dem sie kein Interesse hat, zum Tanzen aufgefordert wird, demonstrativ etwas von ihrem Baby erzählt, obwohl sie gar keins hat, und dann zufrieden zuschaut, wie der Betreffende das Weite sucht. Ich ignoriere Mondays Anruf. Es ist ganz natürlich, andere zu täuschen.

Am Bahnhof von Cork wartet ein Auto auf Heather und Jonathan, wir haben es über das Hotel organisiert, und ich entdecke den Fahrer mit dem Schild, auf dem ihre Namen stehen, ehe die beiden ihn sehen. Sie gehen an dem Mann vorbei und suchen in der falschen Richtung. Am liebsten würde ich ihnen etwas zurufen, aber ich beiße mir auf die Zunge. Zum Glück drehen Heather und Jonathan sich in diesem Moment um, als hätten sie meine Gedanken gehört, und entdecken den Mann.

Das Männchen der Schlupfwespenart Lissopimpla excelsa fühlt sich so stark zu allen fünf Arten der Zungenorchidee hingezogen, dass es auf die Blütenblätter der Pflanze ejakuliert. Blumen, die Insekten zur Ejakulation bringen können, haben die höchste Bestäubungsrate. Ich denke an meine Freundin, die schwanger geworden ist, damit ihr Freund sie heiratet, und dann ein zweites Mal, in einer Krise, damit er bei ihr blieb, und ich erinnere mich daran, dass es ganz natürlich ist, andere zu täuschen. Ich nehme mir ein Taxi und folge dem Wagen zum Hotel.

Heather und Jonathan checken ein und bekommen wie besprochen zwei Einzelzimmer. Mir war nicht bewusst, dass ich die Luft angehalten habe, bis ich plötzlich heftig ausatme und spüre, wie sich mein Körper entspannt. Ich checke ebenfalls ein, in das Zimmer, das ich auf der Zugfahrt gebucht habe. Es ist auf demselben Stock wie Heathers und Jonathans Zimmer, genau wie ich es mir erbeten habe. Allerdings habe ich nur meine Arbeitsmappe dabei, und es ist ein seltsames Gefühl, ohne Gepäck einzuchecken, aber ich habe schon mal ein spontanes Date-Wochenende mit Hilfe von Wegwerfslips aus dem Wellnessbereich überlebt und weiß, dass ich die Herausforderung auch hier bewältigen werde.

Aber ich bleibe nicht in meinem Zimmer, sondern gehe sofort wieder hinunter in die Lobby, um zu warten, und hoffe, dass ich die beiden nicht verpasst habe. Als sie Hand in Hand das Hotelgelände erforschen, halte ich so viel Distanz wie möglich, aber es reicht mir nicht, Heather von weitem zu beobachten, ich muss ihr Gesicht sehen, um zu wissen, dass wirklich alles in Ordnung ist. Deshalb werde ich mutiger und verstecke mich hinter den Bäumen in ihrer Nähe. Neben einer Gruppe von Ferienhäuschen entdecken sie und Jonathan einen Spielplatz, auf dem es von Kindern wimmelt. Heather setzt sich auf eine Schaukel, Jonathan schubst sie an. Ich lege mich ins Gras, lasse mir die Sonne ins Gesicht scheinen, schließe die Augen, lausche und lächle, als ich meine Schwester lachen höre. Ich bin froh, hier zu sein, ich habe das Richtige getan.

Die beiden verbringen neunzig Minuten auf dem Spielplatz, dann gehen sie schwimmen. Ich beobachte, wie Heathers gelbe Badekappe im Wasser auf und ab hüpft, während Jonathan so tut, als wäre er ein Hai, ich sehe zu, wie sie im Wasser Volleyball spielen, ziemlich schlecht, und ich höre, wie Heather kreischt, als Jonathan sie nassspritzt. Er ist aufmerksam und zuvorkommend, er kümmert sich bei jedem Schritt um sie, behandelt sie, als sei sie zerbrechlich – oder kostbar – und als sei es eine Ehre für ihn, ihr zu helfen. Er öffnet ihr die Tür, er schiebt den Stuhl für sie zurecht; alles ein bisschen ungeschickt, aber er bewältigt jede Situation. Heather ist sonst so selbständig, aber heute lässt sie sich voller Freude verhätscheln. All die Jahre hat sie sich gegen unnötige Unterstützung gewehrt, und es überrascht mich, sie so zu sehen.

Zum Abendessen ziehen sich beide um. Heather trägt das neue Kleid, das wir zusammen für sie gekauft haben, und Lippenstift. Normalerweise schminkt sie sich nicht, und Lippenstift ist für sie schon eine große Sache. Er ist rot und passt eigentlich nicht sonderlich gut zu dem rosa Kleid, aber sie hat darauf bestanden. Als ich die beiden nebeneinander hergehen sehe, fällt mir nicht nur auf, wie reif sie wirkt, sondern auch, dass ihre Haare anfangen, grau zu werden, und ich frage mich, wann das passiert ist. Als sie und Jonathan im Lift verschwunden sind, folge ich dem Duft des Parfüms, das Heather trägt. Da sie sich nicht entscheiden konnte, hat sie mich gefragt, welches Parfüm Mum besonders gern hatte, und nun steigt mir Mums Duft in die Nase, während ich Heather und Jonathan nachgehe.

Die beiden essen unten im großen Speisesaal. Ich setze mich an die Bar, wo ich sie noch im Auge behalten kann. Heather bestellt die Vorspeise mit dem Ziegenkäse, was mich wundert, weil ich weiß, dass sie eigentlich keinen Ziegenkäse mag. Vielleicht hat sie nicht richtig gelesen. Ich bestelle das Gleiche, um zu sehen, wie es schmeckt, und damit ich Bescheid weiß, was sie meint, wenn sie irgendwann davon erzählt. Heather und Jonathan bestellen beide ein Glas Wein, was mir Sorgen macht, denn Heather trinkt eigentlich nie Alkohol. Als der Wein kommt, nippt sie daran und verzieht prompt das Gesicht. Jonathan lacht, sie auch, dann schiebt sie das Glas weg. Ich bestelle auch einen Wein, trinke ihn aber aus. Zufrieden sitze ich da, beobachte meine Schwester und fühle mich zugehörig, obwohl das ja nicht ganz stimmt.

Sie isst den Apfel und die Rote Beete von ihrer Vorspeise, lässt den Ziegenkäse aber liegen. Ich höre, wie sie dem Kellner erklärt, dass sie falsch gelesen hat und dachte, es wäre normaler Kuhmilchkäse – sie möchte nicht, dass er denkt, es wäre ein Fehler der Küche. Sie ist nervös, das erkenne ich daran, wie sie sich die Haare hinters Ohr streicht, obwohl sich keine einzige Strähne gelöst hat. Ich möchte ihr sagen, dass alles okay ist, ich bin ja da, und einen Augenblick ziehe ich in Erwägung, sie in mein Geheimnis einzuweihen, entscheide mich dann aber schnell dagegen. Sie muss glauben, dass sie diesen Ausflug komplett allein bewältigt.

Die beiden essen drei Gänge, Jonathan verdrückt sein ganzes Steak samt Beilagen, Heather isst Fisch und Chips. Einer probiert den Nachtisch des anderen. Jonathan steckt Heather einen Löffel von seinem Schokoladenfondue in den Mund, aber anscheinend ist er auch nervös, denn seine Hand zuckt, und die Schokolade landet auf Heathers Nase. Er wird knallrot und sieht aus, als sei er den Tränen nahe, aber Heather fängt an zu lachen, und er entspannt sich wieder, tunkt seine Serviette in sein Wasserglas und beugt sich über den Tisch, um seiner Freundin zärtlich die Schokolade vom Gesicht zu wischen. Heather lässt ihn keine Sekunde aus den Augen, und ich denke plötzlich, dass sie mich wahrscheinlich auch nicht wahrnehmen würden, wenn ich direkt neben ihnen säße.

Die Lithops-Pflanzen werden allgemein als »Lebende Steine« bezeichnet. Diese Pflanzenart wächst in Wüstengegenden, versteckt an steinigen Stellen, so dass ihre gelben Blüten, wenn sie aufblühen, aus dem Nichts zu kommen scheinen. Überraschung! Das möchte ich jetzt auch tun, aber nein, ich bleibe lieber hier, wo ich unsichtbar bin. Es ist ganz natürlich, andere zu täuschen.

Als ich am Abend mein Handy anstelle, sehe ich vier weitere verpasste Anrufe von Monday und mehrere wütende bis besorgte SMS.

Eine Pflanze namens Caladium steudneriifolium aus der Familie der Aronstabgewächse tut, als wäre sie krank; das Muster ihrer Blätter ahmt den Schaden nach, den eine Mottenart hinterlässt, wenn sie ausschlüpft und sich durch das Grün frisst. So wird erfolgreich verhindert, dass diese Motte ihre Eier dort ablegt. Ich antworte Monday, dass ich krank bin. Es ist ja ganz natürlich, andere zu täuschen.

Heather ruft mich an, als sie und ich wieder in unseren Zimmern sind, und erzählt mir alles, was sie heute erlebt hat. Natürlich ist es genau das, was ich gesehen habe, und ich freue mich, dass sie alles mit mir teilt und nichts auslässt.

Dann trinke ich einen Wein aus der Minibar und lausche, ob auf unserem Korridor Zimmertüren geöffnet oder geschlossen werden. Bei jedem Geräusch spähe ich hinaus und verschwinde dann schnell wieder. Aber Heather und Jonathan bleiben die ganze Nacht in ihren Zimmern.

Am nächsten Tag machen die beiden einen Ausflug nach Fota Island. Dort bleiben sie lange bei den Weißhandgibbons stehen, beobachten und fotografieren sie, wie sie brüllen und sich herumschwingen, sehr zu Heathers Entzücken. Sie fotografieren sich auch gegenseitig, und dann bittet Jonathan einen Teenager, ein Bild von ihnen beiden zu machen. Der Junge gefällt mir überhaupt nicht, ich hätte ihm niemals mein Handy anvertraut, und dass Jonathan es tut, beunruhigt mich. Für den Fall des Falles schleiche ich mich ein Stück näher heran. Die Freunde des Teenies kichern bereits darüber, wie innig Jonathan und Heather ihre glücklichen Gesichter für das Foto aneinanderschmiegen. Ich pirsche mich weiter vor, bereit, mich auf den Jungen zu stürzen, sollte er Anstalten machen, mit Jonathans Handy abzuhauen. Aber er macht das Foto und gibt das Handy dann zurück. Ich verstecke mich schnell hinter einem Baum. Jonathan und Heather betrachten das Foto und kommen zu meiner Überraschung in meine Richtung, und in diesem Moment piept mein eigenes Handy. Es ist eine Nachricht von Heather – mit dem Bild von ihr und Jonathan. Auf einmal werde ich traurig und bin zutiefst enttäuscht von mir. Warum bin ich hier? Es ist, als hätte jemand mit einer Nadel in einen Ballon gestochen und die Luft herausgelassen. Warum habe ich nicht darauf vertraut, dass Heather mich auf dem Laufenden hält und mich in jeden Schritt ihrer Unternehmung miteinbezieht? Ich hatte diesen Ort mit ihr teilen wollen, ich habe mich über meinen eigenen Vorschlag, dass sie und Jonathan hierherkommen, geärgert, und trotzdem lässt sie mich daran teilhaben. Völlig verunsichert bleibe ich noch ein Stückchen weiter zurück.

Heather und Jonathan verbringen vier Stunden im Wildpark. Es ist heiß und schwül, und es wimmelt von Schulausflügen und Familien. Da mein schwarzer Hosenanzug, den ich für das Vorstellungsgespräch ausgesucht habe, für dieses Wetter absolut ungeeignet ist, bleibe ich im Schatten, aber ich verliere die beiden nie aus den Augen. Sie machen Halt, essen ein Eis und unterhalten sich dabei eine Stunde lang, dann fahren sie zurück zum Hotel. Dort setzen sie sich an die Bar, trinken beide eine 7UP und setzen ihr Gespräch fort. Ich glaube nicht, dass ich jemals so lange am Stück mit jemandem geredet habe, aber aus diesen beiden Menschen sprudeln die Worte mühelos hervor, und ihre Aufmerksamkeit ist uneingeschränkt auf ihr Gegenüber gerichtet. Das ist schön mitanzusehen, aber wieder spüre ich diese Spur von Traurigkeit und komme mir albern vor. Ich bin doch nicht hierhergekommen, um mich selbst zu bemitleiden. Heather und Jonathan essen an der Bar und gehen früh zu Bett, müde von ihrem langen Tag an der frischen Luft.

Ich habe eine Nachricht von Monday: *Ruf mich an. Bitte.* Meine Finger bewegen sich gerade auf die Taste zu, als das Handy plötzlich klingelt, und dann unterhalte ich mich eine Dreiviertelstunde mit Heather über den heutigen Tag. Sie erzählt mir alles, was ich bereits miterlebt habe, aber die Freude, die ich gestern empfunden habe, weil ich hier bin und alles mitbekomme, ist verschwunden. Ich fühle mich wie eine Betrügerin. Ich hätte darauf vertrauen sollen, dass Heather zu dieser Reise fähig ist. Ich dürfte nicht hier sein.

Der dritte Tag. Morgen fahren die beiden wieder nach Hause, jetzt sitzen sie vor dem Hotel und reden. Der Tag hat schön begonnen, aber dann schlägt das Wetter um. Während alle anderen nach drinnen gehen, um sich vor dem kühlen Wind zu schützen, merken Heather und Jonathan offenbar nichts von der Kälte und bleiben draußen. Manchmal sitzen sie nur schweigend nebeneinander, fühlen sich sichtlich wohl zusammen, und ich kann gar nicht aufhören, sie zu beobachten, so fasziniert bin ich von dem, was ich mit diesen beiden Menschen erlebe.

Und auf einmal habe ich das Gefühl, als würde ein Schalter in mir umgelegt. Zwar dämmert mir bereits seit einer Weile, dass ich nicht hier sein sollte, aber in diesem Moment wird mir plötzlich klar, dass ich gehen muss, und zwar sofort. Denn wenn Heather herausfindet, was ich getan habe, bringt das meine Beziehung zu ihr in Gefahr, das weiß ich genau. Diese Reise ist wichtig für sie, und dass ich ohne ihr Wissen einfach mitgekommen bin, ist ihr gegenüber absolut respektlos. Das weiß ich, und trotzdem geht mir erst jetzt ein Licht auf. Ich habe sie hintergangen, indem ich hierhergefahren bin. Mir ist übel, und ich ärgere mich über mich selbst. Und für diese Aktion habe ich auch noch Monday im Stich gelassen – ein weiterer Betrug. Ich muss weg.

So schnell ich kann, laufe ich zu meinem Zimmer, um die wenigen Habseligkeiten einzusammeln, die ich mitgebracht habe. Aber als ich, nur noch meine Flucht im Sinn, durchs Foyer husche, laufe ich Heather und Jonathan direkt in die Arme.

»Jasmine!«, ruft Heather verblüfft. Zuerst freut sie sich, mich zu sehen, aber dann sehe ich, wie sie meine Anwesenheit verarbeitet und die Freude sich in Verwirrung verwandelt. Sie ist völlig von den Socken, aber viel zu nett, um wütend zu werden, nicht mal, als sie durchschaut hat, was los ist.

Ich fühle mich ertappt und bringe vor Bestürzung kein einziges Wort heraus. Das schlechte Gewissen steht mir ins Gesicht geschrieben. Die beiden erkennen es und sehen sich an, genauso entsetzt wie ich.

»Ich wollte mich nur vergewissern, dass es dir gutgeht«, beteure ich, und meine Stimme zittert. »Ich hab mir … Sorgen gemacht.« Meine Stimme bricht, und ich füge flüsternd hinzu: »Tut mir leid.«

Schockiert starrt Heather mich an. »Hast du mir nachspioniert, Jasmine?«

»Ich verschwinde jetzt, versprochen. Es tut mir leid.« Ich hauche einen Kuss auf ihre Stirn, drehe mich hastig um und renne zur Tür, wobei ich mehrere Leute unsanft anrempule.

Wie Heather mich anschaut und wie ich mich fühle ist überhaupt nicht natürlich.

Die nächsten Stunden sitze ich im Zug, das Gesicht in den Händen versteckt, und wiederhole mein Mantra: Ich habe Monday im Stich gelassen, ich habe Heather im Stich gelassen, ich habe mich selbst im Stich gelassen.

Das Taxi hält vor meinem Haus, und ich steige aus, erschöpft und mit dem dringenden Bedürfnis, mich umzuziehen. Ich schaue zu meinem Garten und hoffe, die vertraute erfrischende Freude zu fühlen, die ich inzwischen schon erwarte. Aber nichts dergleichen. Irgendetwas stimmt nicht. Der Garten hat seine Leuchtkraft verloren.

Die Realität erteilt mir eine Lektion, das Universum zahlt mir etwas heim. In einer dreitägigen Hitzewelle habe ich meinen Garten vernachlässigt, ich habe niemandem Bescheid gesagt und niemanden um Hilfe gebeten. Meine Blumen sind am Verdursten. Schlimmer noch, die Schnecken haben sich quer durch meinen Garten gefressen. Meine cremefarbenen Rosen lassen die Köpfe hängen, meine rosa Pfingstrosen sind in einem jammervollen Zustand.

Den ganzen Tag habe ich es geschafft, es in mich hineinzufressen, aber beim Anblick meines Gartens breche ich in Tränen aus.

Ich habe Monday im Stich gelassen, ich habe Heather im Stich gelassen, ich habe mich selbst im Stich gelassen.

Um für Heather da zu sein, habe ich mir eine wichtige Chance entgehen lassen. Aber Heather hat mich gar nicht gebraucht. Auch das wiederhole ich in Gedanken. Heather hat mich nicht gebraucht. Vielleicht bin ich es ja, die klammert, vielleicht suche ich nach Hilfe, nach einer Fluchtmöglichkeit aus meiner Welt. Statt mein eigenes Leben zu leben, habe ich die Rolle übernommen, meine Schwester zu betreuen und vielleicht in gewisser Weise zu bemuttern. Ich bin nicht sicher, ob das das Ergebnis meines Kümmerns ist oder schon der Grund dafür, dass ich es so intensiv tue. Wahrscheinlich spielt es keine Rolle, aber die Tatsache bleibt, das weiß ich jetzt.

Da ich in diesem Jahr so sehr das Gefühl hatte, die Kontrolle über mein Leben zu verlieren, habe ich mich auf meinen Garten gestürzt, um ihm meinen Willen aufzuzwingen. Aber mein Garten hat mir klargemacht, dass er sich mir nicht beugen wird. Nichts kann sich unserem Willen beugen. Ich habe meinen Garten vernachlässigt, und ich habe zugelassen, dass die Schnecken die Macht übernehmen.

Und genau das habe ich auch mit mir selbst getan.

21

Außer Betrug bringt der Juni für mich auch eine Taufe, Patinnen-pflichten und einen One-Night-Stand mit meinem Ex-Freund Laurence, meiner bisher längsten Beziehung. Damals dachten alle – einschließlich mir –, wir würden heiraten, aber dann hat er mich verlassen. Nach zwei Jahren Laurence-Abstinenz mit ihm zu schlafen, war ein Fehler, ein angenehmer Fehler zwar, aber es wird trotzdem nicht noch einmal passieren. Keine Ahnung, was ich mir dabei gedacht habe, aber nach einem Tag, den wir zusammen pichelnd in der Sonne verbracht haben, kamen nach und nach die altvertrauten Gefühle zurück – oder vielleicht auch nur die Erinnerung an sie –, und ich verwechselte sie genauso, wie ich die Männer- mit der Frauentoilette und den Wodka pur mit dem Glas Wasser verwechselte – ups! Vielleicht habe ich mich auch einfach nach einem Moment der Sicherheit gesehnt, danach, endlich wieder das Gefühl zu haben, geliebt zu werden und verliebt zu sein. Nur hat es leider nicht funktioniert – natür-lich nicht. Neuinszenierungen funktionieren nie. Der Versuch, frühere Zeiten wiederzubeleben, klappt eigentlich nie. Also bitte nicht nachmachen, liebe Kinder.

So ende ich um zwei Uhr früh betrunken vor Ihrem Haus und werfe Kieselsteine an Ihr Fenster, in der anderen Hand eine Flasche Rosé und zwei Gläser.

Sie ziehen den Vorhang auf und schauen mit verschlafenem, verwirrtem Gesicht und zerzausten Haaren zu mir heraus. Als sie mich sehen, verschwinden Sie, ich setze mich an den Tisch und warte. Kurz darauf kommen Sie in Jogginghosen aus der Tür und tapsen schlaftrunken auf mich zu. Als Sie bemerken, in welchem Zustand ich mich befinde, wird aus Ihrem müde fragenden Ausdruck umgehend Belustigung, Ihre blauen Augen fangen an, schelmisch zu funkeln, obwohl sie durch Ihr Grinsen kleiner werden und von Fältchen umgeben sind.

»Na, na, na, was haben wir denn hier?«, sagen Sie, und Ihr Grinsen wird breiter, je näher Sie kommen. Mit einer nervigen Großer-Bruder-Geste wuscheln Sie mir durch die Haare, dann setzen Sie sich zu mir an den Gartentisch. »Sie sehen aber schnieke aus heute Abend.«

»Ich dachte, ich berufe mal ein dringendes Nachbarschaftstreffen ein«, erkläre ich mit schwerer Zunge, schiebe ein Glas über den Tisch zu Ihnen und beuge mich vor, um einzuschenken. Dabei falle ich fast vom Stuhl.

»Nein danke, ich möchte nichts.« Sie legen die Hand über das Glas.

»Immer noch kein Alkohol?«, frage ich enttäuscht.

»Habe ich Sie in letzter Zeit mal mitten in der Nacht aus dem Bett geklingelt, um mich von Ihnen in mein Haus bringen zu lassen?«

Ich denke kurz darüber nach. »Nein.«

»Und zwar seit vier Wochen nicht mehr.«

Ich fülle mein eigenes Glas nach. »Spaßbremse.«

»Alkie.«

»Selber«, sage ich und kippe einen großen Schluck Wein.

»Sehr hilfreich«, sagen Sie freundlich.

»Obwohl, eigentlich sind Sie kein Alkoholiker. Sie sind ein Säufer – das ist ein Unterschied.«

»Wow. Kontroverse Behauptung. Erklären Sie das bitte.«

»Sie sind ein Arsch, weiter nichts. Ein Egoist. Ihnen ist der späte Abend lieber als der frühe. Aber Sie sind nicht abhängig, Sie haben eigentlich kein Alkoholproblem, sondern eins mit dem Leben. Ich meine, gehen Sie zu irgendwelchen Meetings?«

»Nein. Na ja, irgendwie schon. Ich rede mit Dr. J.«

»Ein pensionierter Hausarzt zählt nicht.«

»Dr. J. ist trockener Alkoholiker. Er hat seit über zwanzig Jahren keinen Tropfen mehr getrunken. Sie wissen anscheinend nicht besonders viel über ihn«, sagen Sie, als sie mein schockiertes Gesicht sehen. »Seine Frau hat gesagt, sie kriegt nur Kinder mit ihm, wenn er aufhört, aber er hat es erst mit über fünfzig geschafft. Zu spät. Aber seine Frau ist trotzdem bei ihm geblieben.«

»Tja, aber jetzt ist sie tot.« Ich leere mein Glas.

Sie runzeln die Stirn. »Ja, Sherlock. Jetzt ist sie tot.«

»Also ist sie schließlich doch entkommen.« Keine Ahnung, warum ich das sage. Wahrscheinlich nur um nervig zu sein, was mir offensichtlich auch gelingt. Es macht Spaß, wie Sie zu sein, ich verstehe, warum Sie so gern provozieren.

Sie erheben sich langsam und gehen ins Haus. Als ich schon denke, Sie sind endgültig weg, kommen Sie mit einer Tüte Käse-Nachos zurück.

»Sind die Kids da?«

»Kris und Kylie haben gefragt, ob sie noch eine Nacht bleiben können. Ihnen gefällt der Garten.«

»Kris und Kylie. So heißen sie also. Klingt nach Zwillingen.«

»Sind sie auch.«

»Oh.«

Sie haben ein ziemlich großes Gemüsebeet neben Ihrem Haus. Obwohl es dunkel ist, spähe ich in die Richtung. Sie lachen.

»Sie sind neidisch.«

»Warum sollte ich? Wo ich doch das hier habe.« Jetzt schauen wir beide zu meinem Garten hinüber. Er ist der schönste Garten in der ganzen Straße, wenn ich das mal sagen darf. »Versuchen Sie nicht, mit mir zu konkurrieren, Marshall«, warne ich ihn.

»Das würde ich niemals wagen«, antworten Sie gespielt ernst.

»Fionn kann sich immer noch nicht richtig dafür begeistern.«

»Vielleicht wird er das nie können«, sage ich nachdenklich

und streiche mit dem Finger am Glasrand entlang. »Egal, was Sie machen.«

»Na, das ist ja optimistisch, danke sehr.«

»Ich bin nicht hier, um optimistisch zu sein, sondern realistisch. Wenn Sie Aufmunterung wollen, sprechen Sie lieber mit Doktor-alles-klar.«

»Das tu ich ja.«

»Was mich übrigens echt überrascht. Er hat Glück, dass er bei seinen Behandlungen keinen umgebracht hat.«

»Er war ein funktionierender Alkoholiker. Die schlimmste Sorte.«

»Gut für Sie, dass Sie nicht funktioniert haben.«

Sie nehmen beide Beleidigungen gelassen zur Kenntnis: dass Sie Alkoholiker sind und dass Sie nicht funktioniert haben.

»Ich weiß. Durch Dr. J. hab ich's verstanden.«

Wir verstummen, Sie kauen auf den Nachos herum, ich kippe mir den Wein hinter die Binde und merke, dass ich Sie mal wieder attackiert habe, wie ich das so gern mache.

»Alle Männer, mit denen ich jemals zusammen war, haben mich irgendwann verlassen. Wussten Sie das?«

»Nein, das wusste ich nicht.« Sie sehen wieder amüsiert aus.

»Aber ich kann nicht behaupten, dass mich das überrascht«, fügen Sie sarkastisch, aber freundlich hinzu.

»Weil es sehr schwer ist, mit mir zusammenzuleben«, gestehe ich, was Sie offensichtlich überrascht.

»Warum ist es denn so schwer, mit Ihnen zusammenzuleben?«

»Weil alles nach meiner Nase gehen muss. Ich mag keine Fehler.«

»Hilfe, da würden Sie mit mir ganz bestimmt nicht zusammenleben wollen.«

»Allerdings. Bestimmt nicht.«

Schweigen.

»Wie kommen wir denn jetzt auf so was?«

»Ich hab mit meinem Ex geschlafen.«

Sie blicken auf Ihre Uhr. Es ist zwei Uhr morgens.

»Ich bin gegangen, als er eingeschlafen war.«

»Wahrscheinlich hat er bloß so getan.«

»Daran hab ich noch gar nicht gedacht.«

»Den Trick hab ich früher immer gebracht.«

»Tja, es hat funktioniert – Ihre Frau ist weg.« Der Witz ist nicht so ganz nach Ihrem Geschmack, vermutlich, weil er auch nicht als Witz rübergekommen ist.

»Hat Ihr Ex-Freund Ihnen das gesagt? Dass es schwer ist, mit Ihnen zusammenzuleben?«

»So hat er es nicht ausgedrückt, das ist mir ganz alleine eingefallen. Ich hab das begriffen, seit …« Ich schaue hinüber zu meinem Garten, der in voller Blüte steht, so wunderschön ist – und ein magischer Quell der Selbsterfahrung. Je mehr ich in der Erde grabe, desto mehr erfahre ich über mich selbst.

»Woher wollen Sie denn wissen, dass es stimmt? Vielleicht ist es gar nicht so schwierig, mit Ihnen zu leben, vielleicht sind Sie einfach eine vielbeschäftigte, erfolgreiche, hübsche Frau, die sich nur mit dem Besten zufriedengeben will – und warum auch nicht?«

Das rührt mich fast zu Tränen.

»Vielleicht«, wiederholt er.

Sofort versiegen meine Tränen wieder.

»Vielleicht sind Sie aber auch eine Null im Bett, und man kann unmöglich mit Ihnen zusammenleben.«

Sie fangen an zu lachen, und ich werfe ein Nacho nach Ihnen.

»Er hat mir heute Abend gesagt, dass er sich einsam gefühlt hat, als er mit mir zusammen war. Deshalb hat er mich verlassen.«

Schweigen.

»Einsam, als er mit Ihnen zusammen war?«, wiederholen Sie langsam und nachdenklich.

»Einsam, als er mit mir zusammen war«, bekräftige ich und fülle mein Glas noch einmal auf.

Man stelle sich vor, wie ich mich gefühlt habe – man stelle sich vor, wie es für ihn war, mit einer Frau zusammen zu sein, bei der er sich einsam gefühlt hat. Eine ziemlich furchtbare Vorstellung, sich in Gesellschaft eines Menschen, den man liebt, einsam zu fühlen. Das auszusprechen, ist schon hart, aber es zu hören, ist nahezu unerträglich. Diejenige zu sein, über die so etwas gesagt wird.

»Hat er es gesagt, bevor oder nachdem Sie mit ihm geschlafen haben?«, fragen Sie, die Ellbogen auf den Tisch gestützt, und mustern mich interessiert.

»Davor. Aber ich weiß, was Sie jetzt denken. Es war keine Anmache.«

»O doch, es war eine Anmache«, protestieren Sie ärgerlich. »Kommen Sie, Jasmine, das war doch eine Anmache. Ich wette, Sie beide waren irgendwo allein, ich wette, es war spät am Abend, da nimmt er Sie beiseite, spricht mit Jasmine, die immer noch allein und arbeitslos ist, also garantiert in einem verwundbaren Zustand, und alle ihre Freunde um sie herum kriegen ein Kind nach dem anderen. Obwohl sie behauptet, dass sie gar nicht schwanger werden will, gibt es ihr trotzdem zu denken. Und dann zieht er diesen Satz aus der Tasche. Er schaut Sie an, rote Haare, großer Busen …«

Ich schnaube, muss mir aber ein Lächeln verkneifen.

»Verschmierter Lidstrich …«

Ich wische mir hastig unter den Augen herum.

»Es ist eine Anmache, garantiert. Es gibt zwei mögliche Folgen: Entweder Sie werden wütend und schütten ihm Ihren Drink ins Gesicht, oder Sie kriegen ein schlechtes Gewissen und er Sie ins Bett. Neun von zehn Malen funktioniert das.«

»Um Dr. J. zu zitieren: *Absoluter Käse!* Sie haben das keine zehn Mal probiert«, widerspreche ich misstrauisch.

»Na gut, zweimal. Einmal hab ich einen Drink ins Gesicht gekriegt, einmal gab's ein Happyend. Der Drink war leider ein flambierter Sambuca, der mir echt die Haut verbrannt hat.«

Ich lache.

»Endlich! Sie lächelt«, sagen Sie freundlich.

Ich zünde mir eine Zigarette an.

»Sie rauchen doch gar nicht.«

»Nur wenn ich trinke.«

»Wow, wild und gefährlich.«

Ich verdrehe die Augen.

»Und was ist jetzt mit Ihrem Freund? Erzählen Sie ihm, was Sie heute gemacht haben?«

»Welcher Freund denn?«

»Na, dieser gutaussende Kerl, der Sie die ganze Zeit besucht. Der, der nicht Ihr Cousin ist.« Sie strecken die Hände in die Luft. »Sorry, konnt ich mir nicht verkneifen.«

»Er ist nicht mein Freund. Das ist Monday. Er ist Headhunter. Er hat versucht, mich für eine Stelle zu kriegen.«

»Monday?«

»Ja, weil er an einem Montag geboren ist.«

»Aha. Und Monday will Sie abwerben.«

Mir gefällt der amüsierte Ausdruck auf Ihrem Gesicht überhaupt nicht.

»Wollte. Oder glauben Sie, das war auch eine Anmache?« Ich bin sarkastisch, ich erwarte nicht, dass Sie ernsthaft über meine Frage nachdenken.

»Was war das für eine Stelle?«

»Bei *DavidGordonWhite*.«

»Den Steuerberatern?«

»Die haben eine Stiftung, die sich der Klimagerechtigkeit verschrieben hat.«

Sie schauen mich an. »Ich dachte, Sie machen Start-ups.«

»Die Organisation ist neu. Ich würde sie ins Rollen bringen müssen.«

»Und Sie wollen mir erzählen, dass der Kerl es nicht darauf abgesehen hat, Sie ins Bett zu kriegen?«

»Ich wollte, es wäre so«, antworte ich, und Sie lachen. Ich

lasse meine Zigarette auf den Boden fallen und trete sie mit meinen hochhackigen Riemchensandalen aus. Einen Augenblick habe ich mit der Idee gespielt, sie auf dem frisch lackierten Tisch auszudrücken, aber der Gedanke daran, wie fleißig die Kinder gearbeitet haben, hat mich zurückgehalten. »Aber der Zug ist sowieso abgefahren. Ich hab das Vorstellungsgespräch verpasst.«

»Warum? Kalte Füße gekriegt?« Diesmal meint er es nicht im Scherz.

»Nein.« Ich hatte Angst, aber nicht wegen des Jobs.

Ich überlege, ob ich Ihnen die Wahrheit sagen soll. Dann müsste ich Ihnen von meiner Angst erzählen, dass Heather allein wegfährt, und ich möchte Sie nicht in Ihrer stereotypen Meinung über das Down-Syndrom bestätigen, selbst wenn mein Verhalten Heather gegenüber falsch war. Inzwischen ist sie übrigens schon eine ganze Woche wieder zu Hause, und obwohl wir telefoniert haben – natürlich redet sie mit mir, Heather könnte gar nicht anders –, ist es trotzdem nicht mehr wie früher. Sie ist distanziert. Ich habe einen Teil von ihr verloren, den unsichtbaren Teil, der sie und mich zusammengehalten hat.

»Haben Sie das Gespräch verpasst, weil Sie betrunken waren?«, fragen Sie besorgt.

»Nein«, blaffe ich.

»Okay, okay. Es scheint nur zurzeit so ein immer wiederkehrendes Thema zu sein, deshalb dachte ich, ich sollte es erwähnen, vor allem angesichts der Tatsache, dass Sie mich netterweise auf meinen Alkoholkonsum aufmerksam gemacht haben.« Sie heben verteidigend die Hände.

»Schon gut«, erwidere ich etwas ruhiger. »Ich bin nur … so …« Ich mache ein Pupsgeräusch mit den Lippen und seufze, unfähig, meine Gefühle besser zu beschreiben.

»Ja, das verstehe ich.«

Und obwohl ich es nicht erklären kann, bin ich sicher, dass Sie mich tatsächlich genau verstanden haben. Eine Weile sitzen wir in behaglichem Schweigen beieinander, und ich muss an Jonathan und Heather denken, wie neidisch ich war, als ich sie zusammen gesehen habe. Mir war überhaupt nicht klar, dass ich diesen Trost direkt vor meiner Tür habe, hier, bei Ihnen.

»Der Mann, der Sie oft mit dem kleinen Mädchen besucht – ist das Ihr Vater?«

Ich nicke.

»Er scheint ein guter Vater zu sein.«

Ich denke, Sie wollen wieder auf mir herumhacken, aber als Sie mit der Hand über das glatt lackierte Holz streichen, wird mir klar, dass Sie an sich selbst und Ihre derzeitige Situation denken.

»Jetzt schon, ja«, entgegne ich. Ich möchte hinzufügen *einem anderen Kind gegenüber*, lasse es aber bleiben.

Sie blicken auf und mustern mich auf Ihre typische Art, die ich hasse, weil es mir vorkommt, als sähen Sie mir mitten ins Herz – oder versuchten es jedenfalls.

»Interessant.«

»Interessant«, wiederhole ich und seufze. »Was ist denn daran interessant?«

»Es erklärt das, was Sie mir gesagt haben, weiter nichts.«

»Ich habe Ihnen gesagt, Sie wären ein schlechter Vater, weil Sie es damals waren.«

»Aber es ist Ihnen aufgefallen. Es hat Sie gestört.«

Ich antworte nicht und trinke lieber.

»Versucht er, etwas wiedergutzumachen?«

»Nein, er mischt sich bloß in mein Leben ein – und das ist was vollkommen anderes.« Als ich Ihren fragenden Gesichtsausdruck sehe, erkläre ich: »Er möchte mir einen Job besorgen. Bei seiner alten Firma. Ein paar Gefälligkeiten einfordern, lauter solche Dinge.«

»Das klingt, als wäre er hilfsbereit.«

»Ist er aber nicht. Es ist die reine Vetternwirtschaft.«

»Geht es um einen guten Job?«

»Ja, eigentlich schon. Account-Director, acht Mitarbeiter. Vierzigtausend im Jahr«, gebe ich Dads Mantra in einer schlechten Imitation wieder.

»Das ist ein guter Job.«

»Ja, ein toller Job. Hab ich doch gesagt.«

»Den würde er bestimmt nicht jedem zutrauen.«

»Natürlich nicht.«

»Sie würden ein Vorstellungsgespräch führen müssen.«

»Ja, sicher. Mein Dad ist nicht mehr bei der Firma. Er gibt nur meinen Namen weiter.«

»Also glaubt er an Sie. Dass Sie zu so etwas fähig sind. Bestimmt hat er seinen Stolz; er würde nicht wollen, dass seine Tochter ihn blamiert, indem sie hinter seinen Erwartungen zurückbleibt.«

Ich frage mich, ob Sie vielleicht auf Heather anspielen. Aber als ich mich schon für eine giftige Reaktion bereit mache, merke ich, dass es nicht stimmt. Ich weiß nicht, was ich sagen soll.

»Ich würde das als Kompliment verstehen.«

»Meinetwegen.«

»Sie und Fionn haben eine Menge gemeinsam«, sagen Sie. Ich bin sicher, dass Sie meine kindische Reaktion kritisieren wollen, und gehe Ihnen an die Kehle.

»Weil wir beide beschissene Väter haben?«

Sie seufzen. »Wenn ich Ihnen sagen würde, ich kenne jemanden, der eine tolle Idee für ein Start-up hat, und diese Leute würden eine Mitarbeiterin suchen, wären Sie dann interessiert?«

»Heißt die Person vielleicht Caroline?«, frage ich und höre selbst den Schreck in meiner Stimme.

»Ich meine das rein hypothetisch.«

»Ja, ich würde mich mit den Leuten treffen wollen.«

»Aber Ihr Dad kennt jemanden, der jemanden sucht, und Sie überlegen es sich nicht einmal.«

Ich weiß nicht, was ich darauf antworten soll, also zucke ich die Achseln à la Fionn.

294

»Ich würde so was an Ihrer Stelle nicht von vornherein aus-
schließen.«

»Aber ich brauche seine Hilfe nicht.«

»O doch.«

Ich schweige.

»Ein Headhunter ist hinter Ihnen her wegen eines Jobs, den
Sie inzwischen angenommen hätten, wenn Sie im Geringsten
daran interessiert wären, und eine Freundin möchte, dass Sie ihr
helfen, eine Klamotten-Website aufzubauen. Ich war bei Ihnen
drüben, ich hab es gehört«, erklären Sie, als Sie meinen verwun-
derten Blick bemerken. »Natürlich brauchen Sie Hilfe.«

Ich schweige.

»Ich weiß, Sie mögen die Meinung anderer Leute nicht hören.
Sie glauben, dass die falschliegen. Dass andere Leute nicht auf-
geschlossen sind. Jetzt schauen Sie mich nicht so an, das haben
Sie mir selbst erklärt. Manchmal – manchmal – glaube ich, Sie
betrachten die Dinge genau falsch herum. Ich weiß nicht, wo-
gegen Sie sich glauben verteidigen zu müssen, aber es sind die
falschen Dinge.«

Sie lassen Ihre Bemerkung eine Weile in der Luft hängen. Ich
fand es besser, als ich Sie noch gehasst habe und wir kein Wort
miteinander gewechselt haben. Aber da Sie nun schon mich
und meine Probleme analysiert haben, finde ich, wir haben den
Punkt erreicht, an dem ich auch Ihre Themen unter die Lupe
nehmen kann. »Was ist das eigentlich mit dem Song von Guns
N' Roses?«

Sie starren mich verständnislos an. »Was meinen Sie?«

»›Paradise City‹?« Ich lächle. »Das dröhnt so gut wie immer
aus Ihrem Auto, wenn Sie nachts nach Hause kommen.«

Ihr Gesicht bleibt ausdruckslos. »Der CD-Spieler im Jeep
klemmt. Das ist der einzige Song, den er spielt.«

Was für eine Enttäuschung. Ich dachte, ich hätte eine tiefere
Bedeutung gefunden, aber anscheinend lag ich falsch. Ich dachte, ich hätte etwas entdeckt, aber ich habe mich wohl geirrt.

»Ich glaube, ich gehe jetzt wieder ins Bett, die Kids sind morgen früh zeitig unterwegs. Wir wollen Erbsen pflücken und Tomaten pflanzen.«

Ich tue so, als wäre ich beeindruckt. In Wirklichkeit bin ich neidisch. Meine Erbsen sind nichts geworden.

»Kann ich Sie hier allein lassen?«

»Ja.«

»Nur damit das klar ist, Jasmine: Ich hätte das Gegenteil über Sie gesagt.«

»Was meinen Sie denn damit?«

»Ohne Sie wäre ich viel zu oft allein gewesen. Ich habe mich in Ihrer Gegenwart nie allein gefühlt, nicht mal für eine Sekunde.«

Mir bleibt einen Moment die Luft weg, und als ich Ihnen nachschaue, wie Sie ins Haus zurückgehen, bin ich auf einmal stocknüchtern. Zwar ist mir schwindlig, aber meine Gedanken sind glasklar. Ich sitze am Kopfende des Tischs, an dem Platz, an dem Sie normalerweise sitzen. An dem Tisch, an dem Sie normalerweise trinken. Wie sich im Leben das Blatt manchmal wendet.

22

Am nächsten Morgen wache ich auf, weil mir die Sonne ins Gesicht scheint und es an der Tür klingelt. Mein Kopf ist so heiß, als hätte ich auf dem Asphalt gelegen und jemand hätte mir eine Lupe übers Gesicht gehalten, zum Beispiel Gott bei einem echt kindischen Streich. Ich habe mir nicht die Mühe gemacht, die Vorhänge zuzuziehen, als ich heute Nacht ins Bett gefallen bin. Jetzt kommt alles wieder zurück, als ob mir jemand eine mit Steinen gefüllte Socke über den Schädel haut: die Taufe, Laurence. Dass ich Sie gestern Nacht aus dem Bett geholt habe, ist mir egal, aber das mit Laurence schlägt alles. Es bimmelt weiter an der Tür.

»Sie ist nicht da, Dad!«, höre ich eine Kleinmädchenstimme unter meinem Fenster. Kylie. Oder vielleicht auch Kris, der ja noch lang nicht im Stimmbruch ist.

»Sie ist da. Versuch es weiter«, schreien Sie über die Straße.

Ächzend öffne ich die Augen und versuche mich an das grelle Licht zu gewöhnen. Mein Mund fühlt sich an wie Schmirgelpapier, aber als ich auf meinem Nachttisch nach Wasser suche, finde ich dort nur eine leere Wodkaflasche. Mein Magen will sich schon wieder umdrehen. Das mit dem Wodka wird allmählich zur Gewohnheit, aber ich weiß – ich weiß es genau –, dass es das letzte Mal gewesen ist. Ich ertrage es nicht mehr. Das Bedürfnis, vor mir selbst zu fliehen, hat endgültig die Flucht ergriffen. Mein Wecker zeigt Mittag, und ich glaube ihm, denn die Mittagssonne scheint heiß auf meine Wangen.

Als ich die Treppe hinunterlaufe, stolpere ich und kann mich gerade noch am Geländer festhalten. Mein Herz klopft heftig vor Schreck, aber jetzt bin ich endgültig wach. Als ich die Tür aufmache, steht Monday mit zwei blonden Kindern davor, und drei Gesichter starren mich an, zwei davon voller Entsetzen über meinen derangierten Zustand, eines eher amüsiert. Schnell mache ich die Tür wieder zu und höre Monday lachen.

»Kommt, Kinder, geben wir ihr ein bisschen Zeit, damit sie sich zurechtmachen kann.«

Ich öffne die Tür ein kleines Stück und renne nach oben, um zu duschen und wieder ein menschliches Wesen aus mir zu machen. Alles tut weh – mein Kopf, meine Glieder …

»Schlimme Nacht?«, fragt Monday, der meinen Zustand anscheinend unterhaltsam findet. »Oder bist du immer noch krank?« Der letzte Satz klingt ärgerlich, und ich ducke mich unwillkürlich.

Vor lauter schlechtem Gewissen wegen des geschwänzten Vorstellungsgesprächs und vor allem weil ich nicht den Mumm hatte, ihn vorher zu informieren, kann ich ihn kaum anschauen. Er hat Kaffee gekocht und ist ganz leger gekleidet – ohne seinen Anzug wirkt er irgendwie verletzlicher. Sein Besuch fühlt sich auch gar nicht geschäftsmäßig an, er kann sich nicht hinter der Rolle verstecken, hinter der er für gewöhnlich verschwindet. Auf einmal habe ich auch wegen Laurence ein schlechtes Gefühl in der Magengrube, fast so, als hätte ich Monday betrogen, obwohl zwischen uns ja nie etwas war. Er ist Headhunter, ich bin arbeitslos, mehr war da nie, keine Spur, oder? Auf einmal fühle ich mich unehrlich – anscheinend war da wohl doch etwas. Unausgesprochen, versteckt, aber trotzdem. Und natürlich musste ich erst mit einem anderen Mann schlafen, um es zu kapieren.

»Monday«, sage ich und nehme seine Hand, womit er offensichtlich nicht gerechnet hat. »Es tut mir leid wegen letzter Woche. Bitte denk jetzt nicht, dass mir die Entscheidung leichtgefallen ist, denn so war es nicht. Ich möchte dir gern alles erklären, und ich hoffe, dass du es verstehst.«

»Dann warst du also gar nicht krank«, kommt er direkt zur Sache.

»Nein.« Ich beiße mir auf die Lippe.

»Ich glaube nicht, dass wir viel Zeit zum Reden haben«, sagt er, schaut auf seine Uhr, und mein Herz wird schwer.

»Bitte bleib doch, wenn es irgendwie geht, ich kann alles erklären …«

»Nein, ich gehe nicht weg«, unterbricht er mich, lehnt sich an die Küchentheke, verschränkt die Arme und schaut mich an.

Jetzt bin ich total verwirrt, kann ihm aber kaum in die Augen schauen, ohne dabei zu lächeln. Er macht mich so weich, ich bin wie Wachs in seinen Händen. Endlich erwidert er mein Lächeln, schüttelt dabei aber den Kopf, als wollte er es eigentlich nicht.

»Du bist echt ein einziges Chaos.« Er sagt es ganz freundlich, als wäre es ein Kompliment, und ich nehme es so.

»Ich weiß. Sorry.«

Er sieht auf meinen Mund und schluckt schwer, und ich frage mich, wann in aller Welt es passieren wird, ich meine, ich glaube, dass es passieren wird, vielleicht sollte ich etwas sagen, den ersten Schritt tun und ihn küssen, aber da klingelt es an der Haustür, und er zuckt erschrocken zusammen, als wären wir ertappt worden.

Seufzend gehe ich zur Tür, und herein kommen Sie mit Ihren blonden Zwillingen, dann mein Dad, Zara und Leilah, die ein bisschen zerknirscht wirkt, hinter ihr Kevin, dicht gefolgt von Heather und ihrer Betreuerin Jamie. Heather sieht aus, als wäre sie immens stolz auf sich, während Sie eher den Eindruck machen, als fänden Sie das Ganze zum Schieflachen, und Monday schaut mich plötzlich besorgt an, geht von der Theke weg und lässt die Arme sinken.

»Alles klar bei dir?«

Ich zittere von Kopf bis Fuß und weiß nicht, ob der Alkoholentzug etwas damit zu tun hat, aber mich packt das kalte Grausen vor dem, was jetzt auf mich zukommt. Auf einmal ist das verliebte Herzklopfen verschwunden, und es bleibt nur Angst, Beklommenheit, Nervosität. Mein Hirn befiehlt meinem Körper: *Lauf weg! Schnell!* Kampf oder Flucht? Der Fluchtinstinkt überwiegt eindeutig. Ich weiß, was das hier ist, ich weiß, was diese Menschen vorhaben. An Heathers stolzem Gesicht sehe ich, dass sie glaubt, es sei zu meinem Besten, sie glaubt, dass ich ihr dankbar dafür sein werde.

Kevin umarmt mich herzlich, aber ich erstarre, strecke die Hände weg und bin unfähig, ihn anzufassen.

Aber Sie lachen schon wieder leise. Offensichtlich ist mein Leben an diesem Sommerwochenende in Ermangelung der üblichen Sportveranstaltungen Ihr samstägliches Unterhaltungsprogramm.

Endlich lässt Kevin mich wieder los. »Heather hat mir gesagt, ich soll Jennifer einladen, aber sie war nicht zu Hause, da dachte ich, ich komme selbst.«

Ich mache den Mund auf, aber es kommt kein Wort heraus.

»Sie sind der Gärtner, oder?«, erkundigt sich Kevin daraufhin bei Ihnen. Anscheinend erinnert er sich noch an Sie und an Fionns Lüge.

Immer noch amüsiert, sehen Sie mich an.

»Matt ist mein Nachbar. Sein Sohn hat mir vor einer Weile bei der Gartenarbeit geholfen.«

Kevin fixiert Sie mit stählernem Blick.

»Ach kommen Sie, erzählen Sie mir doch nicht, dass Ihnen zum ersten Mal ein Annäherungsversuch vermasselt worden ist«, sagen Sie und grinsen wie die leibhaftige Grinsekatze.

Nach und nach begeben sich die Gäste ins Wohnzimmer und nehmen dort Platz, ein paar holen sich Küchenstühle, weil es nicht genügend Sitzgelegenheiten gibt. Mit einem erwartungsvollen Lächeln blicken Sie in die Runde. Die Kids haben es sich mit mitgebrachten Malbüchern und Knete am Küchentisch gemütlich gemacht. Ich wandere in der Küche umher und tue so, als kochte ich Tee und Kaffee, in Wirklichkeit aber schmiede ich Fluchtpläne und suche verzweifelt nach Entschuldigungen und Ausstiegsklauseln. Monday bleibt in meiner Nähe, aber ich bin so in meinem eigenen Kopf, dass ich es kaum merke.

»Alles klar bei dir?«, fragt er mich schon wieder.

Ich bleibe stehen. »Ich möchte am liebsten tot sein«, antworte ich mit fester Stimme. »Und zwar sofort.«

Er schaut zu der Versammlung hinüber und beißt sich mit seinem angeschlagenen Schneidezahn auf die Lippe. Er scheint zu überlegen, wie er mich hier rausschmuggeln könnte, und ich klammere mich sofort an diese vage Hoffnung.

Jamie kommt in die Küche. Ich höre, wie ihre Füße bei jedem Schritt an ihren Sandalen festkleben und sich wieder lösen. Socken sind doch die bessere Wahl.

»Ich hab Kekse mitgebracht«, sagt sie und legt eine Packung Jaffa Cakes auf die Theke. Ich hasse Jaffa Cakes.

»Jamie, was zum Teufel geht hier vor? Was soll das Ganze?«

»Es war Heathers Idee«, antwortet sie. »Ein Support-Treffen für dich.«

»Ach du Scheiße«, fauche ich ein bisschen zu laut, und schon höre ich Ihr Lachen aus dem Wohnzimmer.

»Ich hätte gern eine Tasse Kaffee mit zwei Stück Zucker und einem Spritzer Milch, meine Liebe!«, rufen Sie.

Caroline kommt herein, auf der Nase eine Sonnenbrille, die ihr halbes Gesicht verdeckt. »O mein Gott, ich bin dermaßen verkatert. Diese Taufen sind echt mein Tod. O mein Gott!« Dann gibt sie mir einen Klaps auf den Arm und zischt: »Ich hab gehört, du hattest letzte Nacht Ex-Sex mit Laurence!«

Ich zucke zusammen, denn ich weiß, dass Monday direkt hinter mir steht und jedes Wort mithört. Ich fühle seinen brennenden Blick im Rücken. Mir ist übel. Als ich ihn anschaue, wendet er sich schnell ab, macht sich am Tablett mit den Tassen zu schaffen, trägt es ins Wohnzimmer und setzt sich hin.

»Oh«, sagt Caroline, die anscheinend die Stimmung spürt.

»Tut mir leid, ich wusste nicht, dass ihr zwei ...«

»Macht nichts«, entgegne ich und reibe mir müde das Gesicht. »Wusstest du von dem Treffen hier?«

Sie nickt, angelt eine Packung Kopfschmerztabletten aus ihrer Tasche und spült zwei davon mit einer Flasche Wasser hinunter.

»Aber ich durfte dir nichts davon sagen, Heather wollte dich überraschen.«

Jetzt gerate ich endgültig in Panik, und ich möchte nur noch weglaufen. Aber ein Blick zu Heather genügt – sie sitzt in ihrer besten Bluse und Hose strahlend und mit funkelnden Augen am Kopfende des Support-Kreises, stolz und selbstbewusst, weil sie dies alles organisiert hat –, um mir zu zeigen, dass ich unmöglich abspringen kann. Ich muss es aushalten.

Ich setze mich in den Sessel, der extra für mich freigelassen worden ist, und sofort richten sich alle Blicke auf mich. Ihre Augen glitzern besonders fröhlich, weil Sie es von ganzem Herzen genießen, dass ich mich so unbehaglich und wehrlos fühle, Sie schadenfroher Aasgeier. Mondays Augen sind hart und kalt, er starrt auf die Beine des Couchtischs, und jede frühere Anteilnahme ist tot und begraben. Carolines Augen sind blutunterlaufen, und sie weigert sich, den Teller mit den Jaffa Cakes weiterzureichen, als wären die Kekse eine tickende Zeitbombe.

Kevin mustert mich aufmerksam; vorgebeugt, die Ellbogen auf die Knie gestützt, versucht er, seine guten, fröhlichen, positiven, perversen Gedanken in meine Richtung zu lenken. Höchst beunruhigend. Auch seine haarigen Zehen, die unter seiner hautengen braunen Cordhose aus den Flip-Flops hervorschauen, sind beunruhigend. Kevin ist beunruhigend, basta. Leilah hat Angst, mich anzusehen, das weiß ich; sie kaut auf der Unterlippe, schaut im Zimmer umher und fragt sich wahrscheinlich, warum sie nicht lieber einen Mann mit einer weniger komplizierten Familie geheiratet hat. Neben ihr sitzt Dad und schreibt mit seinen dicken Fingern mühsam eine SMS. Auf Leilahs anderer Seite sitzt Monday, ziemlich eingequetscht.

»Kennt ihr euch?«, frage ich, und die beiden nicken gleichzeitig, aber Monday sieht mir immer noch nicht in die Augen.

Jamie beginnt. »Danke, dass ihr alle hier seid. Heather hat jeden Einzelnen von euch persönlich kontaktiert und eine Menge Planung und Überlegung in die Sache gesteckt. Wir heißen euch willkommen. Damit übergebe ich an dich, Heather.«

Ich ziehe die Beine herauf und schlinge die Arme um die Knie, als wollte ich mich verstecken. Ich versuche mir zu sagen, dass ich nur wegen Heather hier bin, dass ich es für sie tue, weil es eine gute Übung für sie ist, sie hat alles organisiert. So herablassend das jetzt vielleicht klingt, es stimmt trotzdem, und der Gedanke hilft mir. Aber sobald ich ihre Stimme höre, möchte ich am liebsten weinen, weil ich so stolz auf sie bin.

»Ich danke euch allen, dass ihr gekommen seid. Seit über fünfzehn Jahren nimmt Jasmine an den Treffen meiner Unterstützergruppe teil, und das hat mir so viel geholfen, dass ich ihr jetzt gerne die gleiche Erfahrung schenken möchte. Ihr seid Jasmines Support-Kreis, ihr seid ihre Freunde.« Voller Stolz blickt sie in die Runde.

Ich schaue mir die Leute an, die um mich herum sitzen, und fühle mich erbärmlich. Sie zwinkern mir zu und stopfen sich einen Keks in den Mund. Ich möchte Sie ohrfeigen. Und das werde ich auch, irgendwann.

»Wir wollen dir zeigen, dass wir dich lieben und unterstützen und dass wir für dich da sind, Jasmine«, sagt Heather und beginnt zu applaudieren.

Die anderen stimmen ein, die meisten mit Überzeugung, nur Caroline ist sehr vorsichtig, vermutlich, weil der Lärm ihr in den Ohren weh tut. Sie stoßen sogar einen Pfiff aus. Dad sieht Sie an, als wollte er Sie schlagen. Monday versucht, gar nicht da zu sein, doch ich spüre seine Energie im Raum. Mein Blick wird ebenso magnetisch von ihm angezogen wie mein Körper, und sobald ich in seiner Nähe bin, spürt jeder Teil von mir den Impuls, sich auf ihn zuzubewegen.

»Meine kleine Schwester Jasmine war immer sehr beschäftigt. Busy, busy, busy. Wenn sie nichts zu tun hatte, dann hat sie sich um mich gekümmert. Aber zurzeit ist sie nicht so beschäftigt, und sie muss sich auch nicht mehr um mich kümmern. Sondern um sich selbst.«

Tränen schießen mir in die Augen. Ich schütze mich mit Armen, Beinen, Händen, alles wird verdreht und zusammengefaltet und signalisiert *Geschlossen*.

Die anderen starren mich an. Ich möchte sterben. Auf der Stelle.

Aber stattdessen räuspere ich mich, komme aus dem Versteck hinter meinen Knien hervor, stelle die Füße auf den Boden und schlage lässig die Beine übereinander.

»Danke, dass ihr alle da seid. Ihr wisst ja bestimmt, dass es eine Überraschung für mich ist, deshalb bin ich überhaupt nicht vorbereitet, aber danke, Heather, dass du dieses Treffen organisiert hast. Ich weiß, dass du mein Bestes willst.« Ich werde mich aufs Wesentliche konzentrieren. Den Leuten den kleinen Finger hinhalten, aber auf keinen Fall die ganze Hand geben, ich werde niemanden wirklich an mich heranlassen, aber trotzdem den Eindruck erwecken, als spielte ich mit. Ich werde die konstruktive Kritik mit einem Lächeln zur Kenntnis nehmen. Mich dafür bedanken. Und dann zum nächsten Punkt übergehen. Das ist der Plan. »Dass ich letzten November meinen Job verloren habe, hat mir echt zugesetzt, denn ich habe meine Arbeit geliebt. In den letzten sechs Monaten ist es mir sehr schwergefallen, morgens aufstehen zu müssen, ohne mich nützlich zu fühlen.« Ich räuspere mich wieder. »Aber jetzt wird mir klar – jetzt ist mir klargeworden –, dass es gar nicht so schlecht ist, wie ich befürchtet habe.«

Würde ich zu viel preisgeben, wenn ich sage, dass ich bestimmte Aspekte sogar genieße, auf eine Art und Weise, wie ich es niemals für möglich gehalten hätte? Ich schaue in Ihr erwartungsvolles Gesicht, dann zu Kevin, der aussieht, als sei er ganz in seinem Element, weiter zu Monday, der seinen ausdruckslosen Blick sofort abwendet und wieder auf das Couchtischbein starrt – und komme zu dem Schluss, dass ich nicht näher auf meine Gartentherapie eingehen möchte. Wenn ich sage, dass die Gärtnerei mir hilft, würde ich ja zugeben, dass ich Hilfe gebraucht habe, und das kommt nicht in Frage.

»Also. Mein Plan ist …« Ich wende mich Heather zu, denn dieses Meeting findet nur statt, weil sie sich Sorgen um mich gemacht hat, und wenn es mir gelingt, sie zu beruhigen, ist die Sache möglicherweise schnell überstanden.»… mein Plan ist, die restlichen sechs Monate meiner Freistellung hinter mich zu bringen und dann einen Job zu finden. Ich danke euch für eure Hilfe in der Vergangenheit und eure Unterstützung in der Gegenwart – und dafür, dass ihr heute gekommen seid.«

Ich beende meine Rede munter, flott und optimistisch, ich gebe niemandem einen Grund für Betroffenheit oder Besorgnis. Mit Jasmine ist alles super in Ordnung.

»Wow«, brechen Sie das Schweigen. »Das war bewegend, Jasmine. Das war tiefgründig. Ich habe das Gefühl, dass ich erfahren habe, wie Sie wirklich ticken«, sagen Sie, und Ihre Worte triefen vor Sarkasmus. Sie stecken ein paar Chips in den Mund, ich rieche den Sauerrahm und die Zwiebeln, und mein Magen grummelt.

»Nun, was haben *Sie* denn nach Ihrer Freistellung vor, Matt? Teilen Sie es mit uns.«

»Hey, das hier ist nicht *mein* Support-Kreis«, erwidern sie mit einem Grinsen im Gesicht.

»Meiner anscheinend auch nicht«, blaffe ich.

»Bleiben wir konstruktiv«, ruft Kevin mit seiner Priesterstimme, hebt die Hände und lässt sie langsam wieder sinken, als wollte er uns hypnotisieren. Es wirkt wie aus einer Neunziger-Boyband-Tanznummer.

»Ich bin ganz entspannt«, verkünden Sie und nehmen sich noch ein paar Chips.

Wenn man bedenkt, wie viel Sie ständig hier und da knabbern, seit Sie das Rauchen aufgegeben haben, müssten Sie eigentlich zugenommen haben, aber nichts dergleichen. Im Gegenteil, Sie sehen fitter und frischer aus als vorher – vermutlich, weil Sie auf den Alkohol verzichten.

»Ich denke, ich bin abgesehen von Onkel Peter und Heather derjenige, der Jasmine am längsten kennt«, säuselt Kevin und lächelt mir zu. Ich schaudere. »Deshalb denke ich, dass ich sie auch am besten verstehe.«

»Ach wirklich?«, sagen Sie und wenden sich ihm zu. »Dann sagen Sie uns doch, welcher von den drei Jobs am besten für sie geeignet wäre.«

Jetzt haben Sie nicht nur Kevin, sondern auch mich in die Bredouille gebracht. Wir haben beide keinen blassen Schimmer, natürlich aus unterschiedlichen Gründen.

»*Drei* Jobs?«, fragt auch Caroline ärgerlich.

Monday hebt ruckartig den Kopf, sieht mich stirnrunzelnd an und versucht aus mir klug zu werden – aus mir, die ich mich als Lügnerin entpuppe. Über die anderen beiden Jobs habe ich nicht mit ihm gesprochen, weil der einzige, den ich in Erwägung gezogen habe, ohnehin der war, den er mir angeboten hat. Aber das Thema, das Sie so freundlich angeschnitten haben, lässt mich nun als Doppel-Fremdgeherin erscheinen.

Verrückt, dass ausgerechnet Sie es sind, der mich am besten kennt und mir die schlimmste Fangfrage stellt, denn die drei Leute, die mir die Jobs angeboten haben, sind allesamt hier, wissen aber nichts voneinander. Sie schauen mich alle an und warten auf eine Antwort. Offenbar vermissen Sie es, die Leute im Radio gegeneinander aufzuhetzen, und jetzt muss mein Leben dafür herhalten, dass Sie ein bisschen Spaß haben.

Auf einmal merke ich, dass ich Sie hasserfüllt anstarre und dass schon eine ganze Weile Schweigen in der Runde herrscht.

»Was sind denn nun diese drei Angebote?«, fragt Kevin und sieht mich mit einem sanften, verständnisvollen Lächeln an, das bestimmt hilfsbereit wirken soll. »Hm?«

Mir gefällt es nicht, wie er mich ansieht. Abrupt wechsle ich das Thema und frage: »Monday, hast du eigentlich meinen Cousin schon kennengelernt?«

Als Monday seinen Namen hört, nimmt er sofort Haltung an.

Ich kann mir gar nicht vorstellen, wie sich diese Diskussion für die anderen anfühlt – für mich ist sie schon unangenehm, und sie fühlen sich bestimmt noch schlechter.

»Kennst du meinen Cousin?«

»Also, wir sind eigentlich nicht …«, wirft Kevin ein.

»Das ist mein Cousin«, falle ich ihm ins Wort. »Kevin, das ist Monday.«

Die beiden schütteln sich über den Couchtisch hinweg die Hand, und Sie schmunzeln, denn Sie haben meine Taktik genau durchschaut.

»Ich erwähne Monday deshalb, weil er für *Diversified Search International* arbeitet, er ist Headhunter und wollte mich für einen Job bei *DavidGordonWhite* anwerben.«

Dad mustert Monday, den er vorher gar nicht wahrzunehmen schien, plötzlich mit neu erwachtem Interesse.

»Aber die Stelle ist ja vom Tisch, wenn du also lieber gehen möchtest, Monday, dann wird niemand es dir übelnehmen«, sage ich mit einem nervösen Lächeln. Ich wünsche mir, dass er verschwindet, weil ich nicht möchte, dass der Mann, nach dem ich verrückt bin, dank dieses Terrorkreises mitkriegt, wie verkorkst ich bin, und ich spüre genau, wie es nach Carolines Bemerkung in ihm kocht. Es ist besser, wenn er geht.

»Warum ist die Stelle vom Tisch?«, fragt Dad.

Ich schaue zu Monday. Das ist seine Gelegenheit zur Vergeltung, aber er sagt nichts.

»Äh – ich hab es nicht zum Vorstellungsgespräch geschafft«, antworte ich stattdessen.

Dad flucht leise vor sich hin.

»Peter!« Leilah knufft ihn mit dem Ellbogen, und Heather bekommt vor Überraschung große Augen.

»Warum hast du es nicht zu dem Vorstellungsgespräch geschafft?«, fragt Dad aufgebracht.

»Sie war krank«, sagt Monday endlich, obwohl ich nicht das Gefühl habe, dass er mich verteidigen will. Seine Stimme klingt immer noch distanziert und überhaupt nicht wie ... Monday. »Aber ich würde schon gern etwas über die anderen Jobs erfahren«, fährt er fort. »Ich wusste nicht, dass noch andere Optionen im Spiel waren.«

Als ich höre, wie er *andere Optionen* sagt, frage ich mich, ob er vielleicht nicht den Job, sondern eher Laurence meint. Ich möchte ihm so viel erklären, wenn das hier endlich vorbei ist – aber wirklich nur ihm. Was die anderen denken, ist mir egal. Und Sie wissen sowieso schon alles.

»Krank? Dass ich nicht lache«, murmelt Dad und bekommt sofort wieder Leilahs Ellbogen zu spüren.

»Du warst krank, Jasmine?«, fragt Heather besorgt. »In Cork?«

»Moment mal – du warst in Cork?«, hakt Jamie nach und rutscht auf ihrem Stuhl ganz nach vorn. »Ich dachte, wir hätten ausgemacht, dass Heather alleine fahren soll. Haben wir das nicht so beschlossen?« Sie sieht zu Leilah, die ja ebenfalls bei dem Treffen anwesend war.

Leilah schaut mich an, sie ist offensichtlich hin- und hergerissen und will niemandem zu nahe treten. Ich sehe den Kampf, der in ihrem Kopf stattfindet.

»Und?«, fragt Dad sie.

»Ja«, stößt sie hervor, als huste sie das Wort aus, nachdem ihr jemand auf den Rücken geklopft hat. »Aber ich bin sicher, dass Jasmine ihre Gründe dafür hatte.«

Jamie wendet sich an die Runde. »Heather ist zum ersten Mal mit ihrem Freund Jonathan weggefahren. Bei ihrem Unterstützerkreis waren wir uns alle einig, dass sie mehr als fähig ist, allein zurechtzukommen, und dass alle gegenläufigen Maßnahmen für sie nicht hilfreich wären …«

»Okay, Jamie, danke«, fauche ich dazwischen und reibe mir dann müde das Gesicht.

»Warum bist du denn hingefahren?«, fragt Jamie, klingt aber schon etwas weniger streitbar.

»Sie hat sich Sorgen gemacht«, antwortet Kevin für mich. »Das ist doch offensichtlich.«

»Wann warst du denn weg, Heather?«, fragt Monday sanft.

»Freitag bis Montag«, sagt Heather und lächelt.

Monday nickt. »Und war es schön?«

»Es war wunderbar!«, grinst Heather.

Jetzt sieht Monday mich plötzlich wieder ziemlich nett an. Eigentlich tun das alle – außer Dad. Er schüttelt den Kopf und konzentriert sich dann auf sein Handy, vermutlich, um sich zu beruhigen und nicht mit einer unüberlegten Bemerkung herauszuplatzen. Ich fühle ein Brennen hinter den Augen. Aber ich will auf gar keinen Fall weinen.

»Ich war bloß … sie hat das noch nie … es war das erste Mal, dass sie … wisst ihr, mit einem …« Mit einem Seufzen breche ich ab, alle starren mich an, und ich höre das Zittern in meiner Stimme. Dann schaffe ich es endlich, Heather ins Gesicht zu schauen. »Ich war einfach noch nicht bereit, dich gehen zu lassen.« Ehe ich es verhindern kann, rollt mir eine Träne übers Gesicht. Ich wische sie schnell weg, ehe sie mein Kinn erreicht, und tue so, als wäre nichts passiert.

Heather bekommt rote Wangen und erwidert scheu: »Aber ich gehe doch nirgendwohin, Jasmine. Ich verlasse dich nicht. Hast du dein Vorstellungsgespräch meinetwegen verpasst?«

Jetzt fließt die nächste Träne. Und noch eine. Ich wische sie alle schnell weg und schlage die Augen nieder, weil ich nicht sehen will, wie alle mich beobachten.

»Darf ich jetzt bitte aufstehen?«, sage ich und klinge wie ein Kind.

Niemand antwortet. Niemand sieht sich als Autorität, mir etwas zu erlauben oder zu verbieten.

»Hi, Monday. Ich hab schon von dir gehört«, sagt Caroline plötzlich in die Stille hinein, taucht aus ihrer verkaterten Trance auf und versucht mich zu retten. »Ich bin Caroline, Jasmines Freundin.«

»Hi.«

»Ich hab eine Idee für eine Website, und Jasmine hilft mir damit.«

Ich knirsche mit den Zähnen, halte aber den Mund.

»Was ist los, Jasmine?«, fragt Kevin und mustert mich.

»Nichts«, antworte ich, aber jeder merkt, dass das eine glatte Lüge ist. »Na ja, es ist nur, dass ich ihr eigentlich nicht direkt ›helfe‹. Ich entwickle die Idee mit dir, Caroline, das ist ja mein Job, Entwicklung, Ausführung … aber ›helfen‹, das klingt so … du weißt schon …«

Sie reißt den Kopf so schnell zu mir herum, dass ich Angst habe, er könnte abbrechen.

Sie sieht mich an, wie sie es immer tut, wenn sie beleidigt ist. Das Blinzeln, die straffe, glänzende Stirn – an der natürlich auch die Botox-Behandlung nicht ganz unschuldig ist –, das sind für mich normalerweise Signale, den Rückzug anzutreten, weil sie meine Freundin ist. Aber in einer Geschäftsbeziehung würde ich mich durchzusetzen versuchen, und das macht mir sofort klar, dass diese Zusammenarbeit nicht gutgehen kann.

»Und dann ist da noch Dad«, fahre ich schnell fort.

»Moment mal bitte«, schaltet Kevin sich wieder ein. »Ich denke, wir sollten das erst mal ausdiskutieren.«

»Kevin, das ist keine Therapiesitzung«, weise ich ihn mit einem verkniffenen Lächeln zurecht. »Nur eine kleine Gesprächsrunde. Und ich glaube, wir nähern uns dem Ende.«

»Ich glaube nur, wenn du was davon haben willst, solltest du …«

Ich falle ihm ins Wort. »Das ist nicht der richtige Zeitpunkt, um …«

»Also, *ich* wäre gern bereit, das auszudiskutieren.« Caroline zuckt unbekümmert die Achseln, aber ihre Formulierung – von der Körpersprache ganz zu schweigen – sagt etwas anderes. Ich jedenfalls habe keinerlei Interesse, etwas mit ihr auszu*fechten*, wie man wohl eher sagen müsste.

Jetzt wandern die Blicke der anderen gespannt zwischen ihr und mir hin und her. Die Ellbogen auf die Oberschenkel gestützt, rutschen Sie auf Ihrem Stuhl nach vorn – fehlt nur noch die Schüssel mit dem Popcorn. Dann heben Sie lachend die Faust und skandieren leise: »Schlagt euch, schlagt euch, schlagt euch!«

»Kommt nicht in Frage«, fahre ich Sie an, räupere mich ausgiebig und lächle Heather zu, um mich zu sammeln. »Ich denke, ich könnte dir wesentlich mehr nutzen, als du es momentan zulässt, Caroline.«

Das war nun wirklich nicht schlimm, aber sie verzieht das Gesicht, als wollte sie mir gleich an die Gurgel gehen.

»Und zwar wie?«, kreischt sie schrill.

»Du wolltest doch, dass ich dir helfe, deine Idee weiterzuentwickeln, aber von meinen Vorschlägen willst du nichts hören.«

»Ich brauche dich, weil du Erfahrung damit hast, wie man eine Firma aufbaut, und ich nicht.«

»Ja, aber es geht nicht nur darum, dass ich dir meine Kontaktliste gebe, Caroline. Ich entwickle Strategien und bin an der Umsetzung beteiligt. Wenn ich das bei dir nicht kann, habe ich kein persönliches Interesse daran. Ich muss mich einbringen können«, sage ich leise, aber fest.

Schweigend sitzen alle da, während Caroline mich in einer Art Langzeit-Sprachlosigkeit anstarrt.

»Und was ist noch mal die andere Joboption?«, schaltet Kevin sich wieder ein, und diesmal bin ich ihm dankbar, dass er Bewegung in die Sache bringt.

»Jasmines Dad«, sagen Sie, und alle schauen erst zu Ihnen und dann zu Dad.

Wahrscheinlich langweilt ihn diese Versammlung bereits, jedenfalls kommt er direkt zum Punkt. »Account-Director, Druckerei. Acht Mitarbeiter. Vierzigtausend. Falls die Stelle nicht längst besetzt ist.«

»Ist sie nicht«, sagt Leilah zu mir, und Dad ärgert sich.

»Jasmine könnte das im Schlaf«, sagt er in die Runde und schaut auf sein Handy, als würde er dort etwas lesen, was nicht stimmt. »Falls sie zum Vorstellungsgespräch erscheint.«

Als Monday nicht in seine Stichelei einstimmt, wie Dad es sich offenbar erhofft hat, verschwindet sein Lächeln.

»Ich weiß nicht, ob ich einen Job möchte, den ich im Schlaf machen kann«, sage ich.

»Natürlich nicht, du willst ja immer was Besonderes sein.«

Der Kommentar überrascht mich. Anscheinend finden Sie ihn richtig gut, allerdings nicht auf die gleiche Art wie die vorigen, und Sie richten Ihren neugierigen Blick auf Dad. Kevin dagegen ist in meinem Namen tief gekränkt.

»Also wirklich, Onkel Peter. Für diese Bemerkung solltest du dich bei Jasmine entschuldigen.«

»Was redest du denn da?«, blafft er zurück.

Heather sieht inzwischen aus, als sei ihr die Situation zutiefst unangenehm.

»Du warst immer schon so, schon als wir klein waren«, sagt Kevin, und man hört, wie die Wut in ihm hochsteigt. »Jedes Mal, wenn Jasmine nicht das will, was du willst, stößt du sie zurück.«

Das stimmt. Gespannt sehe ich Dad an.

»Jasmine hat nie das getan, was ich von ihr wollte. Sie hat überhaupt nie etwas getan, was jemand anderes von ihr wollte, es ging immer nur nach ihrem eigenen Kopf. Was meinst du denn, wie sie in diesem Schlamassel gelandet ist?«

»Aber ist es nicht gut, wenn sie ihren eigenen Weg gehen möchte?«, fragt Kevin. »Wünschst du dir nicht, dass deine Tochter ein unabhängiger Mensch ist? Ihre Mutter ist gestorben, als Jasmine noch ganz jung war, und davor war sie jahrelang krank. Ich kann mich nicht erinnern, dass du dich groß um Jasmine gekümmert hast, höchstens, um ihr etwas zu befehlen oder ihr zu sagen, was sie falsch gemacht hat.«

In diesem Moment kommt mit einem Schlag die Erinnerung an meine Gespräche mit Kevin zurück. Die ganzen Sorgen, Ängste und Enttäuschungen meines Teenageralters. Die spätabendlichen Unterhaltungen mit ihm auf der Hollywoodschaukel, bei Partys, wenn wir zur Schule gingen – alles in der Zeit, bevor er versucht hat, mich zu küssen. Er hat mir immer zugehört, und ich habe ihm über alles, was mir damals zu schaffen machte, mein Herz ausgeschüttet. Das hatte ich völlig vergessen, aber er offensichtlich nicht.

»Bei allem Respekt – das geht dich überhaupt nichts an«, sagt Dad ohne eine Spur von Respekt. »Offengestanden weiß ich nicht mal, was du überhaupt hier zu suchen hast.«

Ganz ruhig fährt Kevin fort, fast so, als hätte er sich schon seit Jahren auf dieses Gespräch vorbereitet, und ich denke, er redet auch über sich selbst. »Jasmines Mutter hat ihre Töchter dazu erzogen, eigene Entscheidungen zu treffen. Sich um sich selbst zu kümmern. Ihren eigenen Weg zu gehen. Denn das mussten sie lernen, weil ihre Mutter nicht mehr da sein würde. Jasmine hat ihre eigenen Firmen aufgebaut …«

»Und allesamt wieder verkauft.«

»Hast du deine Druckerei nicht auch verkauft?«

»Ich hab mich zur Ruhe gesetzt. Und weil Jasmine ihre Firma verkaufen wollte, hat man sie gefeuert.«

Inzwischen ist Dad knallrot im Gesicht. Leilah legt besänftigend eine Hand auf seinen Arm und sagt leise etwas zu ihm, aber er ignoriert sie oder hört sie vielleicht gar nicht, denn er setzt den Schlagabtausch mit Kevin unbeirrt fort. Aber ich blende ihn aus.

Larry hat sein Geschäft wie seine Tochter behandelt. Er woll-

te nicht loslassen. Meine Mutter hat mich in dem Bewusstsein erzogen, sie würde mich loslassen müssen.

Ich habe Ideen und verkaufe sie.

Ich möchte keine Kinder. Mum ist es schwergefallen, Heather allein zurückzulassen, jetzt kann ich Heather nicht loslassen.

»Nie bringst du etwas zu Ende, was du angefangen hast«, höre ich Larry sagen.

Mir ist schwindlig. In meinem Kopf ist zu viel los, plötzlich kommen mir Gespräche in den Sinn, die ich irgendwann einmal mit jemandem geführt habe, meine persönlichen Überzeugungen starren mich eigentümlich an, amüsiert, fast so, als wollten sie sagen: »Wir wussten das schon die ganze Zeit – du etwa nicht?«

Man zieht Kinder groß, um sie loszulassen.

Kevin hat mir klargemacht, dass ich sterben werde.

Ich baue Unternehmen auf, um sie zu verkaufen.

Ich halte Heather fest, weil Mum es nicht konnte.

»Und was geht dich das an?«, schreit Dad, als ich ihn das nächste Mal höre, und Heather hält sich die Ohren zu. »Du hast doch mit allen aus der Familie ein Problem. Schon immer. Außer natürlich mit Jasmine. Verdammt, ihr zwei habt immer unter einer Decke gesteckt, oder was das war mit euch beiden …«

»Weil wir beide das Gefühl hatten, dass wir fehl am Platz waren in dieser verrückten, kontrollbesessenen …«

»Ach, halt doch den Mund und geh zurück nach Australien. Heb dir deine Sprüche auf für deinen Therapeuten …«

»Entschuldigung, aber das tue ich ganz bestimmt nicht, und genau das ist der Grund, warum Jasmine und ich …«

»Alles okay, Jasmine?«

Das ist Ihre Stimme. Sie schauen mich an, und zum ersten Mal grinsen Sie nicht. Und Sie lachen auch nicht mehr. Ihre Worte scheinen von sehr weit her zu kommen.

Ich murmle etwas.

»Sie sind ganz blass«, sagen Sie und wollen aufstehen, aber ich komme Ihnen zuvor. Nur leider zu schnell. Von meinen

Eskapaden der letzten Nacht bin ich noch dehydriert, und das Spektakel hier hat mir emotional ganz schön zugesetzt. Monday streckt die Arme aus, um mich zu stützen, aber ich halte mich an seiner Stuhllehne fest und richte die Augen fest auf die Haustür. Diesmal frage ich nicht um Erlaubnis.

»Entschuldigt mich«, flüstere ich nur.

Der Boden schwankt unter meinen Füßen, und ich bewege mich auf das einzige Ziel zu, das stabil bleibt, während die Wände um mich herum immer enger werden und auf mich zukommen. Ich muss hier raus, ehe sie mich ganz zerquetschen. Ich schaffe es zur Tür, in die Sonne, in die frische Luft, wo es nach Gras und Blumen duftet, wo mein Springbrunnen plätschert. Ich setze mich auf die Bank, ziehe die Beine an die Brust und atme tief ein und aus.

Ich weiß nicht, wie lange ich so dasitze, aber irgendwann kapieren die anderen wohl, dass ich nicht zurückkomme. Die Tür geht auf, Caroline kommt heraus, geht direkt an mir vorbei zu ihrem Auto und steigt wortlos ein. Kurz darauf folgen ihr Dad, Leilah und Zara. Dann rieche ich Mondays Aftershave, und eine Weile ist er ganz in meiner Nähe, aber schließlich geht er weg. Dann kommen Sie. Ich weiß, dass Sie es sind, keine Ahnung, warum, aber ich spüre Sie in der Atmosphäre, und dann schließen Ihre Kinder sich an, und ich bin sicher.

»Tja, das war hart«, sagen Sie leise.

Ich antworte nicht, sondern lege nur den Kopf wieder auf die Knie. Dann fühle ich Ihre Hand auf meiner Schulter, Sie drücken sie sanft, aber fest, und ich bin Ihnen dankbar. Schließlich gehen auch Sie davon, aber auf halbem Weg die Einfahrt hinunter sagen Sie: »Oh, und danke, dass Sie mir gestern Amys Brief eingeworfen haben. Sie haben recht. Vielleicht ist es Zeit, dass ich ihn lese. Viel schaden kann es ja nicht mehr. Hoffe ich.«

Als Sie weitergehen, höre ich, wie Jamie im Haus Heather beruhigt. Ich laufe hinein. Kevin ist auch noch da und weiß nicht recht, was er tun soll.

»Geh ruhig, Kevin, ich ruf dich später an.«

Aber er rührt sich nicht vom Fleck.

»Kevin«, seufze ich. »Danke, dass du gekommen bist. Ich weiß es zu schätzen, dass du versucht hast zu helfen. Ich hatte alles vergessen … dieses ganze Zeug. Aber du zum Glück nicht. Du warst immer für mich da.«

Er nickt und lächelt mich traurig an.

Ich lege ihm die Hand auf die eine Wange und küsse ihn auf die andere.

»Hör auf, gegen alle zu kämpfen«, flüstere ich.

Er schluckt schwer und denkt darüber nach. Dann nickt er stumm und geht.

Ich bringe Heather zur Couch, nehme sie in den Arm und bemühe mich zu lächeln.

»Weshalb weinst du denn?«, frage ich sie. »Du musst nicht traurig sein, Dummerchen«, füge ich hinzu und wische ihre Wangen trocken.

»Ich wollte dir nur helfen, Jasmine.«

»Und das hast du auch.« Ich drücke ihren Kopf an meine Brust und wiege sie hin und her.

Um fliegen zu können, muss man sich die Scheiße von den Flügeln putzen. Aber zuerst einmal muss man die Scheiße als solche erkennen. Das wäre hiermit erledigt.

Als ich klein war, vielleicht acht Jahre alt, habe ich es geliebt, Kellner an der Nase herumzuführen. Sobald ich die in Restaurants übliche Zeichensprache gelernt hatte, wollte ich sie auch anwenden. Ich mochte es, dass es einen Code gab, mit dem ich einem Erwachsenen etwas übermitteln konnte, denn das brachte mich mit ihm auf Augenhöhe. In unserem Stammlokal gab es einen bestimmten Kellner, den ich besonders oft quälte. Ich legte Messer und Gabel dicht nebeneinander, und wenn er herbeieilte, um die Teller einzusammeln, entfernte ich sie schnell wieder voneinander. Ich liebte es, dem armen Mann zuzusehen, wie er kurz vor unserem Tisch abrupt kehrtmachte und wie bei einem abgebrochenen Raketenstart in die andere Richtung davonflitzte. Im Laufe eines Aufenthalts trieb ich dieses Spielchen mehrmals, wenn auch nie so oft, dass der Kellner auf die Idee kam, es könnte Absicht gewesen sein. Mit der Speisekarte gab es eine andere Version desselben Spiels. Wenn man sie zuklappte, hieß das, man war bereit zum Bestellen, solange sie offen blieb, hatte man sich noch nicht entschieden. Ich schloss also meine Karte mit allen anderen, aber sobald der Kellner sich mit Stift und Notizblock näherte, schlug ich sie schnell wieder auf, zog ein nachdenkliches Gesicht und tat so, als wäre ich unentschlossen.

Ich weiß nicht, was es bedeutet, dass mir das jetzt eingefallen ist. Ich weiß nicht, welche Erkenntnis über mich selbst mir das eröffnet, außer vielleicht, dass ich schon in jungen Jahren gerne widersprüchliche Signale ausgesandt habe.

23

Als ich, nachdem ich Heather zur Bushaltestelle gebracht habe, wieder nach Hause gehe – sie hat darauf bestanden, dass ich sie nicht mit dem Auto fahre, weil ich ihrer Ansicht nach zu »durcheinander« bin –, registriere ich erst richtig, was Sie mir gesagt haben. Jetzt, wo ich einen ruhigen Moment zum Nachdenken habe, höre ich Ihre Stimme, wie Sie sich dafür bedanken, dass ich Ihnen gestern den Brief vorbeigebracht habe, und alle Alarmglocken gehen los. Ich bleibe abrupt stehen. Es ist echt erschreckend, wenn jemand sich für etwas bedankt, was man gar nicht getan hat. Zuerst denke ich, Sie haben sich geirrt. Sie müssen sich geirrt haben. Ich habe schon des Öfteren versucht, Ihnen den Brief Ihrer Frau aufzudrängen, und Sie haben ihn mir stur zurückgegeben oder mich gebeten, ich soll ihn Ihnen vorlesen. Der Brief liegt bei den Zitronen, weil ich sauer auf Sie bin, darauf haben wir uns geeinigt. Aber Sie haben von gestern Abend gesprochen. Sie haben mir dafür gedankt, dass ich Ihnen den Brief gestern Abend gegeben habe.

Also denke ich immer noch, ich war es nicht, denn gestern war ich ganz bestimmt nicht in der Lage, einen Brief auszuliefern, ich war damit beschäftigt, den Flaschengeist am Grund meiner Wodkaflasche zu finden. Vielleicht hat Ihre Frau Ihnen noch einen anderen Brief geschickt und Sie glauben, dass ich ihn Ihnen gebracht habe. Aber das haben Sie nicht gesagt, als wir uns letzte Nacht am Tisch in Ihrem Garten getroffen haben, und deshalb glaube ich, dass dieser Brief erst *nach* unserem Treffen aufgetaucht ist. Und ich würde es wissen, wenn Ihre Frau dafür verantwortlich wäre, denn ich war bis sechs Uhr früh wach und habe getrunken, also hätte ich sie gehört, ich hätte sie gesehen – verdammt, ich wäre wahrscheinlich über die Straße gerannt und hätte sie zum Keksebacken reingebeten.

»Guten Tag, Jasmine«, sagt Dr. Jameson vergnügt wie immer.

»Hören Sie, ich hab mir überlegt, am Mittsommertag eine kleine Abendgesellschaft zu organisieren. Ein kleines Barbecue, um den schönen Sommer zu feiern, der uns dieses Jahr vergönnt ist. Was halten Sie davon? Bisher habe ich noch keine Reaktion von dem Burschen in Nummer sechs, aber ich werde es noch einmal versuchen.«

Er schaut mich an, eine lange Pause tritt ein.

Meine Gedanken rasen durch die gestrigen Ereignisse.

»Alles gut bei Ihnen, Jasmine?«

Plötzlich setze ich mich in Bewegung, renne los, so schnell ich kann, springe über Mr Malones Sprinkler und mache erst halt, als ich in meinem Haus ankomme. Drinnen bleibe ich schwer atmend stehen und schaue mich nach Hinweisen um. Im Wohnzimmer sind immer noch die Tatort-Spuren von unserem Desasterkreis, die Küche eine Kinderversion davon, mit Farbstiftflecken und getrockneter Knete auf Tisch, Stühlen und Boden. Da ist die Zitronenschüssel. Sie ist leer. Das heißt, die Zitronen und Ihr Hausschlüssel sind schon noch da, aber der Brief fehlt. Hinweis Nummer eins.

Ich renne nach oben und nehme mein Schlafzimmer zum ersten Mal genauer in Augenschein. Mein Bett ist zwar hastig gemacht, erscheint aber normal. Auf meinem Nachttisch steht die leere Wodkaflasche und … da liegt der Brief, den Amy Ihnen geschrieben hat, geöffnet. Ich hechte übers Bett und nehme ihn an mich. Irgendwann zwischen zwei und sechs Uhr früh habe ich ihn gelesen. Wahrscheinlich eher Richtung sechs. In der Zeit, an die ich mich nicht erinnern kann. Ich habe in diesem Brief nach einer Orientierungshilfe gesucht, für mich selbst, ich habe auf Inspiration gehofft, nach Worten der Ermutigung und der Liebe. Egal, ob sie an einen anderen Menschen gerichtet waren. Und als ich Amys Brief aufgemacht habe, fand ich darin folgenden Text:

Matt,
reiß dich doch endlich zusammen!
Amy

Ich war stinksauer, das weiß ich noch. Ich habe geweint, so enttäuscht war ich von Amy, von der ganzen Welt. Und dann? Ich kann mich nicht erinnern, was ich als Nächstes gemacht habe. Vielleicht bin ich eingeschlafen, aber warum ist der Brief, der jetzt angeblich in Ihrem Besitz ist, dann hier und nicht in Ihrem Haus?

Ich kneife die Augen zusammen und schaue mich um. Es muss doch irgendwelche Hinweise geben. Da sehe ich unter meinem Schminktisch ein zerknülltes Stück Papier. Einen ganzen Papierkorb voller zusammengeknüllter Papierbällchen. Und auf einmal habe ich Angst, dieses Phänomen gründlicher in Augenschein zu nehmen. Aber ich muss es tun.

Ächzend lasse ich mich auf Hände und Knie nieder und falte das erste Papierknäuel auseinander.

Lieber Matt,
ich kann nicht direkt mit Dir darüber sprechen,
dass ich Dich verlasse.
Ich glaube nämlich nicht, dass Du mir
zuhören würdest …

»O nein«, stöhne ich. »Jasmine, du Idiotin.« Ich wühle mich durch sämtliche Papiere, lese mehrere Versionen der gleichen Einleitung, dann ein paar ganz andere, aber allesamt furchtbar unangebrachte, im Vollrausch hingekritzelte Versuche, das, was

Amy Ihnen in meiner Vorstellung hätte sagen sollen, zu Papier zu bringen – Dinge, die Sie motivieren sollen, aber peinlicherweise auch solche, denen man meinen Hass auf Sie deutlich anmerkt. Ich habe absolut keine Ahnung, welche Version es über die Straße zu Ihnen geschafft hat, aber ich bin froh, dass es wenigstens keine von denen war, die ich hier hektisch überfliege. Am liebsten möchte ich mich auf mein Bett werfen und laut schreien. Natürlich wäre es am besten, ich würde über die Straße laufen und Ihnen sofort alles gestehen, was ich in meiner besoffenen Blödheit angerichtet habe. Sie werden es bestimmt verstehen. Aber ich kann und will das nicht. Ich dachte, mein Tag könnte nicht noch schlimmer werden, aber das war wohl ein Irrtum. Ich muss den Brief zurückholen, ich muss diesen Schwachsinn ungeschehen machen, ich muss einen Job finden und endlich aufhören, mich wie eine Irre zu benehmen.

Es klingelt an der Haustür, und ich erschrecke so, dass ich den schrillen Ton in meinem Kopf und noch lange danach in meinem Herzen fühle. Ich bin in flagranti erwischt worden. Starr wie ein Reh im Scheinwerferlicht stehe ich im Schlafzimmer und kann mich nicht rühren, ich bin wie gelähmt, ratlos. Was soll ich bloß tun? Sie haben den Brief bestimmt schon gelesen. Ich sitze in der Klemme.

Als ich vorsichtig aus dem Fenster spähe, sehe ich Ihren Oberkopf. Ich wappne mich innerlich und gehe nach unten. Ich werde alles zugeben. Ich werde das Richtige tun. Langsam öffne ich die Tür und blicke Ihnen mit einem nervösen Lächeln entgegen. Sie haben die Hände in die Hüften gestemmt und einen finsteren Ausdruck im Gesicht. Letzterer verschwindet für einen Moment.

»Sind Sie schon wieder betrunken?«, fragen Sie.

»Nein.«

Schweigen.

»Wirklich nicht?«

»Nein.«

Anscheinend überzeugt Sie das, jedenfalls erscheint wieder das Stirnrunzeln. »Haben Sie die Leute gesehen, die Dr. Jameson besuchen?«

Das verwirrt mich. Was hat das mit dem Brief zu tun? Ich versuche den Zusammenhang zu erraten.

»Wenn Sie doch betrunken sind, sagen Sie es ruhig«, drängen Sie.

»Ich bin aber nicht betrunken.«

»Mir ist das egal. Aber wenn ich Bescheid weiß, kann ich besser mit Ihnen kommunizieren, mich einfacher ausdrücken, langsamer sprechen.«

»Ich bin nicht betrunken, verdammt nochmal«, fauche ich.

»Na schön. Und? Haben Sie die Leute bei Dr. Jameson gesehen?«

»Warum? Gibt er eine Party, und Sie sind nicht eingeladen?«, frage ich und fühle mich etwas entspannter, weil Sie mich anscheinend nicht ertappt haben – noch nicht.

»Irgendwas findet da jedenfalls statt. Alle halbe Stunde kommt jemand. Das geht schon seit Mittag so.«

»Mann, Sie brauchen wirklich einen Job«, sage ich, denn ich merke, dass Sie auf einmal klingen wie ich.

»Um drei ist eine Frau zu ihm reingegangen und eine halbe Stunde geblieben. Als sie weg war, ist ein Mann aufgetaucht und kurz vor vier wieder verschwunden, um halb fünf war ein Pärchen da. Danach …«

»Ja, ich denke, ich habe das mit der halben Stunde verstanden.«

Wir verschränken beide die Arme und beobachten eine Weile stumm Dr. Jamesons Haus. Nebenan liest Mr Malone seiner Frau *Das Feld* von John B. Keane vor; Mrs Malone sitzt im Liegestuhl und hat eine Decke über den Knien. Mr Malone macht das großartig, liest engagiert sämtliche Rollen. Jeden Tag liest er fünfzehn Minuten vor, dann arbeitet er im Garten, und danach liest er dort weiter, wo er aufgehört hat. Er hat eine schöne Stimme. Zwar starrt Mrs Malone nur ausdruckslos in die Ferne, aber er redet immer freundlich mit ihr, macht Bemerkungen über das Wetter und den Garten und auch über seine Gedanken, so, als führten sie ein ganz normales, anregendes Gespräch. Letzte Woche ging es um Jackie Collins, er mischt die Themen gern ein bisschen. Eigentlich ist es wunderbar, wie er zurechtkommt, aber seine Situation macht mich trotzdem traurig.

Ein Auto biegt um die Ecke in die Sackgasse, mein Herz beginnt zu klopfen, und die Schmetterlinge in meinem Bauch beginnen zu tanzen, noch ehe ich sehe, wer es ist. Denn ich weiß, dass er es ist. Oder ich fühle es. Vielleicht hoffe ich es auch nur. Jedes Mal, wenn jemand sich meinem Haus nähert, hoffe ich, dass er es ist. Und diesmal steigt tatsächlich Monday aus seinem Auto.

»Also, wenn die Sitzung heute Vormittag ihn nicht vertrieben hat, dann kann ihn gar nichts vertreiben«, sagen Sie und lächeln.

Monday kommt auf uns zu, macht mit seinen langen Beinen große Schritte und wirbelt den Autoschlüssel um den Finger.

Ich schaue Sie bedeutungsvoll an, damit Sie verschwinden, aber Sie verstehen den Wink nicht. Oder Sie verstehen den Wink schon, bleiben aber trotzdem, um irgendetwas zu beweisen.

»Hi«, sagt Monday.

»Haben Sie was vergessen?«, fragen Sie, und es klingt nicht gemein, sondern eher lustig.

Monday grinst und schaut mir in die Augen. Auf einmal ist die Sanftheit wieder da, Zärtlichkeit, und mein Magen schlägt Purzelbäume.

»Wir beobachten das Haus von Dr. J.«, erklären Sie und erläutern gleich auch noch die Sache mit den halbstündlichen Besuchen, die Sie so beschäftigt. Monday stellt sich neben mich und schaut ebenfalls hinüber, sein nackter Arm berührt meinen, und ich vergesse augenblicklich, warum in aller Welt wir eigentlich dieses Haus angaffen, und konzentriere mich stattdessen auf das Prickeln, das schon bei dieser leichten Berührung meinen

ganzen Körper durchströmt. Monday schaut zu dem Haus hinüber, und ich muss gegen den Drang ankämpfen, ihn anzustar-
ren, weil ich jedes Detail in mich aufnehmen möchte, aber ich
verliere den Kampf und werfe ihm so oft ich kann verstohlene
Blicke zu, während diese grüngefleckten braunen Augen unverwandt Dr. Jamesons Haus beobachten. Dann, gerade als ich
denke, dass ich gefahrlos ein bisschen länger starren kann, dreht
er sich plötzlich zu mir um, und die grüngefleckten Augen blicken direkt in meine. Ziemlich frech, als wüsste er, dass er mich
ertappt hat, aber dann schneidet er eine Grimasse in Ihre Richtung, als wollte er sich über Ihre intensive Nachbarschaftswache
lustig machen.

»Da drüben! Dort!«, rufen Sie, plötzlich zum Leben erwacht,
unterbrechen unseren stummen Austausch und entfernen sich
ein Stück von meiner Hauswand. »Sehen Sie?«

»Hm«, macht Monday und geht ein Stück die Einfahrt hinunter, um die verdächtig aussehende Frau genauer in Augenschein
zu nehmen, die gerade die Straße herunterkommt. »Das ist nicht
gut.«

»Sag ich doch«, bestätigen Sie, froh, dass jemand Sie unterstützt. »Das waren lauter verschiedene Leute«, fügen Sie hinzu.
»Und die meisten ziemlich seltsame Erscheinungen.«

»Vielleicht interviewt Dr. J. neue Putzhilfen«, überlege ich.

»Würden Sie wollen, dass diese Frau bei Ihnen sauber-
macht?«, fragen Sie.

»Sie würde wahrscheinlich das Haus ausräumen«, meint
Monday, und ich grinse, wie er sich mit Ihnen zu einem Nachbar-
schafts-Detektivpaar à la *Scott und Huutsch* zusammenschließt.
Übrigens sind Sie Huutsch, die Dogge.

»Vielleicht ist sie gar nicht wegen Dr. J. hier«, sage ich und
schaue der Frau nach. Sie trägt einen Adidas-Jogginganzug und
neu wirkende Joggingschuhe. Entweder ist sie betrunken oder
auf Drogen. Vermutlich Drogen, sie hat so einen Heroin-Look.

»Könnte ein Fan von Ihnen sein«, schlage ich vor.

Sie studiert die Häuser, schaut auf die Nummern und biegt dann zu Dr. Jamesons Haus ab. Monday läuft die Einfahrt hinunter, um besser sehen zu können. Sie folgen ihm, und ich trotte hinterher – was soll ich sonst machen? Wir überqueren die Straße und beschließen, uns an Ihren Tisch zu setzen, denn von dort haben wir eine bessere Sicht auf Dr. Jamesons Haus. Nach einer kurzen Diskussion, ob es angebracht wäre, direkt reinzugehen, kommen Sie und Monday überein, dass wir erst einmal hierbleiben und auf verdächtige Geräusche lauschen. Für den Notfall legen Sie und er sich aber schon zusammen eine Geschichte zurecht, wie sich ein eventuelles Eindringen rechtfertigen lässt, und sind recht stolz auf den Befreiungsplan.

»Haben Sie den Brief eigentlich schon gelesen?«, erkundige ich mich möglichst beiläufig.

»Welchen Brief?«

»Den ich Ihnen gegeben habe.«

»Nein, noch nicht.«

»Ich hab nachgedacht, und ich möchte ihn Ihnen doch vorlesen. Natürlich nur, wenn Sie es wollen.«

Sie mustern mich argwöhnisch. Monday ebenfalls.

»Wahrscheinlich ist es besser, wenn Sie mit dem Brief nicht allein sind. Wer weiß, wie Sie reagieren. Sie sind im Moment so stabil, und ich möchte nicht, dass Sie dann sofort in den Pub rennen. Es sollte jemand in der Nähe sein, finde ich – wenn nicht ich, dann eben jemand anderes.« Ich weiß genau, dass Sie niemand anderes um so etwas bitten würden, aber meine Erklärung soll Sie weniger misstrauisch machen, was zu funktionieren scheint. Anscheinend sind Sie sogar wirklich dankbar.

»Danke, Jasmine.«

»Warum geben Sie mir den Brief nicht einfach?«

»Jetzt?«

»Ja«, sage ich und zucke lässig die Achseln. »Dann haben Sie es hinter sich.« Ich sehe Monday an und erkläre ihm: »Seine Frau hat ihn verlassen und einen Brief für ihn hinterlegt. Er will ihn nicht lesen. Was ich inzwischen ganz gut finde.« Ich sehe wieder Sie an. »*Ich* sollte ihn lesen. Am besten geben Sie ihn mir.«

Monday lächelt mich an, hinter vorgehaltener Hand. Er hat wunderschöne lange Finger. Pianistenfinger.

»Ach nein, nicht jetzt«, sagen Sie, ein bisschen panisch, weil ich so drängle.

»Warum nicht?«

»Ich will Dr. Jameson im Auge behalten.«

»Ich kann den Brief doch vorlesen, während Sie ihn beobachten.« Natürlich werde ich das nicht tun, ich werde ihn verbrennen, sobald Sie ihn an mich ausgeliefert haben. Und dann ganz clever gegen den echten Brief austauschen. Zwar mache ich mir schon Sorgen darüber, wie Sie auf Amys Botschaft reagieren werden, aber meine eigene Rettung liegt mir mehr am Herzen.

»Die Kids. Ich möchte nicht, dass sie es hören.«

Gerade will ich einwenden, dass die Kids sich nicht in Hörweite befinden, aber die beiden kleinen Blonden verderben mir meinen Plan und erscheinen mit düsteren Gesichtern aus dem Garten von Nummer sechs.

»Was ist los?«, fragen Sie und gehen zu ihnen.

»Was hast du getan?«, fragt Monday mich amüsiert im Flüsterton.

»Gar nichts«, lüge ich mit ausdruckslosem Gesicht.

Er lacht, schüttelt den Kopf und schnalzt tadelnd mit der Zunge, als wäre ich ein unartiges kleines Mädchen. Ich lache mit, denn es gefällt mir, dass er mich durchschaut, es ist eine ganze Weile her, dass mir das passiert ist. Abgesehen von Ihnen natürlich. Sie haben mein »*Bitte nicht stören*«-Schild ja einfach runtergerissen, als ich gerade mal nicht aufgepasst habe.

»Er wollte es nicht kaufen«, beklagt Kris sich bei Ihnen.

»Als Einziger in der ganzen Straße«, fügt Kylie hinzu.

»Was wollte er nicht kaufen?«, erkundige ich mich.

»Unser Parfüm. Das wir aus Blütenblättern und Wasser gemacht haben.«

»Und aus Gras.«

»Und einer toten Spinne.«

»Schön«, sage ich.

»Sie haben sich gleich zwei Flaschen gesichert«, sagen Sie zu mir. »Und schulden mir einen Fünfer.«

Erst jetzt fällt mir auf, dass die Kinder in der Einfahrt aus einem Klapptisch mit einer rotkarierten Papiertischdecke und einem Stuhl eine Art Verkaufsstand aufgebaut haben. Auf dem Tisch sind Flaschen mit einer braunen Flüssigkeit ausgestellt, in der alles Mögliche herumschwimmt; dem Preisschild zufolge kostet eine Flasche fünfzig Cent. Warum ich Ihnen fünf Euro schulde, ist mir daher ein Rätsel, aber angesichts der Tatsache, dass ich einen Brief von Ihrer Frau gefälscht habe, lasse ich die Sache lieber auf sich beruhen.

»Was hat er denn gesagt?«, fragen Sie die Zwillinge ärgerlich.

»Wer?«, formt Monday stumm mit den Lippen in meine Richtung.

»Nummer sechs. Der Businesstyp. Mieter«, antworte ich, wende mich dann aber wieder den Kindern zu.

»Gar nichts eigentlich. Er war am Telefon. Dann hat er nein danke gesagt und die Tür zugemacht.«

»Dieses kleine Arschloch«, sagen Sie, und die Zwillinge kichern. »Der Mann bringt mich echt auf die Palme«, schimpfen Sie, und ich sehe, wie Sie die Fäuste ballen.

»Mich auch. Ich winke ihm jeden Morgen zu, seit er hier eingezogen ist, und er hat mich noch kein einziges Mal auch nur zur Kenntnis genommen«, sage ich.

Monday lacht. »Ihr beiden solltet euch wirklich einen Job besorgen. Ihr nehmt euch alles viel zu sehr zu Herzen.«

»Dann besorgen Sie ihr doch einen Job, Monday«, sagen Sie mit einem schelmischen Glitzern in den Augen.

»Gute Idee, Matt«, antwortet er und erwidert Ihren Blick.

»Vielleicht sollten Sie Jasmine zum Dinner ausführen. Kleines Geschäftsessen«, schlagen Sie vor, und nicht nur ich weiß, was

Sie damit andeuten wollen, sondern auch Monday, aber er bleibt cool.

»Wenn das funktioniert«, sagt er, klingt aber ein bisschen weniger selbstbewusst.

Ich möchte nicht, dass er geht, weil ihn diese Stichelei stört. Also wende ich mich wieder an Sie. »Und er hätte doch bloß ein bisschen Geld für die Kids lockermachen müssen, die so hart an ihrem Parfüm gearbeitet haben. Hat er wenigstens daran geschnuppert?«

»Nein«, schnaubt Kris.

»Also, das ist einfach fies«, stelle ich fest.

Das bringt Sie noch mehr in Fahrt, und genau das wollte ich erreichen.

»Ich gehe zu ihm«, verkünden Sie.

»Sehr gut«, lobe ich.

»Was wollen Sie ihm denn sagen?«, fragt Monday, ein breites Grinsen im Gesicht, und schlägt seine langen Beine übereinander. Seine Jeans sind unten ausgefranst, und am Schenkel ist ein Loch, durch das man die Haut sieht.

»Nur dass er mal darüber nachdenken soll, wie er sich etwas nachbarschaftlicher verhalten könnte, wenn er schon hier wohnt. Die Kids sind grade mal sieben«, erklären Sie.

»Ich glaube fast, es macht Ihnen mehr aus als den beiden«, meint Monday.

»Und er reagiert auch überhaupt nicht auf Dr. Jamesons Einladung zum Mittsommer-Grillen«, füge ich hinzu. »Und Dr. Jameson meint es doch so gut.«

Monday lächelt und runzelt gleichzeitig die Stirn, als er mich ansieht und meine Bemerkung zu enträtseln versucht.

Das reicht, um Sie zu überzeugen.

Ich bin begeistert, denn Ihre Haustür steht offen. Während Sie mit dem Businesstypen diskutieren, kann ich reinschlüpfen, den von mir verfassten Brief suchen und ihn vernichten. Ein perfekter Plan.

»Aber Sie – kommen mit, Jasmine«, sagen Sie plötzlich.

»Ich?«

»Ja. Sie.«

»Ja, geh mit, Jasmine«, bekräftigt Monday, lehnt sich auf den Tisch und schaut mich, das Kinn auf die Hand gestützt, träge und verschmitzt an. Er weiß genau, dass er gerade geholfen hat, meinen Plan zu durchkreuzen. Er spielt mit mir, was mich nicht stören würde, wenn es um etwas anderes ginge – ich kann mir viele Möglichkeiten vorstellen. Aber nicht ausgerechnet das jetzt.

»Sie brauchen meine Hilfe nicht«, erkläre ich Ihnen, ohne auf Monday zu achten. »Es geht um Ihre Kinder, da mische ich mich nicht ein.«

»Ach, mach schon, Jasmine«, drängt Monday.

Mir ist klar, dass ich meine Chance, den Brief zu vernichten, verspielt habe, und werfe Monday einen Blick zu, der so voller Entrüstung ist, dass er lachen muss, und obwohl es mich ärgert, gefällt er mir immer besser, denn offensichtlich ist er sogar bereit, sich mit mir anzulegen. Er schleicht nicht auf Zehenspitzen um mich herum und versucht sich bei mir einzuschmeicheln. Er stellt mich auf die Probe, er zahlt es mir mit gleicher Münze heim. Monday möchte spielen.

»Ich behalte Dr. Jamesons Haus im Auge«, verspricht er und zwinkert mir zu.

»Was wollen Sie ihm denn sagen?«, erkundige ich mich nervös, als ich neben Ihnen vor der Tür von Nummer sechs stehe.

»Wir werden genau das sagen, was ich vorhin erklärt habe. Über nachbarschaftliches Verhalten.«

»Gut.« Ich schlucke. Eigentlich sind wir beide nicht die richtigen Kandidaten, um so etwas zu predigen.

Wir hören, dass der Businesstyp telefoniert. Sie drücken noch einmal auf die Klingel, lang und kräftig. Das Gespräch ist offensichtlich privater Natur, er lacht und klingt ganz locker. Wahrscheinlich ist es nicht mal besonders wichtig. Er sagt was von Rugby. Dann ein paar Spitznamen. Liggo und Spidey und die

Jungs. Ich könnte kotzen. Der Kerl erzählt von einem Spiel. Sie werden immer wütender, und ich bin in einem ähnlichen Zustand. Vor allem, als ich sehe, wie der Typ durchs Fenster späht, uns sieht und dann in aller Ruhe weiterredet.

»Es ist mal wieder einer von den Nachbarn«, sagt er ins Telefon, durchs offene Fenster deutlich zu hören.

Jetzt reicht es Ihnen, Sie stürmen los, aber gerade als es aussieht, als wollten Sie durchs Fenster steigen, hören wir Monday rufen, und der Businesstyp ist für den Augenblick gerettet.

»Hey!«, brüllt Monday.

Als wir uns umdrehen, sehen wir, wie er hinter der Frau herrennt, die anscheinend gerade Dr. Jamesons Haus verlassen hat. Sie und ich schließen uns der Jagd an.

»Hände weg!«, schreit die Frau Monday an, der sie eingeholt hat und sich jetzt vor ihren Schlägen duckt und ausweicht, so gut er kann.

»Autsch! Herrgott nochmal!«, schreit er sie an, denn ein paarmal erwischt sie ihn trotzdem. »Beruhigen Sie sich doch!«

Tatsächlich hört die Frau auf, tritt einen Schritt zurück und mustert Monday argwöhnisch. Dabei mahlt ihr Kiefer wie bei einer wiederkäuenden Kuh.

»Ich glaube, Sie haben da was unter Ihrem Pullover, was meinem Freund gehören könnte«, sagt Monday.

»Hab ich nicht.«

»Ich denke doch.« Monday lächelt, und seine braungrünen Augen leuchten.

»Ich bin schwanger.«

»Und wer ist der Daddy? Apple vielleicht? Oder Dell?«, vermutet Monday. Jetzt sehe ich endlich den Bauch der Frau und muss mir das Lachen verkneifen, denn unter ihrem Pulli zeichnet sich deutlich eine rechteckige Ausbuchtung ab.

»Moment mal«, sagen Sie plötzlich leise. »Vielleicht sollten wir lieber nicht nachschauen.«

»Warum denn nicht?«

»Weil es sein könnte …« Sie wenden der Frau den Rücken zu, die aussieht, als überlege sie, wie sie am besten abhauen kann, und fügen aus dem Mundwinkel hinzu:» … weil sie das vielleicht von Dr. Jameson bekommen hat. Verstehen Sie?«

»Sie glauben, Dr. Jameson hat ihr einen laptopförmigen Behälter mit Drogen gegeben?«, frage ich, und Monday hustet, um sein Lachen zu übertönen. Sie funkeln ihn wütend an.

In diesem Moment erscheint Dr. Jameson, eine Teetasse samt Untertasse in der Hand. »Halloo-ooo!«

»Ah. Der Drogenboss persönlich«, meint Monday verschwörerisch, und ich pruste vor Lachen.

Die Frau watschelt davon, so schnell sie kann. Monday holt sie ein, hält sie am Arm fest, und sofort schimpft sie wieder los und behauptet, er würde sie sexuell belästigen. Dr. Jameson geht mit Tasse und Untertasse auf die beiden zu.

»Mags!«, ruft er. »Ich war doch nur kurz draußen, um eine Tasse Tee zu kochen. Müssen Sie schon gehen?«

Zwischen Monday und Mags wird eifrig geschubst und gezerrt, und auf einmal plumpst zwischen Mags' Beinen etwas auf den Boden.

»Ich glaube, die Fruchtblase ist geplatzt«, sage ich laut, und wir schauen alle nach unten, wo Dr. Jamesons Laptop auf dem Boden liegt.

Sie, ich und Dr. Jameson sitzen am Tisch in Ihrem Garten und sehen zu, wie Monday den Laptop repariert, der zum Glück nur leicht beschädigt ist. Dabei lauschen wir Dr. Jameson, der uns erklärt, dass er eine Anzeige in die Lokalzeitung gesetzt hat. Mir bricht sein Geständnis fast das Herz; er sucht jemanden, der ihm an Weihnachten Gesellschaft leistet.

»Carol ist mit einundsechzig gestorben, viel zu jung. Bekanntlich hatten wir keine Kinder, weil ich mein Leben zu spät in den Griff bekommen habe. Das werde ich mir niemals verzeihen.«

Seine Augen sind feucht, und sein Kiefer mahlt, um die Gefühle unter Kontrolle zu halten. Monday unterbricht seine Arbeit an seinem Laptop und konzentriert sich auf Dr. Jameson. »Ich bin einundachtzig«, fährt er in seiner Erzählung fort. »Das heißt, ich habe zwanzig Jahre lang ohne meine Frau gelebt. Siebzehn Weihnachten war ich allein. Früher hab ich manchmal meine Schwester besucht, aber sie ist gestorben, möge sie in Frieden ruhen. Aber neulich habe ich in meinem Golfclub von einem Mann gehört, der eine Anzeige für eine Haushälterin in die Zeitung gesetzt hat – und inzwischen sind die beiden nahezu unzertrennlich. Nicht in körperlicher Hinsicht natürlich, aber wenigstens hat er jemanden, der ihm Gesellschaft leistet. Jeden Tag. Also, ich möchte gar nicht jeden Tag mit jemandem zusammen sein, darum geht es mir gar nicht, ich dachte einfach, dass ich vielleicht für diesen einen Tag, an dem ich die Einsamkeit schlecht aushalte, jemanden finden könnte, vielleicht sogar jemanden, dem es ähnlich geht wie mir. Es muss doch noch andere Menschen geben, die an Weihnachten nicht allein sein wollen.«

Es ist so unvorstellbar traurig, und keiner von uns hat irgendeine schlaue Bemerkung auf Lager oder versucht dem alten Mann seinen Wunsch womöglich auszureden. Er ist einsam, er sucht Gesellschaft: Möge er sie finden.

Ich sehe, dass das eine Saite in Ihnen berührt. Natürlich. Ihre Frau hat Sie gerade verlassen und Ihre Kinder mitgenommen, und wenn Sie es nicht schaffen, sie zurückzuholen, dann steht auch Ihnen ein einsames Weihnachtsfest bevor. Vielleicht werden Sie nicht ganz allein sein wie Dr. Jameson, bestimmt wird irgendjemand, irgendein Freund Sie einladen, aber womöglich werden Sie sich sogar in einem Kreis von Freunden einsam fühlen – vielleicht noch einsamer. Ich sehe, wie Ihnen das durch den Kopf geht. Vielleicht tun Sie sich ja mit Dr. Jameson zusammen, vielleicht sitzen Sie sich an seinem polierten Mahagonitisch gegenüber und machen angestrengt Konversation. Oder besser noch, Sie schauen sich die Weihnachtssendungen im Fernsehen an und essen dabei, den Teller auf dem Schoß.

Amys Timing könnte nicht besser sein, denn genau in diesem Moment fährt sie vor, um die Kinder abzuholen. Wie gewöhnlich steigt sie nicht aus, um mit Ihnen zu sprechen, sondern bleibt im Auto sitzen, die Sonnenbrille auf der Nase, schaut geradeaus und wartet, dass die Kinder zu ihr ins Auto klettern. Fionn sitzt neben ihr und nimmt Sie genauso wenig zur Kenntnis. Sie versuchen, mit Ihrer Frau zu reden, aber sie will nicht mal die Tür aufmachen. Als Sie weiter klopfen, lässt sie sich von Ihrem flehenden Gesichtsausdruck erweichen, das Fenster ein kleines Stück herunterzulassen. Auch das ist sehr traurig anzusehen. Ich weiß nicht, was Sie ihr sagen, aber Sie kommen immer wieder ins Stocken – wahrscheinlich ein holpriger Versuch, mit Amy wieder Kontakt aufzunehmen. Höfliche Konversation mit einer Frau, die Sie lieben. Mit ihrem Gepäck in der Hand kommen die Zwillinge die Einfahrt heruntergerannt. Zwar umarmen sie ihren Dad wenigstens kurz, aber dann klettern sie auch sofort ins Auto und erzählen aufgeregt, dass sie eine heroinsüchtige Frau gefangen haben. Ihr Gesicht wirkt gequält. Blitzschnell ist das Fenster wieder oben, und Amy braust davon.

Ist versuche Sie zu beschwatzen, den Brief zu holen, damit ich ihn an mich nehmen kann, aber es funktioniert nicht. Außerdem sind Sie jetzt bestimmt viel zu aufgewühlt für so etwas. Ich schmiede einen Plan. Sobald heute Abend die Lichter in Ihrem Haus erloschen sind, ist der Zeitpunkt gekommen, Operation Zitronenschüssel zu verwirklichen.

24

Ich beobachte Ihr Haus die ganze Nacht. Ich beobachte es mit Adleraugen, genauer denn je, und das will etwas heißen. Im Wohnzimmer brennen alle Lichter, Sie sehen fern. Irgendein Sonntags-Sportevent, das kann ich daran erkennen, wie Sie sich immer wieder in freudiger Erwartung in Ihrem Sessel aufrichten und dann enttäuscht zurückfallen lassen. Jedes Mal, wenn Sie aufstehen und im Haus herumlaufen, habe ich Angst, dass Sie den Brief holen, aber es passiert nichts dergleichen, Sie stehen zu Ihrem Wort – das nehme ich mit Respekt zur Kenntnis. Leider hat das, was ich getan habe, nichts mit Respekt zu tun, genauso wenig wie das, was ich vorhabe. Aber davon wissen Sie ja nichts.

Zwar bin ich total aufgedreht, wenn ich nur an meinen Plan denke, aber weil es gestern so spät geworden ist und ich so viel getrunken habe, fällt es mir schwer, die Augen offen zu halten und auf Draht zu bleiben. Die Kopfschmerztablette verstärkt die Schläfrigkeit, und obwohl ich nach fünf Tassen Kaffee ziemlich nervös bin, fühle ich mich gleichzeitig erschöpft, und mir ist ein bisschen übel. Es ist fast Mitternacht, als Sie im Wohnzimmer endlich das Licht ausknipsen und nach oben gehen. Ich bin startbereit, aber dann wird es im Schlafzimmer hell, die Lampe bleibt an, genau wie der Fernseher, und mir wird klar, dass mir eine weitere lange Nacht bevorsteht. Irgendwann nicke ich ein. Um drei wache ich auf, immer noch angezogen, und schaue aus dem Fenster zu Ihrem Haus hinüber. Alles ist dunkel.

Auf in den Kampf.

Die ganze Straße ist still, alle schlafen tief und fest, auch der Businessmann – vor allem er, denn ihm steht ja ein arbeitsreicher, wichtiger Montagvormittag bevor. Ich schleiche über die Straße und gehe mit dem inzwischen Wodka-Cola-fleckigen Originalbrief und Ihrem Schlüssel direkt zu Ihrer Haustür. Kurz habe ich überlegt, ob ich wohl mit einer Alarmanlage rechnen muss, aber in den ganzen Monaten, die ich Sie inzwischen beobachte, habe ich keinen Hinweis darauf entdeckt, außerdem hätte ich dann mit dem Schlüssel bestimmt auch einen Code bekommen. Lautlos stecke ich den Schlüssel ins Schloss; er lässt sich umdrehen wie geschmiert. Ich bin drin. Ich ziehe die Schuhe aus und bleibe eine Weile in der Diele stehen, während meine Augen sich langsam an die Dunkelheit gewöhnen und mein Herz in meiner Brust hämmert. Aber ich habe dieses Haus nicht planlos betreten, ich bin vorbereitet, ich hatte ja den ganzen Abend Zeit zum Pläneschmieden. Und ich habe eine Taschenlampe dabei.

Ich beginne beim Tisch in der Diele. Da liegen Umschläge, geöffnete und ungeöffnete Rechnungen sowie eine Ansichtskarte von Tante Nellie, die sich auf Malta bestens amüsiert. Ich schaue in der Schublade nach, aber dort ist kein weiterer Umschlag.

Ich gehe weiter in die Küche, die in überraschend ordentlichem Zustand ist. In der Spüle haben Sie ein paar Tassen und Teller stehen lassen, aber nichts Widerliches, in der Obstschale liegen drei schwarze Bananen und eine unreife Avocado. Kein Brief. Für die Durchsuchung der Küchenschubladen nehme ich mir Zeit. Jeder Mensch hat in der Küche eine Ramschschublade, und ich finde sie auch bei Ihnen: Platzdeckchen, Takeaway-Speisekarten, Batterien, alte und neue Rechnungen – eine davon für die Fernsehgebühren –, alte Geburtstagskarten, Kinderzeichnungen. Kein Brief. Es gibt eine Wandtafel, aber sie ist leer, wahrscheinlich wird sie nicht mehr benutzt, seit Amy das Haus verlassen hat. Keine Notizen, keine Merkzettel, keine Einkaufslisten, keine in einem geschäftigen Haushalt übliche Form der Kommunikation, denn Sie sind ja allein. Plötzlich empfinde ich

Mitleid für Sie, weil Sie mutterseelenallein in diesem leeren Familienheim hausen, das einmal voller Leben war. Ich denke an den Mann, den Amy verlassen hat, und habe keinerlei Sympathie für ihn übrig, er hatte es nicht anders verdient. Aber bei Ihnen ist es etwas anderes, ich fühle mit Ihnen. Das spornt mich an, den Brief endlich zu finden.

Ich schleiche weiter ins Fernsehzimmer. Hier riecht es nach Kaffee, Fett und Essig, was kein Wunder ist, denn ich habe Sie heute gegen acht mit ein paar Takeaway-Tüten aus Ihrem Auto steigen sehen, kurz bevor ich zum ersten Mal bei Ihnen einbrechen wollte. Das war übrigens eine gute Lektion, die mich gelehrt hat zu warten und geduldig zu sein.

Als Erstes richte ich das Licht der Taschenlampe auf das Regal in der Nische. Bücher, DVDs – offensichtlich mögen Sie Krimis. Ich entdecke sogar *Scott und Huutsch*. Außerdem stehen hier gerahmte Bilder: Familie, Babys, Urlaub, Angeltrips, Strandausflüge, erster Schultag. Ich frage mich, warum Amy sie nicht mitgenommen hat und nehme es zunächst als Zeichen, dass sie zurückkommen will, aber dann fällt der Schein der Taschenlampe auf die nackten Wände mit den leeren Haken, und ich begreife, dass das, was ich gesehen habe, zu den Sachen gehört, die Amy zurückgelassen hat – genau wie Sie. Zu meiner Überraschung entdecke ich ein Psychologie-Diplom mit Ihrem Namen und ein gerahmtes Foto von Ihnen in Abschlussrobe, das Zeugnis in der Hand. Aber dann fällt mir ein, wie Sie mich manchmal anschauen und in mir zu lesen versuchen, als könnten Sie in meine Seele blicken, wie gern Sie mich analysieren, und da leuchtet es mir plötzlich ein. Ihr junges Gesicht grinst mich unter Ihrem Barett an, als hätten Sie gerade etwas Unverschämtes gesagt. Schon damals hatten Sie ein freches Gesicht.

In diesem Moment meine ich von oben ein Geräusch zu hören und erstarre. Hastig schalte ich die Taschenlampe aus, halte den Atem an und lausche in die Dunkelheit. Aber es ist totenstill, also knipse ich die Taschenlampe wieder an und durchforste die

Fächer des Schreibtischs am Fenster, das auf die hintere Terrasse hinausgeht. Alte Fotos, Kfz-Versicherung, Coupons, ein Sammelsurium von Schlüsseln. Aber kein Brief. Aus einleuchtenden Gründen habe ich es bisher vermieden, ins obere Stockwerk zu gehen. Das ist mein letzter Ausweg, mein Notfallszenario. Für ein Familienheim ist es hier erstaunlich ordentlich, keine Papierstapel, keine Briefberge. Vielleicht muss ich tatsächlich nach oben, vielleicht ist das die Lösung. Ich überlege angestrengt, wo Sie den Brief sonst noch aufbewahrt haben könnten. Sicher nicht in einem Aktenschrank, das ist zu kalt, zu unpersönlich. Sie wollten ihn lesen, das bedeutet, Sie haben ihn bestimmt in Ihrer Nähe, irgendwo, wo Sie ihn regelmäßig kontrollieren, anfassen, anschauen können. Wenn er nicht in der Tasche Ihres Mantels ist, der am Geländer hängt, dann muss ich wohl oder übel nach oben.

Er ist tatsächlich nicht in Ihrer Manteltasche.

Ich hole tief Luft, aber dann dringt schon wieder ein Geräusch an mein Ohr, ein anderes diesmal, von hinten, aus der Küche, und ich halte die Luft an, denn ich habe Angst, dass man mich atmen hört. Panik überkommt mich. Ich bin kurz davor zu ersticken, und mein Puls hämmert so laut in meinen Ohren, dass ich gar nicht richtig horchen kann, was im nächsten Zimmer los ist. Langsam und zittrig fange ich wieder an zu atmen.

Es ist albern, ich weiß. Ich sollte zu Hause in meinem Bett liegen, nicht in Ihrem Haus herumschnüffeln. Dass ich es so lange beobachtet habe, hat mir aus irgendeinem unerfindlichen Grund das Gefühl gegeben, dass ich das Recht dazu habe; vielleicht bin ich im Grunde doch eine Stalkerin, vielleicht haben alle Stalker das Gefühl, dass das, was sie tun, vollkommen normal ist. Aber dann denke ich daran, dass ich Ihnen andernfalls erklären müsste, wie dieser Brief zustandegekommen ist, und das kann ich nicht, also mache ich einen entschlossenen Schritt auf die erste Treppenstufe. Sie knarrt laut, ich halte inne und ziehe mich vorsichtig zurück. Es muss hier unten irgendwo eine Stelle geben, an die ich bisher nicht gedacht habe, ich kann mich nicht heimlich in Ihr Zimmer schleichen, während Sie schlafen, das ist wirklich zu krank. Und dann kommt mir ein Gedanke, eine Erinnerung an ein Detail aus der Geschichte, die Sie mir vor einiger Zeit erzählt haben, als Sie den Alkohol aufgegeben haben.

»Ich hab ein Foto von meinem Vater am Kühlschrank hängen, das hilft mir jedes Mal, wenn ich ihn aufmache, um was zu trinken.«

»Das ist ja nett.«

»Eigentlich nicht. Er war ein rabiater Alkoholiker. Das Foto soll mich daran erinnern, dass ich nicht so werden will wie er.«

Ich richte das Licht der Taschenlampe wieder in den Korridor und gehe mit schnellen, entschlossenen Schritten in die Küche. Der Kühlschrank muss die Antwort sein, die ich suche. Er war mit Zeichnungen und Sporturkunden behängt, aber ich habe nicht nach dem Brief Ausschau gehalten. Vorsichtig hebe ich die Taschenlampe und leuchte auf die Kühlschranktür, und da ist er tatsächlich, der echte Umschlag mit dem gefälschten Brief. Ich grinse erfreut, aber im nächsten Augenblick landet – *PENG!* – ein harter Gegenstand auf meinem Kopf, ich spüre es hauptsächlich im Ohr, aber auch im Gesicht. Mit einem Aufschrei gehe ich zu Boden wie ein Kartoffelsack, meine Beine geben einfach nach. Dann höre ich Schritte auf der Treppe und denke, bestimmt hat ein Einbrecher mich k. o. geschlagen. Aber wenn ich einen Einbrecher bei der Arbeit gestört habe und Sie jetzt in die Küche kommen, ist das gefährlich, ich muss Sie warnen, aber erst muss ich den Brief vom Kühlschrank holen und gegen das Original austauschen, und das würde ich ja auch gern, wenn da nicht der Schmerz in meinem Kopf wäre und die Klebrigkeit in meinem Gesicht.

»Ich hab Ihnen doch gesagt, Sie sollen warten!«, höre ich Sie zischen. Ich bin verwirrt. Stecken Sie etwa mit dem Einbrecher unter einer Decke? Brechen Sie in Ihr eigenes Haus ein? Die Möglichkeit eines Versicherungsbetrugs geht mir durch den

Kopf, wie bin ich bloß in diese prekäre Lage geraten? Wenn Sie zu den Verschwörern gehören – was der Fall sein muss, denn Sie zischen Ihren Komplizen an, der mich niedergeknüppelt hat und das Haus anscheinend von der Hintertür durch die Küche betreten hat –, dann bin ich in echter Gefahr. Ich muss unbedingt weglaufen. Aber zuerst muss ich den Brief an der Kühlschranktür austauschen. Ich hebe den Kopf ein kleines Stück und fühle, wie sich der Boden unter mir zu bewegen beginnt. Im Zimmer ist es dunkel, aber durchs Fenster fällt Mondlicht auf den Fliesenboden und erhellt auch den Kühlschrank. In einem surrealen Moment glaube ich, dass der Mond auf meiner Seite ist und mir den Weg erleuchtet, dass das Universum mich führt. Aber ich kann mich nicht bewegen.

Ich ächze.

»Wer ist es denn?«, fragen Sie.

»Ich weiß nicht, ich hab einfach zugeschlagen.«

»Machen wir das Licht an.«

»Wir sollten lieber zuerst die Polizei rufen.«

»Nein. Wir können uns selbst darum kümmern und diesem Kerl eine Lektion erteilen. Oder auch zwei.«

»Ich kann das nicht gutheißen …«

»Ach kommen Sie, Dr. J., was ist der Sinn einer Nachbarschaftswache, wenn wir nicht mal …«

»Wir sind Wächter, keine Folterer.«

»Womit haben Sie denn zugeschlagen? O Gott, mit einer Bratpfanne? Ich hab Ihnen doch gesagt, Sie sollen Ihren Golfschläger nehmen.«

»Der Kerl ist auf mich losgegangen, ich war nicht darauf vorbereitet.«

»Warten Sie, jetzt versucht er wegzulaufen. Er …«

Plötzlich geht das Licht an. Ich liege am Fuß des Kühlschranks, nur wenige Zentimeter von dem Brief entfernt. Wenn ich den Arm hochstrecke, was ich auch sofort tue, kann ich ihn fast – *fast* – erreichen.

»Jasmine!«, rufen Sie.

»Ach du lieber Gott, ach du lieber Gott«, stammelt Dr. Jameson.

Das Licht ist so hell, dass ich nichts sehen kann, und mein Kopf, Hilfe, mein Kopf.

»Sie haben Jasmine zusammengeschlagen?«

»Ich hab ja nicht gewusst, dass sie es ist! Ach du liebe Güte!«

»Alles wird gut, Schätzchen«, sagen Sie, und dann versuchen Sie mit Dr. Jamesons Hilfe, mich hochzuheben und vom Kühlschrank wegzutragen, was mir erneut ein Stöhnen entlockt, und das nicht nur, weil es weh tut. Ich sehe, wie der Brief sich immer weiter von mir entfernt, denn ich werde aus der Küche geschleppt und auf die Couch gelegt.

»Was sagt sie?«, fragt Dr. Jameson und nähert sich mit seinem gigantischen Schlappohr meinem Mund.

»Irgendwas von einem Kühlschrank«, antworten Sie und betten besorgt meinen Kopf auf ein Kissen.

»Der Kühlschrank, gute Idee, Jasmine. Ich hole schnell ein bisschen Eis.« Dr. Jameson eilt davon.

»Muss sie genäht werden?«

Genäht?

Sie untersuchen mich, und ich kann ihre rotblonden Nasenhaare sehen. Mittendrin wächst eine dicke graue Borste, und ich möchte sie ausrupfen. »Was für eine Pfanne haben Sie denn benutzt?«, fragen Sie Dr. Jameson.

»Aluminium, antihaftbeschichtet, Tefal«, erklärt er, als er mit dem Gefriergut für meinen Kopf zurückkehrt. »Ich besitze das ganze Set. Fünf SuperValu-Coupons, dann muss man grade mal fünfzehn Euro drauflegen. Übrigens mach ich einen leckeren French Toast darin«, fügt er hinzu, sein Gesicht sehr dicht an meinem. Sein Atem riecht nach Malzbonbon.

»Was in aller Welt haben Sie denn hier gemacht, Jasmine?«, fragen Sie, immer noch fassungslos.

Ich räuspere mich. »Ich bin mit meinem Schlüssel reingekommen, weil ich dachte, bei Ihnen wird eingebrochen. War aber wohl nur Dr. J.«, antworte ich schwächlich und schließe die Augen, während der Doktor meinen Kopf abtupft. »Autsch.«

»Tut mir leid, Liebes. Ich war es aber nicht, denn ich hab Matt informiert, als ich das Licht Ihrer Taschenlampe gesehen habe«, erklärt Dr. Jameson.

»Jasmine«, sagen Sie mit tiefer, warnender Stimme. »Raus mit der Sprache.«

Ich seufze.

»Ich hab Ihnen den falschen Brief gegeben. Von Amy. Diesen hier hab ich geschrieben. Für jemand anderes. Ich hab die Briefe durcheinandergebracht. Die Umschläge vertauscht.«

Vorsichtig öffne ich ein Auge, um zu sehen, ob Sie mir das abkaufen.

Die Arme über der Brust verschränkt, sehen Sie auf mich herab und versuchen, aus mir schlau zu werden. Sie tragen ein verwaschenes T-Shirt von der Olympiade 1992 in Barcelona und gestreifte Boxershorts. Anscheinend überzeugt meine Geschichte Sie nicht ganz. Aber es könnte noch klappen, denke ich. Plötzlich drehen Sie sich um und gehen in die Küche.

»Nicht aufmachen!«, rufe ich, was den Schmerz in meinem Kopf nicht besser macht.

»Nicht bewegen«, ermahnt mich Dr. Jameson. »Ich bin fast fertig.«

Sie bringen den Umschlag mit, aber Ihr frecher, verschmitzter Gesichtsausdruck gefällt mir überhaupt nicht. Dann schreiten Sie vor mir auf und ab und klopfen dabei langsam und rhythmisch mit dem Umschlag auf Ihre Handfläche. Sie haben ein Spielchen mit mir vor.

»Also, Jasmine. Sie sind in mein Haus eingebrochen …«

»Ich hatte den Schlüssel.«

»… um einen Brief herauszuholen, den Sie angeblich für jemand anderes geschrieben haben. Warum haben Sie mir das nicht einfach gesagt?«

»Weil ich Angst hatte, Sie würden den Brief öffnen. Er ist sehr persönlich, und ich traue Ihnen nicht.«

Sie heben einen Finger hoch. »Plausibel. Gut mitgedacht. Ich hätte ihn tatsächlich gelesen.«

Dr. Jameson weist mich an, mir den Beutel mit den gefrorenen Erbsen an den Kopf zu halten, und als ich mich aufsetze, um Ihnen ins Gesicht sehen zu können, lässt er sich neben mir nieder.

»Für mich klingt das auch plausibel«, bestätigt er. Seine Haare sind schlafzerwühlt, seine Augenbrauen ungebürstet, und er trägt schicke Lederschuhe zu einem Jogginganzug, den ich noch nie an ihm gesehen habe – vermutlich das Erstbeste, was ihm beim Aufstehen in die Finger gekommen ist.

»Stehe ich hier vielleicht vor Gericht?«

»Ja«, antworten Sie und schauen mich mit zusammengekniffenen Augen an.

Sie sind so theatralisch.

»Sind Sie sicher, dass mein Kopf noch dran ist?«, frage ich Dr. Jameson.

»Haben Sie Schmerzen im Nacken?«

Ich bewege vorsichtig den Hals. »Ja.«

Dr. Jameson rückt näher und fängt an, in meinen Hals zu pieken. »Tut es hier weh?«

»Ja.«

»Und hier?«

»Ja.«

»Hier auch?«

»Ja.«

Sie halten im Umherwandern inne und mustern mich. »An wen ist denn dieser andere Brief?«

Ich versuche, Zeit zu schinden und die Lage einzuschätzen. Ich weiß, dass Sie kontrollieren werden, ob der Adressat existiert.

»An Matt«, antworte ich deshalb.

Sie lachen. »Matt?«

»Ja.«

»Das ist aber ein Zufall.«

»Daher die Verwechslung.«

Sie halten mir den Brief hin, und ich strecke schnell die Hand danach aus. Er befindet sich gerade jenseits meiner Reichweite, nur Millimeter von meinen Fingerspitzen entfernt, als Sie ihn zurückziehen und aufreißen.

»Nein!«, stöhne ich und halte mir ein Kissen vors Gesicht.

»Lesen Sie ihn vor«, sagt Dr. Jameson, und ich werfe das Kissen nach ihm und schnappe mir schnell ein anderes, hinter dem ich mich verstecken kann.

»*Lieber Matt*«, sagen Sie mit Ihrem verschmitzten frechen Gesicht, und Ihre Stimme trieft vor Sarkasmus, aber als Sie still weiterlesen, um zu sehen, was noch kommt, verschwindet der Sarkasmus nach und nach aus Ihrem Gesicht. Sie halten inne, schauen mich an und lesen dann mit normaler Stimme weiter vor.

»*Wir alle haben in unserem Leben spezielle Momente oder Phasen, die kleine und manchmal auch grundlegende Veränderungen in uns bewirken. Ich kann mich bei mir an vier solcher lebensverändernder Zeiten erinnern: das Jahr, in dem ich geboren bin, das Jahr, in dem ich erfahren habe, dass ich sterben werde, das Jahr, in dem meine Mutter gestorben ist, und die vierte ist relativ neu – das Jahr, in dem ich Dich traf.*«

Ich schlage die Hände vors Gesicht. Jetzt fällt mir alles wieder ein.

»*Jeden Tag habe ich Deine Stimme gehört, ich habe den unqualifizierten Worten gelauscht, mit denen Du Deine geschmacklosen Gedanken formulierst, und ich habe ein Urteil über Dich gefällt. Ich konnte Dich nicht ausstehen. Aber Du bist der lebende Beweis, dass man manchmal glaubt, jemanden zu kennen, obwohl man eigentlich überhaupt keine Ahnung hat.*

Ich habe gelernt, dass Du mehr bist, mehr als das, was Du zu sein vorgibst, mehr als das, was Du selbst zu sein glaubst. Sehr oft

344

bist Du auch weniger, und damit hast Du einige Leute vor den Kopf gestoßen. Ich glaube, manchmal gefällt Dir das, und das kann ich auch verstehen. Wer verletzt ist, will verletzen.« Sie räuspern sich, und ich luge durch die Lücken zwischen meinen Fingern und frage mich, ob Sie womöglich anfangen zu weinen.

»Aber wenn Du denkst, dass keiner Dir zuhört oder dass keiner Dich beachtet, dann bist Du so viel mehr. Es ist schade, dass Du selbst das nicht glaubst oder es den Menschen zeigst, die Dich lieben.«

Im nächsten Teil schwankt Ihre Stimme, und ich werfe Ihnen wieder einen verstohlenen Blick zu. Sie sind ehrlich gerührt, und ich freue mich und schäme mich gleichzeitig zutiefst. Aber jetzt beobachte ich Sie genau beim Lesen.

»In dem Jahr, in dem ich Dich traf, bin ich mir selbst begegnet. Du solltest das auch tun, denn ich glaube, Du würdest einen guten Menschen kennenlernen.«

Sie brechen ab, und ein langes Schweigen senkt sich über Ihr Wohnzimmer.

»Na so was«, sagt Dr. Jameson irgendwann, und seine Augen schimmern.

Sie räuspern sich. »Tja, ich bin sicher, dass dieser Matt, wer immer er sein mag, Ihnen sehr dankbar sein wird für das, was Sie ihm da sagen.«

»Danke«, flüstere ich. »Hoffentlich.«

Dann stehe ich auf, um Ihnen den Brief aus der Hand zu nehmen, aber Sie lassen ihn nicht los. Ich denke, Sie treiben immer noch Ihr Spielchen mit mir, aber als unsere Blicke sich begegnen, merke ich, dass Sie es ernst meinen. Ihre Hand streicht über meine. Sie nicken, und das ist ein ehrlicher, tief empfundener Dank.

Ich erwidere ihn mit einem Lächeln.

25

Wir befinden uns mitten in der zweiten Hitzewelle dieses Sommers. Inzwischen wird sogar das Wasser rationiert, die Kommune stellt es jeden Tag ein paar Stunden ab, und wer dabei erwischt wird, wie er mit dem Schlauch sein Auto, seinen Garten, seinen Hund oder sich selbst abspritzt, wird auf der Stelle aufgehängt – oder so.

Diese Woche erreicht der Krankenstand Rekordhöhe, auf allen Grünflächen drängen sich halbnackte Körper, der Geruch von Sonnencreme und Barbecue erfüllt die Luft, und die Busse, die von der Innenstadt zum Strand fahren, sind so vollgestopft mit fröhlichen Passagieren, dass sie von einer Seite auf die andere schwanken.

Caroline und ich starren uns lange, stumm und ungeduldig über den Gartentisch hinweg an – wir wollen ganz eindeutig beide etwas sagen, beißen uns aber auf die Zunge. Es ist ein wunderschöner Samstag, und wir sitzen draußen unter dem Sonnenschirm in Carolines Garten. Seit Heather die Krisensitzung zu meinem stagnierenden Leben einberufen hat, sehen wir uns zum ersten Mal, und wir haben uns in diesem stummen Starrwettbewerb festgefahren, weil Caroline wieder einmal einen meiner Vorschläge abgeblockt hat. Ich habe angeregt, dem Projekt anstelle des irischen *GÚNA NUA* den Namen *Frock Swap* zu geben, damit das Ganze etwas internationaler wirkt. Ich weiß, dass sie weiß, wie einleuchtend das ist, aber es fällt ihr schwer, sich von ihrem pfiffigen Logo zu verabschieden, und obendrein war der neue Name nicht ihre Idee. Das verstehe ich, aber was ich befürchtet habe, ist tatsächlich eingetreten. Sie ist hauptsächlich deshalb zu mir gekommen, weil ich Erfolg in dieser Branche habe, woran ja nichts auszusetzen ist, aber sie will nur den Erfolg, weiter nichts. Sie hat den Grund nicht in Betracht gezogen, weshalb meine Projekte so gut funktioniert haben, nämlich, dass ich meine ganze Sensibilität, meine Leidenschaft, meine Phantasie und mein Herz eingebracht habe und nicht blind den Anweisungen anderer Menschen gefolgt bin. Ich weiß, dass es mit uns niemals klappen wird. Aber auf einmal verstehe ich selbst viel besser, wie ich arbeite; wie ich arbeiten will und wie ich arbeiten muss.

Und obwohl das die Diskussion nicht leichter macht, könnte ich sie mit Menschen, mit denen ich nicht persönlich verbunden bin, erwachsen und vernünftig führen. Aber nicht mit Caroline, die seit zehn Jahren meine Freundin ist, in deren Garten ich jetzt sitze, deren Kopf ich über der Kloschüssel gehalten, auf deren geschwollene Brüste ich Kohlumschläge gemacht und deren Tränen ich getrocknet habe, als ihre Ehe zu Ende war. Und deren Tochter die Törtchen gebacken hat, die ich gerade verzehre. Nach dem Support-Kreis bei mir hat es lange gedauert, bis wir wieder zusammengefunden haben, und ich weiß, es war deshalb, weil wir beide weder Konflikt noch Konfrontation wollen, aber gleichzeitig nicht bereit sind nachzugeben.

»Caroline«, sage ich sanft und nehme ihre Hand. Sie rutscht unbehaglich auf ihrem Stuhl herum. »Ich fürchte, wir müssen uns bewusst davon verabschieden, gemeinsam an dieser Sache zu arbeiten.«

Kaum sind die Worte aus meinem Mund, wirft sie den Kopf in den Nacken und lacht, und ich weiß, dass zwischen uns alles wieder okay ist.

Die Sonne scheint immer noch, und ich wage mich hinaus zu »*Bloom*«, Irlands größtem Garten-, Gastronomie- und Familienevent, das jeden Sommer im Phoenix Park stattfindet und Tausende Besucher anlockt. Es gibt Koch- und Kunsthandwerksvorführungen, kostenlose Gartenberatung von renommierten Experten, irische Landwirtschaftserzeugnisse, Live-Unterhaltung, Garten-Workshops. Für mich ein kleines Stück vom Paradies, und Monday hat mich eingeladen – ich habe das Ticket in meinem Briefkasten gefunden, und zwischen den Seiten der Einladung lag eine getrocknete Glockenblume. Der einzige Kontakt, den wir seither hatten, war ein Telefongespräch, in dem er mir gerade genug Zeit gegeben hat, die Einladung anzunehmen, um mir dann ziemlich geheimnisvoll anzukündigen, dass ich weiß, wo ich ihn finden werde. Ich vermute gleich, dass die Glockenblume ein Hinweis ist, aber anscheinend macht er sich Sorgen, dass er im Phoenix Park übernachten muss, während ich falsche Spuren verfolge, denn er simst mir vorsorglich: *Die Glockenblume ist ein Hinweis*, was ich herzergreifend süß von ihm finde.

Es gibt Kinderbereiche, Kochbereiche, größere und kleinere Bühnen, Schaukochen berühmter Köche, Menschenansammlungen, die probieren wollen, irischen Volkstanz, Heimwerker-Vorführungen, Seifenblasen-Künstler und Modenschauen. Der Park brummt von Events, für jeden ist etwas dabei. Um mich herum haben preisgekrönte Gartendesigner in kleinen Parzellen ganze Welten erschaffen. Da gibt es einen schlicht-eleganten Garten in skandinavischem Stil, einen japanischen Garten, einen chinesischen Garten, einen »Wizard of Oz«-Garten, einige witzig, andere skurril, manche atemberaubend – aber alle entführen sie mich in eine andere Welt.

Obgleich mein Herz fast zerspringt vor Vorfreude auf Monday, lasse ich mir Zeit zum Herumwandern, denn ich möchte keinen Hinweis verpassen, außerdem genieße ich die Atmosphäre. Letztes Jahr um diese Zeit hätte ich nie daran gedacht hierherzukommen, ich hätte so ein Event für mich nicht einmal in Betracht gezogen – höchstens, wenn ich zum Arbeiten hier gewesen wäre, wenn ich jemandem etwas hätte verkaufen wollen, immer mit einem Auge beim Gewinn. Natürlich wäre mir unter diesen Voraussetzungen die Schönheit dieses Ortes völlig entgangen. Inzwischen ist es fast ein Klischee, über »Entschleunigung« zu sprechen, aber es ist wichtig. Ich habe mein Leben entschleunigt, und dadurch, dass ich mehr Ruhe habe, sehe ich so viel mehr. Als ich an einer irischen Landschaft mit den für Connemara typischen Steinmauern und einem Wohnwagen vorbeikomme – hier soll die Idee nahegebracht werden, die Sommerferien im eigenen Land, in Irland, zu verbringen – spüre ich, dass ich kurz davor bin, Mondays Rätsel zu lösen. Vor mir liegt eine Glockenblumenwiese, wie ein blauer Teppich, der den Blick über die Steinmauern, die Moorlandschaft und den See hinweglockt ... und da ist Monday auch schon, an der Tür eines Wohnwagens aus den sechziger Jahren, der im hohen Gras geparkt ist, als stünde er, seit Jahren verlassen, schon ewig da. Die Tür ist offen, eine Jalousie mit Blumenmuster weht sanft im Wind.

An dem verrosteten Gartentor bleibe ich stehen.

»*Fáilte*, Jasmine, willkommen«, sagt Monday, ein scheues Lächeln im Gesicht, und ich spüre, dass er nervös ist.

Ich lache.

»Komm rein«, fordert er mich auf, und als ich das Tor öffne, gibt es den perfekten Quietschton von sich, als wäre es darauf programmiert worden. Ich gehe den Weg entlang, der von großen violetten und flauschigen cremefarbigen Blumen gesäumt ist; die Luft ist erfüllt von ihrem Duft: Weiderich und Mädesüß. Es ist ein warmer Tag, und ich trage ein Sommerkleid mit Blumenmuster – Klatschmohn, allerdings weniger im Country-Look, sondern eher poppig. Ich gehe weiter, und bald steigt mir statt des sanften Mädesüß der kräftige Knoblauchgeruch des Bärlauchs in die Nase.

Erst als ich vor ihm stehe, bemerkt Monday die riesige Beule, die Dr. Jamesons Bratpfanne hinterlassen hat, und er nimmt besorgt und entsetzt mein Gesicht zwischen die Hände.

»Was ist passiert?«

»Es war ein Unfall.«

»Wer hat das getan?« Mondays Gesicht ist immer noch finster.

»Dr. J. Aber das ist eine lange Geschichte …«

»Was?«

»Ein Unfall eben. Hatte mit dem Brief zu tun …« Ich beiße mir auf die Lippe.

Jetzt lächelt Monday endlich wieder. »Ehrlich, ich hab noch nie jemanden erlebt wie euch drei …«, meint er kopfschüttelnd und küsst die Beule zärtlich. »Ich hab noch nie jemanden getroffen wie dich, Punkt.« Er nimmt meine Hand und streicht dabei mit dem Daumen über meine Handfläche, was einen wohligen Schauder in mir auslöst. Dann führt er mich zum Wohnwagen. Ich spähe hinein und sehe, dass der Tisch gedeckt ist.

»Machst du das für alle Leute, die du abwirbst?«

»Kommt ganz auf die Provision an.«

»Ich kann mir vorstellen, was die kriegen, wenn du tatsächlich Provision bekommst«, necke ich ihn. »Inzwischen wünsche ich mir echt, ich hätte den Job bekommen.«

Er fixiert mich mit einem Blick, der mir Herzklopfen macht, und ich versuche, mein aufgeregtes Inneres zu beruhigen, als wir in dem winzigen Wohnwagen Platz nehmen und unsere Knie sich unter dem Klapptisch berühren.

»Statt uns immer bei dir zu treffen, dachte ich, ich lade dich mal zu mir ein und gebe dir einen Einblick, wo ich herkomme.«

»Monday, das ist wunderschön. Und unglaublich nett von dir.«

Er wird rot, lässt sich aber nicht beirren. »Und passend dazu habe ich das Essen mitgebracht, mit dem ich aufgewachsen bin.«

Er öffnet einen der Behälter auf dem Tisch. »Brombeeren und Walderdbeeren. Die haben wir gepflückt, und meine Großmutter hat Marmelade daraus gekocht. Und Apfelkuchen.«

Eine Tupperdose nach der anderen wird aufgemacht und neue Köstlichkeiten kommen ans Licht. »Bärlauch-Pesto mit frisch gebackenem braunen Brot.«

Mir läuft das Wasser im Mund zusammen. »Hast du das alles selbst gemacht?«

Wieder wird er verlegen. »Ja, aber es sind Maimeós Rezepte, also die von meiner Großmutter. Idiotensicher. Meine Mam kann überhaupt nicht kochen, deshalb hatte ich zum Lunch immer ...« – er macht eine ausladende Geste mit einer Superman-Frühstücksdose – »... Mayonnaise-Sandwiches.«

»Wow.«

»Ja, sie war ein hoffnungsloser Fall. Ist es immer noch. Eigentlich hat Maimeó mich großgezogen. Eine zähe Frau. Sie ist von den Aran Islands rübergezogen, als meine Mam mit mir schwanger war, obwohl sie im Herzen immer eine Inselbewohnerin geblieben ist, und es hat sie fast umgebracht, von dort wegzugehen. Sie war mit mir dort, sooft sie konnte.«

»Lebt sie noch?«

»Nein.«

»Das tut mir leid.«

Er antwortet nicht, sondern fängt an, das Essen auszuteilen.

»Dein Zuhause ist so friedlich – viel friedlicher als meines bei deinem letzten Besuch. Tut mir echt leid wegen dieses seltsamen Meetings ...« Ich muss es einfach ansprechen.

»Es muss dir nicht leidtun. Mir tut es leid, dass man dich so damit überrumpelt hat. Die Frau, die mit deiner Schwester arbeitet, Jamie, hat mir gesagt, dass es eine Überraschung sein sollte. Ich dachte, es würde dir vielleicht gefallen.«

»Das kannst du doch nicht ernsthaft gedacht haben, oder?«

»Ich kenne dich nicht so gut, Jasmine. Aber ich möchte dich gern kennenlernen.« Kein Erröten diesmal, nur braun-smaragdgrüne Augen. »Wie geht es deinem Ex?«

»O Gott, Monday. Das tut mir furchtbar leid. Ehrlich ...«

»Du brauchst dich nicht zu entschuldigen. Wir waren ja nicht ... zwischen uns war ja nichts ...« Aber ich sehe genau, dass ich ihn verletzt habe.

»Und es tut mir auch leid wegen des Vorstellungsgesprächs.«

Ich schlage die Hände vors Gesicht. »Ich hab mich nicht gerade gut bei dir eingeführt, was? Wenn ich mich jetzt dauernd bei dir entschuldigen muss.«

»Das mit dem Vorstellungsgespräch kann ich verstehen«, erwidert er. »Ich kann es verstehen, dass du Heather nicht alleine lassen konntest. Aber du hättest es mir sagen sollen, weißt du? Ich hab unentwegt versucht, dich anzurufen. Und wenn ich Bescheid gewusst hätte, dann hätte ich den Termin vielleicht verschieben können.«

»Ich weiß.« Ich möchte im Boden versinken. »Aber ich wusste nicht, was ich dir sagen soll.«

»Mit der Wahrheit kann ich immer ganz gut umgehen.« Er zuckt die Achseln.

»Okay. Ja. Sorry.«

»Jetzt reicht es aber mit den Entschuldigungen.«

Ich nicke. »Du möchtest mich aber nicht zufällig für einen anderen Job anwerben?«, frage ich schüchtern. »Ich bin eigentlich ganz zuverlässig …«

»Ich hätte ein tolles Angebot für dich«, sagt er und löffelt Clotted Cream auf die reichlich mit Erdbeermarmelade bestrichenen Scones.

»Ja?« Ich bin gespannt.

Er hält inne und fixiert mich mit seiner typischen Intensität. »Wie wäre es mit einem eins achtzig großen, schwarzhaarigen, grünäugigen, sommersprossigen schwarzen Kerl aus Connemara? So was gibt es nicht oft. Genaugenommen einmal pro 4,7 Millionen.«

Mein Herz macht einen Luftsprung. »Dieses Angebot nehme ich sofort an«, antworte ich, und er beugt sich zu mir, um mich zu küssen, so lange und sinnlich-süß wie ich es mir in meinen Tagträumen ausgemalt habe.

»Dein Ellbogen ist in der Marmelade«, flüstere ich mitten im Kuss.

»Ich weiß«, flüstert er zurück.

»Und du bist keine eins achtzig.«

»Pst«, flüstert er zurück und küsst mich weiter. »Verrat es bloß keinem.«

Lachend lösen wir uns voneinander.

»Jetzt bin ich dran mit dem Entschuldigen«, sagt er, hält meine Hand und spielt mit meinen Fingern. Ich bin eigentlich nicht besonders klein, aber in seinen sehen meine Hände aus wie Puppenhände. »Es tut mir leid, dass ich so lange gebraucht habe, um ...«

»... mich zu küssen?«, vollende ich den Satz für ihn.

»Ja.« Jetzt sieht er mir endlich ins Gesicht. »Ich bin ziemlich schüchtern«, sagt er, und ich glaube es ihm sofort. Für jemanden, der bezüglich seiner Arbeit so selbstbewusst auftritt, ist er in diesem Bereich auf sehr liebenswerte Art unbeholfen. »Ich hab diesen Job als Ausrede benutzt, um mich weiter mit dir zu treffen, und dabei versucht, meinen Mut zusammenzunehmen. Jedes Mal, wenn ich über den Job gelabert habe, war ich in Wirklichkeit dabei zu überlegen, ob du nein sagen oder mir sogar direkt ins Gesicht lachen würdest. Als Headhunter besuche ich meine Kandidaten normalerweise nicht zum Abendessen.«

»Und du hilfst ihnen auch nicht, wenn sie einen Springbrunnen bauen?«

Er lacht. »Ja, genau. Und auch nicht beim Ausspionieren ihrer Nachbarn.«

»Aber du warst nicht zu schüchtern, um das hier zu organisieren«, stelle ich fest.

»Ich bin eben mehr ein Mann der großen Gesten«, sagt er, und wir lachen beide. »Die Ex-Freund-Geschichte hat mir dann den Tritt verpasst, den ich brauchte.«

Ich zucke wieder zusammen.

»Will er ... dich zurückhaben?«

»Ja«, antworte ich todernst.

»Oh.«

»Vor ein paar Tagen hat er mich nachts um eins angerufen

und mir ›*Bootie Call*‹ von All Saints vorgesungen. Wenn das keine Anmache war … Er singt wie ein Messdiener.«

»Oh«, macht Monday in einem etwas leichteren Ton und wirkt schon weniger besorgt.

»Also ein echt harter Konkurrent.«

»Vielleicht könnten wir ein kleines Wettsingen veranstalten«, schlägt er vor. »Weißt du, als ich dich mit deinen roten Haaren voller Gartendreck und Blätter geschen habe, da wusste ich, dass ich dich wollte. Nur wusste ich nicht, wie ich es anstellen sollte. Der Job hat mir Zeit verschafft. Deshalb war das alles keine Zeitverschwendung – falls du dir deswegen Sorgen machst.«

Wir küssen uns wieder, und ich habe das Gefühl, ich könnte für immer mit Monday in diesem kleinen Wohnwagen bleiben, obwohl wir beide hier nicht aufrecht stehen können. Aber plötzlich hören wir Stimmen direkt vor dem Fenster, eine andere Gruppe, die ebenfalls den Garten besichtigt.

»Hey, ich hab was für dich.« Monday reibt sich die Nase, kratzt sich an der Schläfe, ist plötzlich wieder nervös und murmelt unzusammenhängendes Zeug. Aber ich finde das so süß, dass ich am Tisch sitzen bleibe, ihn mit einem breiten Lächeln beobachte und keinen Finger rühre, um ihm zu helfen. »Es ist für deinen Garten«, fährt er verlegen fort. »Aber wenn du es blöd findest, kannst du es zurückgeben, kein Problem. Es war nicht teuer, ich hab es gesehen und musste an dich denken, also, ich dachte, vielleicht gefällt es dir, ich meine, ich kenne sonst niemanden, der so viel in seinem Garten ist wie du, mal abgesehen von meiner Mom natürlich, die wirklich in ihrem Garten wohnt … jedenfalls kannst du es jederzeit zurückgeben, wenn du es nicht magst.«

»Monday, das ist wirklich eine sehr schöne Art, ein Geschenk zu präsentieren«, sage ich ironisch und lege die Hand aufs Herz.

»Daran musst du dich leider gewöhnen«, sagt er leise, dann greift er unter den Tisch, überreicht mir das Geschenk für meinen Garten und schlägt dann schnell die Hände vors Gesicht, damit er meine Reaktion nicht mitansehen muss. »Gefällt es dir?«, fragt er mit gedämpfter Stimme.

Ich küsse seine Hände. Zögernd lässt er sie sinken, und auf seinem unsicheren Gesicht erscheint ein erleichtertes Lächeln.

»Es ist wunderschön.«

»*Schön* würde ich es eigentlich nicht gerade nennen.«

»Es ist perfekt. Danke.«

Und wieder küssen wir uns, hier in diesem Wohnwagen aus Connemara, mitten im Phoenix Park, und vor uns liegt ein verbeultes Gartenschild, auf dem steht: *Wunder wachsen nur dort, wo man sie anpflanzt.*

26

Monday und ich liegen in meinem Bett. Es ist August, zehn Uhr abends, wir haben die Vorhänge nicht zugezogen, draußen ist es noch hell, auf der Straße spielen Kinder. Nach wie vor regiert in meinem Garten das pralle Leben. Geräusche von Leben und Geschäftigkeit dringen zu uns herein, in der Luft hängt Grillgeruch. Wie ich hier nackt neben Monday liege und in meiner Nachsex-Zufriedenheit bade, befinde ich mich in einer wahren Glückseligkeits-Blubberblase, und als ich zum Himmel hinaufschaue, kann ich nur staunen, wie rot er ist.

»Abendrot – Gutwetterbot«, setze ich an, aber da erscheint auf einmal Ihr Gesicht am Fenster. »Ahhhhhh! Arrrrrrrggghhhh!«

Ich springe so plötzlich auf, dass Monday fast eine Herzattacke bekommt, schlinge die Laken um mich und verheddere mich hoffnungslos.

»Verdammte Hacke«, schreit Monday, als er Sie sieht.

Sie fangen an zu lachen, ein verdorbenes Wahnsinnslachen, und ich sehe an Ihren Augen, dass Sie betrunken sind.

»Hübsches Spalier«, rufen Sie und klopfen ans Fenster. Wie bin ich bloß auf die Idee gekommen, das Rankgerüst für die roten Parkdirektor-Riggers-Rosen – eine robuste winterharte Sorte, die vorn an meinem Haus emporwächst – so an der Hauswand anzubringen, dass man direkt zum Schlafzimmerfenster hochklettern kann?

Monday stöhnt.

»Ich glaube, er ist betrunken«, sage ich.

»Ach was.«

Ich schaue ihn an.

»Geh«, sagt er müde. »Geh und tu, was ihr beide um zehn Uhr an einem Donnerstagabend nicht lassen könnt.«

Im Bademantel öffne ich die Haustür und sehe Sie gleich an Ihrem Gartentisch sitzen. Sie tragen einen Smoking.

Ich pfeife anerkennend.

Sie fluchen.

Da Ihre Haustür weit offen steht, stecke ich Ihren Hausschlüssel, den ich für den Notfall mitgebracht habe, wieder ein und setze mich zu Ihnen.

»Anscheinend hat er Ihnen ja endlich was zu tun verschafft«, sagen Sie, schnauben und lachen Ihre eklig dreckige, heisere Lache. Heute Abend rauchen Sie auch wieder.

»Sie haben vergessen, Ihren Rasen zu mähen«, sage ich.

»Behalten Sie Ihre Ansichten gefälligst für sich, Delia Smith.«

»Delia Smith ist Köchin.«

»Ach, rutschen Sie mir den Buckel runter.«

Sie sind wütend, Matt, genau wie am Anfang. Mit einem riesigen Schluck leeren Sie Ihre Bierflasche und schleudern sie über die Straße, wo sie klirrend auf dem Bürgersteig zerschellt. Monday späht aus dem Fenster, aber als er sieht, dass mit mir alles in Ordnung ist, verschwindet er sofort wieder.

»Was ist denn heute Abend passiert?«

»Ich war bei den Radio Awards. Die hatten mich nicht nominiert, Sauerei, und das hab ich denen gesagt. Außerdem hab ich auch noch ein paar andere Dinge über ein paar andere Leute angesprochen, die mich nicht ordentlich unterstützt haben. All das hab ich laut und deutlich ins Mikro gesprochen, damit's auch alle hören. Den Organisatoren hat das nicht so gefallen, also haben sie mich rausschmeißen lassen.«

Zwei Schritte vor, einer zurück. Es ist bei uns beiden dasselbe, vermutlich ist es einfach normal. Niemand ist perfekt, nichts ist ideal. Ich erlaube mir kein Urteil, jedenfalls nicht laut. Inzwischen zetern Sie weiter, übers Arbeiten, übers Nicht-Arbeiten, über alle Menschen auf der Welt, die arbeiten gehen. Es ist nicht ganz leicht, Ihnen zu folgen; Sie fangen an, fallen sich selbst ins Wort, wandern von einer Idee zur anderen, ohne eine davon ganz zu entwickeln. Ihre Denkprozesse sind bezeichnend für den Punkt, an dem Sie sich gerade befinden. In gewisser Hinsicht bin ich mit Ihnen einer Meinung. Manches von dem, was Sie sagen, habe ich im Lauf des letzten Jahres genauso empfunden und empfinde es gelegentlich immer noch so, wenn ich mich jeden Tag von neuem bemühen muss, meinen Platz zu finden. Unsere Gesellschaft sei um die Arbeit herum organisiert, sagen Sie, nur für Kinder und Leute im Ruhestand sei es akzeptabel, nicht zu arbeiten, aber der Prozentsatz pensionierter Menschen, die kurz nach dem Eintritt in den Ruhestand an einem Herzinfarkt sterben, mache Ihnen Sorgen. Sie glauben, dass Sie bald an Langeweile sterben werden, und nehmen sich vor, Dr. Jameson deswegen zu konsultieren.

Sie würden sich wirklich anstrengen, einen Job zu finden, sagen Sie, aber es scheine unmöglich. Ihre Freistellung sei inzwischen abgelaufen, Sie seien offiziell arbeitslos. Früher seien Sie heiß begehrt gewesen, jetzt habe man Sie abserviert. Man habe Sie auf die schwarze Liste gesetzt. Offenbar wolle niemand ein wandelndes Pulverfass wie Sie mit dermaßen schlechtem Ruf einstellen, oder man wolle Sie aus den falschen Gründen haben, um Ihre dunkle Seite erst noch so richtig aufzupumpen und Sie in eine Comicversion Ihrer selbst zu verwandeln. Aber damit könnten Sie Amy nicht zurückholen, und mit diesem Teil Ihrer Persönlichkeit fühlen nicht mal Sie selbst sich wohl. Sie hatten endlose Treffen mit Ihrem Agenten, der Ihre Anrufe auch nicht mehr so rasch erwidert, wie er das früher einmal getan hat. Er nutzt seine Zeit nun lieber mit einem neuen Stern am Fernsehhimmel, der weißere Zähne, dichtere Haare und glattere Haut hat als Sie und zudem politisch korrekter talken kann. Die Hausfrauen lieben ihn, aber auch Lastwagenfahrer können sich mit ihm anfreunden. Heute Abend haben Sie ihm ein Glas Wasser ins Gesicht geschüttet, und als keiner hinschaute, hat er Sie unter dem Vorwand, die Sache unter Erwachsenen ausdiskutieren zu wollen, nach draußen gelockt, Ihnen einen Kinnhaken verpasst, seinen Tom-Ford-Smoking zurechtgezupft und ist wieder reingegangen, um mit seinem Plastiklächeln den nächsten Award zu präsentieren. So erzählen Sie die Geschichte, und jetzt hoffen Sie, dass der Kerl an einer Geschlechtskrankheit stirbt. Sie versuchen, die ganze Liste der Möglichkeiten runterzurattern.

Dann kommen Sie zu dem DJ, der Ihren Preis gewonnen hat, den Preis, den Sie sechs Jahre hintereinander bekommen haben – ein Mann, der im Radio über Vögel und Gartenarbeit spricht. Natürlich ist mir klar, dass Sie wegen meiner neuen Interessen auch mich mit diesem Detail schlechtmachen wollen, aber ich ziehe mir den Schuh nicht an. Ich kenne Ihre Tricks inzwischen. Wenn Sie verletzt sind, versuchen Sie, andere Leute zu verletzen. Aber bei mir funktioniert das nicht mehr.

Dann ist unser Businessmann an der Reihe, der sich neulich, als Sie und Amy sich eines Abends mitten auf der Straße lautstark gestritten haben, beschwert hat und deshalb jetzt zur Hauptzielscheibe Ihres Hasses geworden ist. Sie ergehen sich darin, dass er bestimmt Meeting-geil ist, in den Klang seiner Stimme verliebt und dass er lange Vorträge hält über seine Liebe zu Analstöpseln und was Ihnen sonst noch so spontan in den Sinn kommt.

Ich stehe auf, gehe ins Haus und hole ein paar Rollen Klopapier.

»Ich hab eine Idee«, verkünde ich und unterbreche damit Ihre Tirade.

»Ich heule doch gar nicht«, sagen Sie verärgert, als sie das Klopapier sehen. »Und ich hab heute auch schon gekackt. Auf Ihre Rosen.«

»Kommen Sie mit, Matt.«

360

Sie folgen mir über die Straße. Als Sie sehen, was ich vorhabe, fangen Sie endlich an zu lächeln. Zehn Minuten lang drapieren wir Klopapier überall im Garten des Businesstyps, machen uns dabei vor Lachen fast in die Hose, halten uns gegenseitig aber den Mund zu, damit wir nicht zu laut sind und ihn womöglich wecken. Eifrig schlingen wir das Papier um die Äste seiner Kastanie und lassen lange Streifen herunterhängen, damit der Baum aussieht wie eine Trauerweide. Wir dekorieren die Blumenbeete, wir versuchen, eine große Schleife um seinen BMW zu binden. Zum Schluss wickeln wir noch eine Lage um den Pfeiler auf der Veranda, dann zerreißen wir den Rest in kleine Fetzen und streuen ihn wie Konfetti über den Rasen. Als wir fertig sind, klatschen wir einander ab, drehen uns um und entdecken Monday und Dr. Jameson, die uns die ganze Zeit beobachtet haben. Monday ist barfuß, hat Jeans und ein T-Shirt an und sieht extrem attraktiv und ein bisschen amüsiert aus, was er aber zu unterdrücken versucht. Dr. Jameson trägt sein Notfall-Outfit – Jogginganzug und blankpolierte Schuhe – und wirkt, als mache er sich ernsthafte Sorgen um unser Wohlergehen.

»Matt ist betrunken, aber ich weiß nicht, was du als deine Ausrede vorbringen kannst«, sagt Monday und verschränkt die Arme vor der Brust. »Im Ernst, ihr beide braucht wirklich dringend einen Job.«

»Ich hoffe, dass ich am Montag anfange, Monday«, sagen Sie und kichern leise. Dann sehen Sie seine nackten Füße. »Ah, Sie finden das also auch toll.«

»Was finde ich toll?«

»Jasmines kleine Masche. Ich hab einmal zugesehen, wie sie das gemacht hat. Mitten in der Nacht. Und dabei geweint. Mitten im Winter – irre, wie sie nun mal ist.«

Monday lacht.

»Ich *wusste* es!«, rufe ich. »Ich wusste, dass Sie mich beobachtet haben. Aber in der Nacht, als ich barfuß gelaufen bin, hab ich gar nicht geweint.«

361

»Nein, das war in der Nacht, als Sie dafür gesorgt haben, dass es aussah, als hätte Ihr Haus Gras in Ihren Garten gekotzt.«

Ich kann mir das Lachen nicht verkneifen, aber wir machen zu viel Lärm, und deshalb führen Monday und Dr. J. uns weg vom Haus des Businesstyps, damit er nicht doch noch aufwacht und vorzeitig seinen klopapiergeschmückten Garten sieht.

Ohne auf den Rat von Dr. Jameson zu achten, ziehen Sie Ihre Schuhe aus, marschieren vor uns her und werfen Ihre Stinkesocken in meine Richtung. Sie wollten sich erden, sich im Boden verwurzeln, sagen Sie, machen stattdessen aber einen verqueren Hippietanz, der uns alle zum Lachen bringt, ob wir wollen oder nicht. So haben wir unseren Spaß, bis Sie in eine Scherbe der zerbrochenen Bierflasche treten, die Sie vorhin über die Straße geschleudert haben.

Dr. Jameson rennt los, um Ihnen zu helfen.

Herbst

Die Jahreszeit zwischen Sommer und Winter, auf
der Nordhalbkugel für gewöhnlich die Monate September,
Oktober und November.

Eine Zeit der Reife.

27

Monday, Sie und ich sitzen nebeneinander auf Dr. J.s Couch und essen Sirupwaffeln in seinem makellosen Wohnzimmer, in dem es nach Basilikum und Zitrone riecht, weil ein paar Basilikumpflanzen auf dem Fensterbrett stehen und der Zitronenbaum in der Ecke gerade Sonne abbekommt. Der Hund liegt faul in der Sonne und beobachtet uns gelangweilt. Wir sind nicht zum ersten Mal hier, genaugenommen ist es schon der dritte Samstag, an dem wir den Interviews für die Weihnachtsbegleiterin beiwohnen. Natürlich haben wir ihn auch selbst eingeladen, alles andere wäre echt gemein gewesen. Sie haben ihn zuerst gefragt, wenn auch nur, weil Sie versuchen, sich bei Amy lieb Kind zu machen, die Sie immer noch hinhält und auf ein Zeichen wartet, dass Sie sich ernsthaft bemühen, sich zu ändern – dass Sie sich tatsächlich zusammenreißen. Übrigens hat ihr Brief Sie keineswegs entmutigt, wie ich es erwartet hatte, sondern Ihnen ganz im Gegenteil Hoffnung gegeben. Anscheinend hat Sie Ihnen ähnliche Aufforderungen schon ein paarmal in verschiedenen Phasen Ihres gemeinsamen Lebens geschrieben, zum Beispiel, als Sie dreimal dazu angesetzt hatten, ihr einen Heiratsantrag zu machen, und dann doch wieder gekniffen. Für Sie ist der Brief eine Intervention, eine Art Support-Kreis für Ihre Ehe. Zwischen den spärlichen Zeilen lesen Sie einen versteckten Hinweis darauf, dass Amy zu Ihnen zurückkommen wird, aber es findet immer noch nicht sehr viel Kommunikation zwischen Ihnen beiden statt. Sie dachten, Amy würde die Einladung an Dr. Jameson als Beweis dafür sehen, wie Sie sich verändert haben, aber Sie hat Ihre Freundlichkeit als Gedankenlosigkeit ausgelegt, als ein Zeichen, dass Sie Weihnachten nicht mit ihr feiern wollen. Daraufhin hat sie Ihnen eine ganze Liste von Vorwürfen an den Kopf geworfen, ich habe neulich am späten Abend zufällig gehört, wie sie Sie angeschrien hat – und diesmal war unser Businessmann nicht so blöd, sich zu beschweren. Garantiert hat Dr. Jameson die Auseinandersetzung auch gehört, wodurch Ihr Angebot umso leichter, aber eben auch umso peinlicher abzulehnen war. Dass sein engster Freund und Nachbar in der Straße ihn nicht zum Weihnachtsessen einladen kann, ist sicher ein weiterer Schlag für Dr. J., und er sieht auf einmal älter aus, müder, obwohl er versucht, den Eindruck zu erwecken, als freue er sich darüber, dass wir da sind und sein Vorhaben unterstützen.

»Wenigstens redet sie mit ihm«, meinte Monday in jener Nacht, als wir beide wach im Bett lagen und den Streit draußen am Gartentisch mithörten, und in der Selbstzufriedenheit frisch Verliebter waren wir fest davon überzeugt, dass wir so niemals miteinander reden würden.

Aber es war ein schlechter Zeitpunkt, als Sie das Thema angeschnitten haben, Ihr peinlicher Auftritt bei den Radio Awards war wieder in den Nachrichten, und Sie hatten gerade die Chance vermasselt, bei den wenigen Konkurrenzsendern, für die Sie noch in Frage gekommen wären, einen guten Job zu kriegen. Sie sind einfach ein zu großes Risiko. Stattdessen hatte man Ihnen nun einen bei einem weniger bekannten Lokalsender angeboten, der nur in Dublin sendet. Aber wenigstens haben Sie da Ihr eigenes Programm, in dem Sie über Themen des Tages sprechen: die *Matt Marshall Show*, von zwölf bis drei Uhr nachmittags. Sie müssen sich da gut führen. Vor zwei Wochen haben Sie angefangen, und Sie haben netterweise sogar arrangiert, dass Heather einen Tag in der Woche in Ihrer Redaktion arbeitet, das haben wir bei Heathers letztem Unterstützerkreis besprochen, an dem Sie teilgenommen haben. Zwar ist die neue Sendung in finanzieller Hinsicht ein enormer Rückschritt für Sie, und Sie haben auch nicht mehr dasselbe Team wie früher, aber Sie haben sich wieder aufs Wesentliche besonnen. Amy arbeitet ebenfalls wieder, und ich glaube, obwohl das alles so nicht geplant war, wird die Veränderung Ihnen beiden guttun. Ich kann das beurteilen.

Ich habe der jungen Frau, die jetzt vor uns sitzt, schon eine ganze Weile nicht mehr zugehört. Man könnte sie abschätzig als Hippie-Aktivistin bezeichnen – sie wohnt zurzeit auf einem Baum und versucht zu verhindern, dass er gefällt wird und damit der Lebensraum einer seltenen Schneckenart geschützt –, aber ich habe Respekt vor solchen starken Überzeugungen: Die Schnecken brauchen Menschen wie sie, um vor Menschen wie mir geschützt zu werden. Mit ihrer Aktion verhindert diese Frau andererseits aber auch, dass die Arbeiten an dem dringend benötigten Kinderkrankenhaus weitergehen. Manchmal wünsche ich mir, die Menschen würden genauso engagiert für die Kinder kämpfen wie für die Schnecken.

Ich glaube nicht, dass Dr. Jameson so viel Mitgefühl für Schnecken aufbringt, wie die Frau es sich erhofft, da sie immer seinen Salat auffressen. Aber das ist nicht der Grund, warum ich mich nicht konzentrieren kann, nein, das liegt an Monday, der neben mir sitzt, so dicht, dass ich seine Wärme durch sein T-Shirt spüre, das ganz weich und dünn und fast durchsichtig ist. Wenn ich nach links schaue, kann ich deutlich eine Brustwarze erkennen. Er erwischt mich dabei und wirft mir einen Blick zu, den ich inzwischen gut kenne, voller Verlangen, und ich denke, wie schade, das einfach zu vergeuden. Er reibt mit dem Daumen über meine Handfläche, nur einmal hin und wieder zurück, das reicht schon. Ich will ihn. Er sieht mich an, er will mich auch, hier und jetzt. Wenn ich nicht wüsste, dass Sie es sich nicht nehmen lassen würden, einen Livekommentar dazu zu liefern, wäre ich beinahe dazu bereit.

Es ist September und schwül draußen, als sei ein Gewitter im Anmarsch; Kopfschmerzwetter, ein Wetter, das Tiere – und Sie – wahnsinnig macht. Ich hoffe auf Regen, denn mein Garten braucht dringend Wasser. Auf der anderen Straßenseite sitzt Mr Malone allein im Gartenstuhl und hält seit einer Stunde eine Tasse Tee in den Händen. Wenn er nicht gelegentlich blinzeln würde, hätte ich Angst, er wäre tot, aber seit Mrs Malone gestorben ist – vor drei Wochen hatte sie einen zweiten und diesmal tödlichen Schlaganfall –, ist er meistens in diesem Zustand. Ich stelle mir vor, wie Mrs Malone in ihrem Garten Unkraut gejätet hat, in ihrem Tweedrock auf Händen und Knien kauernd, und dann, wie sie nach dem Schlaganfall war, als sie im Garten saß und Mr Malone ihr vorgelesen hat, und jetzt ist sie einfach nicht mehr da, und ihr Mann ist ganz allein. Mir kommen die Tränen.

Monday sieht mich wieder an, besorgt diesmal, drückt meine Hand, und mein Verlangen nach ihm wird noch stärker. Er ist nicht offiziell bei mir eingezogen, aber das könnte er ruhig, er übernachtet ohnehin fast immer bei mir, er hat seinen eigenen Platz im Kleiderschrank, und seine Zahnbürste und sein Rasierzeug stehen neben meinem. Die Nächte, in denen er nicht bei mir ist – weil wir uns mal wieder erklärt haben, dass wir die Sache langsamer angehen, uns mit unseren Freunden treffen, Nächte getrennt verbringen müssen –, sind eine Qual. Ich sehe seine Sachen und wünsche mir nur, er wäre da.

Mondays Hund, Madra, ein blonder Labrador, der sich benimmt, als gehöre ihm mein Haus, und sogar meinen Lieblingssessel übernommen hat – was völlig in Ordnung ist, weil ich jetzt sowieso mit Monday auf der Couch liege –, bleibt sogar dann bei mir, wenn Monday nicht da ist, wodurch die ganze Übung irgendwie ihren Zweck verfehlt.

Manchmal brauchen Sie mich nachts noch, aber längst nicht mehr so oft wie früher. Hin und wieder schaue ich aus dem Fenster und hoffe, gleich Ihren Jeep die Straße herunterbrausen und die Guns N' Roses dröhnen zu hören, aber längst nicht mehr so oft wie früher.

Ich habe Dr. Jameson eingeladen, mit mir Weihnachten zu verbringen – obwohl es mir auch nicht unrecht wäre, wenn er einfach meinen Platz einnehmen würde und ich zu Hause bleiben könnte, denn den ersten Feiertag sollen wir bei Mondays exzentrischer Mutter in Connemara verbringen und den zweiten mit meiner Familie in Dublin. Diese Woche hatten wir ein Treffen mit Heather, die das Weihnachtsessen übernehmen möchte, weil Jonathan zum ersten Mal mit uns feiern wird. Heather und ich werden zusammen einen Kochkurs absolvieren und lernen, wie man ein perfektes Weihnachtsdinner zubereitet. Weder Monday noch ich freuen uns sonderlich auf Weihnachten. Wenn ich Heather ganz für mich haben könnte, wäre das natürlich ein Traum, aber das wird nicht möglich sein. Dr. Jameson hat uns daran erinnert, dass Familienchaos alle Male besser ist, als allein zu sein. Angesichts dessen, was er durchmacht, um an diesem Tag, den so viele Leute angeblich gern allein verbringen würden, ein bisschen Gesellschaft zu haben, neige ich dazu, ihm rechtzugeben.

»Okay.« Sie klatschen einmal laut in die Hände und unterbrechen die Hippie-Dame mitten im Satz, weil Sie ihr Gequassel nicht mehr ertragen. Monday und ich zucken heftig zusammen, da wir so in unserer eigenen Welt versunken waren. »Ich glaube, das reicht«, sagen Sie, und Monday lacht.

Entsetzt und beleidigt schaut die Frau Sie an, und ich mildere den Schlag etwas, indem ich sie freundlich zur Tür begleite.

»Und, was denken Sie?«, frage ich, als ich zurückkomme.

Dr. Jameson sieht mich an. »Ich denke … sie riecht nach Moos.«

Monday lacht. Er lacht oft und denkt wahrscheinlich, wir merkten es gar nicht – als wären wir ein Haufen Spinner im Fernsehen, die er beobachtet und deren Spinnerei er netterweise gelegentlich mitmacht. Er vergisst, dass wir ihn auch sehen können.

»Tja, jetzt steht noch eine Kandidatin aus«, sage ich und versuche, aufmunternd zu klingen. Dr. Jameson macht heute einen noch niedergeschlageneren Eindruck als sonst.

»Nein, es reicht«, sagt er leise, wie zu sich selbst. »Es reicht.« Damit steht er auf und geht zum Telefon in der Küche. In seinem Haus sind die Zwischenwände nicht herausgenommen wie bei Ihrem und meinem, sondern es befindet sich im Originalzustand aus den Siebzigern, mit den ursprünglichen Fliesen und allem Anschein nach auch der ursprünglichen Tapete.

»Nein, sagen Sie nicht ab«, rufe ich, als er den Hörer abnimmt und auf dem kleinen Notizblock nach der Nummer sucht.

»Wie heißt sie überhaupt?«, fragt er, während er Namen und Nummern überfliegt. »Rita? Nein, Renagh. Oder war es Elaine? Ich erinnere mich nicht mehr.« Er blättert in dem Block. »Es waren so viele.«

»Es ist schon kurz vor drei, Dr. J., sie ist bestimmt längst unterwegs und wird gleich hier sein. Sie können ihr nicht mehr absagen.«

»Das Auto ist schon da«, verkündet Monday im selben Moment aus dem anderen Zimmer.

Mit einem müden Seufzer klappt Dr. Jameson den Notizblock zu. Ich sehe, dass er resigniert hat, und es bricht mir fast das Herz. Er nimmt die Brille ab und lässt sie an der Kette hängen, die er immer um den Hals trägt. Zusammen gehen wir zum Wohnzimmerfenster, wie wir es auch bei allen anderen Kandidatinnen gemacht haben. Draußen parkt ein kleiner gelber Mini Cooper. Darin sitzt eine ältere Dame mit einer blasslila Kaschmirmütze und einer passenden Strickjacke und starrt geradeaus. Sie ist mollig und knuffig und sieht aus wie ein Teddybär.

»Olive«, sagt Dr. Jameson plötzlich, und auf einmal klingt seine Stimme überhaupt nicht mehr müde, sondern ganz leicht. »So heißt sie.«

Ich schaue ihn an und verkneife mir ein Lächeln.

Olive blickt zum Haus herüber und lässt den Motor wieder an.

»Sie fährt weg!«, ruft Monday.

»Nein, tut sie nicht«, sagen Sie, als Olive sich ein paar Sekunden später noch immer nicht von der Stelle gerührt hat.

»Sie sitzt einfach nur da«, stelle ich fest.

»Sieht aus, als hätte sie kalte Füße gekriegt. Wenn wir sie noch einen Moment in Ruhe lassen, bekommt sie wahrscheinlich Angst und fährt weg«, sagen Sie. »Dann ist die Sache geregelt.«

Dr. Jameson betrachtet die Besucherin einen Moment, dann wendet er sich wortlos ab und geht hinaus. Wir sehen, wie er den Gartenweg hinunterschreitet und sich dem Auto nähert.

»Bestimmt sagt er ihr, sie soll abhauen«, meinen Sie. »Wartet's ab.«

Ich seufze. Ihr Humor ist absichtlich daneben, und obwohl ich inzwischen an Sie und Ihre Absonderlichkeiten gewöhnt bin, finde ich Sie gerade eher ermüdend.

Unterdessen geht Dr. Jameson zu Olives Fenster, klopft leise dagegen und lächelt ihr freundlich und einladend zu. Sie schaut ihn an; sie hat die Hände so fest ums Lenkrad gekrampft, dass die Fingerknöchel ganz weiß sind. Ich sehe, wie ihr Griff sich entspannt, sie mustert Dr. J., dann wird der Motor abgeschaltet.

»Ich glaube, wir sollten die beiden allein lassen«, sage ich, und Sie und Monday blicken mich verwirrt an. »Kommt, wir gehen.«

Dr. Jameson erhebt keinen Einspruch, als ich die beiden Männer die Auffahrt hinunterkomplimentiere, sondern winkt uns fröhlich zu, während er die Teddybärendame ins Haus führt. Mit einem Lächeln stelle ich fest, dass Sie ein bisschen beleidigt aussehen.

Später an diesem Tag nehme ich leise auf einem Stuhl neben meinem Dad Platz, denn im Gemeindehaus wird Heather heute der orangefarbene Taekwondo-Gürtel verliehen. Die Farbe symbolisiert den Sonnenaufgang – die sanfte Schönheit der Sonne bei Tagesanbruch im Gegensatz zu ihrer immensen Kraft, wenn sie im Zenit steht. Das bedeutet, dass der Anfänger, der diesen

Gürtel erhält, bereits die Schönheit der Taekwondo-Kunst begriffen, aber noch nicht die volle Kraft der Technik erfahren hat. Ich finde, ich hätte auch einen Gürtel verdient.

Zara sitzt auf Leilahs Schoß auf Dads anderer Seite, so dass er und ich sie ausnahmsweise einmal nicht als Brücke benutzen können.

Als Heather mich entdeckt, beginnt sie zu strahlen und winkt mir zu. Sie scheint nie nervös zu sein, wenn sie sich den Herausforderungen des Lebens stellt, sie sieht es als Abenteuer, und meistens sucht sie diese Situationen freiwillig auf – was könnte inspirierender sein?

»Dad«, sage ich leise. »Wegen des Jobs ...«

»Schon gut.«

»Na ja, ich wollte mich bei dir bedanken.«

»Ich hab ja nichts getan. Die Stelle ist weg. Jemand anderes hat sie gekriegt.«

»Ja, das hab ich schon gehört. Aber trotzdem danke. Dass du denkst, ich bin zu so etwas fähig.«

Er sieht mich an, als wäre ich bescheuert. »Natürlich bist du dazu fähig. Und du würdest es wahrscheinlich besser machen als der Typ, den sie eingestellt haben. Aber du hast dir ja nicht die Mühe gemacht, zum Vorstellungsgespräch zu erscheinen. Klingt das bekannt?«

Ich grinse in mich hinein. Das hier ist das größte Kompliment, das Dad mir jemals gemacht hat.

Heather beginnt mit ihrer Vorführung.

»Was ich noch sagen wollte – ich hab das hier gefunden ...« Er greift in seine Gesäßtasche und zieht ein Foto heraus, leicht eselsohrig und gewölbt von Dads Hintern. »Darauf bin ich gestoßen, als ich mir ältere Fotos von Zara angeschaut habe, und ich dachte, es gefällt dir vielleicht.«

Es ist ein Foto von mir und Granddad Adalbert Mary. Wir sind in seinem Garten, und ich streue mit hochkonzentriertem Gesicht Samen aus. Weder ich noch mein Großvater schauen in die Kamera, ich bin ungefähr vier Jahre alt, und hinten auf dem Bild steht in Mums Handschrift: *Dad und Jasmine beim Sonnenblumenpflanzen, 4. Juni 1984.*

»Danke«, flüstere ich und habe plötzlich einen Kloß im Hals. Dad schaut schnell weg, Gefühlsaufwallungen sind ihm unbehaglich, aber Leilah schiebt mir ein Taschentuch zu, und sie sieht aus, als freue sie sich. Dann beginnt Heathers Vorführung.

Zu Hause rahme ich das Bild und hänge es zu den anderen Erinnerungsfotos an meine Küchenwand. Ein Stückchen festgehaltene Zeit, als Mum noch lebte, als Granddad Adalbert Mary noch nicht in der Erde lag und ich noch nicht wusste, dass ich sterben würde.

28

Nicht mal im November ist mein Garten langweilig. Zwar gibt es jetzt keine üppige Blumenpracht mehr, aber ich habe eine ganze Reihe von Sträuchern mit farbenfroher Rinde angepflanzt, und so sieht alles gleich viel interessanter aus. Der Winterjasmin, das Heidekraut, die immergrünen Sträucher und eine elegante fedrige Gräserart, die sich schon beim leichtesten Windhauch bauscht – all das sorgt für Bewegung. Rote Beeren und Mr Malones duftendes Geißblatt liefern zusätzliche Farbe. Die Herbststürme haben begonnen, und es gibt auch reichlich Regen, und so verbringe ich die meisten Tage mit dem Zusammenrechen der Blätter, die ich dann als Laubkompost verwende. Ich reinige meine Gartenwerkzeuge, verstaue alles für den Winter, fühle, wie mir dabei schwer ums Herz wird, und binde meine Kletterpflanzen fest, um sie vor dem Wind zu schützen. Mein Novemberprojekt ist, wurzelnackte Rosen zu pflanzen, und meine Recherche zu diesem Thema hat Monday endlos amüsiert. Aber es ist eine ernste Sache.

»Es sind doch bloß Rosen«, hat er immer wieder gesagt, aber das stimmt nicht, deshalb habe ich es ihm genau erklärt, und er hat mir zugehört, er hört immer zu, und als ich fertig war, hat er mich geküsst und mir zum ersten Mal gesagt, dass er mich genau wegen solcher Dinge liebt. Und jetzt erinnern mich die Rosen immer an seine Liebe.

Aber Rosen haben ihre Probleme, genau wie Sie und ich. Wenn Rosen in Erde gepflanzt werden, wo schon mehrere

Jahre lang Rosen gewachsen sind, werden sie anfällig für eine Krankheit, die man Rosenmüdigkeit nennt. Will man an solchen Stellen neue Rosen pflanzen, muss man so viel wie möglich von der alten Erde entfernen und mit frischer Erde aus einem anderen Teil des Gartens ersetzen, wo zuvor keine Rosen gewachsen sind. Dabei fällt mir Mr Malone ein, der genau an der Stelle zu wachsen versucht, wo seine Frau gestorben ist. Ich denke an all die Menschen, die versuchen zu wachsen, wo etwas, und sei es nur ein Teil ihrer selbst, gestorben ist. Wir alle kennen diese Krankheit. Es ist besser, wenn wir uns bewegen, uns entwurzeln und neu anfangen, dann gedeihen wir auch wieder.

Eines Novembermorgens wache ich von einem ekelhaften Schleifgeräusch auf – ein bekanntes Geräusch, wie Nägelkratzen auf einer Schiefertafel. Der Lärm transportiert mich magisch zurück in eine andere Zeit meines Lebens. Ich befreie mich aus Mondays Arm, der mich in der Nacht beschützt hat, sich jetzt aber schwer und leblos auf meiner Brust anfühlt, und schlüpfe leise aus dem Bett. Als ich aus dem Fenster schaue, sehe ich Sie, wie Sie Ihren Gartentisch über die Einfahrt zerren.

Mein Herz setzt einen Schlag aus, mein Magen schlägt einen ganz untypischen Purzelbaum, nicht vor Aufregung, sondern weil ich traurig bin und weil etwas zu Ende geht. Ich bin unfähig und nicht bereit, den nächsten Schritt zu tun, die Veränderung zu akzeptieren und mich zu verabschieden. Eine große Trauer, von jetzt auf gleich. Ich kann nicht einfach zuschauen, wie Sie das alleine machen, sondern schlüpfe schnell in meine Joggingsachen und laufe nach draußen. Ich muss Ihnen helfen. Als ich das Tischende packe, schauen Sie auf und lächeln.

Der Businesstyp rast vorbei, wir heben beide eine Hand vom Tisch, um ihm zuzuwinken. Er nimmt uns nicht zur Kenntnis. Wir lachen und machen weiter, stumm, aber wir arbeiten gut zusammen, manövrieren den schweren Tisch um die Hausecke und nach hinten in den Garten. Es fühlt sich fast an, als würden wir ihn zu Grabe tragen, als wäre er der Sarg eines guten Freundes. Aber wir tun es gemeinsam, und ich habe einen dicken Kloß im Hals.

Wir stellen den Tisch in den Garten, auf den Terrassenbereich vor der Küche, und schieben die Stühle dazu, die Sie schon hergebracht haben.

»Amy kommt zurück«, sagen Sie.

»Das ist ja eine tolle Neuigkeit«, sage ich und bin selbst überrascht, dass es mir gelingt, meine Stimme an dem Kloß in meinem Hals vorbeizuquetschen.

»Ja, stimmt«, sagen Sie, aber Sie sehen gar nicht glücklich aus.

»Ich darf es nicht vermasseln.«

»Das werden Sie auch nicht.«

»Lassen Sie es bitte nicht zu.«

»Auf gar keinen Fall«, sage ich, gerührt, dass Sie mir diese Verantwortung übergeben.

Sie nicken, und wir gehen zurück in den Vorgarten. Fionn sitzt im Auto und fummelt am Radio, dreht es von einem Sender auf den anderen, auf der Suche nach einem Song, der ihm zusagt.

»Sie haben es repariert.«

»Es war nie kaputt«, entgegnen Sie verwirrt.

»Aber Sie haben doch gesagt … ach, egal.«

Der Groschen fällt, als Ihnen klar wird, dass Sie bei einer Lüge ertappt worden sind. »Der Song von den Guns N' Roses.« Sie seufzen. »Mein Dad hat meine Mum und mich geschlagen. An dem Tag, als wir uns endlich von ihm befreit haben, dem Tag, als ich ihm endlich die Stirn geboten habe, haben meine Mum und ich in voller Lautstärke ›Paradise City‹ gehört und sind dazu in der Küche rumgetanzt. So glücklich hatte ich meine Mum noch nie gesehen.«

Es ist also Ihr Freiheitssong. Ich wusste doch, dass er etwas zu bedeuten hat. In all den kalten dunklen Nächten habe ich mir gewünscht, dass er einen Sinn hat, jedes Mal, wenn Sie die Straße heruntergerast kamen, als wären Sie eine Ewigkeit weg gewesen und könnten es gar nicht erwarten, zu Ihrer Familie zurückzukehren. Auch wenn Sie sich dann ausgesperrt gefühlt haben, ohne es wirklich zu sein. »Danke, dass Sie es mir erzählt haben.«

»Tja, immer noch besser als ›Love is a Battlefield‹«, sagen Sie, und mir bleibt der Mund offen stehen. »Was denn?«, fügen Sie hinzu, als Sie mein entsetztes Gesicht sehen. »Sie glauben doch nicht, dass ich nicht höre, wie Sie das jeden Tag vor sich hin schmettern! Wenn Ihre Fenster offen sind, sehe ich Sie manchmal sogar mit Ihrer Haarbürste.« Sie imitieren gekonnt meine jämmerliche Achtzigerjahre-Tanzeinlage.

»Ich singe nicht in eine Haarbürste«, protestiere ich.

Sie lächeln mich nervös an, und mir wird klar, dass Sie nur versuchen, von dem wegzukommen, was Sie mir gerade eröffnet haben, und das tun Sie eben auf die einzige Art, die Sie beherrschen.

»Nur zu Ihrer Information: Das ist ein Deospraydose, und ich bin sehr gut in Playback.«

»Das glaube ich gern«, lachen Sie.

Ich schaue hinüber zu meinem Haus und sehe, dass Monday uns durchs Schlafzimmerfenster beobachtet. Als wir ihn dabei ertappen, zieht er sich sofort zurück.

»Es funktioniert gut mit Ihnen beiden«, stellen Sie nüchtern fest.

Ich nicke. »Heute ist der Tag«, sage ich, und als ich Ihr verdutztes Gesicht sehe, erkläre ich: »Mein Gartenjahr ist um.«

Sie sehen verblüfft aus, anscheinend überrascht es Sie. »Na, so was. Guck an.«

»Ich dachte, Sie hätten es vielleicht gewusst. Wegen des Tischs.«

»Nein. Das hat sich einfach nur richtig angefühlt.« Wir starren beide auf die Stelle, wo der Tisch gestanden hat. Dort, wo die Beine waren, ist das Gras plattgedrückt, man sieht die nackte Erde. Sie werden den Rasen neu einsäen müssen.

»Haben Sie schon was gefunden?«, fragen Sie.

»Nein.«

»Wird schon klappen.«

»Ja.«

»Sie haben das Selbstbewusstsein verloren, aber das kommt wieder«, sagen Sie beruhigend. Und ich weiß, das sind keine leeren Worte, denn wenn einer in dieser Angelegenheit Erfahrung hat, dann sind Sie es.

»Danke.«

»Tja. Es war ein interessantes Jahr.« Sie strecken die Hand aus. Ich starre darauf, nehme sie, schüttle sie einmal und mache dann einen Schritt auf Sie zu.

Wir umarmen einander, hier auf dem Rasen Ihres Vorgartens, dort, wo der Tisch gestanden hat.

»Sie haben mir nie erklärt, was ich eigentlich verbrochen habe«, sagen Sie leise in meinen Nacken. »Was Sie an mir so schrecklich fanden. Aber ich vermute, dass ich es weiß.«

Ich erstarre, unsicher, was ich darauf antworten soll. Es ist lange her, dass ich diesen Mann in Ihnen gesehen habe, den Mann, den ich so intensiv gehasst habe. Wir verharren in der Umarmung, ich glaube, es ist für uns beide leichter, wenn wir uns jetzt nicht anschauen müssen. Sie sprechen wieder an meinen Nacken, ich spüre Ihren Atem auf der Haut.

»Es ging um Ihre Schwester, stimmt's?«

Mein Herz klopft, und ich bin sicher, dass Sie es fühlen. Es verrät mich.

»Das tut mir leid.«

Zuerst bin ich empört von dieser Entschuldigung, doch das Gefühl verpufft sofort. Und mir wird klar, dass ich keine gebraucht habe. Sie haben mir das ganze letzte Jahr gezeigt, dass es Ihnen leidtut, dass Sie es nie so gemeint haben. Es spielt keine Rolle mehr. Ich habe Ihnen verziehen. Langsam befreie ich mich aus der Umarmung, küsse Sie auf die Stirn und gehe über die Straße zurück zu meinem Haus.

Madra gräbt wie wild im Garten, und das ist ein Thema, bei dem der Hund und ich immer aneinandergeraten. Monday hat sich inzwischen angezogen und steht an der offenen Tür. Er winkt Ihnen zu, Sie winken zurück.

»Madra!«, schreie ich. »Lass das! Nein! Warum hast du das nicht verhindert, Schatz? Oh, meine Blumen!«

Der Hund gräbt am Fuß des Schilds, das Monday mir geschenkt hat, das Schild, auf dem steht, *Wunder wachsen nur dort, wo man sie pflanzt*, und ich falle auf die Knie, um den Schaden zu beheben. Aber da sehe ich, dass etwas in der Erde vergraben ist. Eine Metallbox, eine verrostete Schatzkiste.

»Was zum …? Schau mal, Monday!«

Ich blicke zu ihm auf und erwarte, dass auch er überrascht ist, aber er weiß anscheinend schon Bescheid. Er lächelt mich an. Dann kniet er sich neben mich, und ich denke, er hilft mir, meine Blumen zu richten, aber stattdessen sagt er nur: »Mach sie auf.«

Und das tue ich. Und ob.

In diesem Jahr habe ich eine Verwandlung durchgemacht. Nicht äußerlich, da habe ich mich kaum verändert, ich bin höchstens ein bisschen älter geworden. Nein, die Veränderung hat in meinem Inneren stattgefunden. Ich kann es fühlen. Und es ist wie Magie, widergespiegelt in meinem Garten. Mein Garten, der früher öde und unfruchtbar ausgesehen hat, ist üppig, in voller Blüte, ausgereift. Er blüht und gedeiht. Von mir könnte man das Gleiche sagen. Ich habe etwas verloren, von dem ich dachte, es würde mich definieren, und mich deswegen nur noch wie ein halber Mensch gefühlt, eine nutzlose Hülle. Doch statt zu versuchen, das, was ich verloren hatte, wiederzubekommen, musste ich herausfinden, warum ich nicht vollständig sein konnte, ich ganz allein.

Die Welt ist fasziniert von plötzlichen radikalen Veränderungen, davon, dass Menschen sich neu erfinden, oder von der Fingerfertigkeit eines Zauberers, verborgen hinter einer schwungvollen Geste. Schnell wie ein Fingerschnippen, von jetzt auf gleich, ein Blinzeln genügt, und wir haben es verpasst. Meine Veränderung ging nicht so vonstatten, und oft ist das gemächliche Tempo eines Wandels schmerzhaft und verwirrend, wir fühlen uns einsam dabei – aber ohne dass wir es merken, geschieht etwas. Irgendwann blicken wir zurück und denken: »Wer war diese Person?«, doch wenn wir mitten im Prozess der Veränderung stecken, fragen wir uns: »Was soll nur aus mir werden?« Und an welchem Punkt haben wir diese Grenze überschritten, an der die bisherige Version unserer selbst von der nächsten abgelöst worden ist? Doch gerade dadurch, dass es so langsam vorwärtsgeht, erinnern wir uns an die Stationen der Reise, und das Gefühl dafür, wo wir waren, wohin wir gehen und warum, bleibt uns erhalten. Obgleich wir das Ziel nicht kennen, haben wir so dennoch die Chance, den Prozess als solchen bewusst zu erleben und wertzuschätzen.

Es geht nicht nur um meine Reise, nicht nur um die Geschichte, wie ich gestürzt und von einem Mann aufgefangen worden bin – obwohl das tatsächlich passiert ist und obwohl auch Sie gestürzt sind, obwohl mir meine Liebe begegnet ist und Ihre Liebe zu Ihnen zurückgefunden hat. Es geht um Sie und um mich, darum, dass wir – sozusagen im Wechsel der Jahreszeiten – gefallen und wieder aufgestanden sind. Und es geht auch darum, was mit uns geschehen ist, nachdem sich für uns beide eine Tür geschlossen hatte. Ich weiß nicht, ob ich ohne Sie die Frau geworden wäre, die ich jetzt bin, auch wenn Sie vielleicht denken, dass Sie doch gar nichts getan haben. Die meisten Menschen in unserem Leben müssen nicht aktiv etwas *tun*, um uns zu verändern, sie müssen einfach nur *da sein*. Ich habe auf Sie reagiert. Sie hatten einen Einfluss auf mich. Und so haben Sie mir geholfen. Für mich war es die sicher merkwürdigste Freundschaft – in der ich das offenste Ohr gefunden habe, das man einem Menschen leihen kann. In einer der langen, dunklen Winternächten an Ihrem Gartentisch haben Sie mir gesagt – obwohl es Ihnen peinlich war und Sie wahrscheinlich zu betrunken waren, um sich daran zu erinnern –, Sie hätten das Gefühl, dass Sie ganz allein draußen in der Kälte stünden, ausgesperrt, und dass ich es sei, die Sie immer wieder hereingelassen hat. Ich hatte damals eine simple Antwort parat, aber die wahre Bedeutung meiner Worte habe ich erst später begriffen: Sie haben mir Ihren Schlüssel gegeben. Ich glaube, das Gleiche gilt umgekehrt auch für mich.

Ich habe Ihnen geholfen, mir zu helfen, Sie haben mir geholfen, Ihnen zu helfen, und so muss es sein, denn sonst wäre das Konzept von Hilfe letztlich hinfällig. Ich habe immer gedacht, wenn jemand mir hilft, verliere ich die Kontrolle, aber das stimmt nicht – man muss es einem anderen Menschen *erlauben* zu helfen, man muss Hilfe von ihm *wollen*, nur so kann wirklich etwas in Gang kommen.

Die Verwandlung einer Larve dauert Wochen, Monate und manchmal sogar Jahre – meine Verwandlung hat ein Jahr in Anspruch genommen. Und obwohl ich mich verwandelt habe, befinde ich mich immer noch mitten in einer weit größeren Veränderung, einer Veränderung, die ich erst rückblickend erkennen werde, wenn ich mich frage: »War das wirklich *ich?*« Denn wir entwickeln uns ständig, und vermutlich habe ich das immer gewusst, aber weil ich es immer gewusst habe, hatte ich Angst davor innezuhalten. Paradoxerweise habe ich mich am meisten bewegt, als ich endlich stehengeblieben bin. Ich habe gelernt, dass wir niemals wirklich stillstehen und dass unsere Reise niemals zu Ende sein wird, denn wir entwickeln uns unablässig weiter – genau wie die Raupe, die sich, als sie dachte, alles sei vorbei, in einen Schmetterling verwandelte.

Dank

Ein Riesendankeschön möchte ich den folgenden Menschen sagen, deren Unterstützung mir so viel wert ist:

Marianne Gunn O'Connor, Vicki Satlow und Pat Lynch, meinem unglaublichen Agentur-Team.

Dem phantastischen Team bei den S. Fischer Verlagen: Julia Schade, Anja Hruschka, Mirjam Zuchtriegel, Gisela Thomas, Indra Heinz, Manfred Bauer-Orešnik, Lysann Kurpiela, meiner wunderbaren Reisebegleiterin Susanne Halbleib und allen anderen Beteiligten. Es ist toll, mit Euch zusammenzuarbeiten.

Allen Buchhändlerinnen und Buchhändlern und meinen Leserinnen und Lesern auf der ganzen Welt. Ich kann Euch nicht genug danken für das Leben, das Ihr mir gebt – dass ich mich jeden Tag in meine große Leidenschaft versenken darf, das Schreiben.

Meiner großartigen Familie, meinen Freunden, die immer sofort für »The Beacon« da sind, und vor allem natürlich David, Robin und Sonny, Euch tollen, verrückten, wunderschönen Geschöpfen – ich liebe Euch alle.

Okay, dann bin ich mal weg und schreibe am Nächsten. xx

Cecelia Ahern
Die Liebe deines Lebens
Roman
Band 19729

Christine & Adam:
die Geschichte einer Liebe, die Leben rettet

Adam will einfach nur, dass alles aufhört. Er ist über das
Geländer der Brücke geklettert und schaut hinunter in das
kalte, schwarze Wasser. Christine will einfach nur helfen. Mit
einem Deal kann sie Adam vom Springen abhalten – aber wie
lange?

»Cecelia Ahern schafft es mit ihrem neuen Liebesroman
wieder, den Leser so sehr in Bann zu schlagen, dass man
förmlich mitfiebert.«
hr online

Das gesamte Programm gibt es unter
www.fischerverlage.de

fi 19729 / 1